Knaur®

Von Ashley Carrington sind außerdem als Knaur-Taschenbücher erhältlich:

»Jessica oder Die Irrwege der Liebe« (Band 1184)
»Jessica oder Das Ziel aller Sehnsucht« (Band 1388)
»Jessica oder In der Ferne lockt das Glück« (Band 1537)
»Jessica oder Was bleibt, ist die Hoffnung« (Band 1653)
»Jessica oder Die Insel der verlorenen Liebe« (Band 2834)
»Jessica oder Sehnsucht im Morgenrot« (Band 2835)
»Jessica oder Die Irrwege der Liebe / Das Ziel aller Sehnsucht« (Band 2920)
»Valerie – Erbin von Cotton Fields« (Band 2021)
»Valerie – Herrin auf Cotton Fields« (Band 2022)
»Valerie – Wolken über Cotton Fields« (Band 2963)
»Valerie – Gefangen auf Cotton Fields« (Band 2964)

Originalausgabe Mai 1990

Umschlaggestaltung Manfred Waller
Umschlagillustration Bob Berran / Agentur Luserke, Friolzheim
Satz IBV Satz- und Datentechnik GmbH, Berlin
Druck und Bindung Ebner Ulm
Printed in Germany 5 4 3 2 1
ISBN 3-426-02962-6

Ashley Carrington:

Hickory Hill – Das Vermächtnis der Alice Shadwell

Roman

Knaur

Für R. M. S.,
der mich auf den Weg
zu neuen Ufern führte.

ERSTES BUCH

Frühjahr 1772

1

Wie ein schwerer nasser Schwamm erfüllte die Dunkelheit die enge Schiffskabine. Die Feuchtigkeit drang auch durch die feinsten Ritzen und bedeckte alles mit einer dünnen Schicht, fein wie Morgentau, doch so salzig wie das Meer.

Nichts half gegen diese klamme, salzige Nässe. Kein Winkel des Schiffes war frei davon. Sooft sie auch abgewischt wurde, stets kehrte sie wieder. Zu lange war der Dreimaster FAIR WIND schon dem stürmischen Wetter des eisigen Atlantiks ausgesetzt, um noch eine trockene Stelle an Bord aufzuweisen.

Starr vor Kälte, lag Mary Bancroft in ihrem schmalen, harten Kajütbett. Die feuchten, kratzigen Wolldecken hatte sie bis zum Kinn hochgezogen. Sie war vollständig angekleidet und trug unter den Decken noch einen breiten wollenen Schal um ihre Schultern. Doch ein Gefühl der Wärme und Geborgenheit wollte sich einfach nicht einstellen. Ihr war, als hätte sich die klamme Kälte auch schon in ihrem Körper festgesetzt. Was hätte sie jetzt für ein kleines wärmendes Feuer gegeben, für den warmen Schein flackernder Flammen.

Mary unterdrückte einen tiefen Seufzer und starrte in die beklemmende Dunkelheit, die ihr voll böser Verheißungen schien, und schmeckte Salz auf der Zunge. Die FAIR WIND stampfte und rollte schwer in der aufgewühlten See. Und jedesmal, wenn ein Brecher donnernd über das Vorschiff hereinbrach, ging ein bedrohliches Zittern und Ächzen durch den Dreimaster, durchlief die ganze Länge des Schiffes und ließ auch Marys Koje erzittern. Einen Augenblick schien es, als wollte sich die FAIR WIND der zerstörerischen Naturgewalt beugen und sich in die eisige Tiefe drücken lassen. Doch dann bäumte sich das Schiff jedesmal wieder auf, schüttelte die Wassermassen ab und ging mit der Zähigkeit eines ausdauernden Kämpfers, dem Ermüdung und Resignation fremd sind, den nächsten heranrollenden Wellenberg an.

Mary Bancroft wußte, daß die FAIR WIND ein gutes, solides Schiff war. Es hatte schon ganz andere Stürme bestanden. Das hatten ihr alle versichert. Der Bootsmann, der Erste Offizier und sogar Captain Taylor, als er einmal halbwegs nüchtern gewesen war, was selten genug der Fall war. Auch Richard Campbell hatte Vertrauen in die FAIR WIND, und das beruhigte sie am meisten, denn seine Worte waren stets mit Bedacht gewählt. Was er sagte, hatte Hand und Fuß. Darauf konnte man bauen. Außerdem hörte sich nachts unter Deck alles viel schlimmer an, als es in Wirklichkeit war. Mit dieser Erkenntnis hatte sie sich auch zu beruhigen versucht.

Und doch, sie vermochte einfach kein Auge zuzutun. Aber das lag nicht allein daran, daß es ihr unmöglich war, das unaufhörliche Heulen und Toben des Sturmes in der Takelage und das Ächzen und Knarren der Planken und Spanten zu überhören. Es lag auch an Sally und ihrem angsterfüllten Gestammel, das aus dem anderen Kajütbett der engen Kabine an ihr Ohr drang.

Die siebzehnjährige Kammerzofe Sally Lee kauerte wie ein Häufchen Elend auf ihrer Koje, ihre Lippen bewegten sich in einem unaufhörlichen, monotonen Gebet. Und dieses angsterfüllte Beten war schlimmer als alles andere. Es machte die feuchte Dunkelheit noch beklemmender.

»Sally!« rief Mary mit zurechtweisender Stimme, als sie den endlosen Strom immer wiederkehrender Worte nicht länger ertragen konnte.
Die Zofe schien sie nicht zu hören.
»Sally!« Diesmal war Marys Stimme scharf und schneidend. »Hör endlich mit dem Gewimmer auf! Du machst dich ja verrückt damit... und mich auch!«
Jäh brach das Gemurmel ab. Nach einem Moment der Verwirrung kam Sallys zitternde Stimme aus der Dunkelheit. »Ich... ich... habe gebetet... für unsere Rettung«, sagte sie aufschluchzend.
»Du hast jetzt lange genug gebetet! Nun reicht es! Dein Gestammel raubt einem die letzten Nerven!« erwiderte Mary ungehalten und wurde sich in dem Augenblick, als sie das sagte, bewußt, daß die schrecklich langen Tage dieser stürmischen Überfahrt ihre Spuren hinterlassen hatten. Einlenkend fügte sie deshalb hinzu: »Es ist gut, daß du für uns gebetet hast. Doch nun hab auch Vertrauen in IHN... und in die Zuverlässigkeit des Schiffes und seiner fähigen Mannschaft. Auch dieser Sturm geht vorbei. Es wird alles gut werden, Sally. Versuch jetzt etwas zu schlafen.«
»Schlafen?« wiederholte Sally Lee wehklagend.
»Ja, schlafen.«
»Wie könnt Ihr bloß an Schlaf denken?« zeterte die Zofe. »Wo uns jeden Moment die See verschlingen kann.«
Mary zwang sich, Sally nicht wieder anzufahren. »Das bildest du dir nur ein. Wir sind in einen ungemütlichen Sturm geraten, doch weit davon entfernt, ernstlich in Gefahr zu sein. Das hat Captain Taylor gesagt.«
»Der Captain ist ein gottloser Trunkenbold. Nicht einen Penny würde ich für sein Wort geben!«
»Seine Einschätzung deckt sich aber mit der seines Ersten Offi-

ziers und Mister Campbells, und deren gesunden Menschenverstand wirst du doch wohl nicht in Zweifel ziehen wollen, oder?«
Sally überging diesen Einwand. »Ich werde jedenfalls kein Auge zutun! O Gott, warum konnten wir nicht in London bleiben?« klagte sie. »Warum haben wir uns nur von der Herrin dazu überreden lassen, mit auf diese schreckliche Reise zu gehen?«
»Weil wir es gut bei Miß Alice haben und sie uns mehr als großzügig entlohnt«, half Mary geduldig dem Gedächtnis der Kammerzofe nach. »Oder solltest du schon vergessen haben, daß Miß Alice dir einen halben Jahreslohn als Bonus für die Reise gegeben hat?«
»Für kein Geld der Welt würde ich es noch einmal tun«, jammerte Sally Lee, die jetzt nicht gern daran erinnert werden wollte, daß niemand sie gedrängt hatte, in Miß Alices Diensten zu bleiben und mit ihr und ihrer Gesellschafterin Mary Bancroft die Seereise über den Ozean anzutreten. »Die See wird uns nie wieder freigeben! Ich weiß es!«
»Du redest dummes Zeug.«
»Und sollte uns das Schicksal wirklich verschonen, was erwartet uns dann?« fuhr Sally mit einer Mischung aus Angst und Anklage fort. »Die Wildnis von Amerika! Es soll dort überall Indianer geben, und keiner ist seines Lebens sicher!«
»Virginia ist kein wildes Land, das von blutrünstigen Indianern unsicher gemacht wird!« widersprach Mary, ärgerlich über Sallys maßlose Übertreibungen. »Virginia ist eine der blühendsten Kolonien Englands und nicht minder zivilisiert. Also erzähl nicht solche Schauermärchen.«
»Was kümmert mich Virginia? England ist meine Heimat. Und verflucht sei der Tag, an dem ich an Bord dieses Schiffes ging!« rief Sally.
»Niemand hat dich dazu gedrängt: Es war deine ganz persönliche *freie* Entscheidung, Sally!« wies Mary sie zurecht.

»Frei? Was hab' ich denn gewußt? Wo die Herrin von allem so geschwärmt hat. Konnte ich da ahnen, was in Wirklichkeit passieren würde?« beschwerte sich die Zofe voller Selbstmitleid. »Niemand hat mir auch nur ein Wort davon erzählt, wie es sein würde.«

»Wenn es dir in Virginia nicht gefällt, steht es dir frei, mit dem nächsten Schiff nach London zurückzukehren«, erinnerte Mary sie. »Miß Alice hat versprochen, deine Passage nach England zurück zu bezahlen, falls du dich dazu entschließen solltest.«

»Ich soll diese gräßliche Reise noch einmal machen?« rief Sally entrüstet und entsetzt zugleich. »Nie wieder werde ich nach dieser Fahrt einen Fuß auf ein Schiff setzen. Der Herr sei mein Zeuge!«

Mary Bancroft zuckte im Dunkeln die Achseln. »Dann wirst du dich wohl oder übel an den Gedanken gewöhnen müssen, für immer in Virginia zu bleiben.«

Darauf wußte Sally Lee nichts zu erwidern, und sie versank in ein finsteres Grübeln.

Mary war dankbar für Sallys Schweigen. Zumindest nahm sie ihr nervtötendes Gemurmel nicht wieder auf. Sie hatte Verständnis für Sallys dumpfe Angst vor der furchteinflößenden Gewalt der unbändigen See. Sie war ja selbst nicht frei von Furcht. Doch wofür sie nicht das geringste Quentchen Verständnis aufzubringen vermochte, war ihre Undankbarkeit. Es war einfach nicht gerecht, jetzt so zu tun, als hätte irgend jemand sie zu dieser Überfahrt überredet oder gar gedrängt.

Was Mary betraf, so bereute sie es nicht, daß sie Alice Shadwells Angebot, mit ihr nach Virginia zu gehen, angenommen hatte. Sie war knapp siebzehn Jahre alt gewesen, als sie als Gesellschafterin in Alice Shadwells Dienste getreten war. Zwei Jahre lag das nun schon zurück. Es waren gute Jahre gewesen.

Alice war nur knapp drei Jahre älter als Mary und nie so etwas wie eine Herrin für sie gewesen. Auch wenn sie bei Miß Alice angestellt war, so war ihr Verhältnis doch mehr das einer tiefen Freundschaft zwischen zwei Freundinnen, die einander blindlings vertrauten.

Nein, sie hätte es wahrhaft nicht besser treffen können. Der einzige Schatten, der von Anfang an auf ihrer tiefen Freundschaft lag, waren Alices angegriffene Gesundheit und die Sorge, ob sie jemals kräftig genug sein würde, um ein ganz normales Leben zu führen.

Alice Shadwell hätte diese anstrengende Reise eigentlich nie antreten dürfen. Doch sie hatte alle guten Empfehlungen in den Wind geschlagen und ihren Willen durchgesetzt. Und was Mary im stillen befürchtet hatte, war dann auch wirklich eingetreten: Ihr gesundheitlicher Zustand, zu Beginn der Reise schon nicht gerade der allerbeste, hatte sich von Woche zu Woche verschlechtert. Alice Shadwell war mittlerweile nur noch ein Schatten ihrer selbst. Das Schlimmste stand zu befürchten, nämlich daß sie die Küste Virginias nicht mehr sehen würde.

Das Gefühl, zur Tatenlosigkeit verdammt zu sein und außer tröstenden Worten nichts weiter tun zu können, bedrückte Mary stärker als alles andere, stärker als die Strapazen der Schiffspassage, die zermürbende Kraft des tagelangen Sturmes und Sallys Hysterie.

Mary wünschte plötzlich, Sally würde etwas sagen, damit sie etwas erwidern und sich in ein Gespräch flüchten konnte, wie nichtig oder überspannt die Dinge auch sein mochten, die Sally beschäftigten.

Doch die Kammerzofe verharrte in ihrem dumpfen Schweigen, und so lauschte Mary auf das Heulen des Sturmes und die rauhen Stimmen der Seeleute, die dann und wann in abgerissenen Wortfetzen zu ihnen in die Kabine drangen.

2

Mary Bancroft war gerade in einen benommenen Halbschlaf gefallen, als ein leises, aber energisches Klopfen an der Kabinentür sie plötzlich hochfahren ließ. Sie brauchte einen Augenblick, um zu sich zu kommen. Dann sah sie den schwachen Lichtschein, der unter der Türschwelle hindurch in die Kajüte sickerte.

Es klopfte wieder.

»Ja? Wer ist da?« fragte Mary und hörte, wie Sally sich nun jäh aufrichtete.

»Mein Gott, es ist etwas passiert!« stieß die Kammerzofe hervor. »Ich wußte doch, daß diese Reise ein schreckliches Ende nehmen würde!«

»Still!« brachte Mary sie zum Schweigen, als nun eine Stimme jenseits der Tür zu vernehmen war.

»Miß Bancroft?«

»Ja?«

»Ich bin es, Richard Campbell. Entschuldigt, wenn ich Eure Nachtruhe störe, doch es ist wichtig.«

Sally zog die Luft scharf ein, als erwartete sie im nächsten Moment die Nachricht, daß die Fair Wind leckgeschlagen und nicht mehr zu retten sei.

»Eure Herrin, Miß Shadwell...« wollte Richard Campbell fortfahren.

»Einen Augenblick!« Mary schlug die klammen Decken zurück und sprang aus der Koje.

»Ihr werdet mich doch nicht allein lassen, nicht wahr?« fragte Sally verängstigt. »Das werdet Ihr mir doch nicht antun! Wartet auf mich! Ich komme mit!«

»Du bleibst hier!« sagte Mary bestimmt. »Sollte Miß Alice deiner Dienste bedürfen, werde ich dich holen.« Hastig fuhr sie mit der Hand durch ihr volles blaßgoldenes Haar, das ihr bis auf die schlanken Schultern fiel. Es fühlte sich strähnig und salzverkrustet an, doch jetzt war keine Zeit mehr, zur Bürste zu greifen und ihrem Haar wieder etwas Glanz und Form zu geben. Sie wußte auch, daß ihr Kleid zerknittert war, und sie haßte es, Richard Campbell so unter die Augen zu treten.

Mit einem unterdrückten Seufzer zog sie den breiten wollenen Schal enger um die Schultern und hielt ihn vor ihrer sehr fraulichen Brust zusammen. Dann straffte sie sich, trat zur Tür und schob den Riegel zurück.

Vor ihr stand Richard Campbell, ein schlanker, hochgewachsener Mann von siebenundzwanzig Jahren, der Sohn eines angesehenen Londoner Kaufmanns und der einzige weitere Passagier der FAIR WIND. Er trug keine Perücke. Sein dunkles, sanft gewelltes Haar war windzerzaust und gab ihm ein wagemutiges Aussehen. Und der Umhang, den er über seine tadellose Kleidung geworfen hatte, glänzte im Licht der Laterne, die er in der Linken hielt, vor Nässe.

Mary zog die Tür hinter sich zu.

»Ich bedaure aufrichtig, wenn ich Euch aus dem Schlaf geholt habe«, entschuldigte er sich noch einmal mit seiner tiefen, vollen Stimme.

Mary lächelte gequält. »Seid unbesorgt. Tiefer Schlaf war mir nicht vergönnt gewesen.«

Er nickte mitfühlend. »Ich selbst war voller Unruhe und vermochte nicht zu schlafen. So bin ich kurz an Deck gegangen. Doch der Sturm und die Brecher ließen mich schnell erkennen, daß mein Platz nicht dort oben das Deck ist.« Der Anflug eines Lächelns glitt über sein ausdrucksvolles Gesicht mit den dunklen, ernsten Augen, deren feine Lachfältchen in den Winkeln jedoch erkennen ließen, daß er Fröhlichkeit und Humor ebenso schätzte wie eine ernste anspruchsvolle Unterhaltung.

»Ja, und dann?« fragte Mary erwartungsvoll.

»Ich glaubte, Eure Herrin rufen gehört zu haben. Ich bin mir aber nicht sicher, Miß Bancroft«, erklärte er. »Bei diesem Sturm fällt es manchmal schwer, sein eigenes Wort zu verstehen. Doch ich dachte, ich sollte Euch zumindest davon unterrichten – auch auf die Gefahr hin, daß ich mich geirrt hätte.«

»Das ist sehr aufmerksam von Euch, und ich bin Euch sehr zu Dank verpflichtet.«

»Vielleicht solltet Ihr...« begann Richard Campbell, brach dann aber abrupt ab. Er wandte den Kopf und blickte den Gang hinunter. »Habt Ihr es auch gehört?«

»Ja.« Mary hatte die schwache Stimme ihrer Herrin im selben Augenblick gehört wie er. Und sie hatte plötzlich Schuldgefühle, daß sie die Nacht nicht an ihrer Seite verbracht hatte, sondern in der Kabine mit Sally. Die Tatsache, daß Alice ausdrücklich darauf bestanden hatte, änderte kaum etwas daran.

»So habe ich mich also doch nicht getäuscht.«

»Bitte entschuldigt mich... Und vielen Dank noch mal«, sagte Mary hastig und eilte zu Alice Shadwell, die in ihrer Kabine auch nachts eine Lampe brennen hatte.

Alice saß halb aufrecht im Bett, von mehreren weichen Kissen im Rücken gestützt. Die Lampe, die an einem massiven Haken unter der rauchgeschwärzten Decke hing und mit den Bewegungen des Schiffes hin und her schwankte, warf ihren unsteten Schein auf das schmale, ausgezehrte Gesicht einer Todkranken. Alices Haut, die im Fieber zu glühen schien, spannte sich straff über den Wangenknochen, die mit erschreckender Deutlichkeit hervortraten. Und ihre großen Augen, die so voller Lebensfreude sprühen konnten, blickten müde und glanzlos aus tiefen Höhlen. Langes blondes Haar umfloß wie ein Goldenes Vlies ihr eingefallenes Gesicht.

Ihre Augen leuchteten auf und bekamen einen schwachen Glanz, als Mary in die Kabine trat und zu ihr ans Krankenlager eilte.

»Alice!«
»Ich weiß, es ist nicht recht, daß ich dich um deinen Schlaf bringe...«
»Psst«, machte Mary, die es schmerzte, ihre Herrin und zugleich Freundin so geschwächt von der Krankheit zu sehen, und zwang sich zu einem Lächeln. »Ich bin geradezu dankbar, daß ich etwas tun kann. Ich konnte sowieso nicht schlafen und habe mich nur ruhelos hin und her gewälzt. Und Sally ist alles andere als eine angenehme Gesellschaft.«
Alice Shadwell nickte kaum merklich. »Sie ist eine tüchtige Zofe, aber sie hat nicht deinen Willen und deine innere Festigkeit, Mary.«
Mary wollte nicht auf Sally herumhacken. Das war nicht ihre Art, und sie wechselte schnell das Thema. »Außerdem hätte ich dich gar nicht erst allein lassen sollen. Mein Platz ist hier an deiner Seite.«
Schwach schüttelte Alice den Kopf. »Nein, nein, du bekommst schon wenig genug Schlaf. Du hast soviel für mich getan, all die Jahre...«
»Fang nicht wieder davon an!«
»Es ist die Wahrheit...«
»Ich will nichts davon hören!« fiel Mary ihr energisch ins Wort und berührte schnell Alices Stirn. Sie brannte heiß unter ihrer Hand, und Mary hatte Mühe, sich ihren Schreck nicht anmerken zu lassen.
Das Fieber war gestiegen!
»Ich werde dir kühle Umschläge machen und dir noch etwas von der Medizin geben, die der Arzt dir in London verschrieben hat.«
»Nein!« widersprach Alice mit erstaunlich kräftiger Stimme und hielt Marys Hand fester. »Weder die Medizin noch die Umschläge können mir jetzt noch helfen.«

»Ganz sicher werden sie dir helfen!« entgegnete Mary bestürzt. »Doktor Latimer hat einen ausgezeichneten Ruf, und seine Medizin...«
Alice Shadwell ließ sie nicht ausreden. Nüchtern sagte sie: »Mary, ich habe nicht mehr lange zu leben. Du weißt es, und ich weiß es.«
Die Worte trafen Mary wie scharfe Messerstiche, und sie zuckte unwillkürlich zusammen. »Das... das darfst du nicht sagen, Alice!... Ja noch nicht einmal denken!«
Ein schwaches Lächeln huschte wie ein Schatten über das vom Tod gezeichnete Gesicht. »Mary, versuch nicht, mich oder dich über die Schwere meiner Krankheit hinwegzutäuschen. Es ist so, wie ich es gesagt habe. Mir bleibt nicht mehr viel Zeit auf dieser Welt.«
»Alice!«
»Nein, sag nichts«, bat Alice sie eindringlich. »Das Schicksal wird seinen Lauf nehmen, und wir beide wissen, daß ich Virginia niemals wiedersehen werde.«
Mary schüttelte stumm den Kopf.
»Es wäre schön gewesen, wenn ich die weiten fruchtbaren Täler und die blauen Berge in der Ferne noch einmal hätte sehen können«, fuhr Alice fort, und ein Anflug von Trauer schwang in ihrer Stimme mit. Doch sie hatte sich gleich wieder unter Kontrolle. »Aber es ist mir nun mal nicht bestimmt, und damit habe ich mich längst abgefunden.«
»Aber ich nicht!« brach es verzweifelt aus Mary heraus.
Alice drückte die Hand ihrer treuen Gesellschafterin. Mary hatte Licht und Freude in ihr von Krankheit und Kummer beherrschtes Leben gebracht, und sie war es, die nun in diesen schweren Stunden des Trostes bedurfte. Sterben mochte ein schweres Joch sein, doch die Schmerzen der trauernden Hinterbliebenen waren oft ungleich länger und stärker.

»Verzweifle nicht meinetwegen«, sagte Alice mit leiser, sanfter Stimme. »Ich fürchte den Tod nicht, dafür habe ich schon zu lange mit ihm gelebt. In gewisser Weise bin ich dankbar dafür, daß es bald vorbei sein wird . . . möge der HERR mir meine sündigen Gedanken verzeihen. Aber es ist die Wahrheit. Es wird für mich eine Erlösung sein . . .« Sie verstummte und schloß für einen Moment erschöpft die Augen.

Für eine Weile herrschte Schweigen in der Kabine, denn Mary wußte nicht, was sie auf Alices schonungslose Offenheit erwidern sollte. Das Wüten des Sturmes klang wie Hohn in ihren Ohren, und quietschend schwang die Laterne am Haken unter der Decke hin und her.

»Ich habe nach dir gerufen, weil ich etwas sehr Wichtiges mit dir zu besprechen habe«, ergriff Alice Shadwell schließlich wieder das Wort und schlug die Augen auf.

»Einzig und allein deine Genesung ist von Bedeutung!« erwiderte Mary fast störrisch.

Alice ignorierte den Einwand. »Du weißt, weshalb wir diese Reise nach Virginia angetreten haben.«

Mary nickte stumm und wischte sich die Tränen aus den Augen. Vor nicht ganz einem halben Jahr hatte Alice Shadwell aus Virginia die erschütternde Nachricht erhalten, daß ihr Vater, Henry Shadwell, auf seiner Tabakplantage Hickory Hill einen tödlichen Reitunfall erlitten hatte. Und da Alice sein einziges Kind war, hatte sie sich trotz ihrer desolaten körperlichen Verfassung dazu entschlossen, in ihre Heimat zurückzukehren und ihr Erbe anzutreten, wie ihr Vater es gewünscht hatte.

Mary erinnerte sich wieder daran, was Alice ihr in den Jahren ihres Zusammenseins über ihre Kindheit, die sie auf Hickory Hill verbracht hatte, erzählt hatte. Stundenlang hatte sie ihr Land und Leute im fernen Amerika geschildert, besonders in den Wintermonaten, wenn die Abende lang und sie ihrer Handarbeiten überdrüssig waren. Sie hatte nichts von Alices zauberhaften Schilderungen des weiten Landes am Oberlauf des James River vergessen.

Alice Shadwell war schon von Geburt an ein anfälliges Kind gewesen und hatte mehr Zeit im Krankenbett verbracht als in den weitläufigen Gärten von Hickory Hill oder an den Ufern des James River. Im Alter von acht Jahren hatte ihr Vater – ihre Mutter war schon wenige Jahre nach ihrer Geburt an Gelbfieber gestorben – Alice nach England geschickt und sie in die sichere Obhut von Margaret und George Wickman gegeben.

Die Wickmans waren enge, vertrauenswürdige Freunde von Henry Shadwell, vermögende Leute, die nicht nur ein feudales Stadthaus in Londons bester Wohngegend unterhielten, sondern sich auch noch eines nicht minder komfortablen Sommerhauses bei Brighton rühmen konnten. Bei ihnen wußte Henry seine anfällige Tochter in guten Händen. Nur schweren Herzens hatte er sich von seinem einzigen Kind trennen können, doch die Ärzte hatten ihm nachdrücklich zu diesem Schritt geraten, da Alice das heiße und im Sommer besonders feuchte Klima Virginias nicht vertrug und ihre Genesung keine Fortschritte machte. Henry Shadwell hatte auch auf die Kompetenz der berühmten Londoner Ärzte gehofft und sie schließlich nach England gebracht. Nur für ein, zwei Jahre hatte es sein sollen. Doch sie war nie so zu Kräften gekommen, daß eine Rückkehr nach Virginia auch nur zur Diskussion gestanden hätte.

So hatte denn Alice die folgenden vierzehn Jahre ihres Lebens im Haus der Wickmans verbracht, völlig zurückgezogen und abgeschieden von der Außenwelt, immer im Kampf mit ihrer schwachen Gesundheit. Bis dann die Nachricht vom jähen Tod ihres Vaters, der sich den Strapazen einer Seereise nach England fast jedes Jahr unterzogen hatte, um seine Tochter zu besuchen, sie erreicht hatte.

»Du hättest auf Doktor Latimer hören und diese Reise niemals antreten dürfen«, sagte Mary und bereute, daß sie sich dem Wunsch ihrer Herrin, die ihr wie eine geliebte Schwester ans Herz gewachsen war, nach Virginia zurückzukehren, nicht noch energischer widersetzt hatte.

»Mag sein, daß es ein Fehler war«, gab Alice unumwunden zu. »Vielleicht auch nicht. Wäre ich in England geblieben, es hätte mir doch nicht mehr als einen Aufschub gebracht, ein paar Wochen möglicherweise. Wer weiß es schon... Doch laß uns nicht über Dinge reden, deren Lauf wir nicht mehr bestimmen können. Ich habe während der letzten Wochen hier auf der FAIR WIND Zeit genug gehabt, um mit mir und dem, was geschehen soll, ins reine zu kommen. Und ich sehe die Dinge nun ganz klar.«

»Was meinst du damit?« fragte Mary und runzelte verständnislos die Stirn.

»Du weißt, ich bin das einzige Kind meines Vaters«, begann Alice jetzt. »Wenn ich nicht mehr bin, gibt es keinen direkten Erben, der HICKORY HILL übernehmen und fortführen kann.«

Marys Gesicht verschloß sich. »Ich möchte nicht darüber sprechen, was ist, wenn du nicht mehr...« Sie stockte, weil sie das Wort einfach nicht über ihre Lippen brachte. Es war, als glaubte sie, daß der Tod sich noch einmal von Alice abwenden würde, wenn sie sich weigerte, ihn zur Kenntnis zu nehmen.

»Aber ich will!« erwiderte Alice nachdrücklich, und in ihren Augen funkelte ein Feuer, wie Mary es nur in den besten Tagen ihrer Herrin gesehen hatte. Unbeugsame Entschlossenheit sprach aus diesen Augen, die so trügerisch vor Leben sprühten. »Ich will es, und du wirst mir zuhören!... Es gibt einige entfernte Verwandte, die ich nie in meinem Leben gesehen habe. Ein Halbbruder meines Vaters soll angeblich in South Carolina leben. Mein Vater und er haben sich nie leiden können. Vater hat sich immer geweigert, ihn auf HICKORY HILL zu empfangen. Ich weiß nicht genau, was diese Feindschaft begründet hat, doch Andeutungen meines Vaters konnte ich entnehmen, daß dieser Halbbruder nicht mal die Anrede Mister verdiente, geschweige denn zu den Gentlemen zu zählen war. Aus Vaters Briefen weiß ich zudem, daß sie während der letzten zehn Jahre keinen Kontakt mehr miteinander hatten.«

Mary fragte sich bang, worauf Alice bloß hinauswollte. Doch sie zügelte ihre Neugier und wartete geduldig auf weitere Erklärungen.

»Der Gedanke, daß dieser entfernte und offenbar zwielichtige Verwandte möglicherweise nach meinem Tod seine Hand auf HICKORY HILL legt, ist mir unerträglich«, fuhr Alice mit einer Erregung fort, die ihr bei ihrem kritischen Gesundheitszustand nur schaden konnte. »Das darf einfach nicht geschehen!«

»Bitte, reg dich nicht so auf!« bat Mary flehentlich. »Du mußt dich schonen!«

Alice schien sie nicht gehört zu haben. »HICKORY HILL darf unter keinen Umständen in seine Hände fallen, hast du mich verstanden?«

Mary erkannte, daß Alice das Thema nicht fallenlassen wollte, bevor sie nicht einen Ausweg gefunden hatte. Und wie sehr es ihr auch widerstrebte, sich über das Gedanken zu machen, was nach Alices Tod zu geschehen habe, so mußte es doch wohl sein.

»Was willst du also tun?« fragte Mary, denn sie ahnte plötzlich, daß ihre Herrin schon eine Entscheidung getroffen hatte.

»Ich will, daß du nach meinem Tod mein Erbe antrittst«, sagte Alice Shadwell entschlossen. »Du sollst Herrin auf HICKORY HILL werden!«

3

Sprachloses, ungläubiges Schweigen folgte Alices Worten. Das Spantenwerk knarrte und ächzte. Unruhig pendelte die Lampe unter der niedrigen Decke. Das Tosen der aufgepeitschten See schien für einen Moment nachgelassen zu haben, denn Mary glaubte, in diesem Augenblick des Schocks das Pochen ihres Herzens vernehmen zu können.

Ihr stockte der Atem. Das Blut wich aus ihrem gefällig geschnittenen Gesicht. Sie fühlte den Anflug eines Schwindels und schwankte auf dem harten Stuhl. Verständnislosigkeit trat in ihre grüngrauen Augen und wich dann einem Ausdruck, der von ungläubigem Staunen geprägt war.

»Alice!« Sie hatte Mühe, nicht die Kontrolle über ihre Stimme zu verlieren. »Alice!... Das kann... unmöglich... dein... Ernst sein!« brachte sie schließlich stockend hervor.

»Wenn ich je in meinem Leben etwas aus tiefster Seele ernst gemeint habe, dann das, was ich eben gesagt habe, Mary. Ja, du sollst Herrin auf HICKORY HILL sein!« bestätigte Alice Shadwell noch einmal. »Und mag es dir im Augenblick auch unmöglich erscheinen, so glaube mir, das ist es ganz und gar nicht!«

»Alice, du weißt nicht, was du sagst. Es ist völlig absurd. Ja, absurd ist genau das richtige Wort. Ich kann und will nicht deine Erbin sein!« widersprach Mary heftig. »Ich bin deine Gesellschafterin, deine Dienerin...«

»Du bist meine Freundin und mehr als das!« fiel Alice ihr ins Wort. »Es gibt niemanden auf der Welt, der mir näher steht als du. Und niemand anders als du soll HICKORY HILL bekommen. Wie sehr ich Margaret und George auch mag, aber du hast dich stets aufopfernd um mich gekümmert, hast mich in den letzten beiden schlimmen Jahren gepflegt und mir immer wieder neuen Lebensmut gegeben. Und jetzt ist es an mir, dir etwas zurückzugeben … und die einzige Möglichkeit, die mir noch bleibt, dir meine Liebe und Dankbarkeit zu beweisen, besteht darin, daß ich dich zu meiner Erbin mache.«

»Um Gottes willen, du brauchst mir nichts zu beweisen!« schluchzte Mary mit tränenerstickter Stimme auf. »Ich will Hickory Hill nicht! Bitte vergiß auf der Stelle, was du da gesagt hast.«

Alice schüttelte den Kopf. »Nein, das werde ich nicht tun. Ich könnte nicht ruhig sterben, wenn ich wüßte, daß die Plantage meines Vaters an einen Mann fällt, den mein Vater verabscheut hat. Vielleicht bin ich noch im Tod egoistisch, daß ich dir diese Bürde auflaste, aber ich bin überzeugt, daß du in der Lage bist, auch eine große Verantwortung zu übernehmen.«

»Alice, ich weiß sehr wohl, daß dein Wunsch aus tiefstem Herzen kommt, und ich möchte auch, daß du weißt, wie glücklich und traurig zugleich du mich mit dem Wunsch machst, ich möge dein Erbe antreten«, sagte Mary beherrscht und eindringlich. Sie mußte Alice zur Vernunft bringen, mußte sie unbedingt davon überzeugen, daß ihre Idee undurchführbar war.

»Ich mag für dich mehr als nur eine Gesellschafterin sein«, fuhr sie fort. »Aber für die Welt da draußen und den Halbbruder deines Vaters bin ich genau das und nichts sonst. Niemand würde deinen letzten Willen respektieren. Würdest du wirklich ein solches Testament aufsetzen, das mir Hickory Hill zuspricht, man würde es anfechten und mich vor Gericht bringen. Man würde mir vorwerfen, die Unzurechnungsfähigkeit einer Todkranken ausgenutzt und dieses Erbe erschlichen zu haben. Genau das würde eintreten, und ich hätte auch nicht die geringste Chance, so ein Gerichtsverfahren finanziell durchzustehen, geschweige denn zu gewinnen. Ich hoffe, du siehst ein, wie unsinnig dein Vorhaben ist.«

Alice hatte ihr schweigend zugehört, ohne daß jedoch das merkwürdige Lächeln von ihrem Gesicht gewichen war. Sie hatte diese Einwände ganz offenbar erwartet, denn sie zeigte nicht den geringsten Anflug von Überraschung oder Nachdenklichkeit.

»All das ist mir auch schon durch den Kopf gegangen«, bestätigte sie Marys Vermutung. »Du kannst dir gar nicht vorstellen, wie oft ich darüber gegrübelt habe. Und obwohl ich deine Chancen im Falle eines Prozesses längst nicht so gering einschätze, wie du das tust, so möchte ich doch diese Schwierigkeiten nicht auf deine Schultern legen, denn das Erbe soll für dich ja nicht zur Plage werden. Ich habe deshalb lange darüber nachgedacht, wie sich all das vermeiden ließe. Und ich habe eine Antwort gefunden, die dir deine Befürchtungen nehmen wird.«

»Sollten wir nicht besser ein anderes Mal darüber reden?« fragte Mary bittend. »Du hast dich jetzt schon genug angestrengt.«

»Nein!« sagte Alice Shadwell mit energischer Stimme. »Wir müssen jetzt darüber reden. Und nun höre meine Antwort: Es wird keinen Erbschaftsprozeß geben, weil du nämlich einfach an meine Stelle treten wirst.«

Mary sah sie verständnislos an. »Ich soll an deine Stelle treten?« wiederholte sie verwirrt. »Mary, ich weiß wirklich nicht, was du dir...«

»Du wirst als Alice Shadwell auf HICKORY HILL eintreffen«, erklärte Alice mit vor Erregung leuchtenden Augen. »Und Mary Bancroft wird sterben. Hier auf der FAIR WIND. Du wirst in meine Haut schlüpfen.«

Mary starrte sie fassungslos an. Ihre Sorge wuchs. Ob Alice schon im wachen Zustand Fieberträume hatte? Sie, Mary Bancroft, sollte sich als Alice Shadwell ausgeben? Diese Idee konnte doch nur einem Fieberwahn entsprungen sein.

»Sag nichts!« fuhr Alice hastig fort, denn sie brauchte nur in das verstörte Gesicht ihrer Gesellschafterin zu sehen, um zu wissen, was in diesem Moment in Mary vorging. »Ich weiß, es klingt zuerst wahnwitzig, ja geradezu verrückt. Aber ich bin geistig noch nicht verwirrt. Warte! Laß mich ausreden! Du wirst sagen, das mit dem Rollentausch ist unmöglich, doch ich sage dir, das ist es nicht! Wir können es tun, und zwar ohne großes Risiko für dich. Hast du schon mal in den Spiegel geschaut und dabei daran gedacht, wie sehr wir uns doch ähneln?«

Mary zögerte. »Nun ja, da ist schon was Wahres dran. Aber das genügt doch nicht!«

»Richtig, es ist nur eine Nebensächlichkeit«, sagte Alice, sich ihrer Sache ganz sicher, »wenn auch eine wichtige Nebensächlichkeit. Es ist ein Geschenk des Schicksals, daß wir uns in vieler Hinsicht ähnlich sind. Wir könnten glatt Schwestern sein, haben wir doch etwa das gleiche Alter, die gleiche Figur und Haarfarbe... und ist dein zweiter Vorname nicht auch Alice?«

Mary blinzelte unsicher. »Ja...«

»Siehst du!« rief Alice zufrieden. »Es ist, wie ich es schon sagte, ein Wink des Schicksals. Es ist dir bestimmt, Herrin von Hickory Hill zu sein.«

»Nein, Alice. Das kann ich nicht glauben. Du machst es dir zu einfach.«

Alice machte eine wegwischende Handbewegung. »Vergiß nicht, daß ich fast fünfzehn Jahre abgeschieden in London gelebt und nie mehr den Boden Virginias betreten habe. Als kleines Mädchen ging ich fort von Hickory Hill, und niemand wird sich an mich erinnern können, niemand kennt die erwachsene Alice Shadwell. Habe ich nicht recht?«

»Mag sein«, räumte Mary widerstrebend ein.

»Ich habe in London bis auf meinen Vater nie Besuch empfangen, so daß uns auch von da her keine Gefahr droht. Die Voraussetzungen könnten gar nicht besser sein. Du wirst all meine Papiere besitzen, meine Garderobe und meinen Schmuck, dazu sämtliche Briefe meines Vaters, die ich alle aufbewahrt habe, als

hätte ich schon vor Jahren gewußt, daß sie einmal wichtig sein würden. Und es ist kein Unrecht, wenn du dich als Alice Shadwell ausgibst, denn du tust es auf meinen Wunsch und zu deinem eigenen Schutz! Mary, du mußt es tun!«
Mary bemühte sich, ihre Gedanken zu sammeln. »Was du da sagst, mag ja auf Virginia und HICKORY HILL zutreffen«, erwiderte sie und bemühte sich um Sachlichkeit, denn sie wußte, daß sie ihr nur mit handfesten Argumenten diese verrückte Idee würde ausreden können. »Aber du hast Captain Taylor, die Mannschaft der FAIR WIND, Mister Campbell und Sally vergessen. Sie wissen sehr genau, wer Alice Shadwell ist und wer Mary Bancroft. Sie werden sich nicht täuschen lassen.«
»Du irrst! Keiner der Seeleute hat mich je zu Gesicht bekommen, weder der Captain noch einer seiner Offiziere«, korrigierte Alice sie mit fast triumphierender Stimme. »Hast du vergessen, daß wir erst nach Einbruch der Dunkelheit an Bord der FAIR WIND gingen? Und während der ganzen Reise war ich nicht einmal kräftig genug, um auch nur für fünf Minuten an Deck zu gehen.«
»Aber mich kennt man!«
»Nicht, wenn du nach dem Tod deiner Gesellschafterin, die dir so viel bedeutet hat, trauerst und tief verschleiert gehst«, kam Alices Antwort prompt.
»Möglich, aber da ist noch Sally. Sie hat auf jeden Fall äußerst scharfe Augen. Sie wird sich nicht täuschen lassen.«
»Auch daran habe ich schon gedacht«, erwiderte Alice eifrig. »Sally ist ein einfaches Mädchen und eine gute Kammerzofe, mit deren Diensten ich immer zufrieden war. Aber sie ist empfänglich für die Verlockungen des Geldes, das ist ihre große Schwäche und in diesem Fall unser großer Vorteil. Wir werden sie einweihen müssen, das ist unumgänglich. Doch wenn sie erst weiß, daß ihr Schweigen nicht zu ihrem Schaden sein wird, ist nichts

von ihr zu befürchten. Sie ist viel zu sehr auf ihren eigenen Vorteil bedacht, um sich das, was sie aus ihrem Schweigen gewinnen kann, entgehen zu lassen. Nein, Sally Lee ist das geringste unserer Probleme, du wirst sehen. Sie läßt sich leichter lenken als ein Kind.«

»Und wie willst du Richard Campbell für deinen Plan gewinnen?« fragte sie.

»Richard Campbell ist ein Gentleman durch und durch«, sagte Alice, »ein richtiger Mann, intelligent und empfindsam. Ich bin sicher, daß wir nicht nur auf sein Verständnis und sein Schweigen zählen können, sondern auch auf seine tatkräftige Unterstützung in dieser Sache.«

»Woher willst du das wissen?« fragte Mary erstaunt. »Er hat sich als sehr teilnahmsvoll und hilfsbereit erwiesen, das stimmt. Doch ob er gewillt ist, sich in ein Täuschungsmanöver einzulassen, halte ich für sehr zweifelhaft. Er wird es sich bestimmt zehnmal überlegen, ob er sich an einer strafbaren ... Verschwörung beteiligen soll, denn wenn man es recht betrachtet, ist es genau das.«

»Du übertreibst, Mary. Was ich zu tun beabsichtige, ist nichts weiter als eine Notlüge, um sicherzugehen, daß mein Letzter Wille auch Wirklichkeit wird. Doch nun zu Mister Campbell. Ich kenne ihn besser als du«, erwiderte Alice. »Zwar habe ich ihn noch nicht in meine Pläne eingeweiht, aber ich habe doch in dieser Richtung schon mal vorgefühlt, und seine Reaktion war sehr ermutigend. Weißt du überhaupt, daß er dir sehr gewogen ist und deine Gesellschaft über alle Maßen schätzt?«

Mary errötete. Daß Richard ihr Sympathie entgegenbrachte, war ihr nicht entgangen. Die Sorge um Alice beherrschte ihr Denken und Fühlen jedoch in einem solchen Maße, daß sie weder die Zeit hatte noch das Verlangen verspürte, ihre Gefühle für ihn einer genaueren Prüfung zu unterziehen.

»Ich schätze Mister Campbell ebenfalls«, gab sie zurückhaltend zur Antwort. »Aber das ist auch alles, Alice. Bitte gib deine unsinnige Idee auf. Sie führt zu nichts. Und jetzt bestehe ich darauf, daß du deine Kräfte schonst und versuchst, ein wenig Schlaf zu finden.«

Alice sank schwer atmend in die Kissen zurück. »Ich gebe nicht auf«, flüsterte sie mit geschlossenen Augen. »Ich kann nicht aufgeben. Rede mit Richard, wenn es Tag ist. Bitte, versprich mir, daß du es tust!«

Mary biß sich auf die Lippen. »Ich verspreche es dir!« sagte sie, weil sie wußte, daß auch das Gespräch mit Richard Campbell nichts daran ändern würde, daß dieses Vorhaben einfach zu absurd war, um verwirklicht werden zu können. Aber wenn es Alice beruhigte, würde sie mit ihm reden.

»Gut«, hauchte Alice. »Morgen... vergiß es nicht!... Uns bleibt nicht mehr viel Zeit... nicht mehr viel Zeit...« Ihre Stimme ging in ein unverständliches Murmeln über und verstummte dann. Sie fiel in einen unruhigen, von Alpträumen beherrschten Schlaf.

Schmerz und Hoffnungslosigkeit breiteten sich in Mary aus. Sie durchlitt all die Qualen, die der Verlust eines geliebten Menschen mit sich bringt.

Sachte zog Mary die Decken zurecht, damit Alice es warm hatte. Dann versuchte sie, auf dem harten Stuhl eine einigermaßen bequeme Haltung zu finden. Es würde eine lange Nacht werden. Sie würde nicht zu Sally in die Kabine zurückkehren, sondern bei Alice wachen. Es blieb so wenig, was sie noch für Alice tun konnte.

Mary lauschte dem Wüten des Sturmes. All diese Geräusche waren ihr vertraut und flößten ihr keinen Schrecken mehr ein. Die Angst, die sie erfüllte, verband sich mit etwas anderem.

Gegen ihren Willen beschäftigte Mary all das, was Alice gesagt

hatte. Sie ging immer wieder im Geiste durch, was ihre todkranke Herrin sich in den Kopf gesetzt hatte. Es war irrwitzig, aber dennoch bereitete es ihr ein nicht geringes Vergnügen, sich zumindest auszumalen, wie es sein könnte.
Herrin auf HICKORY HILL.
Ein Traum!
Ein Traum, der so zart und vergänglich war wie die weißen Schaumkronen der Wellen. Ein kräftiger Windstoß, und sie lösten sich in verwehende Gischt auf.

4

Irgend etwas bohrte sich schmerzhaft in Marys Rücken und ließ sie auffahren. Vom Schlaf noch leicht benommen, öffnete sie die Augen und brauchte einen Moment, um zu begreifen, wo sie war.
Sie richtete sich im Stuhl auf, und ihr erster Blick galt Alice. Ihr Atem ging schnell, aber regelmäßig. Sie schlief also noch, und das war gut.
Mary wußte, daß ein neuer Tag angebrochen war, obwohl hier in der fensterlosen Kabine davon nichts zu merken war. Die Lampe unter der Decke brannte noch immer mit unruhigem Schein.
Den Geräuschen nach zu urteilen, hatte der Sturm ein wenig von seiner Kraft verloren. Aber das konnte täuschen. Schon mehrmals hatte es so ausgesehen, als wollte der Sturm sich endlich legen und die FAIR WIND freigeben, doch dann war er jedesmal erneut mit ungebrochener Kraft über das Schiff hergefallen und hatte neue, haushohe Wasserberge gegen den Dreimaster geschleudert. Der Orkan gönnte sich vermutlich auch diesmal nur eine Atempause, um schon bald wieder sein zerstörerisches, nervzehrendes Werk fortsetzen zu können.

Mary beschloß, in ihre Kabine hinüberzugehen, um sich ein wenig frisch zu machen, soweit die Umstände dies zuließen. Sie sehnte sich nach einem langen heißen Bad. Doch das war ein Wunsch, auf dessen Erfüllung sie wohl noch lange warten mußte.
Als sie sich erhob und ihre verspannten Glieder streckte, spürte sie, wie zerschlagen sie war. Auf Zehenspitzen schlich sie hinaus, um Alice nicht aufzuwecken. Nach einem letzten besorgten Blick auf ihre todkranke Herrin schloß sie behutsam die Tür der Kajüte hinter sich.
Fast noch vorsichtiger betrat sie ihre eigene Kajüte. Sally schlief ebenfalls noch; das war Mary sehr recht. Sie hatte jetzt nicht das geringste Verlangen, sich mit Sally zu unterhalten und von ihr über Miß Alices Zustand ausgefragt zu werden.
Mit einem feuchten Tuch, das in der in die Kommode eingelassenen Waschschüssel lag, fuhr sich Mary über das Gesicht. Als Morgentoilette war das nicht viel, aber doch besser als gar nichts. Gern hätte sie ein frisches Kleid angezogen, doch dann hätte sie die schwere Kiste, die all ihre Kleider und persönlichen Besitztümer enthielt, unter der Koje hervorziehen müssen, und dann wäre Sally sicherlich aufgewacht. Also verzichtete sie darauf, sie würde sich später umziehen.
Lautlos, wie sie gekommen war, schlüpfte Mary Minuten später wieder aus der engen Kajüte hinaus in den Gang, der wie ausgestorben im Licht einer blakenden Wandlaterne vor ihr lag. Einen Augenblick stand sie unschlüssig vor ihrer Kabine und überlegte, was sie nun tun sollte. Sie sehnte sich nach frischer Luft und dem weiten Blick über das Meer. Doch sie hatte nicht daran gedacht, ihr warmes Cape mitzunehmen, das in der Kabine an einem Haken hing. Und oben an Deck würde es kalt sein.
Später, dachte Mary und ging den Gang hinunter, bis sie zu Richard Campbells Kabine kam. Sie hob die Hand, um anzuklop-

fen, zögerte dann jedoch. Vom Ende des Ganges, dort, wo die geräumige Kajüte von Captain Taylor lag, drang ein erregt geführter Wortwechsel an ihr Ohr.

Deutlich erkannte Mary Captain Taylors rauhe Stimme. Ganz offensichtlich war er bereits wieder betrunken, trotz der frühen Morgenstunde. Sie wunderte sich, wie ein Mann, der dem Alkohol mehr Zeit als der Führung des Schiffes widmete, zu einem so verantwortungsvollen Kommando gekommen war, denn immerhin war die Fair Wind ja ein stolzer Dreimaster und kein kleiner Küstenschoner. Und hätte sie nicht gewußt, daß Mister Raleigh, der Erste Offizier, im Ruf eines außergewöhnlichen Navigators stand und die Mannschaft fest im Griff hatte, sie hätte sich ernstlich Sorgen um das Schicksal der Fair Wind und ihrer Besatzung gemacht.

Ihr war so, als gehörte die zweite Stimme, die sich dort mit Captain Taylor stritt, zu Mister Raleigh. Sie wollte nicht Zeuge einer Auseinandersetzung zwischen diesen beiden Männern sein, auch nicht zufällig. Deshalb klopfte sie an die Tür der Kabine des einzigen männlichen Passagiers der Fair Wind und hoffte, Richard Campbell möge schon aufsein. Es war noch sehr früh am Morgen, doch sie wußte, daß Richard ein leidenschaftlicher Frühaufsteher war.

»Ja bitte? Herein!« ertönte Campbells Stimme hinter der Tür. Mary war froh, daß sie keinen gereizten Unterton hörte, und trat ein.

»Entschuldigt meinen frühen Besuch, Mister Campbell. Und bitte laßt es mich wissen, sollte ich Euch zu dieser frühen Morgenstunde ungelegen kommen«, sagte Mary entschuldigend. »Ich möchte Euch nicht von wichtigen Geschäften abhalten. Ich sehe, Ihr seid in Eure Studien vertieft.«

Richard Campbell war seit langem wach. Bekleidet mit engen Kniehosen und einem warmen wollenen Rock, saß er an dem kleinen Klapptisch und las im Licht einer Laterne in einem Buch. Auch in seine Kabine drang kein Tageslicht. Die FAIR WIND war ein Frachtschiff, und erst viele Jahre nach ihrem Bau hatte ihr Eigner einige kleine Stauräume, die kaum benutzt wurden, zu kleinen Passagierkabinen umbauen lassen.

»Aber nicht doch!« erwiderte Richard Campbell, erfreut über Marys Besuch, und klappte das in Leder gebundene Buch zu. »Von wichtigen Geschäften und Studien kann nicht die Rede sein, Miß Bancroft. Ich las ein wenig in den Schriften von John Dickenson, der dieses Buch, *Briefe eines Farmers*, verfaßt hat.«

Mary blickte ihn unverhohlen erstaunt an. »Ich wußte gar nicht, daß Ihr Euch so für Farmwirtschaft interessiert, Mister Campbell.«

Richard lachte. »Nein, nein, mit Farmwirtschaft haben die Dikkensonschen Briefe wenig zu tun.«

»Aber sagtet Ihr nicht gerade, der Titel des Buches laute *Briefe eines Farmers?*«

»Das ist schon richtig. Doch Dickenson ist Rechtsanwalt in der Kolonie Pennsylvania und kritisiert in diesen seinen Briefen, die zuerst in amerikanischen Zeitungen erschienen sind, die englische Handels- und Steuergesetzgebung in Hinsicht auf die Kolonien.«

»Ach so«, erwiderte Mary unsicher, denn weder sagte ihr der Name John Dickenson etwas, noch konnte sie sich zu der englischen Handels- und Steuergesetzgebung äußern. Sie wünschte, sie wüßte mehr über Dinge, die Männer wie Richard Campbell so interessant fanden. »Ich befürchte, Euch auf diesem Gebiet nicht folgen zu können.«

»Große soziale und politische Umwälzungen zeichnen sich in den Kolonien ab«, fuhr Richard begeistert fort. »Es wird gar nicht mehr lange dauern, und der Bruch zwischen dem Mutterland und den Kolonien wird unvermeidlich sein. Ich bin froh, daß ich gerade in dieser Zeit des Aufbruchs nach Virginia zurückkehren kann. Ich bin zwar Engländer, doch fühle ich mich ganz als Amerikaner.«

Mary verstand nicht, wo da ein Unterschied lag, gehörten doch die amerikanischen Kolonien zur Britischen Krone. Gern hätte sie Richard eingehend dazu befragt, doch sie scheute sich, ihm ihre Unwissenheit zu offenbaren. Deshalb nickte sie zögernd.

»Ihr seid sicherlich nicht gekommen, um Euch von mir etwas über Schriften irgendeines Rechtsanwalts in Pennsylvania erzählen zu lassen«, überspielte Richard den Moment der Verlegenheit und bot Mary seinen Stuhl an. Er selbst setzte sich auf einen Schemel. »Wie geht es Miß Shadwell? Hat sie die Nacht gut verbracht?«

Mary setzte sich und bereute plötzlich, daß sie sich nicht doch umgezogen hatte. Unbewußt versuchte sie ihr Kleid glattzustreichen. Sie schämte sich ihres wohl wenig ansprechenden Äußeren. »Es geht ihr unverändert...«

»Unverändert schlecht?«

Mary nickte stumm.

»Was würde ich dafür geben, könnte ich Euren Kummer lindern und etwas für Eure Herrin tun«, bat Richard sanft und voller Mitgefühl. »Ihr habt wirklich ein schweres Los zu tragen.«

Marys Körper straffte sich. Sie haßte Wehklagen. »Diese ganze Reise war ein großer Fehler. Wir hätten London nie verlassen dürfen, doch daran läßt sich nun nichts mehr ändern. Miß Shadwell bat mich diese Nacht, Euch aufzusuchen und mit Euch zu reden.«

Richard hob überrascht die Augenbrauen. »Und womit kann ich Euch und Miß Shadwell dienen?«

»Miß Shadwell macht sich große Sorgen, was nach ihrem... ihrem Tod mit ihrem Erbe, mit HICKORY HILL, geschehen wird«, begann Mary widerstrebend und berichtete ihm in kurzen,

knappen Sätzen, was Alice ihr vorgeschlagen hatte. Sie schloß mit den Worten: »Ich habe Euch davon erzählt, weil Miß Shadwell mich darum gebeten hat und ich ihr mein Versprechen gab. Sie hält große Stücke auf Eure Meinung, Mister Campbell. Und das ist gut so, denn ich befürchte, nur Ihr seid in der Lage, ihr diesen unsinnigen Plan auszureden. Auf Euch wird sie hören.«
Richard hatte Marys Bericht aufmerksam und ohne sie ein einziges Mal zu unterbrechen gelauscht. Und auch als sie geendet hatte, verharrte er in nachdenklichem Schweigen.
»Miß Shadwell ist ohne Zweifel eine außergewöhnliche Frau«, sagte er endlich. »Und was ihren Vorschlag angeht, so zeugt er von großer Güte und Liebe.«
»Das stand für mich niemals in Frage«, erwiderte Mary, und ein leicht ungeduldiger Unterton war aus ihrer Stimme herauszuhören. »Es geht darum, ihr diesen unmöglichen, verrückten Plan auszureden. Und ich sehe mich nicht in der Lage, sie von der Aussichtslosigkeit ihres Vorhabens zu überzeugen. Es ist ein Unrecht, versteht Ihr nicht?«
»Doch, ich verstehe sehr wohl«, sagte Richard Campbell zurückhaltend.
»Dann bitte ich Euch, mich dabei zu unterstützen, sie davon abzubringen«, bat Mary.
Er sah sie prüfend an. »Und Ihr glaubt, ich sei die geeignete Person, die Eurer Herrin beibringen soll, daß sie über das wenige, das ihr noch geblieben ist und an dem sie mit ganzem Herzen hängt, nicht frei nach Herzenswunsch verfügen kann?«
Heiß schoß das Blut in Marys Gesicht. So wie Richard es ausgedrückt hatte, bekam ihre Bitte um Beistand eine völlig neue und von ihr nicht beabsichtigte Bedeutung, die sie geradezu als herzlos erscheinen ließ.
»Es war nicht meine Absicht, mich vor einer undankbaren Aufgabe zu drücken«, verteidigte sich Mary.

»Ich weiß, Miß Bancroft. Nichts länge mir ferner, als Euch unterstellen zu wollen, daß Ihr etwas Derartiges bewußt tun würdet. Aber darauf läuft es letztendlich hinaus, nicht wahr?« erwiderte Richard, ohne daß seine Stimme einen Vorwurf enthielt. »Es ist der Herzenswunsch Eurer Herrin, Euch HICKORY HILL zu vererben. Doch sie ist vorausschauend genug, um zu erkennen, daß ihr Vermächtnis vor Gericht keinen Bestand haben würde. Deshalb ihr scheinbar irrwitziger Vorschlag, die Identität zu tauschen. Damit bürdet sie Euch eine nicht unbeträchtliche Last auf... trotz des Erbes als solches quasi eine undankbare Aufgabe, die Mut, Selbstbeherrschung und ein nicht geringes Maß an geistiger Regsamkeit erfordert. Ist es nicht so?«

Mary nickte stumm.

»Nun denn, ich werde mir Gedanken machen und mit Miß Shadwell sprechen, wenn es Euer Wunsch ist«, erklärte er und lächelte sie aufmunternd an. »Sagt mir nur, wann es Euch und Miß Shadwell recht ist, daß ich mit ihr darüber rede.«

Dankbarkeit stand in Marys Augen. »Wenn es Euch nichts ausmacht, werde ich Sally zu Euch schicken, sowie Miß Shadwell sich kräftig genug fühlt, mit Euch zu reden. Ich hoffe, ich kann sie dazu bringen, etwas Suppe und Tee zu sich zu nehmen.« Sie würde alles daransetzen, daß dieses Gespräch sobald wie möglich stattfand. Alice mußte diesen unsinnigen Plan einfach vergessen, und mit Richard Campbells Unterstützung konnte ihr das gelingen.

»Ich werde Eure Nachricht erwarten, Miß Bancroft.«

Mary schenkte ihm ein zögerndes, hoffnungsvolles Lächeln und verließ seine Kabine, um wieder nach Alice zu sehen. Eigentlich hätte sie nach dem Gespräch mit Richard Campbell erleichtert und beruhigt sein sollen, doch merkwürdigerweise war dies nicht der Fall. Ja, ihr schien viel eher, als wäre das Gefühl dumpfer Unruhe und Ungewißheit noch stärker geworden...

5

Kurz nachdem Alice aus dem Schlaf erwachte, schickte Mary die Kammerzofe, die bleich und übernächtigt aussah, in die Schiffsmesse, um das klägliche Frühstück zu holen. Alice hatte nur nach Tee und trockenem Schiffszwieback gefragt. Seit Tagen nahm sie kaum noch etwas zu sich. Bald würde ihr entkräfteter Körper dem verzehrenden Fieber nichts mehr entgegenzusetzen haben.

»Hast du über das, was ich gesagt habe, nachgedacht und mit Mister Campbell gesprochen?« wollte Alice wissen, als sie nach einer Tasse Tee und einem halben Zwieback das Tablett zurückschob. Es war erschreckend, wie wenig sie nur noch zu sich nahm.

Mary nickte. »Ja, ich habe es getan, wie du es gewünscht hast.«

»Und?«

»Er möchte nachher mit dir darüber reden, falls du dich in der Lage fühlst, ihn zu empfangen«, sagte Mary, ohne Einzelheiten zu erwähnen, denn auch Sally Lee hielt sich in der Kabine auf und hörte mit gespitzten Ohren zu. Sicher fragte sich sich im stillen schon neugierig, was es so Wichtiges zu besprechen gab.

»Dann laß es uns nicht länger aufschieben«, sagte Alice leise. »Schick nach ihm, Mary. Jetzt. Ich möchte diese Angelegenheit geklärt wissen.«

»Bist du auch sicher, daß du...«

»Ja, ich bin sicher!« Alices Stimme hatte einen Anflug von Ungeduld und Gereiztheit.

»Gut, wenn das dein Wille ist.« Mary wandte sich der Zofe zu, die verständnislos von einem zum anderen geblickt, jedoch nicht gewagt hatte, eine Frage zu stellen. Diese Freiheit kam ihr nicht zu. Aber die brennende Neugier stand ihr im Gesicht geschrieben. »Sally?«

»Ja?« Die Zofe erhob sich von ihrem Schemel.
»Würdest du jetzt zu Mister Campbell gehen und ihn bitten, zu uns zu kommen?« sagte Mary. »Er wird schon wissen, was es mit dieser Bitte auf sich hat.«
»Ja, natürlich«, erwiderte Sally und eilte aus der Kabine. Augenblicke später kehrte sie in Begleitung von Richard Campbell zurück.
»Laß uns bitte allein«, sagte Alice mit einem schwachen Lächeln. »Mary wird dich rufen, wenn ich dich wieder brauche.«
»Sehr wohl, Miß«, murmelte Sally und deutete einen Knicks an. Doch sie entfernte sich mit sichtlichem Widerwillen aus der Kabine. Allzugern nur wäre sie geblieben, um zu hören, was hinter Mister Campbells Besuch bei ihrer Herrin steckte.
Richard Campbell war dankbar dafür, daß die Aufmerksamkeit von Alice Shadwell und Mary Bancroft einen Moment lang der Kammerzofe galt. Diese kurze Zeitspanne erlaubte es ihm, seine Betroffenheit unter Kontrolle zu bekommen und zu verbergen. Er hatte Alice mehrere Tage nicht gesehen, und ihr Anblick erschütterte ihn zutiefst. Sie war nur noch Haut und Knochen. Alice hatte nicht mehr lange zu leben. Um das zu erkennen, brauchte man kein Arzt zu sein.
»Ich danke Euch, daß Ihr Euch die Zeit genommen habt, um einer kranken Frau zuzuhören«, sagte Alice mit einem schwachen Lächeln.
Richard Campbell machte nur eine höfliche Verbeugung, weil er noch immer unter dem Schock ihres Anblickes stand und so schnell nichts Passendes zu erwidern wußte.
»Nun, ich möchte Eure Zeit nicht über Gebühr in Anspruch nehmen, deshalb erlaubt, daß ich sofort zur Sache komme«, begann Alice und erklärte ihm mit eindringlichen Worten, was sie in der Nacht zuvor Mary gesagt hatte.
Als Alice geendet hatte, tat Richard etwas, das Mary verblüffte.

Anstatt schockiert zu sein, stellte er eingehende Fragen zu verschiedenen Punkten, die ein Scheitern des Plans zur Folge haben könnten. Mary warf ihm beschwörende Blicke zu, um seine Aufmerksamkeit zu erregen und ihn daran zu erinnern, daß sie sich das Gespräch anders vorgestellt hatte. Aber er mied ihren Blick, ohne dabei jedoch unhöflich zu sein. Es schien, als gelte seine ungeteilte Aufmerksamkeit einzig und allein Alice Shadwell.
Er wollte von Alice auch wissen, ob von Margaret und George Wickman im Falle eines Rollentausches etwas zu befürchten sei. »Wäre es beispielsweise nicht denkbar, daß Mister Wickman eines Tages zu dem Entschluß kommen könnte, Euch einen Besuch auf Hickory Hill abzustatten?«
Alice schüttelte den Kopf. »Niemals.«
»Darf ich erfahren, was Euch so sicher macht?« wollte Richard wissen.
»Seit Jahren schon quält ihn die Gicht, die ihn und seine Frau mehr und mehr ans Haus fesselt. Krankheit und Alter verbieten ihm, eine so anstrengende Reise zu unternehmen. Und wie ich schon gesagt habe, es gibt außer den Wickmans niemanden, der für Mary in Virginia eine Gefahr darstellen könnte.«
Mary ließ ein kurzes, ungehaltenes Hüsteln vernehmen, das an Richards Adresse gerichtet war. Erwartete sie doch von ihm, daß er nun ihre Partei ergriff und ihrer Herrin begreiflich machte, wie unausführbar ihr Ansinnen war, an ihrer Stelle auf Hickory Hill als Herrin Einzug zu halten.
Richard blickte zu ihr hinüber, schenkte ihr ein kurzes ernstes Lächeln und wandte sich dann wieder der Todkranken zu. »Respekt! Ihr habt wirklich kaum einen wichtigen Punkt unbedacht gelassen.«
»Dann stimmt Ihr mir zu?« fragte Alice Shadwell freudig erregt.
Richard Campbell ließ sich mit der Antwort Zeit. »Ich habe mir

vorgenommen, skeptisch zu sein und Euren Plan nüchtern auf seine Erfolgsaussichten zu prüfen. Daran habe ich mich auch gehalten.«

»Und zu welchem Urteil seid Ihr gekommen?« fragte Mary drängend.

»Das Vorhaben ließe sich meiner unmaßgeblichen Meinung nach mit ein wenig Mut und Entschlossenheit verwirklichen«, sagte Richard nach einer Weile, ohne Mary anzublicken. »Hättet Ihr Euren Plan einer weniger willensstarken Person als Miß Bancroft unterbreitet, so wäre mein Urteil sicherlich anders ausgefallen.«

»Siehst du!« rief Alice triumphierend. »Auch Mister Campbell meint, daß mein Plan gar nicht so unsinnig ist, wie du behauptest!«

Mary war so verblüfft über Richard Campbells eindeutiges Votum zu Alices Gunsten, daß sie einen Moment lang nicht wußte, was sie antworten sollte.

»Bitte versteht mich nicht falsch«, fügte er nun hinzu und schaute Mary dabei offen ins Gesicht. »Ich beabsichtige nicht, Partei zu ergreifen und Euch zu irgend etwas zu drängen. Eure Herrin hat mich gebeten, meine Meinung zu äußern, ob ihr Plan zu verwirklichen sei, und nur dazu habe ich Stellung genommen. Die Entscheidung, ob Ihr Euch darauf einlassen wollt oder nicht, liegt allein bei Euch. Und niemand vermag Euch diese Entscheidung abzunehmen, denn Ihr werdet damit leben müssen. Geht Ihr auf den Vorschlag ein, wird sich Euer Leben grundlegend ändern. Ihr werdet dann einige Risiken, die nie ganz auszuschließen sind, auf Euch nehmen müssen. Dafür jedoch werdet Ihr Herrin von HICKORY HILL sein und zugleich Miß Shadwell einen letzten Wunsch erfüllt haben. Wenn Ihr Euch aber dagegen entscheidet...«

Alice ließ ihn den Satz nicht beenden. »... wird HICKORY HILL an

den verhaßten Halbbruder meines verstorbenen Vaters gehen! Mary! Wie soll ich Frieden mit dieser Welt schließen, wenn ich den Gedanken mit in den Tod nehmen muß, daß mein geliebtes Hickory Hill nicht in die richtigen Hände kommt? Sag ja, erfülle mir meinen letzten, sehnlichsten Wunsch!«
Mary kämpfte mit widerstreitenden Gefühlen. Ihr Verstand drängte sie mit aller Kraft zu einer ablehnenden Antwort, doch die tiefe Zuneigung, die sie für Alice empfand, war nicht minder stark. Außerdem regte sich in ihr ein merkwürdiges Gefühl prickelnder Ungewißheit. Welch eine Herausforderung, welch ein Traum, ein so großes und stattliches Landgut wie Hickory Hill angeboten zu bekommen!
»Ich... ich weiß nicht«, murmelte sie verzweifelt.
»Es wäre wahrlich eine Schande, wenn ein so prachtvoller Besitz einem Mann zufiele, der ihn nicht verdient«, bemerkte Richard ruhig. »Und wenn ich jemandem das Glück gönne, ein großartiges Erbe anzutreten, dann Euch. Also überlegt es Euch gut.«
Die erwartungsvollen Blicke von Alice und Richard ruhten auf Mary. Sie empfand diese Blicke wie eine erdrückende Last. Und der flehentliche Ausdruck in Alices Augen war ihr unerträglich.
»Gut, ich... ich... werde es tun«, hörte sie sich plötzlich zu ihrer Überraschung sagen, und die eigene Stimme war ihr fremd. Ihr war, als würde sie ihre Zustimmung wie unter einem inneren Zwang geben. Doch nun war es geschehen. Nun hatte sie die alles entscheidenden, alles verändernden Worte ausgesprochen, und sie wußte, daß sie sie nicht mehr zurücknehmen konnte. Die Entscheidung war gefallen. Endgültig.
Sie war von der Folgenschwere ihrer Entscheidung wie benommen. Sie war fest entschlossen gewesen, Alice mit Campbells Hilfe von ihrem Vorhaben abzubringen – und nun hatte sie Alice ihr Versprechen gegeben! Träumte sie das alles nur?

Ein glückliches Lächeln breitete sich auf dem Gesicht der Todkranken aus.
»Mary, ich wußte, daß du mich nicht im Stich lassen würdest! Du ahnst nicht, wie glücklich du mich damit machst. Nun werde ich, wenn die Stunde kommt, in Frieden sterben können!«
»Hör auf...! Hör auf damit!« rief Mary heftig und ballte die Fäuste. »Ich will dich nie mehr vom Sterben reden hören, verstehst du?«
»Aber Mary, ich...« begann Alice verstört.
Richard unterbrach sie schnell. »Miß Bancroft hat recht. Jetzt ist nicht die Zeit, um vom Sterben zu sprechen. Ihr müßt leben und um jeden Atemzug kämpfen, denn nun, da die Entscheidung gefallen ist, braucht Miß Bancroft all Eure Unterstützung. Es gibt viel zu tun und zu bereden. Ich bin bereit, Euch in jeder Hinsicht beizustehen und das meinige zu tun, um den Plan gelingen zu lassen. Doch über das, was sie über Euer Leben und HICKORY HILL wissen muß, könnt nur Ihr sie unterrichten.«
»Ja, Ihr habt recht, Mister Campbell. Ich darf Mary nicht unvorbereitet in diese andere Welt schicken. Dies ist meine Aufgabe, und ich werde sie erfüllen, dessen könnt Ihr versichert sein. Ich werde sofort damit beginnen«, versprach Alice in fiebriger Erregung.
Richard schüttelte energisch den Kopf. »Nein, damit werdet Ihr noch ein wenig warten müssen.«
»Aber warum?«
»Zuvor sind andere wichtige Dinge zu klären. Es muß dafür gesorgt werden, daß an Bord des Schiffes nicht der geringste Zweifel darüber aufkeimen kann, wer... wer seiner Krankheit erlegen ist. Miß Bancroft darf sich von nun an nicht mehr außerhalb ihrer Kabine zeigen. Sally und ich werden dafür sorgen, daß sich die Nachricht von Eurer plötzlichen schweren Erkrankung schnell auf der FAIR WIND herumspricht.«

»Ihr habt recht. Wenn ich als Mary Bancroft sterben soll, muß das auch in ihrer Kabine geschehen«, warf Alice ein. »Es geht nicht, daß man meine verstorbene Gesellschafterin aus meiner Kajüte holt. Nur ein ausgemachter Dummkopf würde dann keinen Verdacht schöpfen.«

Richard nickte. »Ja, Ihr werdet die Kabinen wechseln müssen. Sally wird ihre Koje räumen müssen und hier in Eurer Kajüte schlafen. Niemand wird sich etwas dabei denken, wenn er Sally aus Eurer Kabine kommen sieht. Nachdem Miß Bancroft gleichfalls schwer erkrankt darniederliegt, ist es nur zu verständlich, daß nun Eure Kammerzofe auch Eure Pflege übernimmt.«

»Ihr müßt mich noch heute in die andere Kabine bringen!« drängte Alice.

Mary hatte sich nicht an dem Gespräch beteiligt, das ihr so unwirklich und grausam erschien wie der schrecklichste Alptraum, den sie sich vorzustellen vermochte. Sie spürte Angst und Kälte in sich.

Alice dagegen zeigte eine trügerische Kraft. Ihr Gesicht war so voller Erregung und Begeisterung, daß es Mary das Herz zuschnürte. Sie wußte, daß es nur das kurzzeitige Aufflackern eines bald verlöschenden Lebenslichtes war, ein letztes Aufbäumen, frei von Selbstmitleid und Verzweiflung.

Wie durch einen Nebel nahm Mary das Gespräch zwischen Alice und Richard wahr. Sie hörte, was gesagt wurde, doch die Worte drangen nicht in ihr Bewußtsein. Sie schien sich in einer eigenartigen Starre zu befinden, wie in einem geheimen Bann.

Erst als Richard Campbell Sally zu ihnen in die Kabine holte, gelang es Mary, sich aus diesem seltsamen Bann zu lösen und sich wieder auf ihre Umgebung zu konzentrieren. Doch es kostete sie größte Überwindung und Willenskraft.

Unsicher stand Sally Lee am Bett ihrer Herrin. Sie ahnte, daß es einen besonderen Grund gab, daß sie gerufen wurde. Doch ihre

Neugierde wandelte sich schnell in ungläubiges Staunen, als Richard sie in den Plan einweihte. Sprachlos hörte sie zu.
»Es ist nichts Unrechtes«, betonte Richard zum Schluß seiner Ausführungen noch einmal nachdrücklich. »Miß Shadwell bestimmt Miß Bancroft zu ihrer Alleinerbin. Unter normalen Umständen wäre diese... Posse gar nicht vonnöten. Da würde ein Notar die Dokumente ausfertigen und beglaubigen lassen. Doch die Situation, in der sich deine Herrin befindet, ist alles andere als normal und zwingt zu ungewöhnlichen Schritten, um die Erfüllung ihres letzten Wunsches zu sichern. Um langwierige und kostspielige Prozesse von vornherein auszuschließen, hat deine Herrin diesen Weg gewählt. Aber ohne deine Unterstützung und Verschwiegenheit ist das Ganze nicht ausführbar. Deshalb haben wir dich hinzugezogen und dich in alles eingeweiht.«
Sally wußte nicht, was sie sagen sollte. Sie empfand Neid auf Mary, die HICKORY HILL erben sollte. Gleichzeitig aber überlegte sie schnell, welche Möglichkeiten dieser Plan auch für sie barg. Sicher erwartete niemand von ihr, daß sie sich nur für ein paar Pennies als Mitwisserin und Komplizin einspannen ließ. Sie war klug genug, um zu wissen, daß von ihrer Zustimmung alles abhing. Dies war die Chance ihres Lebens, und sie gedachte nicht, sie für ein paar lausige Goldstücke zu verspielen, wenn sie ihr eine gesicherte Zukunft einbringen konnte.
»Nun? Wie lautet deine Antwort?« fragte Alice unruhig. »Wirst du deinen Teil dazu beitragen, daß mein letzter Wunsch in Erfüllung geht?«
Sally gab sich unentschlossen, obgleich sie die Entscheidung längst getroffen hatte. »Ich... ich weiß nicht so recht, Mistress«, sagte sie mit niedergeschlagenen Augen, weil sie befürchtete, man könne die Habgier an ihnen ablesen.
»Was weißt du nicht?« fragte Richard Campbell nach und sah sie prüfend an.

Sally wich seinem durchdringenden Blick aus und sah scheinbar verlegen zu Boden. »Ich bin nur eine einfache Kammerzofe und verstehe nicht viel von Recht und Unrecht. Gern täte ich Euch den Gefallen, nur...«

»Nur was?« fragte Richard knapp. Er wußte genau, was in diesem Moment in Sally Lee vor sich ging. Obwohl sich leichte Ungeduld in ihm regte, konnte er sie doch nicht dafür verurteilen, daß sie um ihren Anteil feilschte. Damit hatten sie rechnen müssen.

»Nur... wenn das bekannt wird, was ich getan habe, wird man mich doch bestimmt vor ein Gericht bringen«, erklärte Sally. »Denn die Wahrheit ist es ja nicht, wenn ich so tue, als wäre die Mistress gar nicht gestorben, sondern Miß Bancroft. Wie ich schon sagte, was versteht unsereins von Gesetzen, aber hart wird die Strafe sein, das weiß ich wohl.«

»Unsinn!« erwiderte Richard und fügte dann beschwichtigend hinzu: »Ich gebe dir mein Wort darauf, daß dir nichts geschehen wird. Du hast nur getan, was man dir aufgetragen hat, wie man es von einer treuen Kammerzofe erwarten kann. Und selbstverständlich wirst du reichlich dafür belohnt werden.«

Sally hob ein wenig den Kopf. »Ich möchte nur nicht ins Gefängnis«, betonte sie.

»Das wirst du auch nicht müssen. Im Gegenteil. Du wirst für deine Treue gut belohnt werden, wie Mister Campbell schon gesagt hat. Wie würde es dir gefallen, ein eigenes Haus zu besitzen und selbst Dienstboten zu haben?« fragte Alice.

»Wunderbar wäre das!« erwiderte Sally begeistert, riß sich jedoch schnell zusammen und fügte mit ernster Miene hinzu: »Doch das ist es nicht, was mich bewegen könnte, das Gesetz zu verletzen.«

Alice lächelte. »Nun, du wirst es bekommen. Zudem wird Mary dir eine großzügige Abfindung auszahlen, mit der du ein neues

Leben wirst beginnen können«, versprach sie und nannte eine Summe, die so großzügig bemessen war, daß Sally schon jetzt das Gefühl hatte, reich zu sein. »Doch für all das verlange ich eine Gegenleistung, die sicher nicht unbillig ist.«

»Ja?« fragte Sally erwartungsvoll und hatte Mühe, nun nicht zu eifrig zu wirken.

»Es würde Mißtrauen erregen, wenn du von heute auf morgen in ein eigenes Haus zögest und über soviel Geld verfügtest«, erklärte Alice, und Sally stimmte ihr in Gedanken zu. »Deshalb wirst du noch etwa ein Jahr bei Mary in Diensten bleiben und erst dann in den Genuß dieser Belohnung kommen. Mary wird dann Wege finden, um für deine neue Vermögenslage eine plausible Erklärung zu finden ... wie zum Beispiel die unerwartete Erbschaft eines entfernten Verwandten in England.«

Sally gab sich bescheiden und knickste mit gesenktem Kopf. »Ihr seid zu gütig, Mistress. Ein Haus und dieses viele Geld bin ich gar nicht wert. Was ich für Euch tun kann, würde ich auch so für Euch tun ... wenn ich nur nicht solche Angst vor dem Gefängnis hätte. Es heißt, man vermodert dort bei lebendigem Leib ...«

»Schon gut«, unterbrach Alice sie. »Es ist also abgemacht. Und versprich mir, daß du Mary ebenso treu dienst, wie du mir gedient hast.«

»Ich verspreche es«, sagte Sally und warf Mary einen schwer zu deutenden Blick zu.

Richard ergriff wieder das Wort und gab der Kammerzofe genaue Anweisungen, wie sie sich zu verhalten und was sie zu sagen hatte. Sally nickte. Sie erkannte, daß der Erfolg dieses Planes zu einem nicht geringen Teil von ihr und ihrem Verhalten abhing. Sie ertappte sich plötzlich dabei, daß sie sich wünschte, der Todeskampf ihrer Herrin möge sich nicht mehr allzulange hinziehen. Je eher Miß Shadwell starb, desto besser war es. Denn insgeheim hegte Sally die Befürchtung, die Mistress könnte sich in letzter Sekunde wieder anders besinnen und diesen Plan mit dem Rollentausch verwerfen, im Vertrauen darauf, daß ihr Testament zugunsten von Mary Bancroft auch vor Gericht bestehen werde. In diesem Fall würde niemand ihrer Hilfe bedürfen und ihr niemand auch nur ein Goldstück schenken, und das wäre gleichbedeutend mit dem Ende ihrer Zukunft, die sie sich schon in den rosigsten Farben ausmalte.

»Gut, das ist vorerst alles. Denk von jetzt an immer daran, vorsichtig und verschwiegen zu sein, und vergiß nie, daß es zu deinem eigenen Vorteil ist!« ermahnte Richard Campbell die Zofe noch einmal und gab ihr dann mit einem Kopfnicken zu verstehen, daß sie gehen konnte.

»Ihr werdet mit mir zufrieden sein«, versicherte Sally, knickste und verließ die Kabine.

»Ich glaube, mit der Zustimmung Eurer Kammerzofe ist die Entscheidung gefallen«, sagte Richard endlich in das Schweigen. »Wir können damit beginnen, Euren Plan in die Wirklichkeit umzusetzen, Miß Shadwell.«

Richard und Alice schienen auf einen Kommentar von Mary zu warten, war sie es doch, die die Hauptrolle in diesem Unternehmen spielte. Doch Mary schwieg. Wilde und widerstreitende Empfindungen bewegten sie.

6

Zwei Stunden später ruhte Alice Shadwell in der schmalen Koje, die bis zu dieser Stunde das Bett von Mary Bancroft gewesen war. Niemand hatte den Kabinentausch bemerkt. Es war still im Achterschiff. Bis auf die vertrauten Geräusche der FAIR WIND, die sich gegen das Unwetter stemmte, war kein Laut zu hören. Mary, die von nun an die Kabine nicht mehr verlassen durfte,

klopfte es an der Tür. Richard bat um Einlaß. Mary ließ ihn schnell herein.

»Ich bin gekommen, um nach Euch und Miß Shadwell zu schauen«, sagte Richard mit gedämpfter Stimme, »und Euch davon zu unterrichten, daß man mittlerweile von Eurer schweren Erkrankung weiß. Ich glaube kaum, daß dieser Trunkenbold von einem Captain begriffen hat, was ich ihm da gesagt habe. Aber der Erste Offizier und Jenkins, der Bootsmann, der zufällig anwesend war, haben meinen Worten teilnahmsvoll gelauscht. Ihr könnt versichert sein, daß spätestens jetzt jeder an Bord des Schiffes von Eurer Krankheit erfahren hat.«

»Vermutlich sollte ich beruhigt sein, nicht wahr?« fragte Mary.

Richard zuckte mit den Achseln. »Zumindest braucht Ihr nicht zu befürchten, einer der Seeleute könnte Euch entlarven.«

»Und was macht Euch so sicher?«

»Als ich von dem schweren Fieber, das Euch über Nacht darniedergeworfen hat, erzählte, stellten der Erste Offizier und der Bootsmann Fragen, die deutlich erkennen ließen, daß Ihr wenig Gelegenheit hattet, Euch an Deck sehen zu lassen«, antwortete Richard Campbell. »Und wenn Ihr dann an Deck kamt, schütztet Ihr Euch stets mit Hut und Schal vor dem frischen Wind, wie ich mich erinnere. Kein Wunder also, daß sich niemand ein rechtes Bild von Eurem Aussehen machen kann. Und wenn Ihr mir diese Bemerkung gestattet, so muß ich sagen, daß ihnen damit ein überaus reizender Anblick entgangen ist«, fügte er mit einer angedeuteten Verbeugung hinzu.

Mary errötete leicht bei diesem Kompliment, und für einen kurzen Augenblick spürte sie ein Gefühl der Wärme und Geborgenheit. Sie lächelte unsicher und sah schnell zur Seite. Ihr Blick fiel auf das schmale Gesicht von Alice Shadwell, das von Schweißperlen bedeckt war. Und sofort krampfte sich alles in ihr zusam-

men. Sie fühlte sich schuldig, weil sie sich über das Kompliment eines Mannes freuen konnte, während ihre Herrin neben ihr mit dem Tod kämpfte.
Marys Lächeln erstarb. »Danke«, sagte sie einsilbig und gab Richard zu verstehen, daß sie jetzt allein zu sein wünschte. Obwohl er gern noch eine Weile geblieben wäre, respektierte er ihren Wunsch und zog sich zurück.
Die Nacht brach an, und wie sehr Mary sich auch nach Schlaf sehnte, so vermochte sie doch kein Auge zu schließen. Es schien ihr einfach nicht vergönnt zu sein, für einige Stunden Ruhe und Vergessen zu finden und sich in die Welt der Träume zu flüchten. Und so war sie beinahe erleichtert, als Alice irgendwann nach Mitternacht erwachte und mit der energischen Entschlossenheit eines Menschen, der weiß, daß ihm für die Vollendung einer wichtigen Arbeit nicht mehr viel Zeit bleibt und daher kein Augenblick ungenutzt verstreichen darf, die Erzählung fortsetzte.
»Hickory Hill ist auf zwei Seiten von Wasser umgeben«, erzählte sie Mary. »Das Westufer des James River bildet die von Norden nach Süden verlaufende Plantagengrenze. Und der Duck Creek, der von Westen nach Osten fließt, stellt die andere natürliche Grenze dar. Sosehr ich auch den breiten Strom des James River mit seinen dunklen Fluten mochte, meine Liebe galt dem kleinen verschwiegenen Duck Creek mit seinen stillen Buchten und schilfreichen Ufern. Wie oft habe ich da im Herbst gesessen und auf die Schwärme von Wildenten und Wildgänsen gewartet. Und welch ein Anblick war es jedesmal, wenn sie schließlich kamen und sich zu Hunderten auf dem Wasser niederließen...«
Für eine Weile versank sie in ein wehmütiges Schweigen, während sie ihren Kindheitserinnerungen nachhing.
»Du mußt auch von der Teufelsklippe wissen«, fuhr Alice schließlich fort. »Dort, wo der James Creek unterhalb des Herrenhauses in den James River mündet, erhebt sich eine kleine

felsige Anhöhe, die zum James River hin steil und zerklüftet abfällt. Ein kleiner Pfad, den man sehr leicht übersieht, wenn man nicht von ihm weiß, schlängelt sich durch das Unterholz am Fuß der felsigen Erhebung und führt dann durch dichtes Gestrüpp ganz hinauf auf eine kleine Plattform. Sie ist nicht größer als diese Kabine hier. Von dort hat man einen wunderbaren Ausblick. Sogar das Dach von HICKORY HILL ist zu sehen.«

»Hat der Name Teufelsklippe eine besondere Bedeutung?« wollte Mary wissen.

Alice nickte. »So etwas wie ein Fluch soll auf diesen Klippen lasten. Wenigstens erzählten sich das unsere Dienstboten und die Sklaven auf den Feldern. Vor vielen Generationen soll es dort oben zu einer schrecklichen Bluttat gekommen sein. Es gibt darüber widersprüchliche Geschichten. Die einen wollen von einem Brudermord, der dort oben geschah, wissen. Die anderen schwören, daß die Indianer, bevor man sie endgültig aus dieser Region vertrieb, eine ganze Siedlerfamilie auf grausamste Weise dort oben niedergemetzelt und ihre Leichen dann über die Klippen gestoßen haben. Vermutlich ist nichts von beidem wahr, denn ich vermag mir einfach nicht vorzustellen, daß an diesem so friedlichen Ort jemals etwas so Schreckliches geschehen sein soll. Doch das ändert nichts daran, daß es kaum jemand wagt, seinen Fuß auf die Teufelsklippe zu setzen.« Sie lachte leise. »Als Kind war mir das sehr recht, wußte ich doch, daß mich dort oben niemand suchen und finden würde. Ähnlich wie der Dachboden war auch die Teufelsklippe ein Teil meines ganz persönlichen Reiches. Laß dich nicht von den düsteren Geschichten, die man dir erzählen wird, davon abhalten, eines Tages dort hinaufzugehen. Du wirst es nicht bereuen!«

Mary nickte stumm. James River, Duck Creek, Teufelsklippe – fremde Namen in einem fremden Land, und doch bald schon ihre Heimat.

Alice sprach bis in den frühen Morgen. Doch je länger sie redete, desto öfter schweiften ihre Gedanken ab, verwirrten sich und kehrten zu Dingen zurück, die sie schon einmal erzählt hatte. Und bald wurden die Pausen zwischen ihren Sätzen länger und länger, und ihre Stimme wurde schwächer. Aber sie hörte nicht auf Marys verzweifelte Bitten, sich zu schonen. Sie spürte, wie ihr die Zeit zwischen den Fingern zerrann. Dabei gab es noch so viel zu besprechen.
»Morgen«, beruhigte Mary sie und zwang sich zur Ruhe. Doch wie viele Morgen gab es noch für Alice Shadwell?

7

Alice Shadwells Ringen mit dem Tod zog sich über drei weitere Tage hin. Es waren die längsten und schrecklichsten Tage für Mary Bancroft, Tage, die sie bis ans Ende ihres Lebens niemals vergessen würde. Hilflos am Bett ihrer geliebten Freundin und Herrin zu sitzen, erfüllt von einem entsetzlichen Gefühl der Ohnmacht, war eine Qual und gleichzeitig doch der letzte Dienst, den sie ihr erweisen konnte. Ihr schien, als hätte es der Tod nun, da er sich seines Opfers sicher war, nicht mehr so eilig, als koste er seine Macht genüßlich aus.
Warum muß der Mensch nur so leiden, sich so lange mit dem Tod quälen? fragte sich Mary immer wieder, wenn Alice im Fieber stöhnte und nach Atem röchelte. Manchmal hätte sie laut schreien mögen, wenn die Last ihrer Gedanken und die Erkenntnis der eigenen Vergänglichkeit zu schwer wurde. Und warum muß ausgerechnet sie so jung sterben? Warum? Was hat sie getan, daß Du sie so strafst, HERR? Ist das die Gerechtigkeit auf Erden? Und wenn Du sie schon von uns nimmst, warum gönnst Du ihr nicht einen sanften, gnädigen Tod?

Ja, der Tod schlich sich wie ein hinterhältiger Dieb heran, so kam es Mary vor. Dagegen hatte Alice in ihren klaren Stunden das beklemmende Gefühl, als würde die Zeit auf einmal fliegen und immer schneller werden. »Wie Sand, der einem zwischen den Fingern verrinnt«, sagte sie einmal bestürzt.
Alice fürchtete sich nicht vor dem dunklen Tal, das vor ihr lag, sondern sorgte sich um das, was sie bald hinter sich lassen würde. »Wir müssen noch so viel bereden, Mary«, sagte sie immer wieder eindringlich. »Du mußt gut vorbereitet sein.«
Dann hielt Mary ihre Tränen zurück und blieb stumm, denn sie hatte ja nur zu recht. Und wie lächerlich hätte es geklungen, wenn sie sie jetzt noch angefleht hätte, sich doch zu schonen, wie es ihr immer wieder auf der Zunge lag. Denn wofür sollte Alice sich schonen? Für die lange Nacht der Finsternis?
Alice Shadwells Wille focht einen verzweifelten, kräftezehrenden Kampf gegen das tödliche Fieber. Immer wieder wurde sie hinunter in die Tiefen der Bewußtlosigkeit gezogen, um sich dann stets erneut gegen die Endgültigkeit aufzubäumen und fortzusetzen, was sie begonnen hatte.
»Der Tod muß warten!... Ich bin noch nicht fertig«, hörte Mary sie oftmals beschwörend sagen, als spräche sie zu einer Person in der Kabine, die nur sie hören und sehen konnte.
Mit eiserner Willenskraft ging sie mit Mary einen Großteil der Briefe ihres verstorbenen Vaters durch, gab Erklärungen, wenn in ihnen die Namen von Nachbarn und Freunden der Familie auftauchten, und zwang Mary, sich Notizen zu wichtigen Ereignissen und Dingen zu machen, über die sie gut informiert sein mußte. »Jedes Detail kann eines Tages von Bedeutung sein! Nichts darfst du vergessen! Du mußt denken, wie ich es tat, mußt mit meinen Erinnerungen leben und dich in meiner Welt vertraut fühlen! Dann wirst du alle Schwierigkeiten mit leichter Hand meistern und dein Glück machen.«

»Aber es ist so viel, was ich zu bedenken und zu behalten habe«, klagte Mary ein ums andere Mal, wenn die physische und psychische Müdigkeit sie niederdrückte und sie wieder starke Zweifel hegte, jemals glaubhaft in die Rolle ihrer Herrin schlüpfen zu können.

Doch Alice wollte davon nichts wissen. So todkrank sie auch war, in solchen Augenblicken brannte ein derartiges Feuer in ihren Augen, daß Mary erschrak und den Blick einer Wahnsinnigen auf sich gerichtet glaubte.

»Du schaffst es, Mary! Ich weiß, daß du es schaffst. Du hast es mir versprochen! Und du wirst deinen Schwur nicht brechen. Du nicht!« stieß sie keuchend hervor und tastete nach dem nächsten Brief.

Am dritten Tag war Alice kaum noch ansprechbar. Schwer atmend lag sie in der schmalen Koje. Als sich die Dunkelheit über die scheinbar endlose Weite des Ozeans, der sich noch nicht beruhigt hatte, legte, war klar, daß Alice den neuen Tag nicht mehr erleben würde.

Mary wich nicht von ihrer Seite. Was sie für sie tun konnte, tat sie, und das war wenig genug. Mitten in der Nacht kam Alice Shadwell noch einmal zu sich. Sie spürte, daß jetzt der Augenblick gekommen war, um von Mary für immer Abschied zu nehmen.

»Erinnerst du dich an die Teufelsklippe, von der ich dir erzählt habe?« fragte Alice mit kaum vernehmbarer Stimme, als käme sie schon aus weiter Ferne. Die letzte Kraft entwich langsam aus ihrem ausgezehrten Körper, der sich fast in dem breiten Bett verlor.

Mary schluckte schwer. »Ja...«

»Ich habe mich nie wie die anderen davor gefürchtet... und ich fürchte mich auch nicht vor dem Tod«, flüsterte sie, und ein schwaches Lächeln nahm ihrem Gesicht für einen Augenblick die Todesahnung, die ihre Züge prägte. »Weißt du, ich habe auch die Dämmerung und die Nacht immer geliebt, fast mehr noch als den Tag. Sie sind so voller Geheimnisse, voll rätselhafter Verheißungen. Jetzt werde ich endlich wissen, was nach dem Leben kommt. Gibt es ein Dasein danach, dann ist es gut. Ist der Tod das Ende, dann ist es auch gut. Also gräme dich nicht meinetwegen...«

Ihre Stimme war so schwach, daß Mary sich über sie beugen mußte, um ihre Worte zu verstehen. Es wurde ihr gar nicht bewußt, daß sie die Hände der Sterbenden krampfhaft umschlossen hielt.

»Mary?« flüsterte sie nach einer Weile des Schweigens. »Mary, hörst du mich?«

»Ja, Alice. Ich bin bei dir. Ich höre dich«, sagte Mary mit tränenerstickter Stimme.

Ein schwaches Nicken des Kopfes, ein Flattern der Lider. Dann bewegten sich die Lippen wieder. »Was auch immer dir das Leben bringen mag, du darfst nie verzweifeln, Mary. Und denk daran, daß du Alice sein wirst, wenn ich gleich nicht mehr bin. Du bist Alice!... Alice Shadwell!« hauchte sie, und aus der Tiefe ihrer Augen schien noch einmal der Schimmer eines Lächelns heraufzusteigen. »Ich weiß, daß du den Tag und die Sonne lieber hast als die Schatten und die Nacht. Doch so finster und tief die Nacht auch sein mag, es kommt... doch immer wieder... ein neuer... Morgen, hörst du?... Immer wieder...« Ihre Stimme erstarb.

Alice Shadwell war tot.

Mary Bancroft hielt die Hände der Toten. Und es war, als würde die Zeit den Atem anhalten.

Als Mary aus ihrer Benommenheit erwachte, war ihr erster Gedanke: Es ist so still! Und dann wurde ihr bewußt, daß sich der Sturm gelegt hatte. Keine Sturmböen heulten mehr durch die

Takelage und rüttelten an den Masten, keine haushohen Brecher donnerten gegen den Rumpf des Schiffes und ließen es erzittern.
Ruhig glitt die FAIR WIND durch die Wellen. Es war, als hätte sich Alice Shadwells Ringen mit dem Tod auch in dem schweren Sturm ausgedrückt.
Nun herrschte Stille.

8

Ein stetiger, schneidender Wind wehte aus Nordwest über das Deck des Schiffes. Die frische Brise blähte die fadenscheinigen Segel der FAIR WIND und setzte den Wellen weiße Schaumkronen auf. Der Sturm war weitergezogen, aber der Himmel war bewölkt und schien tief über dem Meer zu hängen, das von unbestimmter blaugrauer Farbe war.
Richard Campbell stand neben Sally Lee an der Reling, nur wenige Schritte von der Toten entfernt. Es war für ihn nicht das erstemal, daß er an einer Seebestattung teilnahm. Und doch war es diesmal anders. Der Tod von Alice Shadwell ging ihm näher, als er geglaubt hatte. Trauer und Betroffenheit standen auf seinem Gesicht, und seine Gedanken wanderten um Stunden zurück.
Mary hatte ihn noch in der Nacht durch Sally von Alices Tod unterrichtet. Mary war gefaßt gewesen, als er sofort darauf zu ihr geeilt war. Ihr Gesicht war wie eine Maske gewesen, die ihre wahren Empfindungen verbarg.
»Ich... ich fühle mich so leer und ausgebrannt«, sagte sie mit ausdrucksloser Stimme und blickte auf die Tote hinunter, die ihr so nahegestanden hatte wie niemand sonst in ihrem Leben. »Ich weiß nicht, ob ich diesen... Rollentausch durchstehen werde.«
»Ihr seid stark«, versicherte er. »Ihr werdet es ohne Zweifel

schaffen. Daß Euch der Tod Eurer Herrin nahegeht, ist nur zu verständlich. Aber laßt Euch im Augenblick der Trauer nicht dazu hinreißen, einen spontanen Entschluß zu fassen, den Ihr später bitter bereuen könntet. Was Ihr mit Miß Shadwell abgesprochen habt, hat Hand und Fuß. Sie hat Euch zu ihrer Erbin bestimmt, und wenn die äußeren Umstände auch von recht ungewöhnlicher Natur sind, so braucht Ihr doch keine Gewissensbisse oder aber Zweifel an Euren Fähigkeiten zu haben.«

Mary zuckte teilnahmslos mit den Achseln, ohne den Blick von Alices Gesicht zu nehmen. »Und wenn schon... Jetzt, da sie tot ist, erscheint mir das ganze Vorhaben so nichtig, so völlig ohne Bedeutung. Wozu das alles? Mir stand nie der Sinn nach Reichtümern...«

Richard Campbell berührte sie sanft an der Schulter und schob sie vom Bett der Toten weg. »Es ging Miß Shadwell um mehr als nur um den rein materiellen Wert der Plantage«, erinnerte er sie ruhig.

Mary atmete tief durch und fuhr sich mit der Hand über das Gesicht, das ihre Erschöpfung und Übermüdung widerspiegelte. Sie sehnte sich nach Schlaf und innerem Frieden. »Ja, ich weiß schon. Entschuldigt, wenn ich mich habe gehenlassen. Ich habe Alice mein heiliges Versprechen gegeben... und ich werde es halten.«

Er nickte. »Gut so. Und jetzt geht rasch hinüber in die andere Kabine«, trug er ihr auf. »Ich werde den Captain informieren. Immerhin ist er es, der ihren Tod offiziell bestätigen muß.«

Mary tat schweigend, was er ihr aufgetragen hatte, während er sich zur Achterkajüte von Captain Taylor begab. Er klopfte mehrmals gegen die Tür, erhielt aber auf sein gewiß nicht zaghaftes Klopfen keine Antwort. Als er sein Ohr dagegen preßte, hörte er deutliches Schnarchen.

Zum Glück war die Tür nicht verschlossen, und nach kurzem

Überlegen gewährte sich Richard Campbell selber Einlaß in die Räumlichkeiten des Captains.
Kein Wunder, daß er wie ein Toter schläft, dachte Richard Campbell, als ihm der penetrante Branntweingeruch entgegenschlug. Die Alkoholausdünstungen in der Kajüte sprachen eine beredte Sprache. Und die leere Korbflasche, die bei jeder stärkeren Bewegung des Schiffes von Backbord nach Steuerbord über die Bodenplanken kullerte, ließ in Richard keinen Zweifel, daß der Captain das Ende des Sturmes kaum mit klarem Kopf erlebt hatte.
Er hatte Mühe, ihn aus dem Schlaf zu holen. Mehrmals mußte er ihn an der Schulter rütteln, bis er endlich aufwachte und die blutunterlaufenen Augen aufschlug.
»Captain Taylor?«
»Hölle und Verdammnis!« fluchte Taylor gereizt und richtete sich halb auf. Er sah schrecklich mitgenommen aus, und ein weniger mutiger Mann als Richard Campbell hätte schnell gemacht, daß er ihm aus den Augen gekommen wäre. Es war bekannt, daß Taylor zur Gewalttätigkeit neigte, wenn er getrunken hatte. »Was wollt Ihr?«
»Ihr werdet gebraucht, Captain.«
»Was ist?« fauchte Taylor. »Säuft das Schiff etwa ab?«
»Nein. Der Sturm hat sich gelegt und...«
Taylor schnitt ihm barsch das Wort ab. »Dann macht, daß Ihr verschwindet. Wenn das Schiff nicht gerade absäuft, will ich nachts nicht gestört werden. Das gilt auch für Euch, mein Herr!«
»Ich fürchte, daß Ihr es Euch nicht so einfach machen könnt, Captain.«
»Wollt Ihr mir Vorschriften machen?« brauste der Captain auf. »Habt Ihr vielleicht vergessen, daß ich an Bord meines Schiffes das Gesetz bin? Wenn es mir paßt, steht es mir sogar frei, Euch...«

Richard Campbell fiel ihm schnell in die Rede, bevor er ausfallend werden konnte. »Miß Bancroft ist ihrer kurzen, aber schweren Krankheit erlegen«, unterrichtete er ihn mit nüchterner Stimme.

Fahrig fuhr sich der Captain über die Augen. »Miß Bancroft?«

»Ja.«

»So«, brummte er und fügte dann ungehalten hinzu: »Daß sich diese schwächlichen Weibsbilder keine christliche Zeit zum Sterben aussuchen können. Warum hat sie damit nicht bis zum Morgen warten können?«

»Sir!« protestierte Richard Campbell scharf, und seine Gestalt straffte sich, als beabsichtige er, den Captain wegen einer Beleidigung zum Duell zu fordern. »Wenn Ihr mir erlaubt, Euch daran zu erinnern, so ist es meines Wissens Eure Pflicht...«

»Schon gut, schon gut, spart Euch Eure Worte«, fiel ihm Captain Taylor mürrisch ins Wort und schwang sich widerwillig aus dem Bett. »Wenn Ihr mich schon geweckt habt, kann ich mir die Unglückliche auch jetzt sofort ansehen.«

Richard war innerlich aufs äußerste angespannt, als er kurz darauf zusammen mit dem Captain die Kabine betrat, in der die Gesellschafterin Mary Bancroft angeblich ihrem schweren Fieber erlegen war. Dies war ein kritischer Moment. Konnte sich der Captain vielleicht doch noch an die richtige Mary Bancroft erinnern?

Sally Lee hatte, ganz wie ihr aufgetragen worden war, die Flamme der Lampe so weit heruntergedreht wie nur eben möglich. Die Kabine war daher mehr in Dunkelheit getaucht als in Licht. Die Zofe stand stumm und bleich am Fußende der Koje und hielt den Kopf gesenkt. Angst schnürte ihr die Kehle zu, und sie preßte ihre Hände zusammen, daß es schmerzte. Wer nicht wußte, was in ihr vor sich ging, konnte dies für ein Zeichen tiefer Bestürzung und Trauer halten.

Captain Taylor trat an die Koje und berührte das Gesicht der Toten. »Kalt«, stellte er kurz und gefühllos fest. Er drehte sich zu Richard Campbell um. »Werde kurz nach Sonnenaufgang die Seebestattung vornehmen. Die Tote muß in Segeltuch genäht werden. Der Segelmacher wird Euch was bringen. Wenn Ihr wollt, daß er das erledigt, so wird er das für ein Handgeld tun.«
»Nein danke. Miß Lee wird der Toten diesen letzten Dienst erweisen«, sagte Richard Campbell rasch. »Sie stand der Verstorbenen sehr nahe, nicht wahr?«
»Ja«, antwortete Sally mit krächzender Stimme auf seinen auffordernden Blick hin.
Captain Taylor zuckte die Achseln. »Mir ist's egal. Also morgen früh dann«, sagte er und kehrte in seine Kajüte zurück.
Die gefährliche Klippe war umschifft.

Captain Taylors rauhe Stimme, die über das Deck schallte und vom Wind davongetragen wurde, riß Richard Campbell aus seinen Gedanken.
Taylor las aus der Bibel vor, während die Mannschaft, die mittschiffs angetreten war, ihren Blick kaum von dem kleinen Bündel, das dort vor ihnen auf einer Planke lag, wandte. Wenig Anteilnahme klang in der Stimme des Captains mit. Es schien, als wollte er sich nur einer Pflicht, der er sich nicht entziehen konnte, entledigen, und so war es auch.
Richards Blick wanderte nachdenklich über die Gesichter der Seeleute. Ihre ernsten Mienen verrieten, daß sie im Gegensatz zu ihrem Captain die Teilnahme an dieser Seebestattung nicht nur als notwendige Pflicht betrachteten, obwohl sie die angeblich verstorbene Miß Bancroft seit Beginn der Überfahrt doch nur einige Male flüchtig zu Gesicht bekommen hatten. Der Tod war bei den einfachen Seeleuten, die unter primitivsten Bedingungen im Vorschiff hausten, kein seltener Gast.

»...und somit übergeben wir deine sterbliche Hülle der See«, schloß Captain Taylor das Gebet. Er klappte die Bibel zu und rief, als erteile er einen Befehl: »Amen!«
»Amen«, kam es aus vielen Kehlen zurück.
Auf ein Kopfnicken des Captains hin traten zwei kräftige Seeleute aus der vordersten Reihe und packten das leichte Bündel. Sie hoben es über die Reling und ließen es in die See gleiten.
»Wegtreten!« befahl Captain Taylor, und die Männer zogen sich zurück. Der Captain verschwand mit der Bibel in der Hand unter Deck, und Richard vermutete im stillen, daß er die Heilige Schrift in seiner Kajüte schnellstens gegen eine volle Flasche Rum oder Branntwein vertauschen würde.
John Raleigh, der Erste Offizier, der in Wahrheit das Kommando auf der FAIR WIND führte, trat zu den beiden Passagieren, den Dreispitz unter dem Arm. Er räusperte sich und bemühte sich um einige passende Worte zum Tode von Mary Bancroft, was jedoch in Anbetracht der Tatsache, daß keiner von ihnen mit der Verstorbenen verwandt und Sally eine einfache Kammerzofe war, nicht so leicht zu bewerkstelligen war.
»Mein aufrichtiges Beileid. Ein jeder Tod ist eine bittere Angelegenheit, besonders für die Nahestehenden«, sagte der Erste Offizier ein wenig steif, doch mit bester Absicht zu Sally. »Das Dahingehen von Miß Bancroft muß ein schwerer Verlust für dich sein. War sie doch die einzige, die gemeinsam mit dir England den Rücken gekehrt und eine neue Heimat in Virginia zu finden gehofft hat. Bitte richte deiner Herrin Miß Shadwell meine Anteilnahme aus.«
Sally war verwirrt und überrascht, daß der Erste Offizier ihr seine ungeteilte Aufmerksamkeit widmete. Und in ihrer Verwirrung gab sie eine unbedachte Antwort.
»Miß Bancroft? Ja, aber das war doch gar nicht...«, begann sie und war im Begriff, einen nicht wiedergutzumachenden Fehler zu begehen.

Richard Campbell erkannte die Gefahr blitzschnell. Geistesgegenwärtig schnitt er Sally das Wort ab. »Ja, damit hat wirklich niemand rechnen können«, sagte er ernst. »Es ging alles so schnell. Es ist für jeden, der sie gekannt hat, ein schwerer Schlag. Wohl auch ganz besonders für Miß Shadwell. Der einzige Trost in dieser Stunde ist, daß zumindest Miß Shadwell den Höhepunkt ihrer Krankheit überwunden hat und sich auf dem Weg der Besserung befindet.«
John Raleigh nickte ernst. »Das freut mich zu hören, Sir. Bitte entschuldigt mich jetzt.« Er verbeugte sich korrekt und entfernte sich.
Schuldbewußt stand Sally da. Ihr Gesicht war gerötet, sie biß sich vor Ärger über ihre Unbedachtsamkeit auf die Lippen. Beinahe hätte sie eine schreckliche Gedankenlosigkeit begangen.
»*Mary Bancroft* ist tot, Sally!« raunte Richard ihr eindringlich zu, als er sicher sein konnte, keine unerwünschten Zuhörer in der Nähe zu haben. »Sag dir das immer und immer wieder, damit du es nie vergißt! Mary ist gestorben, und Alice Shadwell erholt sich allmählich von ihrer schweren Krankheit!«
»Jawohl, Sir«, murmelte Sally betreten.
»Ein solcher Schnitzer, wie er dir gerade unterlaufen ist, kann verheerende Auswirkungen haben!« fügte er mahnend hinzu. »Auch für dich. Es ist also ganz in deinem Interesse, daß du dir nächstens zehnmal überlegst, was du sagst. Vergiß das nicht!«
»Ja ... nein, Sir!« versicherte sie, und als Richard es dabei beließ, knickste sie leicht und eilte mit wehenden Röcken zum Achterschiff.
Mit ernstem, nachdenklichem Ausdruck blickte Richard ihr nach. Der Wind zerzauste sein Haar und rötete sein Gesicht. Tief atmete er die frische Luft ein und fragte sich im stillen, ob Alice Shadwell ihre Kammerzofe nicht doch überschätzt hatte – was ihre Fähigkeiten betraf, das Geheimnis zu bewahren. Und der

Gedanke, daß auch er Sally Lee möglicherweise für klüger gehalten hatte, als sie es in Wirklichkeit war, beunruhigte ihn.

9

Mary Bancroft saß gedankenverloren an dem kleinen Tisch, der fest verschraubt in der Kabine ihrer verstorbenen Freundin stand. Vor ihr lagen die Briefe von Henry Shadwell. Sie waren mit roten Samtbändern zu kleinen Päckchen verschnürt.

Es schmerzte sie, daß es ihr noch nicht einmal vergönnt war, an der Seebestattung teilzunehmen. Sie hatte allein in der Kabine ein Gebet gesprochen und versucht, mit ihren Gedanken an Deck zu sein. Doch sie fühlte sich ausgeschlossen und allein gelassen mit einer Verantwortung, deren Schwere ihr erst jetzt nach Alice Shadwells Tod richtig bewußt wurde.

Und dann kam Sally Lee zu ihr in die Kabine. Das Gesicht der Kammerzofe war gerötet von der frischen Luft an Deck, ihre Augen hatten einen lebhaften Glanz.

»Berichte mir von der Bestattung«, bat Mary Bancroft. »Und laß nichts aus!«

»Alle waren sie angetreten, die ganze Mannschaft«, erzählte Sally eifrig und seufzte. »Und in wie vielen Augen habe ich Tränen gesehen. Es war sehr feierlich. Und den Captain hättet Ihr hören sollen!«

»So?« fragte Mary Bancroft mit leichter Skepsis, kannte sie doch seine kurz angebundene, nicht gerade einfühlsame Art. Es erschien ihr wenig wahrscheinlich, daß er sich für die Seebestattung eines Passagiers, den er nur vom Hörensagen kannte, in einen anderen Menschen verwandelt haben sollte.

Sally nickte eifrig. »Er hat eine wunderbare Rede gehalten und aus der Bibel gelesen, wie es kein Geistlicher hätte besser machen können!« versicherte sie. »Und dann, als die Matrosen sie... der See übergaben, schien auf einmal die Sonne durch ein Wolkenloch... als wären die Sonnenstrahlen nur für unsere verstorbene Herrin gedacht!«

»Es ist gut«, sagte Mary, ohne Sally wegen der Übertreibungen böse zu sein. Sie nahm an, daß Sally sie damit trösten wollte, und diese gute Absicht konnte sie ihr kaum zum Vorwurf machen. »Ich bin froh, daß Alice eine so schöne Bestattung gehabt hat.«

Abwartend, als hätte sie noch einen Wunsch auf dem Herzen, stand Sally Lee vor ihr.

»Ja?«

»Ihr werdet bald die Kabine verlassen können«, sagte Sally, als wollte sie sie aufmuntern. »Mister Campbell hat allen davon erzählt, daß Ihr Euch auf dem Weg der Besserung befindet.«

»Du willst doch auf etwas Bestimmtes hinaus, nicht wahr?« fragte Mary. »Also, was ist es?«

Die Kammerzofe zögerte ein wenig verlegen: »Ihr seid nun die neue Miß Alice, und in den Kleidern, die Euch gehören, könnt Ihr Euch doch nicht an Deck sehen lassen. Ihr müßt auch wie eine richtige Mistress angezogen sein, wenn man Euch für Alice Shadwell halten soll. Und da dachte ich, daß ich Euch vielleicht dabei zur Hand gehen könnte, Eure neue Garderobe durchzugehen...«

Erstaunt sah Mary sie an. Daran hatte sie noch gar nicht gedacht.

»Mein Gott, ja, die Garderobe! Du meinst, wir sollten ihre Kleiderkisten durchsehen, um für mich etwas Passendes zu finden?«

Sally nickte heftig. Die Aussicht, die teuren Kleider von Alice Shadwell einer eingehenden Prüfung zu unterziehen, begeisterte sie. Das war endlich einmal eine Abwechslung im täglichen Einerlei auf See. Und möglicherweise fiel dabei auch für sie das eine oder andere Stück ab. Miß Shadwell hatte nur prächtigste Stoffe kommen lassen, war doch das alles, womit sie sich eine Freude hatte machen können.

»Viele Kleider werden Euch nach ein paar kleinen Änderungen sicher passen«, plapperte die Zofe munter drauflos. »Ich bin geschickt mit der Nadel, Ihr werdet sehen, wie geschwind ich damit umzugehen weiß. Einige Sachen aber werden natürlich zu klein sein, doch Miß Shadwells Garderobe war ja mehr als reichlich bemessen, so daß Euch sicherlich die Auswahl unter zwei Dutzend herrlicher Kleider bleibt.«

»Damit hat es keine Eile, Sally«, sagte Mary, mit den Gedanken noch immer bei der Bestattung.

»Wie Ihr meint!« Enttäuschung sprach aus Sally Lees Stimme, und sie zog die Mundwinkel herunter.

Mary war erleichtert, als in diesem Moment Richard Campbell an die Tür klopfte. »Oh, bitte! Kommt doch herein, Mister Campbell. Ich habe Euch noch gar nicht so richtig für Eure Hilfe gedankt.«

»Ich habe es gern getan«, versicherte er.

Mary blickte Sally an. »Würdest du uns bitte allein lassen, Sally? Das mit der Garderobe können wir nachher noch besprechen.«

»Sehr wohl«, murmelte Sally verdrossen und ging hinaus.

Mary seufzte schwer.

»Sally müssen wir im Auge behalten«, sagte Richard, als er hörte, wie sich die Schritte der Zofe auf dem Gang entfernten. Er berichtete ihr nicht, was Sally in ihrer Gedankenlosigkeit beinahe zu John Raleigh gesagt hätte, weil er sie nicht unnötig in Unruhe versetzen wollte. Doch der Hinweis, die Kammerzofe nachdrücklich zur Vorsicht zu ermahnen und sie wenn möglich die nächsten ein, zwei Wochen ständig unter Kontrolle zu halten, erschien ihm angebracht. »Sie mag willig sein und anstellig. Doch noch ist die Situation zu neu für sie, um unbedachte Äuße-

rungen ausschließen zu können. Ihre Worte eilen ihrem Verstand oft einige Schritte voraus. Aber ich bin fest davon überzeugt, daß sie schnell lernen wird.«
»Hoffentlich«, murmelte Mary trübsinnig. »Ich habe viel eher das dunkle Gefühl, als könnte Sally eines Tages einen schwerwiegenden Fehler machen, der uns alle wünschen läßt, besser nicht auf Alice Shadwell gehört und ihr unser Versprechen am Totenbett gegeben zu haben.«
»Ach was, da macht Ihr Euch unnötig Sorgen«, erwiderte Richard überzeugt. Im Grunde genommen zweifelte er nicht daran, daß Mary Bancroft zusammen mit Sally Lee die Situation erfolgreich meistern würde. »Sally weiß nur zu gut, auf welcher Seite ihre Vorteile liegen. Gebt ihr etwas Zeit, und Ihr werdet Euch auf sie verlassen können. Ihre Eigensucht ist viel zu stark ausgeprägt, als daß sie diese einzigartige Gelegenheit verspielen würde. Das Streben nach materiellen Dingen kann den Geist manchmal gewaltig schärfen.«
»Eigensucht ist das richtige Wort, Mister Campbell«, sagte Mary mit einem schwachen Lächeln. »Wißt Ihr, daß sie mir gerade vorgeschlagen hat, die Hinterlassenschaft der Verstorbenen durchzugehen und eine passende Garderobe für mich auszuwählen?«
Richard lächelte leicht. »Seht Ihr?«
»Was soll ich sehen?«
»Was ich gerade sagte. Sallys Reaktion bestätigt meine Einschätzung. Sally ist eine praktisch vorgehende Frau, die sofort an das Nächstliegende denkt!«
»Wollt Ihr damit sagen, daß Ihr diesen Vorschlag passend findet?« fragte sie verwundert. »Soll ich in ihren Sachen wühlen, kaum daß Alice bestattet worden ist? Erwartet Ihr das etwa auch von mir?«
Er zuckte mit den Achseln. »Selbstverständlich käme es mir nie

in den Sinn, Eure Gefühle niedrig zu schätzen und ein derart profanes Vorgehen von Euch zu erwarten. Und ob Sallys Vorschlag einen Mangel an Pietät und moralischer Empfindsamkeit verrät oder nicht, darüber brauchen wir uns nicht zu streiten. Nur...« Er legte eine kurze Pause ein. »Nur – in gewisser Hinsicht hat sie recht. Sie hat das, was als nächstes getan werden muß, richtig erkannt.«

»Ihr versetzt mich immer wieder in Erstaunen mit Euren ungewöhnlichen Gedankengängen.«

»Danke, ich hoffe, es war als Kompliment gemeint. Alles, was ich versuche, ist, die Dinge so zu sehen, wie sie sind. Ich weiß, wie sehr Ihr das Eingeschlossensein hier in den engen, lichtlosen Kabinen verabscheut. Und jetzt, da sich der Sturm, Gott sei gedankt, gelegt hat, steht Euch das Oberdeck wieder offen. Je schneller Ihr zu Eurer gewohnten Lebensweise zurückfindet, desto besser werdet Ihr Euch fühlen. Das bedeutet aber, daß Ihr Euch an Deck in der Garderobe der wirklichen Miß Shadwell zeigen müßt. Früher oder später werdet Ihr das sowieso tun müssen. Warum also nicht schon jetzt damit beginnen und auf Sallys Vorschlag eingehen? Zudem habt Ihr auf diese Weise etwas Sinnvolles zu tun und werdet davon abgehalten, in fruchtloses Grübeln zu verfallen. Außerdem würde es mir ein großes Vergnügen sein, Eure Gegenwart an Deck zu genießen«, schloß er mit einer Verbeugung.

Als Mary wieder allein war, überdachte sie, was Richard gesagt hatte. Sie kam zu dem Schluß, daß alles ganz vernünftig klang. So groß ihr Kummer auch war, es gab Dinge, die einfach getan werden mußten. Und dazu gehörte auch, daß sie so schnell wie möglich einen umfassenden Überblick über Alice Shadwells Hinterlassenschaft gewann. Ihre Kleider gehörten eben auch dazu. Richard Campbell hatte recht. Sie war mit der Zofe vorschnell ins Gericht gegangen.

Sally war freudig überrascht, als Mary ihr am Nachmittag mitteilte, sie habe ihre Meinung geändert und nun nichts mehr dagegen, die Garderobe der Verstorbenen einer genauen Prüfung zu unterziehen. »Wir werden einige Zeit dafür brauchen. Machen wir uns also an die Arbeit. Es wird uns beiden gewiß guttun, mit etwas beschäftigt zu sein.«
»Laßt mich das machen!« rief Sally voller Tatendrang, als Mary eine der drei Seekisten unter dem Bett hervorzog und sich an den Schlössern zu schaffen machte. Sie war mit Feuereifer bei der Sache, als sie ein Kleid nach dem anderen hervorholte, es sorgfältig glattstrich und auf das Bett legte. Und welch kostbare Schätze offenbarten ihnen die Kleiderkisten! Vieles davon hatte Mary noch nie zu sehen bekommen.
»Ihr Vater, Mister Shadwell, hat ihr viele dieser wunderhübschen Kleider geschickt«, plauderte Sally munter, während sie eine Kiste ausräumte. »Das Beste war ihm für seine Tochter gerade gut genug. Und Miß Alice hat es nie übers Herz gebracht, ihm zu schreiben, daß sie noch nicht einmal Verwendung für die Kleider hatte, die sie sich in London schneidern ließ, geschweige denn für diese herrlichen Ballroben. Doch sie hat Stoffe immer sehr geliebt.« Sally seufzte. »Welch eine Verschwendung!«
Mary Bancroft konnte nicht umhin, der Kammerzofe insgeheim recht zu geben. Alice Shadwell hatte stets ihre Freude daran gehabt, sich von zauberhaften Gewändern und Kleidern umgeben zu wissen und die Stoffe befühlen zu können. Doch es war ihr nie vergönnt gewesen, auch nur einen einzigen Ball aufzusuchen und in einer dieser göttlichen Garderoben für einen Abend zu strahlen. Ihre Welt war eine Welt der Träume und Erinnerungen, der stillen Gespräche und verhaltenen Freuden gewesen. Als sie nun all die kostbaren Kleider sah, wurde auch sie vom Zauber dieser Garderobe ergriffen. Staunend betrachtete sie ein Hausgewand aus blaßgrüner Seide, befühlte den weißgoldenen

Brokat eines Überwurfs, ließ Schals aus feinster Seide durch ihre Finger gleiten, musterte Stöße neuer Unterröcke und mit Spitzen besetzter Mieder, begutachtete mehrere Ballen Brüsseler Spitzen und verliebte sich auf den ersten Blick in einen nach neuester Mode gefertigten Mantel aus mitternachtsblauem seidigem Samt mit Pelzbesatz am Kragen, den Alice nicht ein einziges Mal getragen hatte, zumindest nicht in den Jahren, die sie in ihren Diensten gestanden hatte.

»Noch nie habe ich einen schöneren Mantel gesehen!« entfuhr es ihr spontan, als Sally ihn mit dem glücklichen Lächeln eines Kindes, das eine unverhoffte wertvolle Entdeckung gemacht hat, vor ihr ausbreitete und über den Pelzkragen strich.

»Ja, er ist wunderbar!« schwärmte auch Sally. »Der richtige Mantel für eine feine Lady.«

»Was für ein Stoff«, murmelte Mary und bewunderte die Seide des Innenfutters. Und im stillen fragte sie sich, wieviel Pfund solch ein edles Stück kosten mochte. Bestimmt mehr, als sie in einem Jahr verdient hatte, und dabei hatte Alice sie überaus großzügig entlohnt. Und nun gehörte all das ihr. Eine schwer faßbare Vorstellung. Sie würde noch lange brauchen, um sich daran auch nur einigermaßen zu gewöhnen. Zuviel war es, was auf sie einstürzte.

»Er müßte Euch passen.«

Mary sah sie zweifelnd an. »Meinst du?« In ihrer Frage lag Unsicherheit, aber auch eine Spur von freudiger Hoffnung.

»So sicher, wie ich Sally Lee heiße«, beteuerte die Zofe aufgekratzt. »Dafür hab' ich ein scharfes Auge, das hat schon meine Mutter gesagt, Gott hab sie selig, als ich kaum mit der Nase über den Tisch gucken konnte. Warum zieht Ihr den Mantel nicht einfach an, um zu sehen, wie er Euch steht?«

Mary zögerte und dachte, daß es sich nicht schickte, sich jetzt schon an den irdischen Gütern zu erfreuen, die Alice ihr in ihrer

Großherzigkeit hinterlassen hatte. Doch die Verlockung war einfach zu mächtig. »Nun denn, laß uns sehen, wie gut es wirklich um dein Auge bestellt ist!« rief sie, von Sallys Fröhlichkeit ein wenig angesteckt, und schlüpfte in den Mantel, der sich wie eine zweite Haut um ihren Körper schmiegte. Unwillkürlich hielt sie dabei den Atem an, als fürchtete sie, irgend etwas könnte den Bann brechen und den Mantel verschwinden lassen.
Sally stieß einen leisen Laut des Entzückens aus und schlug begeistert die Hände zusammen. »Habe ich es nicht gesagt? Wie angegossen paßt er! Als wäre er nach Euren Maßen angefertigt worden!« sagte sie bewundernd und tänzelte aufgeregt um sie herum.
Mary schmunzelte. »Er trägt sich wirklich wunderbar. Und du meinst also, er steht mir, ja?« Sie brauchte jetzt die Zustimmung einer Frau.
»Ihr seht aus wie... wie... wie eine amerikanische Prinzessin!« Sally wußte zwar nur wenig über Amerika, sie nahm jedoch an, daß es dort auch Prinzen und Prinzessinnen gab wie in Europa.
»Findest du?« Mary lächelte verlegen. Sie wünschte, sie könnte sich in einem großen Spiegel sehen. Doch Sally hatte recht, der Mantel paßte, als wäre er ihr auf den Leib geschneidert worden. Sie hatte noch nie etwas getragen, was sich auch nur halb so gut angefühlt hatte, und dabei war sie nicht gerade in Armut aufgewachsen. Wäre ihr Vater damals nicht so vertrauensvoll gewesen und das Opfer dieses verantwortungslosen Halsabschneiders geworden, würden ihre Eltern jetzt noch leben – und dann hätte sie auch nicht die Stellung einer Gesellschafterin annehmen müssen, um sich ihren Lebensunterhalt zu verdienen. Aber einen so kostbaren Mantel hätten ihr auch ihre Eltern nicht schenken können, wenn sie noch lebten.
»Ihr seht wie eine richtige Herrin aus«, sagte Sally fast andächtig. In diesen Momenten freute sie sich ohne Hintergedanken an

der Eleganz, der Kostbarkeit und der Farbenpracht der Stoffe. Sie war ganz ohne Neid, weil es ihr nie in den Sinn gekommen wäre, daß derartig auserwählte Garderoben jemals ihren Körper umschmeicheln könnten.

Mary drehte sich leicht im Kreis, und ihr war, als ergriffe ein neues, berauschendes Lebensgefühl von ihr Besitz. »Du schmeichelst mir, Sally«, erwiderte sie lächelnd und strich bewundernd über den weichen samtenen Stoff und den Pelzbesatz, der sich leicht wie eine Feder um ihren Hals schmiegte.

»Nein, es ist die heilige Wahrheit!« beteuerte die Zofe ernst und hob die Hand zum Schwur. »Dieser Mantel ist für Euch gemacht.«

»Schauen wir weiter«, schlug Mary vor und legte den Mantel schnell ab. Sie schämte sich ein wenig, daß sie sich vom Glanz dieser Äußerlichkeiten hatte beeindrucken und dazu hinreißen lassen, sich wie ein Pfau zu drehen.

Sally nickte eifrig und öffnete die zweite Kiste, die Wangen gerötet und unablässig plappernd und Laute der Bewunderung ausstoßend.

Mary entging es nicht, daß Sally das eine oder andere Kleid mit sehnsüchtigem Verlangen musterte. Und da sie sowieso nicht für all die vielen Kleider Verwendung haben würde, forderte sie Sally auf, sich einige hübsche Kleider auszusuchen.

»Darf ich das wirklich?« fragte Sally merkwürdig scheu, als traute sie ihrem Glück nicht.

Mary lächelte sie an. »Wenn ich es doch sage. Es ist wahrhaftig für uns beide genug da. Such dir etwas Nettes aus, und zier dich nicht bei der Wahl. Nimm, was dein Herz begehrt. Und wenn du das eine oder andere Kleid auch in den nächsten Monaten noch nicht tragen kannst, weil es der Stellung einer Kammerzofe nicht gerecht wird, so soll das kein Hinderungsgrund sein. Du wirst es eben für die Zeit aufheben, wo dir dein *Erbe* ein neues, gesichertes Leben ermöglichen wird. Ein Jahr geht im Handumdrehen herum, du wirst sehen.«

»Oh, ich weiß nicht, wie ich Euch danken soll!«

»Nun mach nicht soviel Gerede darum«, sagte Mary verlegen. Sally strahlte über das blasse Gesicht, und Mary fühlte sich ihr in diesem Moment so nahe wie nie zuvor, so als wäre Sally ein junges unerfahrenes Mädchen, das ihres Schutzes bedurfte. Wenn sie es recht betrachtete, war das auch tatsächlich der Fall.

Nachdem Sally ihre Wahl getroffen hatte, und zwar mit den erfahrenen Augen einer guten Kammerzofe, die Stoffe und deren Wirkung im Zusammenhang mit Augenfarbe und Haar einzuschätzen weiß, fiel ihr Blick auf einen Schal aus feinster schwarzer Spitze.

»Das ist genau das, was Ihr braucht!« rief sie. »Daraus läßt sich leicht ein wunderbarer Schleier fertigen.«

»Schleier?« fragte Mary erstaunt.

»Aber ja doch. Ihr könnt Euer Gesicht doch nicht unverhüllt lassen, wenn Ihr Euch an Deck begebt«, erinnerte Sally sie. »Ein Schleier schützt Euch vor mißtrauischen Blicken, Miß... Alice.« Sie lächelte stolz, daß ihr noch im letzten Moment eingefallen war, nicht Miß Mary zu sagen. »Das seid Ihr doch von jetzt an, Miß Alice Shadwell, nicht wahr?«

»Ja«, sagte Mary zögernd.

»Ihr trauert um den Verlust Eurer besten Freundin. Und dieser kostbare Schleier ist das äußere Zeichen Eurer Trauer. In Wirklichkeit aber bewahrt er Euch davor, in eine mißliche Lage zu kommen, wenn sich doch jemand an Eure Gesichtszüge erinnern sollte.«

Verblüfft über die Logik und Einfachheit von Sallys Vorschlag, blickte Mary sie an. Und sie dachte plötzlich an Richards beruhigende Worte. Ein dummes Mädchen war Sally in der Tat nicht. Sie lernte rasch, und das war gut so – für sie alle.

»Ein hervorragender Gedanke«, lobte sie. »Wie dumm, daß ich nicht selber darauf gekommen bin. Ein Schleier wird mir gute Dienste leisten. Arbeiten wir diesen Schal also zu einem Schleier um. Sicher werden wir auch noch einen passenden Hut finden.«

Drei Stunden später lagen all die Kleider, die Mary Bancroft nach meist geringfügigen Änderungen demnächst an Bord der FAIR WIND tragen würde, gesondert auf dem Bett. Sie war mit der Auswahl sehr zufrieden. Die Kleider, die sie für den Rest der Reise tragen würde, waren reizend, aber doch nicht so elegant, um an Deck außergewöhnliche Aufmerksamkeit zu erregen. Denn Aufmerksamkeit war das letzte, was sie sich wünschte.

Mary war selbst geschickt in Handarbeiten und hätte die Änderungen gewiß ohne fremde Hilfe bewerkstelligen können. Doch Sally, aus welchem Impuls auch immer, bestand darauf, ihr dabei zur Hand zu gehen und die Hauptarbeit zu leisten. Und so saßen sie während der nächsten Tage zusammen in der Kabine und beschäftigten sich mit Nähen.

Sally genoß diese gemeinsamen Stunden sichtlich. Sie blühte geradezu auf und zeigte sich von ihrer besten Seite, so daß sie eine angenehme Gesellschaft war, wenn man mal davon absah, daß sie das Schweigen sicherlich nicht erfunden hatte. Vergessen war ihre Angst vor der See, vergessen waren ihre Verwünschungen und ihre Furcht vor dem fremden Land, in dem ihrer Überzeugung nach wilde Indianer die Bewohner der Kolonien zu Hunderten niedermetzelten. Sie sah alles in einem rosigen Licht und war von einer Lebensfreude erfüllt, wie Mary sie noch nie bei ihr festgestellt hatte.

Wenn es Mary manchmal auch ein wenig viel wurde und sie immer wieder daran denken mußte, daß Alice Shadwell erst hatte sterben müssen, um Sally so zugänglich werden zu lassen, so war sie auf der anderen Seite über die Zerstreuung, die Sallys Geplapper ihr bot, doch recht dankbar.

Sie schmiedete mit Sally auch Pläne für die Zukunft, wenn es soweit war, daß Mary ihr die versprochene Belohnung auszahlte und sie Herrin in einem eigenen Haus sein würde. Und von diesen ihren Zukunftsträumen erzählte sie Mary bei der Arbeit, ohne müde zu werden, aber auch ohne einen falschen Stich mit der Nadel zu machen.
Manchmal meldete sich in Mary das Verlangen, die Phantasie der Zofe zu zügeln. Doch sie beherrschte sich jedesmal und sagte sich, daß ihre Träume niemandem weh taten, ja daß sie sogar ein Recht darauf hatte. Wer war sie denn, daß sie es Sally übelnehmen könnte, wenn sie sich darüber freute, dem Leben als Bedienstete bald entrinnen zu können und finanziell unabhängig zu sein. Daß die Wirklichkeit niemals ganz den Träumen entsprach, das würde Sally noch früh genug erkennen. So lauschte sie ihrem Geplauder mit Interesse und ehrlicher Anteilnahme.
Mary Bancroft war überrascht, wie schnell die nächsten Tage verstrichen. Nach den langen, bitteren Wochen untätigen Wartens und Bangens genoß sie es, sich in die Arbeit zu stürzen. Hände und Gedanken waren beschäftigt und auf ein Ziel gerichtet. Und es gab viel mehr zu tun, als nur diese Änderungen vorzunehmen. Immer wieder studierte sie die Briefe, die Alice seit vielen Jahren gesammelt und wie ihren kostbarsten Schatz gehegt hatte, und ihre Notizen, die sie am Krankenbett niedergeschrieben hatte.
Auch ihre Nächte wurden ruhiger und von weniger Alpträumen beherrscht, obgleich sich die Trauer in diesen dunklen Stunden stärker als am Tag in ihr Bewußtsein drängte und sie nicht selten mit tränennassen Augen in den Schlaf sank. Die Schatten der Nacht brachten die Ängste zurück, die, wenn sie weniger Zeit zum Grübeln fand, sie nicht mit ganz so bedrückender Intensität heimsuchten.
Eines Nachts wachte sie schweißüberströmt auf.

Das Testament! fuhr es ihr durch den Sinn, und sie war schlagartig hellwach. Alice hat kein Testament hinterlassen! Sie hatte nichts in der Hand, um ihren Anspruch auf HICKORY HILL notfalls belegen zu können. Sie hatte nichts als das Wort einer Toten. Vor Gericht war das nicht einen Penny wert.

Mary konnte in jener Nacht nicht wieder einschlafen. Unruhig wälzte sie sich hin und her. Falls der Plan mißlingen sollte, wie konnte sie dann ihre Rechtsansprüche durchsetzen? Man würde sie als Hochstaplerin und Erbschleicherin ins Gefängnis stecken! Niemand würde ihr auch nur ein Wort glauben.

Sie konnte es nicht erwarten, daß es endlich Tag wurde. Sie mußte unbedingt mit Richard Campbell sprechen. Doch die Stunden zogen sich quälend langsam hin. Ihr schien, als wollte die Nacht sie ewig mit ihren Ängsten gefangenhalten. Endlich dämmerte aber doch der Morgen.

Richard war anfangs überrascht und zeigte dann gleichfalls Betroffenheit, als er von dem fehlenden Testament hörte. »Das verstehe ich einfach nicht! Mir ist das ein Rätsel. Ich dachte, Miß Shadwell hätte es Euch längst ausgehändigt«, sagte er.

»Nein, das hat sie nicht. Sie hat davon gesprochen, gewiß. Aber irgend etwas Schriftliches dieser Art hat sie mir nicht ausgehändigt. Ich habe auch selbst nicht mehr daran gedacht, weil mich ganz andere Dinge beschäftigt haben als so ein Stück Papier.«

»Ein *wichtiges* Stück Papier immerhin«, murmelte Richard und machte eine nachdenkliche Miene.

»Mein Gott, was tue ich denn nur? Ich habe ohne Testament doch nicht das Recht, ihr Erbe anzutreten!« Ihre Stimme klang verzweifelt.

»Und ob Ihr das habt!« widersprach Richard, der seine Fassung wiedergefunden hatte. »Miß Shadwell hat Euch zu ihrer Erbin eingesetzt, und daran ändert auch die Tatsache nichts, daß ihr Letzter Wille nicht schriftlich vorliegt.«

»Aber wie soll ich das beweisen?«
»Ihr habt mich und Sally Lee als Zeugen.«
»Man wird uns Komplizenschaft und Erbschwindel vorwerfen!« wandte sie ein.
Richard Campbell lächelte leicht. »Ich glaube kaum, daß man mit einer solch schwerwiegenden Anklage so leicht bei der Hand sein würde, Miß Bancroft«, erwiderte er selbstsicher. »Haltet mich nicht für unbescheiden, aber meine Reputation und Glaubwürdigkeit anzweifeln zu wollen wird einen jeden, der so etwas versuchen sollte, vor beträchtliche Schwierigkeiten stellen. Ich hoffe, mein Wort in dieser Sache mag Euch beruhigen.«
Das tat es wirklich. »Ich möchte Euch nur zu gerne glauben«, sagte Mary ganz offen und fühlte sich nach seinen Worten schon erheblich besser.
»Zudem werdet Ihr sicher nicht in eine so unerfreuliche Situation kommen«, fuhr Richard Campbell fort. »Macht Euch also keine weiteren Sorgen. Daß das Testament nicht in schriftlicher Form vorliegt, ist zwar ärgerlich, aber doch keinesfalls besorgniserregend.«
Es gelang ihm tatsächlich, ihre tiefen Ängste zu zerstreuen. Außerdem war ihnen bewußt, ohne daß es ausgesprochen zu werden brauchte, daß es jetzt kein Zurück mehr gab. Mary Bancroft war offiziell gestorben und auf See bestattet worden. Damit war alles weitere vorgegeben.
»Ich würde diese Angelegenheit Sally gegenüber jedoch nicht erwähnen«, riet Richard Campbell ihr noch. »Es würde sie nur unnötig beunruhigen.«
Mary nickte. »Ich werde es für mich behalten. Jetzt ist sowieso nichts mehr zu ändern.« Sie würden damit leben müssen.
Sieben Tage nach dem Tod von Alice Shadwell war es dann endlich soweit. Sally und Richard hatten im Laufe der vergangenen Woche dafür gesorgt, daß die Nachricht von Alices Genesung,

die von Tag zu Tag Fortschritte machte, an Bord der FAIR WIND bekannt wurde.

Endlich konnte Mary die Kabine verlassen. Ganz bewußt wählte sie für ihr erstes Erscheinen als Miß Shadwell an Deck die Stunde der abendlichen Dämmerung.

»Prächtig seht Ihr aus!« rief Sally nicht weniger aufgeregt, als sie ihre neue Herrin musterte, nachdem sie ihr beim Ankleiden zur Hand gegangen war. Der zarte schwarze Schleier verlieh ihr etwas Geheimnisvolles. Ihre Gesichtszüge waren dahinter nur noch zu erahnen.

»Ich wünschte, ich hätte es schon hinter mir«, erwiderte Mary beklommen. Sie war froh, der Enge der Kabine endlich entkommen und frische Luft an Deck atmen zu können. Doch sie verspürte auch ein dumpfes Gefühl irrationaler Angst, irgendein Zwischenfall könnte dazu führen, sie zu entlarven.

Als Mary dann hinaus an Deck trat, fühlte sie sich so schwach, als wäre sie wirklich gerade erst von einer langen, schweren Krankheit genesen.

Einen Augenblick stand sie reglos in der offenen Tür. Ihr Blick glitt über das Deck, das leicht nach Steuerbord geneigt war, wanderte staunend zu den zahlreichen Masten hoch, die windgeblähte Segel trugen, und folgte den flinken Bewegungen der Seeleute, die die Wanten enterten. Sie genoß die kühle, belebende Luft, die ihren Schleier wehen ließ. Wie herrlich war es doch, den Blick in die Weite schweifen zu lassen und sich nach Herzenslust bewegen zu können!

Richard Campbell, der an der Reling stand und sich gerade mit dem Ersten Offizier unterhielt, hatte nicht gewußt, daß Mary an diesem Abend an Deck zu kommen gedachte. Sie hatte es für sich behalten. Nun bemerkte er die Frauengestalt in dem samtenen Mantel. Er stutzte kurz, als glaubte er, seinen Augen nicht trauen zu können. Dann ließ freudige Überraschung sein Ge-

sicht erstrahlen. Er entschuldigte sich beim Ersten Offizier mit einer dezenten Geste in ihre Richtung und eilte dann schnell zu ihr.
Er nahm ihre Hand, versuchte durch den Schleier ihre Gesichtszüge zu deuten und sagte mit warmer Herzlichkeit: »Die Überraschung ist Euch wahrhaftig gelungen. Wie sehr habe ich mich auf diesen Moment gefreut!« Er drückte ihre Hand und führte sie zu einem Handkuß an seine Lippen, ohne sie jedoch zu berühren. »Ihr seht wunderbar aus. Auch mit Schleier. Obwohl ich es vorziehe, Euch in die Augen schauen zu können.«
Mary errötete unter dem Schleier. »Ohne Schleier hätte ich mich kaum aus meiner Kabine gewagt«, gestand sie.
»Ihr seid sicher, glaubt mir das.«
»Laßt mich nicht allein«, flüsterte Mary ihm hastig zu, als sie sah, daß John Raleigh auf sie zutrat. »Ich fühle mich wie eine unerfahrene Schauspielerin bei der Premiere eines Stückes, das über ihre weitere Zukunft entscheidet.«
»Auch ohne Eure Bitte wäre ich Euch nicht von der Seite gewichen«, versicherte er ihr und fügte dann flüsternd hinzu: »Bleibt nur ganz ruhig und gebt Euch ein wenig zurückhaltend. Man wird es nach Eurer langen Krankheit gar nicht anders von Euch erwarten.«
John Raleigh blieb vor ihr stehen und zog den Hut mit einer steifen Bewegung. Unverhohlene Bewunderung war in seinen Augen zu lesen.
»Miß Shadwell«, sagte er und verbeugte sich höflich. »Es ist mir ein außerordentliches Vergnügen, Euch endlich persönlich an Bord der FAIR WIND begrüßen zu dürfen. Erlaubt, daß ich mich Euch vorstelle. Mein Name ist John Raleigh, und ich bin hier der Erste Offizier. Ich freue mich, daß Ihr Eure lange Krankheit überwunden habt.«
»Danke«, sagte Mary mit schwacher Stimme.

»Erlaubt mir auch, daß ich Euch noch nachträglich mein aufrichtiges Beileid zum Tod Eurer Gesellschafterin ausspreche«, fuhr John Raleigh fort. »Ich befürchtete schon, daß dieser schwere Schicksalsschlag Eure Genesung unheilvoll beeinflussen könnte. Dem HERRN sei gedankt, daß er Euch die Kraft gab, die schwere Krankheit zu besiegen.«
Mary war von seinen Worten gerührt. »Das ist sehr liebenswürdig, und ich danke Euch für Eure Anteilnahme.«
»Stets zu Euren Diensten«, sagte der Erste Offizier. »Solltet Ihr einen Wunsch haben, den zu erfüllen ich in der Lage bin, würde ich es als Ehre betrachten, wenn Ihr mich ihn wissen ließet.«
»Ich werde nicht zögern, Eure Hilfe in Anspruch zu nehmen«, bedankte sich Mary und gab einen Seufzer unendlicher Erleichterung von sich, als sich John Raleigh nach einer weiteren steifen Verbeugung entfernte.
Sie trat an die Reling in Lee und atmete die frische Seeluft in tiefen Zügen ein. Unter ihrem Schleier spürte sie den kalten Schweiß auf ihrer Stirn. Sie stützte sich auf das schwere Holz der Bordwand.
Richard war ihr gefolgt. »Seid Ihr jetzt beruhigt?« fragte er mit einem fast heiteren Lächeln.
»Mir zittern die Beine, daß ich mich abstützen muß«, gestand Mary mit gedämpfter Stimme.
»Ihr habt Eure Premiere mit glänzendem Erfolg bestanden und keinen Grund, den nächsten Begegnungen mit derselben Unsicherheit entgegenzusehen.«
Sie wandte sich zu ihm um. »Danke für Eure aufmunternden Worte. Sie helfen mir wirklich, Zuversicht zu schöpfen.«
»Ich wüßte nichts, was ich lieber täte.«
»Ich kann es immer noch nicht glauben«, sagte sie freudig erregt und zugleich doch verwirrt. »Es ging alles so einfach, so unglaublich glatt, daß es mir wie ein Wunder erscheint.«

Er lachte verständnisvoll auf. »Gewöhnt Euch schon mal daran. Denn so wird es Euch von nun an überall geschehen«, versicherte er ihr. »Ihr seid Miß Alice Shadwell, die Herrin der Tabakplantage HICKORY HILL. Euch steht alles offen. Und niemand wird auch nur im Traum auf die Idee kommen, Eure Identität anzweifeln zu wollen. Weshalb sollte er das auch tun. Kämet Ihr denn auf den Gedanken, zu argwöhnen, daß mein Name gar nicht Richard Campbell und ich gar nicht Kaufmann sei, sondern in Wirklichkeit ein gefährlicher Schurke?«

»Nein, das käme mir wahrlich nicht in den Sinn«, gestand sie belustigt.

»Seht Ihr? Eure Unsicherheit rührt nur daher, daß Ihr wißt, was außer mir und Eurer Zofe sonst niemand auf der Welt weiß«, fuhr er fort. »Doch dieses Geheimnis ist bei uns beiden gut aufgehoben, wobei Sally andere Gründe hat, die Euch ihr Stillschweigen garantieren, als ich. Deshalb solltet Ihr schnellstens vergessen, daß es dieses Geheimnis überhaupt gibt, und Euch darauf konzentrieren, Euch wie Miß Alice Shadwell zu fühlen, so zu handeln... und auch so von Euch selbst zu denken.«

Mary hatte ihm aufmerksam zugehört und nickte nun beipflichtend. »Das leuchtet mir ein, aber man schlüpft nicht über Nacht in die Haut eines anderen Menschen«, wandte sie ein.

»Sicher, es bedarf einiger Zeit«, stimmte er zu. »Aber wenn der Wille da ist, wird Euch der Rest wenig Schwierigkeiten bereiten.«

»Ich werde mein Bestes geben«, versprach sie und fügte in Gedanken hinzu: Was bleibt mir auch anderes übrig? Die Wahl, die sie in jener Nacht am Krankenbett getroffen hatte, war von endgültiger Natur gewesen. Sie würde den Rest ihres Lebens bestimmen – im guten wie im schlechten.

10

Mary machte es sich von diesem Tage an zur bald liebgewonnenen Gewohnheit, sich regelmäßig bei Sonnenaufgang und zur Stunde der untergehenden Sonne an Deck zu begeben und auf und ab zu spazieren. Anfangs veranlaßte sie die Vorsicht dazu, sich nur in diesen Stunden des Dämmerlichtes an Deck zu zeigen, zumal sie sich auch nur dann wirklich sicher fühlte. Doch schon bald entwickelte sich daraus so etwas wie eine feste Regel, die sie einhielt, und die eine angenehme Abwechslung im eintönigen Schiffsalltag brachte.

Begab sie sich zur frühen Morgenstunde an Deck, deutete sich der Sonnenaufgang meist gerade erst an. Das Schiff lag noch in die dunklen Schatten der Nacht getaucht, während die Mastspitzen schon das erste Licht einfingen und die höchsten Segel zu leuchten begannen. Der Horizont schien mit großer Kraft von innen heraus zu strahlen, und allmählich verloren die grauen Schatten über dem Meer an Tiefe.

Wenig später stieg dann die rote Scheibe aus der See. Es war jedesmal ein großartiges Ereignis, das Mary tief in ihrem Innersten berührte. Schweigend stand sie dann an der Reling und beobachtete das grandiose Schauspiel der Natur, sah, wie sich die Sonnenstrahlen scheinbar nur zögernd vorwärts tasteten, dann weiter hinauswanderten, sich mehr und mehr von der Kimm entfernten, von Wellenkamm zu Wellenkamm liefen, um sich schließlich als breite, alles erfassende Bahnen aus goldenem Licht über das Wasser zu legen und die Finsternis der Nacht vergessen zu machen.

Mit dem Aufstieg der Sonne erwachte auch die Fair Wind aus ihrer scheinbaren nächtlichen Starre. Der feine Morgentau begann zu glitzern, die Segel schienen zu glänzen, und die Messingbeschläge funkelten wie poliertes Gold.

Dies versetzte Mary immer wieder in andächtiges Staunen, und ihr war, als würde die Kraft des beginnenden Tages auf sie übergehen. Aus diesen beeindruckenden Minuten schöpfte sie Zuversicht, hielt ihr die Natur doch vor Augen, wie klein und nichtig der Mensch samt seiner Sorgen und Freuden im Verhältnis zu den ewigen Gewalten war.

Die abendliche Dämmerstunde war meist von einem Gefühl der Melancholie begleitet und von Gedanken, die sich keine Zügel anlegen ließen. Der Anblick des Sonnenuntergangs bewahrte Mary vor allzu großen Zukunftshoffnungen, er war es, der ihre geheimen Ängste und Zweifel in ihr wachhielt.

Gleichzeitig vermittelte ihr die versinkende Sonne aber auch das warme Gefühl des Trostes und der Verschwiegenheit. Während der Sonnenaufgang ihr wie eine vor Leben sprühende Schwester war, die sie zu neuen Taten anfeuerte, war der Sonnenuntergang ihr mehr wie ein ernster, zuverlässiger Freund, der sie an ihre eigene Unzulänglichkeit gemahnte, ihr jedoch in schweren Stunden tröstend zur Seite stand.

Oftmals leistete Richard ihr Gesellschaft. Und es gab Tage, an denen sie lange Zeit schweigend an der Reling standen, hinaus aufs Meer schauten und ihren eigenen Gedanken nachhingen. Meist jedoch plauderten sie überaus angeregt, und es gab wohl kein Thema, das sie in ihren Gesprächen ausgelassen hätten. In Richards Gegenwart fühlte sich Mary herausgefordert, über viele Dinge zu reden, die sie beschäftigten.

»Erlaubt mir eine Frage, die Euch möglicherweise sehr persönlich erscheint«, sagte Richard eines Abends. »Wie kamt Ihr dazu, Gesellschafterin zu werden?«

Ein wehmütiges Lächeln zeigte sich auf ihrem Gesicht, das noch immer der Schleier verbarg. »Diese Frage kann ich Euch gerne beantworten«, erklärte sie scheinbar leichthin, während sie mit einer Verlegenheit zu kämpfen hatte, die es ihr unmöglich gemacht hätte, einem anderen als Richard Campbell von so persönlichen Dingen zu berichten. »Mein Vater besaß einen recht anspruchsvollen Modesalon, der meine Familie ausreichend ernährte und meinen Eltern die finanzielle Möglichkeit gab, mir eine gute Erziehung angedeihen zu lassen.«

Er stellte keine Frage, als sie eine kleine Pause machte und versonnen aufs Meer hinausschaute, bevor sie wieder das Wort ergriff.

»Ich war zehn Jahre alt, als sich mein Vater von einem angeblichen Freund dazu überreden ließ, ihn als finanzkräftigen Partner ins Geschäft zu nehmen, um es erheblich zu vergrößern. Bald hatte mein Vater drei sehr gutgehende Salons in London und ebendiesen Freund, dem er vertraute, als Partner. Und während alles noch so rosig aussah, begann in Wirklichkeit das Verderben schon.«

Sie schwieg einen Augenblick, als sie sich daran erinnerte, wie ihr Vater beim Abendessen stets begeistert vom Aufschwung der Geschäfte und der Tatkraft seines Partners geschwärmt, während ihre Mutter mit stillem Lächeln zugehört und die Freude ihres Mannes geteilt hatte. Sogar von einem vierten Geschäft war damals schon die Rede gewesen.

»Nun, dann warf eine böse Krankheit meine Mutter nieder, von der sie sich einfach nicht erholen wollte«, fuhr Mary schließlich fort, und Schmerz zeichnete ihr Gesicht. Sie erinnerte sich noch so genau an jene schlimme Zeit, als wäre es gestern gewesen. »Mein Vater verbrachte von nun an viele Stunden am Krankenbett meiner Mutter. Und das hatte zur Folge, daß sein Partner mehr Verantwortung und Vollmacht erhielt.«

Richard Campbell verzog das Gesicht zu einem grimmigen Ausdruck. »Die er vermutlich zum Schaden Eures Vaters ausgenutzt hat, nicht wahr?«

Mary nickte. »Er plünderte nach und nach die Lagerbestände,

fälschte die Bücher und verschaffte sich nach außen hin eine weiße Weste. Dann kam der Bankrott. Die Gläubiger gaben sich bei uns die Klinke in die Hand, und Vater hatte von nichts gewußt. Meine Mutter sollte sich nie mehr davon erholen. Zum Glück erlebte sie den... Zusammenbruch nicht mehr.« Sie blickte in die Ferne.

»Und was geschah mit diesem Betrüger, dem verbrecherischen Partner Eures Vaters?« wollte Richard Campbell wissen.

Es fiel ihr schwer, weiterzusprechen. »Er war eines Tages einfach verschwunden. Er hatte nicht nur die Geschäfte ruiniert, sondern in Vaters Namen auch noch Schulden gemacht. Es waren beachtliche Summen, die er unterschlagen hatte. Zuviel für meinen Vater, um sich von diesem Schlag noch einmal geschäftlich erholen zu können. Die Gläubiger ließen alles, was noch irgendwie von Wert war, versteigern. Vaters Unternehmen brach ohne seine Schuld zusammen, weil er die Rechnungen einfach nicht bezahlen konnte. Es war ihm auch unmöglich, seine Unschuld zu beweisen. Alle Papiere trugen seine Unterschrift. Nichts half. Und schließlich...« Sie biß sich auf die Lippen und brachte den Satz nur stockend hervor, »... steckten sie... meinen Vater... in den... Schuldturm. Mutter war vorher schon ihrer schweren Krankheit erlegen.«

»Mein Gott!« entfuhr es Richard Campbell betroffen. Er spürte das Verlangen, sie in die Arme zu nehmen und zu trösten. »Welch eine himmelschreiende Ungerechtigkeit!«

»Mein Vater ahnte wohl, was ihm bevorstand, denn er übergab einem wirklich guten alten Freund einige sehr wertvolle Schmuckstücke, die seinen Ruin auch nicht hätten abwenden können, zu treuen Händen und bat ihn, vom Erlös der Juwelen die Ausgaben für meine weitere Ausbildung zu bestreiten, was dann auch geschah. Mein Vater hielt nichts davon, nur Jungen eine umfassende Ausbildung zukommen zu lassen und den Unterricht für Mädchen auf gutes Benehmen, Konversation, Pianospiel und Handarbeiten zu beschränken. Ich sollte wirklich etwas lernen, und das war mir immerhin noch vergönnt gewesen.«

»Ein weitsichtiger Mann, Euer Herr Vater«, sagte Richard bewundernd und zugleich von ihrer Lebensgeschichte erschüttert. »Ich bin überzeugt, daß niemand jemals genug wissen und lernen kann, ob Mann oder Frau.«

Sie lächelte traurig. »Ja, der Ansicht war er auch. Ich erinnere mich noch gut daran, wie er an einem Morgen nach einer großen Gesellschaft zu mir kam und von seinen Vorstellungen über meine Zukunft mit mir sprach. Er konnte so wunderbar erzählen und einem das Gefühl geben, etwas ganz Besonderes zu sein. Das war das letztemal, daß ich ihn lächeln sah. Wenig später holte der HERR meine Mutter zu sich, und fast gleichzeitig stürzte alles über meinem Vater zusammen. Es hieß, eine Lungenentzündung hätte ihm schon nach einem halben Jahr den Tod im Schuldturm gebracht. Doch ich bin überzeugt, daß es die Schande war, die er nicht ertragen konnte, die ihm seinen Lebenswillen raubte.«

Richard legte eine Hand auf ihren Arm. »Ihr habt Schweres durchgemacht«, sagte er mitfühlend. »Doch Ihr habt Euch nicht davon unterkriegen lassen. Darauf könnt Ihr sehr stolz sein.«

Sie unterdrückte ihre Tränen, schneuzte sich kurz und sagte dann mit ruhiger Stimme: »Ihr habt mich gefragt, wie ich dazu kam, Gesellschafterin zu werden. Nun, Eure Frage habe ich noch nicht ganz beantwortet. Ihr sollt daher auch den Rest hören.«

»Nicht, wenn Ihr damit alte Wunden aufreißt und Euch schmerzlichen Erinnerungen aussetzt! Ich bedaure schon längst, Euch überhaupt danach gefragt zu haben«, machte er sich Vorwürfe.

Sie schüttelte heftig den Kopf. »Nein, es ist schon gut so. Ich möchte, daß Ihr alles über mich wißt...« Sie räusperte sich und fuhr dann mit gefaßter Stimme fort: »Die Juwelen deckten leider nicht alle Kosten. Im letzten Jahr bezahlten meine Pflegeeltern die Ausbildung aus eigener Tasche. Sie wollten auch, daß ich bei ihnen bliebe. Doch es widerstrebte mir, ihnen länger zur Last zu fallen. Und es traf sich, daß Mister Wickman gerade in jener Zeit nach einer Gesellschafterin für seine Alice suchte. Ich hörte zufällig davon, stellte mich vor und erhielt die Anstellung. Das war vor etwas mehr als zwei Jahren.«

Einen Augenblick schwiegen sie, weil der Tod von Alice Shadwell plötzlich wieder lebendig vor ihnen stand. Ihre Blicke folgten dem Lauf der Sonne, die wie ein mächtiger Ballon auf dem Wasser aufsetzte und ihre Form zu verlieren schien. Es war, als würde das Meer den Glutball zum Zerfließen bringen.

»Jetzt wißt Ihr, wie ich zu meinem Beruf kam.«

»Ihr werdet Euer Glück in Virginia machen«, sagte Richard nachdenklich, »und Ihr habt es mehr als verdient.«

Mary ging nicht darauf ein, sondern ließ nun ihrerseits Neugier erkennen. »Habe ich jetzt auch eine persönliche Frage frei, Mister Campbell?«

»Sicher doch. Nur zu!« forderte er sie auf.

»Was führt Euch nach Virginia?«

Seine Antwort kam ohne auch nur einen kurzen Augenblick des Zögerns oder des Nachdenkens. »Virginia ist ein reiches, fruchtbares Land, ein Land mit einer großartigen Zukunft«, schwärmte er. »Ich bin stolz, dort geboren zu sein, und sage das auch jedem, der mich danach fragt – womit ich mir nicht immer Freunde schaffe, besonders nicht in England, wo man uns amerikanische Kolonisten auch heute noch für hellhäutige Wilde hält. Aber das kümmert mich kaum, denn es zeigt nur, wie wenig diese Leute von Amerika und einen Bewohnern wissen. Wie dem auch sei, zurück zu Eurer Frage. Ein Mann, der etwas von seinem Fach versteht und zu arbeiten weiß, macht in Amerika sein Glück. Ich werde dort ein neues Leben beginnen.« Den letzten Satz murmelte er leise, als wäre er nur für ihn selbst bestimmt.

Mary hob verwundert die Augenbrauen. »Ein neues Leben?« fragte sie. »Das klingt ja sehr geheimnisvoll. Könnt Ihr mir erklären, was es damit auf sich hat, oder wollt Ihr lieber darüber schweigen?«

Richard schüttelte den Kopf. »O nein, keineswegs. Es ist nichts, was ich wie ein Geheimnis verbergen müßte. Es ist einfach mein Pech, der zweitgeborene Sohn zu sein. Das ist alles. Mein Vater führte ein großes Handelskontor in London. James, mein älterer Bruder, sollte die Firma von Anfang an erben und übernehmen, wie es ja das Gesetz für den erstgeborenen Sohn vorsieht. Aber als es dann soweit war, dachte James gar nicht daran, in die Fußstapfen meines Vaters zu treten. Ihm stand der Sinn nicht nach Lagerlisten, Schiffspapieren, Handelskorrespondenz und Rechnungsbüchern«, berichtete Richard mit einem bitteren Unterton in der Stimme. »Ihn lockte die exotische Welt des Theaters. Ich glaube, er hielt sich im stillen sogar für einen begabten Schriftsteller, und ich muß zugeben, daß manche seiner Elaborate mich in der Tat mächtig beeindruckt haben. Aber es reicht wohl nicht, seinen Bruder zu beeindrucken, wenn man es in diesem Fach zu etwas bringen will. Auf jeden Fall dachte er nicht daran, sich in ein Kontor zu setzen und den Handel von der Pike auf zu lernen, wie mein Vater es von ihm erwartete. Ihm stand der Sinn nach dem Geruch des Theaters und dem leichtfertigen Leben herumvagabundierender Künstler, die es weder mit der Verantwortung noch mit dem Geld so genau nehmen.

Als dann der Zeitpunkt kam, die Firma in die Hände eines Nachfolgers zu geben, konnte mein Vater nur auf mich zählen. Und ich war mit Eifer bei der Sache. Mir gefiel, was mir zu tun aufgetragen wurde, und ich hatte auch nichts dagegen einzuwenden, ganz unten anzufangen, obwohl ich der Sohn des Kontorbesitzers war. Ich sah das Abenteuer jenseits der Rechnungsbücher, und die Arbeit wurde mir nie zuviel. So wuchs ich in das Geschäft hinein, während James sich in der Theaterwelt treiben ließ und sich nicht um das Kontor kümmerte. Immer mehr Verantwortung fiel mir zu, bis sich mein Vater dann völlig aus der Geschäftsführung zurückzog und ich so schalten und walten konnte, wie es mir beliebte und mir zum Wohle des Geschäftes recht erschien.

Ich war damals naiv genug zu glauben, auch in Zukunft die Firma leiten und ausbauen zu können. Natürlich vergaß ich nie, daß James der ältere war und daß er die Firma erben würde, nicht ich. Aber da James nun gar nichts von der Führung eines solchen Kontors verstand, nahm ich an, daß er mich auch nach dem Tod unseres Vaters in meiner Position bestätigen würde. Das sollte sich jedoch als Irrtum erweisen. James mußte in schlechte Gesellschaft geraten sein, auf jeden Fall sah er sich gezwungen, die Firma zu verkaufen, wenigstens gab er das vor. Und damit war mein Traum ausgeträumt. Der neue Besitzer übernahm selbst die Geschäftsführung.«

»Das muß Euch sehr getroffen haben«, sagte Mary mitfühlend. »Und dann habt Ihr Euch entschlossen, in Eure Heimat Virginia zurückzukehren?«

Richards Gesichtszüge hellten sich auf, und er lachte wie jemand, der Abstand gewonnen hat, um über eine bittere Erfahrung der Vergangenheit lächeln zu können.

»Nein, dieser Gedanke kam mir erst später. Zunächst verdingte ich mich bei der East India Company und unternahm mehrere Reisen im Auftrag der Gesellschaft nach Indien, wo ich gute Geschäftsbeziehungen unterhalten hatte, die nun meinem neuen Dienstherren zugute kamen. Es waren drei interessante, aufregende Jahre, die mir neue Einsichten, Erfahrungen und Kontakte verschafften und mich in die Lage versetzten, die Gründung eines eigenen Geschäftsunternehmens konkret ins Auge zu fassen. Und nach langen Überlegungen kam ich zu dem Schluß, daß Virginia dafür gerade der richtige Ort sei. Ich habe sowieso nie verstehen können, weshalb mein Vater Virginia verlassen hatte. Aber sich diese Frage heute zu stellen ist wohl müßig.«

»Wo werdet Ihr Euch niederlassen?« fragte Mary. »Und was für ein Geschäft werdet Ihr eröffnen?«

»Wenn alles klappt, gedenke ich vorerst in Norfolk zu bleiben, zumal ich dort schon einige gute Kontakte unterhalte«, erklärte er. »Dann werde ich dem Handel erst einmal treu bleiben, obwohl es mich schon seit meiner frühesten Jugend stets aufs Land gezogen hat. Warten wir es ab. Greifen wir dem Lauf der Ereignisse nicht vor.«

»Ich hoffe doch sehr, Euch schon bald auf HICKORY HILL begrüßen zu dürfen«, sagte Mary nach einer Weile und blickte ihn scheu an. Sie bemerkte das Leuchten in seinen Augen.

»Es gibt nichts, was mir mehr Vergnügen bereiten würde, Miß... Shadwell.«

»Dann ist das also abgemacht?«

»Sowie ich meinen Geschäften für einige Zeit den Rücken kehren kann, werde ich an Eure Einladung denken und HICKORY HILL und seiner reizenden Herrin einen Besuch abstatten. Ihr habt mein Wort darauf!«

»Ich freue mich schon jetzt«, sagte Mary lächelnd und fühlte sich seltsam beruhigt. »Ich wünschte nur, diese lange Überfahrt hätte endlich ein Ende. Ich sehne mich danach, wieder Land unter den Füßen zu haben und den Duft von Blumen und Büschen riechen zu können... und diese salzige Feuchtigkeit endlich loszuwerden.«

»Ihr werdet nicht mehr allzu lange warten müssen«, sagte Richard.

»Habt Ihr Näheres in Erfahrung bringen können?« fragte sie erwartungsvoll.
»Die Küste von Virginia kann nicht mehr weit sein.«
»Woher wißt Ihr das?«
»Von Raleigh, dem Ersten Offizier. Ich sprach am Spätnachmittag mit ihm. Und er berichtete mir, daß Vögel gesichtet worden seien.«
»Vögel?« Mary verstand den Zusammenhang nicht.
»Ja, Vögel, die man nur in der Nähe von Land findet. Raleigh rechnet damit, daß der Ausguck innerhalb der nächsten Tage Land sichtet. Lange werdet Ihr also nicht mehr zu warten brauchen. Obwohl ich das Ende der Passage trotz aller Strapazen aufrichtig bedaure«, fügte er mit einem Blick hinzu, der Mary unsicher machte. »Bin ich dann doch gezwungen, mich von Euch zu trennen.«
Mary schoß das Blut heiß ins Gesicht, daß sie das Gefühl hatte, zu glühen. Glücklicherweise verbarg der Schleier ihre Röte. »Ihr seid wirklich zu liebenswürdig«, murmelte sie. Doch sosehr sein Kompliment sie auch berührte, so erregte sie die Nachricht von der Nähe der fremden Küste bei weitem mehr. Ihr Blick ging nach Westen und schien das Dämmerlicht bis zur Küste durchdringen zu wollen.
Virginia!
Von nun an würde es keine Mary Bancroft mehr geben, noch nicht einmal in ihren Gedanken. Sie war Alice, Alice Shadwell.
»Ich bin Alice ... Alice Shadwell«, sagte sie lautlos vor sich hin.
»Alice ... Alice ...« Irgendwo dort in der Ferne wartete HICKORY HILL auf sie, auf Alice Shadwell.

ZWEITES BUCH

1772–1773

1

Die Tidewater Tavern lag im Hafenviertel von Norfolk und unterschied sich kaum von den anderen Tavernen der aufblühenden Stadt. Die schweren Eichenbalken unter der niedrigen Decke waren geschwärzt vom Ruß und Rauch der Jahre, die wuchtigen, roh gezimmerten Tische wiesen so manche Kerbe eines Messers auf, und die Bohlen knarrten bei jedem Schritt unter dem derben Schuhwerk der Männer, die in den umliegenden Kontoren arbeiteten, ein Fuhrwerk ihr eigen nannten oder zu den Schiffsausrüstern gehörten, die in diesem Teil des Hafenviertels ihre Lagerschuppen hatten.
Arthur Moore saß an einem Eßtisch im vorderen Schankraum, vor sich ein Glas Madeira. Das dritte schon an diesem Nachmittag. Er war ein großer, stämmiger Mann von neununddreißig Jahren. Seinen hellen, klaren Augen entging kaum etwas von Bedeutung, und schon so manch einer hatte das Gefühl gehabt, von seinen eisigen Blicken durchbohrt zu werden wie von einer scharfen Klinge. Die stark ausgeprägte, etwas vorgeschobene Kinnpartie gab ihm das Aussehen eines Mannes, der von keinen Selbstzweifeln geplagt wird und auf den Punkt genau weiß, was er will, und der dies auch entschlossen in die Tat umsetzt. Darüber täuschte auch nicht die Kleidung hinweg, die von dezenter

Eleganz war. Er trug enge Kniehosen, feine Strümpfe und über dem Hemd eine modische Weste aus Seide.

Arthur Moore war seit langen Jahren der Verwalter von Hickory Hill. Normalerweise hätte ihn nichts nach Norfolk gezogen. Er vermochte dem Geruch des Meeres nichts abzugewinnen und noch weniger dem der Fische, nach denen es in fast jeder Gasse des Hafenviertels stank. Doch er hatte einen guten Grund, warum er sich in Norfolk aufhielt: Er wartete auf die Ankunft der Fair Wind – und auf seine neue Herrin Alice Shadwell.

Die beiden Männer, die ihm an diesem Nachmittag im Mai in der Tidewater Tavern Gesellschaft leisteten, machten keinen so gepflegten Eindruck wie Arthur Moore. Es waren Männer, wie man sie in jeder Hafenstadt der Welt antrifft: maßlos im Trinken, derb und ausfallend in der Sprache, geschickt im Umgang mit Karten und Würfeln – und mit dem Messer stets schneller bei der Hand als Frömmler mit der Bibel.

Arthur Moore hätte sich normalerweise nie mit solchen Gestalten an einen Tisch gesetzt, nicht weil er sie wegen ihrer Geschicklichkeit mit dem Messer gefürchtet hätte. Was das anging, da konnte ihm keiner so leicht etwas vormachen. Nein, er verachtete ungehobelte Burschen einfach. Und allein die Langeweile hatte ihn dazu getrieben, die Gesellschaft dieser zweifelhaften Männer zu suchen. Alles, was er wollte, war Zerstreuung und Ablenkung. Und da beide gute Spieler waren, schätzte er zumindest ihre Erfahrung und ihre Ausdauer, stundenlang beim Spiel zu sitzen.

Seit über zwei Wochen hielt er sich nun schon in Norfolk auf. Der Teufel sollte ihn holen, wenn er an die Küste gereist wäre, hätte er das auch nur geahnt. Die Fair Wind hätte längst im Hafen liegen sollen. Doch ein Tag war auf den anderen gefolgt, ohne daß der Dreimaster in den Hafen eingelaufen wäre.

Die lange Zeit untätigen Wartens hatte Arthur Moore ausgesprochen reizbar gemacht. Das hatte auch Judy, das hübsche Zimmermädchen vom Seaside Inn, wo er Logis genommen hatte, zu spüren bekommen. Judy hatte ihm die einsamen Nächte angenehm versüßt und war ihm auch tagsüber mehr als bereitwillig zu Willen gewesen. So sehr sogar, daß er es vorgezogen hatte, einen Großteil des Tages fern vom Seaside Inn zu verbringen.

An diesem Nachmittag war Arthur Moore nicht so konzentriert beim Spiel, wie das sonst der Fall war, denn immerhin spielten sie um Geld, und die beiden Kerle hatten noch nicht die Hoffnung aufgegeben, ihm die gut bestückte Börse auszuräumen. Er hatte die letzten Tage fast immer gewonnen, und nun langweilte es ihn plötzlich, wurde er auch ihrer Gesellschaft überdrüssig. Zudem schweiften seine Gedanken immer wieder ab und beschäftigten sich mit Alice Shadwell. Er vermochte sich kaum noch an sie zu erinnern. Viel Zeit war vergangen, seit sie Hickory Hill verlassen hatte. Das einzige, an das er sich erinnern konnte, war das schemenhafte Bild eines Mädchens von acht Jahren, das in einem strahlendweißen Kleid über den tiefgrünen Rasen vor dem Haus lief. Und an blonde, wehende Haare erinnerte er sich. Aber das war auch schon alles. Reichlich wenig, wenn man bedachte, daß sie die Erbin der Tabakplantage und somit seine Arbeitgeberin war.

Er nahm an, daß Alice Shadwell kaum in der Lage sein würde, sich um die Plantage zu kümmern. Wie es hieß, war sie noch immer kränklich. Und eine Herrin mit einer schwachen Konstitution konnte manchmal ein unleidliches Verhalten an den Tag legen und viel Ärger machen.

Aber er hielt es für äußerst unwahrscheinlich, daß Miß Alice ihm Ärger bereiten und ihm Vorschriften machen würde, wie er seine Arbeit zu tun hatte. Falls doch, nun, dann würde er sich schon zu wehren wissen. Noch nicht einmal Henry Shadwell hatte es sich leisten können, sich mit ihm anzulegen. Es war immer gut, wenn man seine Arbeit ausgezeichnet verstand und alles fest im Griff hatte, so daß man unabkömmlich war. Dann hatte man auch Macht und Freiheiten, die einem Verwalter normalerweise nicht zustanden.

Arthur Moore fuhr aus seinen grüblerischen Gedanken auf, als ein Junge mit nackten Füßen in die Taverne gerannt kam. Atemlos rief er, als er sich dem Ecktisch von Arthur Moore näherte: »Sir... Sir!«

Der Verwalter furchte die gebräunte, von Wind und Wetter gegerbte Stirn. »Was ist?«

»Euer... Schiff«, keuchte der Junge.

»Nun sprich!« drängte Arthur Moore.

»Die FAIR WIND, hattet Ihr gesagt. Nach der sollte ich Ausschau halten, nicht wahr?«

»Himmelherrgott, ja! Hast du was erfahren?«

Der Junge nickte hastig. »Ja, Sir. Man hat die FAIR WIND gesichtet. Sie läuft ein, Sir!«

Arthur Moore hatte den Jungen schon vor über einer Woche beauftragt, nach der FAIR WIND Ausschau zu halten und sich unten am Hafen umzuhören. Er wollte nicht mehrmals am Tag den Horizont mit dem Fernrohr absuchen. Und da Arthur Moore ihm jeden Tag ein hübsches Geldstück zusteckte, hatte der Junge seine Aufgabe ernst genommen und sich um nichts anderes mehr gekümmert.

Deshalb fühlte er sich in seinem Stolz gekränkt, als Arthur Moore mehr aus Freude denn aus Zweifel fragte: »Bist du auch sicher, daß es die FAIR WIND ist?«

»Ihr habt mein Wort, Sir!« beteuerte der Junge fast empört.

Der Verwalter lächelte und kramte in seiner Westentasche nach einem Geldstück. Er warf es dem Jungen zu, der es geschickt auffing, mit strahlendem Gesicht noch einmal mit Daumen und

Zeigefinger hochschnippte und es dann rasch in der Tasche seiner geflickten Hose verschwinden ließ. »Danke, Sir!«

»Warte!« rief Arthur Moore dem Jungen nach. »Nicht so eilig!«

Der Junge blieb stehen und kam noch einmal zurück. »Ja, Sir?«

»Lauf schnell zum SEASIDE INN hinüber und sag dort Bescheid, daß sie die Kutsche anspannen und zum Kai schicken sowie die beiden Zimmer für Miß Shadwell und ihre Bediensteten richten sollen. Sie wissen dann schon, was zu tun ist. Kannst du das behalten?«

Der Junge zuckte vielsagend mit den Achseln, während ein verschmitztes Lächeln auf sein ungewaschenes und von Pockennarben übersätes Gesicht trat. »Das kommt ganz darauf an, Sir.«

Arthur Moore begriff sofort, worauf der Gassenjunge hinauswollte, und er nahm es ihm nicht übel. Man mußte nehmen, was man kriegen konnte, wenn sich einem eine günstige Gelegenheit bot. Daran war nichts auszusetzen. Und so griff er noch einmal in seine Westentasche und warf ihm ein weiteres Geldstück zu.

»Na, wie steht es jetzt mit deinem Gedächtnis?« fragte er spöttisch.

Die Augen des Jungen leuchteten auf. »Ganz ausgezeichnet, Sir!« kam die Antwort wie aus der Pistole geschossen.

»Dann laß hören, was ich dir aufgetragen habe, damit ich auch weiß, daß die Münze bei dir gut angelegt ist, du Halsabschneider.«

»Ich soll im SEASIDE INN Bescheid sagen, daß sie die Kutsche anspannen und zur FAIR WIND schicken sowie die beiden Zimmer für Miß Shadwell richten sollen.« Fragend, ob er auch alles richtig verstanden hatte, blickte er seinen Gönner an.

Arthur Moore nickte, und der Junge eilte davon. Mit nackten Füßen tappte er über die Bohlen und lief dann die Gasse hinunter.

Der Verwalter bezahlte die Zeche, fuhr in seinen Rock und verabschiedete sich knapp und ohne Bedauern von seinen beiden Zech- und Spielgenossen, die seinen plötzlichen Aufbruch mit mürrischen Bemerkungen begleiteten.
Arthur Moore trat hinaus auf die Straße. Endlich hatte das Warten ein Ende. Und wenn das Schicksal es gut mit ihm meinte, so befand er sich morgen schon auf dem Weg zurück nach HICKORY HILL. Zurück zu *seiner* Plantage.

2

Knappe, scharfe Kommandos hallten über das Deck des Dreimasters. Die Seeleute sprangen mit nackten Füßen in die Wanten und enterten blitzschnell auf, refften Segel und belegten Taue.
Alice, Sally und Richard standen auf dem Achterdeck und beobachteten fasziniert und erleichtert, wie sich Norfolk, die Hafenstadt am Westufer der James-River-Mündung, im weichen Licht der Nachmittagssonne immer deutlicher abzeichnete. Erst war nichts weiter als eine schemenhafte Kulisse zu erkennen, und sie konnten die Reihen der Häuser, die das Ufer säumten, nur erahnen. Doch bald waren Einzelheiten auszumachen: Lagerhallen, Kontore, Anlegestege sowie Masten und Aufbauten zahlreicher Schiffe, die dort vor Anker lagen.
»Land!... Endlich Land! Dem Herrn sei Dank!« murmelte Sally mit großer Erleichterung. Endlich hatte diese anstrengende Schiffspassage ein Ende. Vor ihnen lag Virginia, das fremde Land, das ihr ein neues Leben in Wohlstand und Sorglosigkeit bringen sollte.
Die Sonne stand schon tief im Westen über dem grünen, sanft gewellten Hinterland von Norfolk, als die FAIR WIND am Anledock festmachte. Pferdewagen standen bereit, um die vielfälti-

gen Waren, die das Schiff von England über die Weite des Ozeans hierher nach Virginia gebracht hatte, in die Lagerhallen der Kontore zu befördern. Ein Großteil der Fracht bestand aus kostbaren Möbeln, Stoffballen aus Holland und Frankreich, Porzellan, Hunderten von Weinkisten und vielen anderen Dingen, die von Händlern und Plantagenbesitzern schon vor Monaten bestellt worden waren und sehnsüchtig erwartet wurden.

Das persönliche Eigentum der drei Passagiere war schon an Deck und würde zuerst von Bord gebracht werden. Alice Shadwell stand an der Reling und hielt voller Unruhe Ausschau nach Arthur Moore. Alice hatte ihr gesagt, daß der Verwalter von HICKORY HILL sie in Norfolk erwarten und mit der Shadwell-Kutsche zur Plantage bringen würde. Zwar war sie nicht in der Lage gewesen, ihr eine genaue Beschreibung von Mister Moore zu geben, hatte ihr jedoch versichert, daß sie die Kutsche ihres verstorbenen Vaters mit dem goldenen Monogramm HS an den Türen nicht übersehen würde.

Und so war es auch. Nach kurzer Zeit entdeckte sie neben einem Stapel Kisten eine schwarzglänzende Kutsche mit blinkenden Messingbeschlägen, der zwei prächtige Schimmel vorgespannt waren. Und bei näherem Hinsehen bemerkte sie auch das Monogramm HS an der Tür. Der große, stämmige Mann mußte demnach Arthur Moore sein.

Erleichterung ergriff Alice. Sie hatte sich insgeheim Gedanken gemacht, was sie tun sollte, wenn niemand da wäre, um sie und Sally Lee abzuholen, wußte sie doch nicht, wo genau die Plantage lag und wie sie dorthin kommen sollte. Diese Sorge war ihr nun genommen.

Ein dumpfes Gefühl der Unsicherheit aber blieb. Alice Shadwell hatte sie zwar beruhigt und behauptet, daß Arthur Moore nach so vielen Jahren unmöglich in der Lage sein würde, die richtige Miß Alice von der falschen zu unterscheiden, denn immerhin

war sie ja ein Kind gewesen, als sie ihre Heimat verlassen hatte. Und die Erbin kam nun als junge Frau zurück. Aber angenommen, es gab doch etwas, an dem Arthur Moore erkennen konnte, daß er nicht die wahre Alice Shadwell vor sich hatte?
Diese Ungewißheit quälte sie. Sie wußte jedoch, daß es jetzt kein Zurück mehr gab und sie sich dieser Situation stellen mußte. Sie zwang sich, sich nicht weiter Gedanken darüber zu machen.
Richard Campbell räusperte sich verhalten neben ihr, um ihre Aufmerksamkeit auf sich zu lenken. »Miß Shadwell...«
Sie fuhr aus ihren sorgenvollen Gedanken auf und drehte sich zu ihm um. »Ja?«
»Nun heißt es Abschied nehmen«, sagte er mit ernster Miene und bedauerndem Tonfall. »Und es ist keine leere Floskel, wenn ich Euch versichere, wie sehr es mir schwerfällt, Euch von nun an so weit von Norfolk zu wissen. Es werden Monate vergehen, ehe ich es einrichten kann, Euch auf HICKORY HILL zu besuchen und mich von Eurem Wohlbefinden zu überzeugen.«
»Auch ich bedaure das sehr, und ich hoffe, daß es nicht zu viele Monate sein werden«, erwiderte sie gerührt. Die Vorstellung, ihn lange nicht sehen und sprechen zu können, schmerzte sie. »Ihr werdet jederzeit ein willkommener Gast sein. Und vermutlich werde ich nie in meinem Leben die Schuld, in der ich bei Euch stehe, abtragen können. Ihr habt mehr für mich getan, als Ihr ermessen könnt.«
Richard lächelte wehmütig. »Ich wünschte, ich könnte noch mehr tun.«
»Ihr habt unendlich viel für mich getan, und das wißt Ihr selber. Doch nicht allein deshalb würde es mich überaus freuen, Euch so bald wie möglich wiederzusehen... Richard«, sagte sie leise. Es war das erstemal, daß sie ihn nicht förmlich mit Mister Campbell angesprochen hatte.
»Ihr hättet mir kaum etwas Schöneres sagen können, Miß...

Alice«, erwiderte er mit einem warmen Lächeln. Einen Augenblick sah er sie fast zärtlich an und schien noch etwas hinzufügen zu wollen, besann sich dann jedoch eines anderen.

Er zog ein kleines, liebevoll in Papier eingewickeltes Päckchen von der Größe eines Schminkdöschens aus seiner Rocktasche und reichte es ihr. »Erlaubt mir, daß ich Euch ein unbedeutendes Abschiedsgeschenk mache. Es soll Euch an diese Überfahrt erinnern und, wenn ich das Glück haben sollte, auch an meine Person.«

»Ja, aber... ich weiß gar nicht...« stammelte Alice gerührt und nahm das Geschenk zögernd entgegen. Es wog leicht in ihrer Hand.

»Sagt nichts!« bat Richard Campbell. »Öffnet dieses Päckchen erst, wenn Ihr auf HICKORY HILL seid. Ihr werdet dann verstehen, warum.«

»Wenn es Euer Wunsch ist«, sagte sie und wich verlegen seinem Blick aus. Sie hatte noch nie zuvor von einem Mann ein Geschenk erhalten.

»Ja, das ist es.«

»Dann werde ich es vorher auch nicht öffnen«, versicherte sie.

Er wechselte nun schnell das Thema und erkundigte sich, ob er sich um Logis für sie und Sally in Norfolk kümmern dürfe. Doch Alice dankte ihm mit dem Hinweis auf den Verwalter Arthur Moore, der dort unten schon mit der Kutsche auf sie wartete.

»Meine besten Wünsche begleiten Euch. Und vergeßt nie, daß ich jederzeit zu Eurer Verfügung stehe, solltet Ihr Hilfe bedürfen«, verabschiedete sich Richard nun endgültig von ihr, nachdem er ihr die Adresse des Handelskontors gegeben hatte, zu dem er Geschäftsbeziehungen unterhielt. Sie tauschten einen letzten Händedruck, bevor Alice Shadwell zusammen mit einer ungeduldigen Sally Lee die FAIR WIND über die Gangway verließ.

Eine merkwürdige Erregung durchströmte sie, als sie amerikanischen Boden betrat. Es war, als fielen alle ihre Ängste und das, was hinter ihr lag, mit einem Schlag von ihr ab. Ihre Gestalt schien sich zu straffen, als sie festen Schrittes auf den Mann zuging, der Arthur Moore sein mußte.
Der Verwalter hatte die beiden Frauen die Gangway herunterkommen sehen und schritt ihnen nach einem Moment des Zögerns nun eiligst entgegen. Sein Gesicht drückte mühsam verhohlene Überraschung aus.
Alice nahm instinktiv die Initiative in die Hand, indem sie Arthur Moore ohne Anzeichen von Unsicherheit ansprach. Jedes Zögern und jedes Zeichen von Unsicherheit konnte Gefahr bedeuten. »Mister Moore, nicht wahr?« begrüßte sie den ihr fremden Mann. »Ich freue mich, Euch nach so vielen Jahren wiederzusehen.«
»Die Freude ist ganz auf meiner Seite, Miß Shadwell«, erwiderte er ihren Gruß mit einem freundlichen Lächeln, um dann eine ernste Miene aufzusetzen. »Ich bedaure nur den Grund Eurer Reise. Mein aufrichtiges Beileid noch nachträglich. Der tödliche Reitunfall Eures Vaters hat uns alle auf HICKORY HILL tief getroffen.«
»Danke«, sagte Alice knapp und hätte vor Freude jubeln können, als sie sah, daß sie die Situation, vor der sie sich so gefürchtet hatte, beherrschte. Arthur Moore hielt sie wahrhaftig für die wahre Alice Shadwell.
Es kam ihr wie ein Wunder vor, und am liebsten hätte sie einen Stoßseufzer der Erleichterung von sich gegeben, doch sie beherrschte sich und wandte sich Sally Lee zu, die mit ängstlichem Gesicht einen Schritt hinter ihr stand. »Darf ich Euch meine Kammerzofe vorstellen? Sally Lee... Sally, das ist Mister Moore, der Verwalter von HICKORY HILL. Er war schon bei uns, als ich nach England reiste.«

»Herzlich willkommen in Virginia, Sally«, begrüßte er sie höflich und musterte sie mit dem Blick eines Mannes, der für Frauen nicht nur eine Schwäche hat, sondern ihr auch gerne nachgibt. »Ich hoffe, du wirst dich in Virginia und ganz besonders auf Hickory Hill bald wie zu Hause fühlen.«
»Danke... Mister Moore«, sagte Sally stockend und mit gesenktem Kopf.
»Hattet Ihr nicht auch Eure Gesellschafterin mitbringen wollen?« fragte Arthur Moore. »Zumindest berichtetet Ihr davon in Eurem Schreiben an mich.«
»Ja, so war es geplant gewesen. Mary Bancroft trat mit uns auch die lange Reise an, doch während der Überfahrt erlag sie einem schweren Fieber. Wir mußten sie auf hoher See bestatten. Möge der Herrgott ihrer Seele gnädig sein«, sagte Alice mit einer Trauer in der Stimme, die echt war.
»Das... tut mir leid.«
Alice nickte knapp und sagte dann mit gefaßter Stimme: »Die Überfahrt war alles andere als eine Freude, und wir können es gar nicht erwarten, ein ausgiebiges Bad zu nehmen. Ich vermute, Ihr habt schon für Logis gesorgt, Mister Moore?«
»In der Tat. Im Seaside Inn, dem besten Haus am Ort, wie man mir versichert hat. Eure Zimmer sind gerichtet.«
Alice nickte zufrieden. »Bestens.«
»Darf ich fragen, wie lange Ihr in Norfolk zu bleiben gedenkt?« erkundigte sich der Verwalter und sah sie dabei erwartungsvoll an.
»Mir wäre es recht, wenn wir schon morgen aufbrechen könnten«, sagte Alice, die es kaum erwarten konnte, Hickory Hill endlich zu sehen. »Oder steht dem irgend etwas im Wege?«
»Ganz und gar nicht!« Erleichterung zeigte sich auf dem Gesicht des Verwalters. »Ich breche morgen mit dem größten Vergnügen von hier auf. Zwei Wochen in Norfolk reichen mir vollkommen.«

Alice lächelte. »Dann also morgen.«
Arthur Moore machte eine einladende Geste in Richtung Kutsche. »Wenn Ihr bitte schon in der Kutsche Platz nehmen würdet, könnte ich mich um Euer Gepäck kümmern.«
»Gern.«
Arthur Moore führte sie zur Kutsche. Sally Lee stieß einen leisen Laut der Überraschung aus, als sie den riesenhaften Neger sah, der vom Kutschbock sprang, das kleine Trittbrett ausklappte und den Schlag aufriß. Und auch Alice war beim Anblick dieses fast schwarzhäutigen Mannes überrascht, sie vermochte sich jedoch noch im letzten Moment zu beherrschen. Sie hatte noch nie einen Sklaven gesehen, durfte dies aber unter keinen Umständen zu erkennen geben, denn Alice Shadwell war doch von Kindesbeinen an von schwarzen Bediensteten umgeben gewesen.
»Das ist Amos, der Kutscher«, sagte Arthur Moore leichthin. »Ihr werdet Euch schwerlich an ihn erinnern, nicht wahr?«
Der Schwarze blickte sie mit großen, leuchtenden Augen an, in denen Alice so etwas wie angespannte Erwartung zu lesen glaubte.
»Ich weiß nicht«, erwiderte Alice zögernd, um keinen Fehler zu machen. Vielleicht hatte es Amos zu ihrer Zeit noch gar nicht auf Hickory Hill gegeben. Doch es drängte sie, irgend etwas Freundliches zu sagen. »Das Gesicht ist mir ganz und gar nicht fremd. Ja, jetzt erinnere ich mich wieder...« Sie beließ es bei dieser reichlich vagen Antwort, die jede Möglichkeit der Deutung offenließ.
»Sehr gütig, Mistress!« rief Amos, und seine Augen strahlten vor Freude, daß sie sich anscheinend nach so vielen Jahren doch noch verschwommen an ihn erinnerte. Er kannte Herren, die nicht einmal in der Lage waren, sich an die Gesichter ihrer Sklaven zu erinnern, auch wenn sie schon zehn Jahre und mehr auf ihren Feldern arbeiteten. »Ist mächtig nett, daß Ihr wieder zu-

rück seid, Mistress! Ist ganz schrecklich schlimme Sache gewesen, das mit Massa Shadwells Sturz vom Pferd, Mistress!« sprudelte er mit einem ihr reichlich fremdartig anmutenden Dialekt, der jedoch sehr melodisch klang, hervor. »Ist mächtig viel geweint und gebetet worden in den Hütten, Mistress... auch für Eure sichere Rückkehr. Ist mächtig schön, daß Mistress nach so vielen Jahren wieder nach HICKORY HILL zurückkommen. Werden sich viele darüber freuen...«

»Das reicht, Amos! Wenn du so flink arbeiten würdest, wie du mit der Zunge umzugehen weißt, dann wärst du dein Gewicht in Gold wert!« fiel Arthur Moore ihm nun scharf ins Wort, und der hünenhafte Sklave schien wie unter einem unsichtbaren Peitschenhieb zusammenzuzucken. Doch den freudigen Ausdruck auf seinem Gesicht vermochte auch diese Zurechtweisung nicht zu vertreiben.

»Tut mir mächtig leid, wenn ich zuviel geredet habe, Massa Moore«, sagte Amos entschuldigend zu dem Verwalter und hielt Alice den Schlag auf. »'s war die Freude.«

»Ich freue mich auch, Amos«, sagte Alice nun freundlich und stieg in die Kutsche. Sie hatte Mühe, sich ihr Staunen nicht anmerken zu lassen. Die Kutsche war innen mit blauem Samt ausgeschlagen und mußte ein kleines Vermögen gekostet haben. Noch nicht einmal die doch recht wohlhabenden Wickmans hatten solch ein stattliches Gefährt ihr eigen nennen können. Und sie bekam eine Vorstellung von dem, was sie erwartete.

Sally folgte ihr und nahm ihr gegenüber auf der Sitzbank Platz. Sie war im ersten Moment sprachlos. Verstohlen tastete sie über die Polster der Sitzbank und strich über den Samtstoff an den Seiten. Und als Arthur Moore sich entfernt hatte, um sich um ihre Gepäckstücke zu kümmern, murmelte sie andächtig: »So etwas Schönes ist mir noch nie zuvor unter die Augen gekommen, geschweige denn, daß ich darin gesessen hätte.«

»Ja, es ist eine wirklich prächtige Kutsche«, pflichtete Alice ihr bei.
»Eines Tages möchte ich auch solch eine Kutsche haben«, sagte Sally leise und mit sehnsüchtiger Stimme. »Glaubt Ihr, ich kann mir das später von der Abfindung, die Miß Shadwell mir versprochen hat, leisten?«
Alice bezweifelte das sehr, wollte Sally jedoch nicht schon jetzt die Illusion nehmen. »Vielleicht, vielleicht aber auch nicht. Ich habe nicht den Schimmer einer Ahnung, was solch ein stattliches Gefährt kostet. Also schmiede besser nicht so viele hochfliegende Pläne!« Und mit gedämpfter Stimme fügte sie hinzu: »Außerdem möchte ich nicht, daß du von Miß Shadwell sprichst, als lebte sie nicht mehr. *Ich* bin jetzt Miß Alice Shadwell, vergiß das in Zukunft bitte nicht.«
Sally Lee blickte betreten drein. »Tut mir leid«, sagte sie kleinlaut. »Es wird nicht wieder vorkommen, Miß... Shadwell.«
»Ich sage dir das nur im Guten«, fügte Alice beschwichtigend hinzu. »Immerhin hast du eine Menge zu gewinnen... oder zu verlieren, wenn sich einer von uns beiden nicht an die Abmachung hält, nicht wahr? Wir müssen deshalb vorsichtig sein und unsere Worte mit Bedacht wählen! Auch ich ertappe mich immer noch dabei, daß ich im Begriff stehe, etwas Unbedachtes zu sagen. Dagegen hilft nur, mit Antworten nicht so schnell bei der Hand zu sein.«
Das Gesicht der Zofe hellte sich wieder auf. »Es war dumm von mir. Ihr habt recht.«
»Ist schon gut. Reden wir nicht mehr darüber.«
Sally kicherte plötzlich. »Habt Ihr schon mal so einen schwarzen Mann wie diesen Amos gesehen? Im ersten Moment hatte ich richtig Angst. Aber er scheint ein guter Mensch zu sein, obwohl er eine Haut hat, die so rabenschwarz ist, als hätte er in einem Pechfaß gebadet.«

»Ich glaube auch, daß Amos eine gute Seele ist.«
Sally Lee war wie aufgedreht. Die scheinbar endlose Überfahrt lag hinter ihr. Das Schicksal, mit dem sie so sehr gehadert hatte, erschien ihr nun wie eine Glücksgöttin. Und das fremde Land, vor dem sie sich so gefürchtet hatte, war plötzlich eine einzige Verheißung.
»Mister Moore macht ebenfalls einen netten Eindruck«, plapperte sie munter weiter. »Und stattlich sieht er auch aus. Bestimmt ist er ein guter Verwalter. Ach, ich glaube, ich werde Virginia lieben!«
Alice erwiderte nichts darauf, sondern lächelte nur versonnen. Sie hielt noch immer das kleine Päckchen in ihrer behandschuhten Hand, das Richard Campbell ihr überraschend zum Abschied geschenkt hatte.

3

Nach der wochenlange Enge in der unbequemen Schiffskabine hatte Alice geglaubt, am Morgen nach der ersten Übernachtung an Land nicht aus dem Bett des Gasthauses zu kommen. Doch schon beim Licht der ersten Morgensonne war sie hellwach und fühlte sich gänzlich ausgeruht. Sie war voller Unruhe, erregender Unruhe, und konnte es kaum erwarten, die Reise mit der Kutsche nach Hickory Hill anzutreten.
Die Sonne stand noch nicht hoch am Himmel, als Alice zusammen mit Sally und Arthur Moore in der Kutsche Platz nahm und Amos das Gefährt durch Norfolk hinaus auf die Landstraße lenkte. Zur Rechten schimmerten die silbrigblauen Fluten des James River, der hier an seiner Mündung von beeindruckender Breite war. Zahlreiche Boote waren auf dem Fluß.
Alice konnte sich an der Landschaft, die in voller Frühlingsblüte stand, nicht satt sehen. Das Grün der Wiesen war von dunkler,

kräftiger Farbe, durchsetzt mit den bunten Farbtupfern blühender Büsche und Blumen.
Stunde um Stunde verstrich. Gegen Mittag legten sie auf einer kleinen Waldlichtung eine kurze Rast ein und nahmen einen kalten Imbiß zu sich. Die Köchin vom SEASIDE INN hatte ihnen einen üppigen Picknickkorb zusammengestellt. Danach ging es weiter, durch kühle schattige Wälder mit gewaltigen Bäumen und an weiten Feldern vorbei, über kleine Hügelzüge und klare, plätschernde Bäche, vorbei an kleineren Siedlungen. Manchmal erblickten sie auch abseits vom Weg weiß gestrichene Farmhäuser oder stattliche Herrenhäuser aus roten Ziegeln, die warm im Sonnenlicht leuchteten.
Alice fragte sich, wo die gewaltigen Bergketten waren, von denen Alice Shadwell erzählt hatte, die Blue Ridge Mountains mit ihren blaugrün schimmernden Wäldern. Sie mußten wohl weiter im Westen liegen.
Als die Sonne allmählich an Kraft verlor und kaum noch durch das dichte Blätterwerk der Wälder drang, steuerte Amos das nächstgelegene Gasthaus an. Es nannte sich TRAVELLER'S REST und war eine einfache, aber saubere Herberge, wo sie Quartier für die Nacht bezogen. Da die Fahrt mit der Kutsche sie alle doch recht angestrengt hatte, nahmen sie nur einen kleinen Imbiß zu sich und begaben sich dann fast umgehend auf ihre Zimmer.
Kurz nach Sonnenaufgang setzten sie am nächsten Tag die Fahrt fort. Die Unterhaltung der drei Reisenden beschränkte sich auf allgemeine Themen. Arthur Moore berichtete wenig über die Arbeit auf den Feldern der Plantage, und Alice wollte nicht in ihn dringen, da sie über das Leben auf einer Plantage einfach zu wenig wußte. Dies mußte bis später warten, wenn sie sich mit ihrer neuen Umgebung vertraut gemacht hatte und sicher sein konnte, mit ihren Fragen keinen schwerwiegenden Fehler zu begehen, den die richtige Alice Shadwell nie begangen hätte. Ar-

thur Moore zeigte sich mehr an den gesellschaftlichen Ereignissen in London interessiert, doch wurde Alice bei seinen Fragen das Gefühl nicht los, daß sein Interesse rein höflicher Natur war. Er machte nicht den Eindruck eines Mannes, der an den Neuigkeiten des gesellschaftlichen Lebens einer Großstadt interessiert war. Vielmehr vermochte sie seinen flüchtigen Bemerkungen zu entnehmen, daß es ihn nie lang in einer Stadt hielt und er froh war, wenn er nach Erledigung seiner Geschäfte der erdrückenden Enge vieler Häuser und enger Gassen entfliehen konnte.

Die oberflächlich-höflichen Gespräche zwischen Alice und Arthur Moore versiegten zumeist schon nach kurzer Zeit, und über Stunden hinweg herrschte ein träges, jedoch keineswegs unangenehmes Schweigen. Das Rattern der Kutsche und das Trommeln der Pferdehufe auf dem Boden erzeugte ein gleichförmiges Geräusch, das jedem Passagier die Möglichkeit gab, sich in seine eigene Welt zurückzuziehen, ohne dadurch die Regeln des Anstands zu verletzen.

Sally Lee vertiefte sich in einige Modegazetten, die zum Teil schon Monate alt waren. Missis Wickman hatte sie ihr vor der Abreise geschenkt, denn trotz ihres Alters boten die Hefte immer noch viel Informationen und auch Unterhaltung. Derartige Modejournale wurden über Jahre hinweg sorgfältig verwahrt und immer wieder zur Hand genommen und studiert.

Alice beobachtete sie mehrfach, wie sie mit fast verklärtem Blick die Zeichnungen anschaute. Vermutlich träumte Sally schon jetzt von ihrem eigenen Haus und eigener Dienerschaft.

Dagegen gab Arthur Moore nur vor, eine Broschüre zu studieren, die sich mit der Bewirtschaftung von Tabakplantagen beschäftigte. Alice war sich ganz sicher, daß er nicht einen Artikel richtig gelesen hatte. Denn manchmal starrte er zehn Minuten oder mehr auf eine Seite, und so schwer verständlich konnte der Text kaum sein. Oft versank er auch mit halb geschlossenen Augen in einen schläfrigen Dämmerzustand, daß der Verdacht nahelag, er hielt auf diese zurückhaltende Art ein kleines Schläfchen.

Alice dagegen blickte immer wieder hinaus. Sie nahm die vorbeiziehende Landschaft in sich auf, ohne dabei Langeweile zu empfinden. Sie versuchte in Gedanken auch, sich eine Meinung über Arthur Moore zu bilden. Als Alice Shadwell HICKORY HILL vor fast fünfzehn Jahren verlassen hatte, war Arthur Moore noch nicht Verwalter gewesen. Und Alice Shadwell hatte sich nur noch sehr verschwommen an diesen jungen Mann, der dem damaligen Aufseher zur Hand gegangen war, erinnern können. Auch enthielten die Briefe von Henry Shadwell an seine Tochter keinen Hinweis auf Arthur Moore, der ihr jetzt bei ihrer Einschätzung hätte weiterhelfen können. Sie mußte sich da ganz auf ihr eigenes Urteilsvermögen verlassen.

Alice, die sich sonst gut darauf verstand, Menschen einzuschätzen, wußte in diesem Fall jedoch nicht, was sie von ihm halten sollte. Er legte ihr gegenüber eine große Höflichkeit an den Tag, war aufmerksam und besaß untadelige Umgangsformen. So gesehen benahm er sich, wie man es von einem Gentleman erwarten konnte.

Doch irgendwie ging von ihm eine Entschlossenheit und Selbstsicherheit aus, die sie verwirrte und nicht einzuordnen vermochte. Alice konnte nicht sagen, ob diese Zielstrebigkeit anziehend oder abstoßend auf sie wirkte. Sicher war jedoch eines: Er mußte ein fähiger Plantagenverwalter sein, wenn er so lange Jahre in Henry Shadwells Diensten gestanden hatte.

Nur kein vorschnelles Urteil, ermahnte sie sich selbst zur Zurückhaltung und ließ es vorerst dabei bewenden. Sie würden noch Zeit genug haben, um einander gründlich kennenzulernen. Wichtig war im Augenblick allein, daß er sie als die akzeptierte, für die sie sich ausgab. Alles andere würde die Zeit bringen.

Am Abend des zweiten Reisetages nächtigten sie in einer Taverne, die nicht allzuweit vor Richmond lag. Wie sie von Arthur Moore erfuhr, war diese Stadt in starkem Wachstum begriffen. Noch war Williamsburg, wo der von England eingesetzte Gouverneur residierte und zusammen mit dem Königsrat und der Abgeordnetenkammer Virginia regierte, das kulturelle und politische Herz der Kolonie. Doch Arthur Moore äußerte die Meinung, daß das nicht immer so bleiben würde und eines nicht allzu fernen Tages Richmond Williamsburg den Rang streitig machen könnte.

Ein klarer, sonniger Himmel begrüßte sie am Morgen des dritten Reisetages, als sie die Kutsche wieder bestiegen. Zu ihrer aller Freude kamen sie gut voran. Keine der zahlreichen Brücken, die sich über kleine Flüsse spannten, war von den reißenden Hochwasserfluten des Schmelzwassers unterspült worden. Und keine umgestürzten Bäume zwangen sie, ihre Fahrt zu unterbrechen. Doch gab es Wegstrecken, die erhöhte Vorsicht von Amos verlangten, wenn die Wagenräder der schwerbeladenen Kutsche sich durch aufgeweichte Erde wühlten, wo abfließendes Regenwasser und andere Fuhrwerke tiefe Rillen in die Straße gegraben hatten.

»Wie lange ist es denn noch?« wollte Sally Lee wissen, mit deren Geduld es am dritten Tag nicht mehr weit her war. Sogar ihre Träumereien von einem baldigen besseren Leben schienen ihr nicht mehr zu helfen, die langen Stunden der Reise zu überbrücken.

»Vor Einbruch der Dunkelheit sollten wir es eigentlich geschafft haben«, sagte Arthur Moore gegen Mittag, als sie eine kurze Rast einlegten. Und aus seiner Stimme hörten sie heraus, wie sehr er sich freute, HICKORY HILL nach mehr als drei Wochen Abwesenheit wiederzusehen.

Der Nachmittag brach an, und Alice konnte nun in weiter Ferne

die blaugrünen Konturen hoher Bergketten erkennen, die den ganzen Horizont einnahmen. Das klare Wetter erlaubte eine weite Sicht, ganz besonders dann, wenn die Kutsche auf freiem Feld dahinratterte oder über die Kuppe einer Anhöhe rumpelte.
Alice hatte nun auch das Gefühl, als würden sich die letzten Stunden endlos lange hinziehen. Das mochte damit zusammenhängen, daß sich die Strapazen der langen Reise nun doch, aller inneren Erregung zum Trotz, bemerkbar machten sowie nun auch bei ihr eine gewisse Ungeduld, endlich die Plantage zu Gesicht zu bekommen.
Aber Arthur Moore mußte sie immer wieder vertrösten, wenn er gefragt wurde, ob HICKORY HILL denn nun hinter dieser oder jener Wegbiegung läge.
Müdigkeit machte sich allmählich bei Alice bemerkbar. So war es denn nicht verwunderlich, daß sie gegen ihren Willen doch noch in einen unruhigen Halbschlaf fiel. Konfuse Träume suchten sie heim, während die Sonne im Westen immer schneller sank.
Auf einmal drang eine Stimme in ihr Bewußtsein, vertrieb die wirren Traumbilder und holte sie in die Wirklichkeit zurück. Sie spürte eine Hand auf ihrer Schulter, die sie sanft rüttelte.
»Miß Alice?«
Sie schlug die Augen auf. »Ja?« fragte sie ein wenig benommen.
Arthur Moore hatte sich zu ihr vorgebeugt und zog nun seine Hand zurück. »Wir sind da«, sagte er mit einem Lächeln, das schwer zu deuten war.
Die Benommenheit fiel sofort von Alice ab, sie richtete sich auf und blickte aus dem Fenster. »Wir haben die Plantage erreicht?« stieß sie aufgeregt hervor.
»Wir befinden uns schon eine geraume Weile auf Eurem Grund und Boden«, unterrichtete er sie. »Wir kommen jetzt gleich zur

Auffahrt zum Herrenhaus. Ich dachte, Ihr würdet diesen Augenblick nicht gern verschlafen wollen.«
Alice sah ihn dankbar an. »Danke. Das ist sehr aufmerksam von Euch. Ich hätte es mir wirklich nie verziehen, wenn ich den Augenblick meiner Rückkehr verschlafen hätte.«
Sally Lee kräuselte die Lippen.
Alice schenkte ihr keine Beachtung. Sie beugte sich vor und blickte hinaus.
Und da lag HICKORY HILL. Ihre neue Heimat.

4

Eine breite, gepflegte Auffahrt führte zu dem ehrwürdigen Herrenhaus hinauf, das auf der Kuppe eines kleinen Hügels lag. Hohe, alte Hickorybäume, die der Plantage ihren Namen gegeben hatten, säumten den Weg, der auf die Anhöhe hinaufführte. Weiße Säulen schimmerten am Ende der Allee, die gut und gern eine halbe Meile lang war, und bildeten einen wunderbaren Kontrast zu dem kräftigen Blattgrün der Allee.
Als die Kutsche gemächlich die Auffahrt entlangrollte, zählte Alice acht Säulen, die das Vordach der Veranda trugen. Die Hickoryallee endete etwa hundert Meter vor dem Herrenhaus und machte Platz für eine große Zahl blühender Dogwoodbäume, deren weiße Blüten im Abendrot einen sanften goldenen Glanz hatten.
Rechts vom Herrenhaus, ein Stück nach hinten versetzt, lag das Küchenhaus, das wegen der stets akuten Brandgefahr auf allen Plantagen in sicherer Entfernung vom Hauptgebäude stand. Brannte es ab, weil einer der Bediensteten unvorsichtig mit dem Feuer umgegangen war, war der Verlust geringfügig im Vergleich zu einem bis auf die Grundfesten niedergebrannten Her-

renhaus. Die Fenster des geräumigen Küchenhauses gingen nach Osten hinaus, damit das frühe Licht der Morgensonne in die Räume fallen konnte. Wie sie von Alice Shadwell wußte, herrschte in diesem Gebäude mit den großen Feuerstellen und schweren Kesseln schon vor Sonnenaufgang rege Geschäftigkeit.

Links vom Wohnhaus zeichneten sich die Umrisse der Stallungen und der anderen Nebengebäude ab, von denen es eine stattliche Anzahl gab. Die Sklavenunterkünfte und die zahlreichen Schuppen zum Trocknen und Lagern des Tabaks sowie die riesigen Felder der Plantage lagen jenseits der Anhöhe und waren von der Allee aus nicht zu sehen.

Alice war überwältigt.

Hickory Hill.

Dies war ihr Besitz!

Sie war nicht fähig, auch nur ein Wort herauszubringen, und froh, daß weder Arthur Moore noch Sally sie ansprachen. So weit es ging, beugte sie sich aus dem Fenster der Kutsche und versuchte, so viele Einzelheiten wie möglich in sich aufzunehmen. Doch es gab zuviel, was an Bildern und Eindrücken auf sie einstürmte.

Als die Kutsche dann vor dem herrschaftlichen Portal zum Stehen kam, eilten Dienstboten und Sklaven aus dem Haus. Aufgeregtes Stimmengewirr drang zu ihnen ins Innere der Kutsche.

»Es ist ein großes Ereignis für Hickory Hill«, sagte Arthur Moore mit einem leichten Lächeln, als wollte er sich für die Aufregung unter den zusammenströmenden Schwarzen entschuldigen.

»Für mich auch«, sagte Alice mit belegter Stimme.

Amos war geschwind vom Kutschbock gesprungen und riß der Herrin von Hickory Hill diensteifrig den Schlag auf. Sein Gesicht strahlte vor Stolz, als wäre es sein Verdienst, daß die Mi-

stress nach fünfzehn Jahren Abwesenheit nun wieder ihren Fuß auf heimatlichen Boden setzte.
Das aufgeregte Stimmengewirr verstummte schlagartig, sowie Alice sich aus dem Halbdunkel des Kutschenraumes löste und ins Freie trat. Alle blickten sie erwartungsvoll an.
Alice war recht beklommen zumute, als sie so viele Augenpaare auf sich gerichtet sah, die jede ihrer Bewegungen und Gesten aufmerksam beobachteten.
Ihr Herz schlug wie wild, und sie meinte, es im Hals spüren zu können. Doch sie hatte sich ausgezeichnet in der Gewalt, stieg selbstsicher aus und vermochte sogar ein freundliches Lächeln auf ihr Gesicht zu zaubern.
Ich bin Alice Shadwell, die Herrin von all diesen dunkelhäutigen Gestalten, und so habe ich mich auch zu verhalten! sagte sie sich im stillen und musterte die Umstehenden, die einen Halbkreis um die Kutsche gebildet, dabei jedoch auf respektvollen Abstand geachtet hatten.
Zwei Gestalten fielen ihr auf den ersten Blick ins Auge. Einmal eine untersetzte, rundliche Schwarze mit schon ergrautem Haar und lebhaften, blitzenden Augen. Sie trug eine schneeweiße Schürze über ihrem dunklen Kattunkleid und ein nicht minder makelloses Häubchen. Und sie wußte sofort, daß es sich bei ihr um Amily handeln mußte, die herrschsüchtige Köchin, die ihr Reich mit unnachgiebiger Strenge regierte und von den meisten der ihr unterstellten Sklaven als unerträgliche Tyrannin betrachtet wurde. Doch wie Alice Shadwell ihr versichert hatte, war sie eine phantastische Köchin, der niemand im ganzen Bezirk das Wasser reichen konnte, weshalb man ihr so manches nachsah.
Das andere Gesicht gehörte Henry Shadwells Butler, einem hochgewachsenen Schwarzen mit aristokratischen Zügen, der sich mit steifer Würde ein wenig abseits von den anderen hielt.

Jeremiah war sein Name, wie Alice sich sofort erinnerte. Sie hatte die Zeit an Bord der FAIR WIND wirklich genutzt und ihre in vieler Hinsicht doch sehr genauen Unterlagen über HICKORY HILL und seine Bewohner so lange studiert, bis sie etliche Stellen sogar auswendig hersagen konnte.

»Willkommen auf HICKORY HILL, Mistress!« rief Amos und zeigte sein perlweißes Gebiß, das auch einem gesunden, kräftigen Pferd alle Ehre gemacht hätte.

»Danke, Amos.«

Sally trat hinter ihr unsicheren Schrittes aus der Kutsche, gefolgt von Arthur Moore. Mehr als drei Dutzend Augenpaare beobachteten die Ankunft ihrer Mistress und deren Zofe, und von der Sklavensiedlung kamen immer noch mehr, jetzt, da die Arbeit auf den Feldern bis zum nächsten Sonnenaufgang ruhte. Alice las in manchen Gesichtern Neugierde und die Frage, welche Veränderungen mit der neuen Herrin wohl auf HICKORY HILL eintreten mochten; wie sie wohl zu ihren Sklaven sein würde. Doch in den meisten Gesichtern entdeckte sie ein freudiges Strahlen, als hätten sie die kleine Alice in guter Erinnerung behalten.

Es war die Köchin Amily, die sich mit energischen Ellenbogenstößen durch die Menge drängte. Ihr Gang war auf eigenartige Weise schwerfällig, was von ihrer eindrucksvollen Leibesfülle herrührte. Wie ein aus dem Ruder laufendes Schiff, das im Sturm von einer Seite auf die andere geworfen wird, schwankte sie vorwärts. Doch langsam war sie dabei keinesfalls. So paradox es schien, bewegte sie sich flink durch das Gedränge.

»Mistress Alice!« rief sie und klatschte vor Freude in die Hände, nachdem sie sie an ihrer makellos weißen Schürze abgewischt hatte. »Dem Allmächtigen sei Lob und Dank, daß ER Euch wieder nach HICKORY HILL geführt hat, wo Eure Wiege stand!«

»Ja, es ist eine lange Zeit vergangen, Amily«, räumte Alice mit

einem Lächeln ein, das Wehmut ausdrückte, und es fiel ihr gar nicht schwer, diese Gefühlsregung zu schauspielern.
»Ihr habt also Eure treue Amily nicht vergessen!« rief die Köchin glücklich, als Alice sie mit ihrem Namen angesprochen hatte, und schaute in die Runde, als wollte sie sagen: Seht! Auch nach fünfzehn Jahren Abwesenheit weiß Alice Shadwell noch immer, wer ich bin! Schreibt euch das hinter die Ohren!
»Wie könnte ich das«, schmeichelte Alice ihr.
Die Köchin warf sich in die Brust und bedachte den Butler schnell mit einem höhnischen Blick, bevor sie sich wieder ihrer Herrin zuwandte.
»Wie schön Ihr geworden seid! Wenn ich da noch an das kleine Mädchen denke, das immer an den frischen Pasteten in meiner Küche genascht hat!« seufzte Amily kopfschüttelnd, während die anderen Haussklaven nun zögernd näher traten und einen Kreis um sie bildeten. »Und von meiner Zitronenlimonade konntet Ihr nie genug bekommen. Wie schlimm muß es Euch doch in diesem fernen schrecklichen Land ergangen sein. Ich werde dafür sorgen, daß Ihr wieder zu Kräften kommt, Mistress. Ihr werdet nach der langen Reise sicher hungrig sein. Ein kleiner Imbiß ist schnell gerichtet. Sarah!... Rosa!... Betty!... An die Arbeit! Was starrt ihr die Mistress so an? Bewegt euch gefälligst, oder soll ich euch Beine machen? Das Essen kocht sich nicht von selbst und fliegt auch nicht auf die Teller! Was soll die Mistress von euch Faulpelzen halten? Auf die Felder zurückschicken sollte sie euch, damit ihr wieder lernt, was Arbeit bedeutet!« Ihre Stimme war schrill und herrisch. Und bei der Erwähnung der Feldarbeit, zu der die Herrin sie wieder bestimmen könnte, liefen die drei Küchenmädchen wie aufgeschreckte Hühner davon.
»Es ist schon gut, Amily«, sagte Alice besänftigend. »Ich bin nicht hungrig.«
Amily ging überhaupt nicht darauf ein. »Undankbares Volk!

Nicht den kleinen Finger darf man diesen jungen Dingern reichen! Sie wissen gar nicht, wie gut sie es haben!« schimpfte sie kopfschüttelnd, während sie den Mädchen mit in die Hüfte gestemmten Händen nachblickte, wie sie zum Küchenhaus eilten. »Aber ich werde schon fertig mit ihnen. Betty und Sarah sind neu auf HICKORY HILL. Gebt mir eine Woche, und sie werden so flink wie Wiesel sein. Dafür werde ich sorgen.«

Alice bezweifelte das nicht im geringsten, und sie unterdrückte nur mühsam ein Lächeln. Amily war genau so, wie Alice Shadwell sie ihr beschrieben hatte: eine richtige Tyrannin in der Küche, aber herzensgut und nicht halb so hart, wie sie sich immer gab – und der Stolz einer jeden Gastgeberin auf HICKORY HILL.

»Ihr werdet überrascht sein, was für Köstlichkeiten ich Euch auftischen werde...« begann Amily.

»Ich glaube nicht, daß mir jetzt sehr nach Essen zumute ist«, sagte Alice noch einmal nachdrücklich, um Amilys Eifer ein wenig zu bremsen. Wußte sie doch aus Erzählungen, wie so ein kleiner Imbiß bei ihr aussah.

»Mistress müssen essen!« protestierte Amily geradezu beleidigt. »Und ich werde dafür sorgen, daß Ihr uns nicht vom Fleische fallt.«

»Hast du nicht gehört, was die Mistress soeben gesagt hat?« meldete sich nun Jeremiah mit würdevoller Stimme zu Wort. »Ihr wird nach dieser langen Reise eher der Sinn nach Ruhe als nach Essen stehen.«

Streitlustig funkelte Amily den Butler an. »Misch dich da nicht ein, Jerry! Was verstehst du schon von Frauen und vom Essen?« fauchte sie ihn an.

»Genug jetzt!« rief Arthur Moore scharf, um keine Auseinandersetzung zwischen den beiden Rivalen aufkommen zu lassen. Sooft Amily und Jerry sich über den Weg liefen, war es, als würden Feuer und Wasser aufeinandertreffen. »Geht an eure Arbeit. Ben und Tom, ihr bringt das Gepäck von Miß Shadwell und ihrer Kammerzofe ins Haus.« Dann wandte er sich Alice mit einem entschuldigenden Lächeln zu: »Ihr seht, man hat Euch nicht vergessen. Und Ihr wißt ja, wie die Nigger sind. Die kleinste Aufregung und Freude bringt sie schon ganz aus dem Häuschen... wie Kinder.«

Die Art, wie der Verwalter das Wort Nigger aussprach, gefiel Alice nicht, doch sie war sich ihrer Stellung noch viel zu unsicher, um jetzt schon etwas dazu zu sagen. So nickte sie nur und ging die Stufen zur überdachten Veranda mit den prachtvollen weißen Säulen empor.

Als sie das Herrenhaus betrat und durch die mit erlesenen Möbeln eingerichteten Räume von HICKORY HILL ging, die teuren Teppiche unter ihren Füßen spürte und den intensiven Blumenduft der Sträuße in den Vasen roch, kam es ihr vor, als ginge die wahre Alice Shadwell an ihrer Seite. Sie hörte Sallys bewundernde Äußerungen kaum, ihr mit Neid erfülltes Staunen und ihre begeisterten Ausrufe; sie glaubte vielmehr, wieder Alice Shadwells Stimme zu vernehmen, die ihr jeden Raum genau beschrieb.

Es fiel ihr schwer zu glauben, daß all das nun ihr gehörte und jedermann auf HICKORY HILL früher oder später Befehle, Anweisungen und Instruktionen von ihr erwartete. Sie war die Mistress, die Herrin, und ihr oblag nun die Führung der Plantage.

Als Alice Stunden später endlich allein war und in dem wunderschönen Himmelbett ihres in zarten Grüntönen gehaltenen Schlafzimmers lag, fragte sie sich besorgt, wie sie so eine große Aufgabe bewältigen sollte. Zwar hatte sie Arthur Moore als Verwalter, aber es war nicht ihre Art, die Verantwortung anderen zu übertragen. Es würde viel Arbeit auf sie zukommen, dessen war sie sich schon jetzt absolut sicher, und sie fragte sich nur, ob sie den Anforderungen auch gewachsen sein würde.

Sosehr sie der Gedanke auch schreckte, aber sie würde sich intensiv mit der Bewirtschaftung einer Tabakplantage und der Führung eines so großen Haushalts befassen müssen.
Plötzlich richtete sich Alice jäh auf.
Das Geschenk! Ich habe ja völlig Richards Geschenk vergessen! fuhr es ihr durch den Kopf. Hatte sie ihm nicht versprochen, sein Geschenk zu öffnen, sobald sie auf Hickory Hill angekommen war? Doch bei all dem Neuen, das sich ihr seit ihrer Ankunft aufgedrängt hatte, war für einen Gedanken an ihn kein Raum gewesen. Zu sehr war sie darauf konzentriert gewesen, nur keinen Fehler zu begehen und mit ihrem neuen Zuhause zumindest oberflächlich vertraut zu werden. Aber jetzt hielt sie nichts davon ab, das Versäumte nachzuholen.
Schnell schlug sie die warmen Decken zurück, schlüpfte aus dem Bett und lief zu ihrer noch unausgepackten Reisetasche, in der sich ihre wichtigsten Besitztümer befanden: ihre Notizen, die sie sich an Bord des Schiffes gemacht hatte, die umfangreiche Sammlung der Briefe von Henry Shadwell an seine Tochter – und das Geschenk von Richard Campbell.
Aufgeregt holte sie das kleine Päckchen heraus. Es war dunkel im Zimmer. Das Feuer im Kamin war schon zu einem Haufen Glut heruntergebrannt, die zwar noch viel Wärme abgab, an Licht aber nur einen schwachen rötlichen Schimmer. Eine der Lampen anzünden wollte sie nicht. Deshalb trat sie an das hohe Fenster und schob die schweren Samtvorhänge zurück, die mit goldenen Brokatstickereien verziert waren.
Nun fiel silbriges Mondlicht durch die feinen Gardinen in ihr Schlafgemach. Genug Licht, um sich überraschen zu lassen, was Richard Campbell ihr als Erinnerung geschenkt hatte.
Sie löste den Knoten und wickelte eine kleine Schachtel aus feinstem Zedernholz aus dem Papier. Als sie den Deckel hob, sah sie ein funkelndes Schmuckstück auf schwarzem Samt.

Alice wußte sofort, was es war: eine vierblättrige Dogwoodblüte als kunstvoll aus Gold gefertigter Anhänger für eine Halskette.
Sie wagte kaum, den Anhänger in die Hand zu nehmen, aus Scheu, er könnte zerbrechen, so fein und naturgetreu hatte der Goldschmied gearbeitet. Doch dann nahm sie die Blüte aus ihrer Samtfassung und blickte zum Fenster hinaus auf die zahlreichen blühenden Dogwoodbäume, die den Vorplatz des Herrenhauses begrenzten. Die zarten weißen Blüten schienen vom Mondlicht wie in flüssiges Silber getaucht.
Merkwürdig gerührt stand Alice am Fenster, den Anhänger in der Hand und den Blick in die Ferne jenseits der Hickoryallee gerichtet.
Wann würde sie Richard wiedersehen?

5

Das Sonnenlicht fiel in breiten, strahlend hellen Bahnen durch das Fenster, lief über den königsblauen Seidenteppich und warf sein symmetrisches Muster auf ein verlassenes Bett, dessen Satindecke zurückgeschlagen war.
Es gab so vieles, was Alice an diesem Tag tun wollte, daß es sie nicht länger im Bett gehalten hatte. Es war noch früh, und die Sonne stand gerade über den Hügeln, als sie ihre geräumigen Privatgemächer verließ und die breite Treppe mit dem kunstvoll geschnitzten Geländer aus dem Obergeschoß hinunterschritt. Sie trug ein leichtes, aber nicht zu dünnes Sommerkleid, das den noch kühlen Morgenstunden angepaßt war.
Alice war überrascht, daß das Leben auf der Plantage nicht gerade erst begann, sondern schon seit Stunden in vollem Gang war. Ein geschäftiges Treiben herrschte überall. Auf der Veranda wartete bereits ein üppiges Frühstück auf sie. Und Amily

war ebenfalls sofort zur Stelle, als Alice sich an den Tisch setzte und nicht wußte, womit sie zuerst beginnen sollte. Mit gerötetem Gesicht, ganz Eifer und Erwartung, drängte die Köchin sie, doch dieses und jenes zu probieren.

»Das Löffelbrot kommt ganz frisch aus dem Ofen!« versicherte sie und schob Alice den Teller mit dem weichen Brot aus Maismehl zu, um schon im nächsten Moment ihre Aufmerksamkeit auf die gezuckerten Früchte zu lenken und auf den Kuchen und den kalten Braten und die Fleischpastete, die sie doch als Kind stets gemocht hatte. Amily schien nichts vergessen zu haben, wofür Alice als achtjähriges Kind eine Vorliebe gehabt hatte. Und es war, als wollte sie an diese Zeit wiederanknüpfen und nicht zur Kenntnis nehmen, daß die Alice, mit der sie es jetzt zu tun hatte, kein Kind mehr war, sondern eine junge Frau.

»Amily, du meinst es sicher gut mit mir...« begann Alice, als ihr die wohlgemeinte Bevormundung schlicht zuviel wurde.

»Gut?« entrüstete sich die dicke Köchin augenblicklich. »Ich will nur das Beste für Euch, Missus. Und ich weiß, was hier in Virginia das Beste ist.«

»Niemand stellt deine Kochkünste in Frage«, fuhr Alice freundlich fort. Sie hatte das Gefühl, Amilys übermäßige Fürsorge etwas eindämmen zu müssen. Und je eher sie damit anfing, desto besser war es für sie beide. »Doch gewöhne dich daran, daß ich zum Frühstück nicht für drei esse. Tee, ein wenig Brot und Konfitüre sind alles, was ich am frühen Morgen zu mir nehme! Vielleicht dann und wann noch ein wenig frische Früchte. Das ist aber auch alles.«

Amily verdrehte bekümmert die Augen und schlug die Hände zusammen. »Das könnt Ihr mir nicht antun, Missus! Ihr stürzt Euch ins Unglück... und mich auch! Wenn Ihr Euch so eine Hungerkur aufzwingt, werdet Ihr bald geschwächt daniederliegen! Landauf, landab wird man sich das Maul darüber zerreißen, daß Amilys Küche nicht mehr gut genug ist und der Missus den Appetit genommen hat. Ich werde keinem mehr in die Augen schauen können!«

»Ich bezweifle, daß ein wenig Mäßigung beim Essen solch gravierende Folgen haben wird.«

»Ihr werdet wieder bettlägerig werden!« prophezeite Amily mit düsterer Miene, als hätte Alice verkündet, demnächst nur noch von Kresse und Hagebuttentee leben zu wollen.

»Laß das meine Sorge sein!« Alice gab deutlich zu verstehen, daß sie das Gespräch für beendet hielt und allein sein wollte. Seufzend und kopfschüttelnd entfernte sich Amily, und das ihr unterstellte Küchenpersonal hatte es an diesem Morgen besonders schwer, der tyrannischen Köchin auch nur etwas recht zu machen.

Alice hatte ihr Frühstück gerade beendet, als der Butler Jerry mit einem jungen barfüßigen Stallknecht vor dem Haus auftauchte. Der Knecht führte einen prächtigen Rotfuchs am Zügel hinter sich her.

»Guten Morgen, Jerry. Ich glaube, wir werden einen herrlichen Tag bekommen!« begrüßte sie den vornehmen Schwarzen mit fröhlichem Überschwang und hätte ihn fast gebeten, ihr doch Gesellschaft zu leisten und ein wenig mit ihr zu plaudern. Gern hätte sie an diesem wunderbaren Morgen mit ihm über die Plantage geredet, denn sie war sicher, daß er mehr als jeder andere zu berichten wußte. Aber die gesellschaftliche Kluft, die zwischen ihnen lag, gestattete es ihr nicht, ein so privates Gespräch zu führen.

Mit steifer Höflichkeit erwiderte er ihren Gruß.

Alice wandte ihre Aufmerksamkeit nun dem Pferd zu. »Ein prächtiges Tier. Wo willst du damit hin, Jerry?« wollte sie wissen.

Für einen kurzen Moment zeigte sich Verwunderung auf seinem

Gesicht. »Mistress werden sicher einen Ausritt über die Plantage machen wollen«, sagte Jerry dann in seiner würdevollen Art. »Master Henry hat diesen Rotfuchs noch kurz vor seinem Tod gekauft. Sein Name ist Caesar, Mistress, und er ist sehr gutmütig. Ich hoffe, Ihr findet Gefallen an ihm.«

Alice sprang auf und lief ganz undamenhaft die Stufen der Veranda hinunter. Ihre Augen leuchteten vor Freude. Die Rolle der Herrin war ihr noch nicht in Fleisch und Blut übergegangen, und deshalb war ihr im ersten Moment gar nicht der Gedanke gekommen, daß der Rotfuchs ihr gehörte – wie eigentlich alles, was auf HICKORY HILL lebte – Mensch und Tier.

Ein Pferd! Ein eigenes Pferd! Wie lange war es schon her, seit sie das letztemal auf einem Pferd gesessen hatte! Jahre waren seit ihrem letzten Ausritt vergangen.

»Du hättest mir keine größere Freude bereiten können!« rief sie glücklich und tätschelte Caesar liebevoll, als dieser sie mit seinem weichen Maul sanft gegen die Schulter stieß.

Jerry erlaubte sich die Andeutung eines zufriedenen Lächelns.

Wenig später ritt Alice auf Caesar die Hickoryallee hinunter. Die Sonnenstrahlen fielen durch das dichte grüne Blätterdach und warfen ein lebhaftes Muster auf den Weg. Ihre anfängliche Unsicherheit hatte Alice schnell überwunden. Tief atmete sie die von Blumenduft erfüllte Morgenluft ein, und sie fühlte sich wie ein Vogel, der nach einer langen Nacht den strahlenden Morgen begrüßt.

Alice Shadwell hatte ihr HICKORY HILL sehr genau beschrieben, und so bereitete es Alice nun keine Schwierigkeit, den Weg hinunter zum James River und zur Teufelsklippe zu finden. Sie kam zum Landungssteg der Plantage und ritt am Ufer des Flusses entlang. Bald sah sie die mit Büschen bestandenen Felsenklippen vor sich. Eine Laune der Natur hatte Alice Shadwell sie genannt – und das traf in der Tat zu.

Von einem Pfad war nichts zu sehen, und Alice beschloß, die Erkundung der Teufelsklippe später zu unternehmen. Zu sehr genoß sie diesen Ausritt, als daß sie jetzt vom Pferd gestiegen wäre, um sich einen Weg durchs Gestrüpp zu bahnen.
Sie folgte dem Lauf des stillen Duck Creek und verliebte sich auf den ersten Blick in dieses ruhige, klare Gewässer mit den sanften, schilfbestandenen Ufern, die ihr das Gefühl von Verschwiegenheit und Vertrauen vermittelten.
Die Sonne brannte mit großer Kraft vom Himmel, als Alice schließlich wieder zurück zum Plantagenhaus ritt. Bei der Allee angelangt, entschloß sie sich jedoch, den Spurrillen zu folgen, die große Wagenräder in die Erde gegraben hatten und die nach rechts abzweigten.
Caesar erklomm eine Hügelkuppe – und da lagen die Sklavenhütten vor Alice, die weder vom Fluß noch vom Haus aus zu sehen waren.
Das Sklavendorf bestand aus zwei gegenüberliegenden Reihen elender Hütten, etwa dreißig oder vierzig an der Zahl. Sie waren aus rohem Holz gezimmert und machten den Eindruck, als könnte der nächste kräftige Windzug sie davontragen. Mehrere große Scheunen und Lagerschuppen sowie Werkstätten lagen jeweils an den beiden Enden der staubigen Dorfstraße.
Alice hatte noch nie eine Sklavensiedlung gesehen. Und sie hatte bisher auch kaum über die Sklaverei nachgedacht. Doch bei dem Gedanken, daß auch dies hier Teil ihres Erbes war und sie die Verantwortung für diese Schwarzen trug, überkam sie ein unbehagliches Gefühl, das sie nicht zu deuten wußte.
Langsam ritt sie die sandige Straße ins Sklavendorf hinunter. Die Siedlung der Schwarzen war zu dieser Tageszeit so gut wie ausgestorben. Fast jeder, der arbeiten konnte, befand sich auf den Feldern oder ging seinen Aufgaben im Herrenhaus, Küchengebäude und in den Werkstätten nach.

Alice sah nur ein Dutzend Kinder, die im Staub der Straße spielten, sowie mehrere alte Frauen und Männer, die vor den Hütten saßen. Als sie die Reiterin bemerkten, fuhren die Alten zusammen und riefen den Kindern etwas zu. Der fröhliche Lärm der Kleinen erstarb augenblicklich. Alle Augen richteten sich auf die Mistress.

Alice hatte noch nie zuvor so zerlumpte Gestalten gesehen. Ängstliche, unterwürfige Blicke folgten ihr, und sie hörte einige gemurmelte »Morgen, Mistress«. Man hatte sie hier noch nie gesehen, und doch kannte man sie.

Alice war beschämt, und einer Eingebung folgend, zügelte sie Caesar vor einer der windschiefen Hütten, vor der eine magere Frau mit grauem, schütterem Haar saß.

»Warum habt ihr nichts Besseres anzuziehen?« fragte Alice und kam sich lächerlich vor, kaum daß sie die Frage ausgesprochen hatte.

Verständnislosigkeit stand in den Augen der Alten. »Kriegen keinen Stoff mehr nicht wie früher, als Master Shadwell noch lebte«, murmelte sie dann. »Master Moore läßt nur noch die Hälfte ausgeben.«

»Und warum?«

Die Schwarze sah sie verwirrt an und antwortete nicht.

»Warum?« drängte Alice.

»Niemand fragt einen Master, warum! Auf jeden Fall kein Nigger nicht!« entfuhr es der Alten, und Erschrecken über ihre ungehörige Bemerkung flackerte in ihren Augen auf.

»Womit baut ihr eure Hütten?« fragte Alice.

Die Alte blickte sich suchend um und zuckte mit den Achseln. »Mit Resten eben, Mistress«, murrte sie, als wollte sie sagen: Wie kommt Ihr dazu, so einfältige Fragen zu stellen? Ihr seid doch die Mistress. Und könnt Ihr nicht selbst sehen?

Alice wollte irgend etwas Freundliches zum Schluß sagen, doch

sie zögerte. Sie konnte diesen zerlumpten Gestalten schlecht einen guten Tag wünschen. Zum Glück wurde ihr die Entscheidung abgenommen. Sie hörte Hufgetrappel, das sich der Sklavensiedlung rasch näherte. Im nächsten Moment tauchte Arthur Moore auf der staubigen Straße auf. Er ritt einen stolzen Schimmel, der jedem Plantagenbesitzer zur Zierde gereicht hätte.
»Miß Alice! Um Gottes willen!« rief er entsetzt, als er sie erblickte. »Ihr hier!« Er klang, als wäre dies der allerletzte Ort auf Erden, wo er sie anzutreffen wünschte.
Alice begrüßte ihn mit einem Kopfnicken und einem zurückhaltenden Lächeln.
»Man berichtete mir, daß Ihr ausgeritten seid.« Es hörte sich vorwurfsvoll an. »Ihr hättet am ersten Tag nicht allein losreiten sollen. Dann hättet Ihr auch nicht den falschen Weg eingeschlagen.«
»Danke für Eure Besorgnis«, erwiderte Alice, »aber ich habe mich ganz und gar nicht verirrt.«
Er runzelte die Stirn. »Wollt Ihr damit sagen, daß Ihr absichtlich hierhergekommen seid?«
»Ja, richtig.«
»Aber Miß!«
»Was ist daran so ungewöhnlich?«
»Ihr seid die Mistress!«
»Und heißt das, daß ich mich auf meiner Plantage nicht frei und nach Gutdünken bewegen kann?« fragte Alice scharf, der der mißbilligende Blick des Verwalters nicht gefiel.
»Niemand käme auf den Gedanken, Euch in Eurer Bewegungsfreiheit einzuschränken, Miß Shadwell«, sagte er nun förmlich.
»Danke«, erwiderte Alice kühl.
»Aber dies hier ist eine Sklavensiedlung!« fuhr er belehrend fort, als hätte er es mit einem gedankenlosen Kind zu tun.

»Ja, das sehe ich.«
»Noch nicht einmal Euer Herr Vater hat sich hier blicken lassen, und er war immerhin der Master!« Womit er zum Ausdruck bringen wollte, daß sich ein Master in den Sklavenquartieren nur dann blicken ließ, wenn es nicht zu umgehen war. Besser jedoch überhaupt nicht. Und daß eine Lady, wollte sie eine wirkliche Lady sein, hier schon gar nichts zu suchen hatte.
»Mein Vater mag dafür seine Gründe gehabt haben«, erwiderte Alice steif, während Arthur Moore an ihrer Seite die Straße entlangritt. »Und ich habe meine Gründe.«
»Gründe?« wiederholte er mit gefurchter Stirn. »Was für Gründe, wenn ich fragen darf?«
»Ich möchte über alles unterrichtet sein, und da verlasse ich mich gern auf meine eigenen Augen. Gewöhnt Euch daran, mich von Zeit zu Zeit hier anzutreffen, Mister Moore.«
Der Verwalter warf ihr einen zuerst fassungslosen, dann verstimmten Blick zu. »Ihr seid eine junge Lady und solltet Euer Auge mit schöneren Dingen erfreuen. Das hier ist meine Aufgabe und die meiner Sklavenaufseher.«
»Ich beabsichtige nicht, Euch irgendwelche Aufgaben abzunehmen, Mister Moore. Und was das Erfreuen betrifft, so denke ich, daß sich mein Auge bald an der besseren Kleidung der Sklaven erfreuen wird«, erwiderte sie.
»Wie darf ich das verstehen?« rief der Verwalter ungehalten.
Alice antwortete mit einer Gegenfrage. »Weshalb habt Ihr nach dem Tode meines Vaters die Kleidungsrationen an die Schwarzen halbiert?«
Arthur Moores verwirrtem Gesichtsausdruck war anzusehen, daß er derartige Fragen nicht mehr gewohnt war. Es fiel ihm sichtlich schwer, seine Wut unter Kontrolle zu halten.
»Weil ich es für meine Pflicht gehalten habe, überall da, wo es möglich und vertretbar ist, Einsparungen vorzunehmen.«

»Ich bezweifle, daß es vertretbar ist, die Einsparung auf Kosten der Sklaven durchzuführen!«
»Es sind nicht gerade rosige Zeiten, Miß Alice. HICKORY HILL ist eine große Plantage mit gutem Boden und guten Ernten, aber die Tabakpreise sind gefallen. Und irgendwo muß man die Verluste wieder auffangen.«
»Geht es uns schon so schlecht, daß wir an der Kleidung für die Feldarbeiter sparen müssen?« wollte sie wissen.
»Die Kosten müssen auf allen Gebieten so niedrig wie möglich gehalten werden.«
»Im Herrenhaus habe ich von Einsparungen nichts bemerken können«, erwiderte Alice sarkastisch und war versucht, ihn auf sein Gehalt anzusprechen, das wahrlich nicht knapp bemessen und somit den nicht rosigen Zeiten, wie er es genannt hatte, kaum angepaßt war. Aber das verkniff sie sich, hatte sie ihn doch schon mehr als genug gereizt. »Im Gegenteil, da scheint mir eher Verschwendung zu herrschen. Also seht zu, daß die Schwarzen etwas Besseres als Lumpen zum Anziehen haben.«
Stocksteif saß er im Sattel und starrte sie an. »Darf ich das als Anordnung verstehen, Miß Alice?«
»Versteht es als Empfehlung oder als Befehl, ganz wie Ihr wollt. Nur sorgt dafür, daß sie etwas Anständiges am Leib tragen und ihnen nicht die Hütten beim ersten Sommergewitter über dem Kopf zusammenfallen. Ich werde mich davon mit eigenen Augen überzeugen!« rief sie unwillig.
»Ganz wie Ihr wünscht«, sagte Arthur Moore eisig, nickte ihr zu und riß sein Pferd herum, damit sie nicht die auflodernde Wut und den Haß in seinen Augen bemerkte.
Nachdenklich ritt Alice zum Plantagenhaus zurück. Sie fragte sich, ob sie sich falsch verhalten hatte. Was verstand sie denn von der Führung einer Plantage? Vielleicht war es wirklich besser, sich nicht in derartige Dinge einzumischen. Doch anderer-

seits fühlte sie eine Verpflichtung, und der wollte sie sich nicht entziehen.

So unerfreulich der Zusammenstoß mit dem Verwalter auch gewesen war, so hatte er doch etwas geklärt: Sie wußte jetzt, daß sie den Mann nicht mochte.

6

Die Tage eilten dahin, und als eine Woche vergangen war, hatte Alice schon fast das Gefühl, als wäre Hickory Hill immer ihre wirkliche Heimat gewesen. Überrascht stellte sie fest, daß sie sich nicht einmal nach England zurückgesehnt hatte und keinerlei Heimweh nach London verspürte. Es gab keinen Ort, an dem sie lieber gewesen wäre. Ihr war, als hätten sich ihre geistigen Wurzeln schon tief in den fruchtbaren Boden Virginias gesenkt.

Im Laufe der Tage hatte sie sich einigermaßen mit dem Leben auf einer Plantage vertraut gemacht. Sie wußte bald auch die Gesichter der zahlreichen Haussklaven auseinanderzuhalten. Jerry hatte ihr gleich drei flinke, gut ausgebildete junge Mädchen zugewiesen, die sich um ihre Wäsche und Kleidung kümmerten, ihr beim An- und Ausziehen zur Hand gingen, ihr Bett in kühlen Nächten mit erhitzten Ziegelsteinen, die in Tücher gewickelt waren, wärmten und ihr auch sonst so manchen Dienst erwiesen. Dadurch wurde Sally Lee sehr entlastet und hatte kaum noch etwas zu tun. Doch das nahm sie wie eine Selbstverständlichkeit hin, und ihr Verhalten gegenüber dem anderen Dienstpersonal war von Arroganz und deutlicher Überheblichkeit bestimmt. Es war, als würde sie sich jetzt schon als Herrin fühlen. Alice sprach sie deswegen öfter an, und jedesmal gelobte Sally Besserung.

Ganz allmählich ergriff Alice mit fester Hand Besitz von HICKORY HILL. Sie verstand sich Respekt zu verschaffen. Nur Amily setzte ihr auch weiterhin zu. Nichts schien zu helfen. Sie beharrte darauf, der jungen Mistress den täglichen Speiseplan zu diktieren.

Alice wußte, daß sie irgend etwas unternehmen mußte, um die tyrannische Köchin auf den ihr zukommenden Platz zu verweisen, ohne dabei jedoch ihren Stolz zu verletzen. Amily war viel mehr als nur irgendeine Küchensklavin, und genau da lag das Problem, denn Amily war sich dieser Tatsache selbst nur zu sehr bewußt.

Doch welche Sonderstellung die Köchin auch einnehmen mochte, sie mußte lernen, ihre Herrschsucht auf ihr Küchenreich zu beschränken. Und je eher sie das tat, desto besser war es.

Aber wie sollte sie das nur bewerkstelligen?

Mehrere Tage trug sich Alice mit diesem Problem herum, bis sie die Antwort darauf gefunden hatte. Früh am Morgen begab sie sich ins Küchenhaus. Hier wurden die üppigen Speisen und Gerichte zubereitet, das Festmahl für große Gesellschaften ebenso wie Brot und Backwaren. Zwar gab es noch einen großen Küchenraum im Herrenhaus, doch diente dieser nur dazu, die einmal zubereiteten Gerichte warm zu halten. Die großen Feuerstellen mit den mächtigen rußgeschwärzten Kesseln befanden sich wegen der Feuergefahr hier im separaten Küchengebäude.

»Die Mistress!« rief eines der Mädchen erschrocken, als Alice das Haus betrat. Es war äußerst ungewöhnlich, daß sich die Herrin persönlich hier blicken ließ, wo die Hitze einem schon am Morgen den Atem nehmen konnte.

Aufgeregt kam Amily auf sie zu. »Mistress Alice! Ihr solltet Euch nicht dieser Hitze aussetzen. Eure Haut könnte schweren Schaden davontragen. Und habt Ihr daran gedacht, daß die Dünste sich in euren Kleidern festsetzen? Warum habt Ihr nicht nach mir geschickt?« fragte die Köchin verstört und konnte sich nicht daran erinnern, wann eine Mistress oder ein Master Shadwell die Küchenräume das letztemal betreten hatte.

Alice lächelte insgeheim, während sie nach außen hin ihre gelassene Miene bewahrte. »Hier bringst du also deine kleinen Zauberkunststücke fertig«, sagte sie freundlich und blickte sich um.

Außerhalb des Küchenhauses hätte dieses Lob Amily zum Strahlen gebracht, doch hier in ihrem Reich gelang ihr nicht mehr als ein unsicheres Lächeln. »Was... was kann ich für Euch tun, Mistress? Habt Ihr etwas Besonderes auf dem Herzen? Ein Lieblingsgericht?«

»Nein, nein, nichts dergleichen.«

»Ja, aber... Ihr müßt doch einen Grund haben, der Euch zu mir geführt hat.«

»Ich möchte mich nur ein wenig umsehen, Amily. Laß dich nicht stören. Fahr nur mit deiner Arbeit fort!« Alice tat so, als bemerkte sie die verwirrten Blicke von Amily und ihren Helferinnen gar nicht.

Ohne jede Hast inspizierte sie die Küchenräume, probierte von dieser und jener Speise, gab einer Sklavin die Anweisung, einen Braten mehr zu würzen, ließ sich Schränke öffnen, erkundigte sich, warum die kupfernen Pfannen hier und nicht dort hingen, und stürzte Amily mit solchen und anderen Fragen von Minute zu Minute in größere Verwirrung. Die Küchensklaven, die sonst unter dem hitzigen Temperament der Köchin zu leiden hatten, verbargen ihre Schadenfreude kaum. Sie genossen es, Zeuge zu sein, wie Amily Rede und Antwort stehen mußte.

Schließlich beendete Alice ihren Rundgang und trat hinaus vor das Küchengebäude. Amily folgte ihr verstört und mit schweißüberströmtem Gesicht.

»Ich bin zufrieden mit dem, was ich gesehen habe«, sagte Alice.
»Danke, Mistress«, murmelte Amily.
»Kaum etwas, das ich beanstanden müßte.«
Amily lächelte gequält. Sie biß sich auf die Lippen und fragte dann zögernd: »Werdet Ihr von nun an regelmäßig ins Küchenhaus kommen?« Ihr besorgter Gesichtsausdruck verriet, daß sie in diesem Moment nichts auf der Welt mehr fürchtete als ein Ja ihrer Herrin.
Alice nahm sich Zeit. »Nicht unbedingt«, sagte sie.
Amily runzelte verwirrt die Stirn, schwieg jedoch, weil sie spürte, daß Alice noch nicht fertig war.
»Ich denke, daß wir gut miteinander auskommen werden, Amily. Du führst dein Reich mit fester Hand, und das gedenke ich auch zu tun. Ich sehe eigentlich keinen Grund, dich in deiner Arbeit zu stören, wenn...« Sie legte eine wohldosierte Pause ein. »... wenn auch du meine Wünsche und Eigenheiten auf angemessene Weise respektierst, wie ich es von dir erwarten kann.«
»Ihr werdet vollauf mit mir zufrieden sein, Mistress!« versicherte Amily, und diesmal war es nicht die kleine Alice, die sie vor sich sah, sondern ihre Herrin, die ihr zu verstehen gegeben hatte, daß sie sich zurückzuhalten hatte, wollte sie ihren Einfluß nicht drastisch beschränkt sehen.
Alice nickte mit einem leichten Lächeln. Mehr brauchte nicht gesagt zu werden. Die Köchin hatte ihre versteckte Drohung sehr wohl verstanden und würde sich in Zukunft hüten, ihren Unwillen zu wecken. »Jetzt bin ich mir sicher, daß wir gut miteinander auskommen werden«, sagte sie zufrieden und kehrte zum Haus zurück. Von diesem Tag an hatte sie Ruhe vor Amilys drängendem Zureden.
Das Verhältnis zu Arthur Moore ließ sich jedoch nicht so einfach regeln. Der ersten Auseinandersetzung bei den Sklavenquartie-

ren folgten schnell weitere, die zwar oft unbedeutender Natur waren, Alice jedoch immer wieder nachdrücklich vor Augen führten, daß hier ein verdeckter Machtkampf zwischen ihnen stattfand. Und obgleich sie die Herrin von HICKORY HILL war, schien doch ihr angestellter Verwalter die größere Macht in den Händen zu halten. Alice war sich klar darüber, daß sie ohne Arthur Moore den reibungslosen Ablauf der Plantagenbewirtschaftung nicht aufrechterhalten konnte. Sie war wohl oder übel auf seine Erfahrung angewiesen. Und da er kein Sklave war, konnte sie ihn auch nicht unter Druck setzen, wie ihr das bei Amily möglich gewesen war. Die Situation war äußerst unerquicklich, schien aber kaum zu ihren Gunsten veränderbar zu sein – zumindest nicht in der näheren Zukunft.

Dennoch weigerte sie sich, gewisse Dinge als gegeben und unabänderlich hinzunehmen und ihm völlig freie Hand zu lassen. Wollte sie eines Tages die Kontrolle über HICKORY HILL haben, mußte sie schon jetzt damit anfangen, sich durchzusetzen.

Es begann damit, daß sie Moore auf höfliche, aber bestimmte Weise bat, sein Büro doch wieder in sein Haus, das zwischen dem Herrenhaus und den Sklavenquartieren lag, zurückzuverlegen. Nach dem Tod von Henry Shadwell hatte Arthur Moore sich nämlich in Shadwells ehemaligem Arbeitszimmer niedergelassen.

Alice spürte instinktiv, daß sie das nicht länger dulden durfte. Solange HICKORY HILL von keinem Shadwell-Erben bewohnt gewesen war, war sein Verhalten noch vertretbar gewesen. Doch jetzt erhob sie Anspruch auf dieses gemütliche Zimmer, in dem sie sich mit den Geschäften der Plantage vertraut machen wollte. Sie hatte dort mehrere Stapel Fachzeitschriften und Abhandlungen gefunden, die vom Anbau und dem Verkauf von Tabak handelten. Und sie war entschlossen, sie so lange zu studieren, bis sie dem Ganzen nicht mehr hilflos gegenüberstand. Sie fürchtete

sich davor, doch ihr Verstand sagte ihr, daß sie dies tun mußte, wenn sie sich ihrem Verwalter nicht hilflos ausliefern wollte.
»Ganz wie Ihr wünscht«, war sein einziger Kommentar gewesen. Er räumte das Zimmer noch am selben Tag. Doch sein grimmiger Gesichtsausdruck ließ erkennen, daß es ihm ganz und gar nicht paßte.
Zwei Tage darauf bat Alice ihn am Morgen an ihren Frühstückstisch. Steif nahm Arthur Moore auf einem der weißen Verandastühle aus geflochtenem Rohr Platz.
»Sind die Feldarbeiter inzwischen mit besserer Kleidung versorgt worden?« erkundigte sie sich und bot ihm eine Tasse Tee an. Höflich dankend lehnte er ab.
»Ich habe Eure Anweisung unverzüglich ausführen lassen«, antwortete er distanziert, und seinem Tonfall war zu entnehmen, daß er einem Befehl gefolgt war, auch wenn er ihn als völlig überflüssig empfunden hatte. Kein Muskel regte sich dabei in seinem Gesicht.
Alice nahm seine Antwort mit einem knappen Nicken, das ihre Zufriedenheit ausdrücken sollte, entgegen. »Wie viele Schwarze arbeiten überhaupt auf Hickory Hill?« wollte sie dann wissen.
Arthur Moore zuckte mit den Achseln, und auf seinem Gesicht begann sich Verdruß abzuzeichnen. Er war es nicht gewohnt, in dieser Art ausgefragt zu werden. »Es mögen etwa hundertdreißig Leute sein.«
Sie hob überrascht die Augenbrauen. »Die genaue Zahl wißt Ihr nicht?«
»Nein«, antwortete er knapp.
Alice schien es dabei bewenden lassen zu wollen. »Führt Ihr Buch über die Kranken?«
Arthur Moore zögerte. »Die drei Sklavenaufseher sind darüber informiert«, antwortete er ausweichend.
Alice wiegte den Kopf, als hätte sie diese Antwort erwartet, und

sagte dann mit einem trügerisch freundlichen Lächeln: »Ich bin überzeugt, daß Ihr mir von nun an täglich darüber Auskunft geben könnt, wenn ich die entsprechenden Zahlen erfahren möchte.«

Der Verwalter starrte sie mit zusammengekniffenen Augen an. Er hatte sichtlich Mühe, seinen Ärger zu beherrschen und nicht loszupoltern.

»Nun?« sagte Alice immer noch lächelnd, als sie keine Antwort auf ihre letzte Frage bekam.

»Wenn Euch soviel daran liegt, Miß Shadwell«, sagte er mit einem Achselzucken, in dem eine Spur von Geringschätzung lag.

»Das tut es«, erwiderte Alice bestimmt. »Mir liegt auch viel an besseren Sklavenquartieren, Mister Moore.«

Ungläubiges Staunen trat auf sein Gesicht. »Ich verstehe nicht ganz.«

»Oh, Ihr werdet das ganz schnell verstehen. Ich möchte, daß diese schäbigen Hütten verschwinden und durch stabile, wetterfeste Unterkünfte ersetzt werden.«

»Entschuldigt, aber das kann unmöglich Euer Ernst sein!« entrüstete sich Arthur Moore.

»Ich wüßte nichts, was Euch veranlassen könnte, an der Ernsthaftigkeit meiner Worte zu zweifeln!« gab sie scharf zurück.

Erregt sprang er auf. »Damit geht Ihr entschieden zu weit! Ich verwalte diese Plantage schon seit vielen Jahren, und Euer Herr Vater, der viel von der Leitung einer Plantage verstand...«

Womit er sagen will, daß ich überhaupt nichts davon verstehe, was leider den Tatsachen entspricht! Dennoch ist das eine ausgemachte Frechheit von ihm! dachte Alice ärgerlich und fühlte sich dadurch in ihrem Plan, ihrer Unwissenheit so bald wie möglich ein Ende zu bereiten, nur noch mehr bestätigt.

»...war mit meiner Arbeit stets zufrieden«, fuhr Arthur Moore erregt fort und ließ unerwähnt, daß Henry Shadwell sich in den

letzten Jahren kaum noch persönlich um die Plantage gekümmert hatte. »Es besteht überhaupt kein Grund, Veränderungen an den Sklavenquartieren vorzunehmen. Sie sind völlig ausreichend!«
»Das sind sie nicht!« widersprach sie heftig. »Es sind ganz üble Behausungen!«
»Bei allem gehörigen Respekt, Miß Shadwell, aber mir ist unverständlich, wieso Ihr der Ansicht seid, Euch darüber ein fachkundiges Urteil erlauben zu können! In England mag vieles anders sein, doch dies hier ist Virginia, und da gelten andere Sitten und Gebräuche... ganz besonders, was die Schwarzen betrifft.«
»Man braucht nur gesunde Augen und einen einigermaßen wachen Verstand! Diese schäbig zusammengezimmerten Hütten bieten einen nur unzureichenden Schutz vor dem Wetter. Das dulde ich nicht!«
»Die Schwarzen sind nichts anderes gewohnt«, hielt er ihr entgegen und fügte geringschätzig hinzu: »Eure Barmherzigkeit ist lobenswert, in diesem Fall jedoch völlig fehl am Platz.«
»Mit Barmherzigkeit hat das wenig zu tun«, beharrte sie auf ihrer Position. »Ich möchte vernünftige Unterkünfte für die Sklaven, damit sie von Krankheiten verschont bleiben und nicht für die Feldarbeit ausfallen. Es wird sicher teurer sein, einen Sklaven zu ersetzen, den wir durch Fieber verlieren, als bessere Unterkünfte zu bauen. Oder verfügen wir nicht über das notwendige Holz?«
Der Verwalter verzog das Gesicht, als hätte sie etwas besonders Dummes von sich gegeben. »Hickory Hill hat Wald genug, um Unterkünfte für eine ganze Armee bauen zu können, ohne daß man das spüren würde.«
»Wo liegt dann das Problem?«
»Es ist unnütze Verschwendung von Material und Arbeitszeit!«

Alice blieb hart. »Wie ich schon sagte, stimme ich Euch da nicht zu. Ich möchte andere Hütten sehen. Laßt also mit der Arbeit beginnen, Mister Moore! Und zwar unverzüglich!« Dies war ein eindeutiger Befehl, dem er sich nicht widersetzen konnte, so sehr ihm die Angelegenheit auch gegen den Strich gehen mochte.
Etwa eine Woche nach dieser Auseinandersetzung über die Sklavenquartiere saß Alice an einem späten Nachmittag im Arbeitszimmer über die großen, schweren Rechnungsbücher von Hickory Hill gebeugt und versuchte zu verstehen, was all die Eintragungen in den zahlreichen Spalten zu bedeuten hatten. Es schien ihr wie ein Buch mit sieben Siegeln zu sein.
Plötzlich hörte sie Schritte, und als sie von den Büchern aufblickte, stand Arthur Moore schon in der Tür. Er brachte ihr einige Papiere, Warenbestellungen, die sie zu unterzeichnen hatte. Der Verwalter war kurz angebunden und wollte sofort wieder gehen, sowie sie ihre Unterschrift unter die Papiere gesetzt hatte. Doch Alice hielt ihn zurück.
»Mister Moore, wenn ich mich nicht ganz täusche, enthalten diese Bücher jede Information, die auf Hickory Hill von Bedeutung ist, nicht wahr? Einnahmen, Ausgaben, entrichtete Steuern, Löhne, Frachtraten, Erlöse aus den Ernten und noch vieles mehr, oder? Das alles steht doch hier drin, ist es nicht so?«
Eine steile Falte zeigte sich auf seiner Stirn, weil er nicht begriff, worauf sie hinauswollte. Er zögerte kurz und nickte dann. »Ja, sicher, das steht alles in diesen Büchern, Miß Shadwell.«
Sie räusperte sich leicht und sagte etwas verlegen: »Nun, ich verstehe noch wenig davon, und wenn ich ehrlich sein soll, so sagen mir diese Eintragungen überhaupt nichts. Es könnten ebensogut chinesische Schriftzeichen sein, Mister Moore.«
»Ja, dafür könnt Ihr wohl gut Piano spielen und versteht Euch bestimmt großartig auf die Pflege von Rosen«, erwiderte Arthur Moore mit scheinbarer Liebenswürdigkeit, doch Alice hatte das

Gefühl, als mache er sich über sie lustig. »Rechnungsbücher zu verstehen ist ja auch nicht gerade die Aufgabe einer jungen Dame.«

»Meint Ihr nicht, daß ich als Besitzerin von HICKORY HILL eigentlich verstehen sollte, was all die Eintragungen bedeuten?« fragte sie.

»Nun, darüber habe ich mir bisher noch keine Gedanken gemacht...«

»Mein Vater konnte die Bücher lesen, nicht wahr?«

Er lächelte von oben herab. »Selbstverständlich war er dazu in der Lage.«

»Dann wäre es doch auch für mich vermutlich nicht von Schaden, wenn ich einiges davon verstünde?« ließ sie nicht locker.

»Nein, von Schaden wäre es wohl nicht«, murmelte er widerstrebend. »Jedoch unnütz...«

»Gut, dann möchte ich Euch bitten, mich in die Buchführung einzuführen, Mister Moore, und mir die einzelnen Posten zu erklären«, forderte sie ihn auf.

»Tut mir leid, Miß Alice«, erwiderte Arthur Moore steif. »Aber das ist nicht meine Aufgabe.«

Alice sah ihn scharf an. »Ihr weigert Euch?«

Er hielt ihrem Blick stand. »Ich weigere mich nicht, Miß Shadwell, sondern, ich wiederhole, es ist nicht meine Aufgabe. Ich bin hier auf HICKORY HILL als Verwalter eingestellt worden... und nicht als Hauslehrer! Falls Euch der Sinn danach steht, die Plantage demnächst selbst zu führen, solltet Ihr Euch einen Privatlehrer nehmen. Ich jedenfalls habe zuviel Arbeit, als daß ich noch Zeit hätte, Euch Unterricht zu geben!«

»Ihr wollt mir also nicht bei der legitimen Wahrnehmung meiner Rechte behilflich sein«, stellte Alice kalt fest und kochte innerlich vor Zorn über seine anmaßende Haltung.

»Das waren nicht meine Worte!«

»Aber darauf läuft es doch hinaus.«
»Das sehe ich nicht so.«
Alice lachte kurz und ärgerlich auf. »Ich soll meine Unterschrift weiterhin unter Papiere setzen, deren Sinn ich nicht verstehe. Und ebensowenig soll ich wissen, welche geschäftliche Entwicklung *meine* Plantage nimmt. Verstehe ich Euch richtig, Mister Moore?«
»Ihr seid die Mistress, und es steht Euch jederzeit frei, die Geschäftsbücher von einem Gutachter Eurer Wahl prüfen zu lassen«, erwiderte Arthur Moore ebenso kühl und fügte dann förmlich hinzu: »Solltet Ihr kein Vertrauen in meine Arbeit haben, Miß Shadwell, steht Euch nichts im Weg, mich aus Euren Diensten zu entlassen!« Ein herausfordernder Unterton schwang in seiner Stimme mit.
Eine tiefe, angespannte Stille folgte seinen Worten.
Alice machte sich nichts vor. Dies war nicht das Angebot eines Mannes, der um seiner Ehre willen von einem gutbezahlten Posten zurückzutreten gedachte, dies war eine kaum verhüllte Drohung. Ohne einen Verwalter konnte sie die Plantage nicht bewirtschaften. Und wenn Arthur Moore alles hinwarf, wo sollte sie so schnell einen Nachfolger finden? Auch wenn sie großes Glück hatte, einen neuen Verwalter zu bekommen, so würde dieser Zeit brauchen, um sich mit den Gegebenheiten von HICKORY HILL vertraut zu machen. Wenn Alice die geschäftlichen Belange der Tabakplantage auch noch nicht durchschaute, so war ihr doch klar, daß ein solcher Wechsel zu dieser Jahreszeit zwangsläufig hohe Verluste mit sich bringen würde.
Alice war während des Wortwechsels aufgestanden. Schweigend standen sie sich einen Moment gegenüber. Ihre Blicke trafen sich, keiner wich dem anderen aus. Es war ein stummes Ringen und gegenseitiges Taxieren, wie weit der andere wohl zu gehen bereit war. Doch als Arthur Moore keine Anstalten traf, seine

Drohung abzuschwächen, wußte Alice, daß sie diesmal eine Niederlage einstecken mußte.

»Ich sehe keinen Anlaß, weshalb ich nicht mein volles Vertrauen in Eure Arbeit setzen sollte, Mister Moore«, brach sie endlich das Schweigen, und es fiel ihr schwer, diese Worte über die Lippen zu bringen. Ein Anflug von Resignation überkam sie. Sie war einfach nicht in der Lage, es mit einem Mann wie dem Verwalter aufzunehmen. Im Grunde genommen war sie die Gefangene ihrer eigenen Unwissenheit. Und solange es so war, würden Männer wie Arthur Moore stets die Oberhand über sie behalten.

So etwas wie Triumph zeigte sich kurz in Moores Augen. Dann verbarg eine Maske höflicher Zurückhaltung seine Gefühle.

»Besten Dank, daß Ihr mir Euer Vertrauen ausgesprochen habt. Doch entschuldigt, wenn ich mich jetzt zurückziehe. Oder habt Ihr noch weitere Dinge von Wichtigkeit mit mir zu besprechen, Miß Shadwell?«

»Nein... danke«, murmelte Alice müde. Kaum hatte der Verwalter das Zimmer verlassen, verlor sie ihre mühsam aufrechterhaltene Sicherheit und Beherrschung. Ihre Schultern sanken nach vorn, und durch einen Tränenschleier blickte sie auf die schweren Geschäftsbücher, die vor ihr lagen. Kein bißchen verstand sie von alldem. Sie war ihrem Verwalter wirklich hilflos ausgeliefert.

Die Versuchung, die Widerstände als unüberwindlich zu akzeptieren und sich in ihr Schicksal zu fügen, war in dieser Stunde der Erniedrigung und Ohnmacht groß. Doch Alice gab diesem Verlangen nicht nach. Etwas in ihr bäumte sich dagegen auf, die Sache jetzt schon für verloren zu halten. Sie mochte unwissend sein, was die komplizierten geschäftlichen Belange einer Plantage betraf, doch sie besaß einen eisernen Willen, und was sie sich einmal in den Kopf gesetzt hatte, gab sie so leicht nicht auf.

Noch am selben Abend schloß sich Alice im Arbeitszimmer ein

und begann das Studium der Fachzeitschriften, Abhandlungen und Geschäftsbücher. Allein. Es war eine Qual. Als sie nach Mitternacht zum zehntenmal einen Fachartikel las, ohne den Inhalt zu verstehen, brach sie erneut in Tränen aus und weinte verzweifelt. Die Furcht, sich diesmal zuviel vorgenommen zu haben, ließ sie nicht mehr los.

Doch am folgenden Abend zwang sie sich wieder dazu, stundenlang über Gazetten, Abhandlungen und Büchern zu sitzen. Sie sprach mit niemandem darüber. Tagsüber fürchtete sie sich schon vor diesen einsamen, scheinbar hoffnungslosen Stunden. Doch sie ließ sich nicht einmal von ihren eigenen Ängsten in die Knie zwingen. Eisern setzte sie das Studium fort. Ein qualvoller Abend über unverständlichen Texten folgte dem anderen, und nachts suchten Alpträume sie heim.

Doch dann geschah es.

Ihr war, als würde sich ein dichter Nebelschleier allmählich vor ihren Augen lichten. Zwar konnte sie noch nicht richtig sehen, aber schon Konturen erahnen. Ihr Blick traf nicht mehr auf dunkle gähnende Leere, sondern entdeckte kleine Mosaiksteine, die noch zusammenhanglos für sich standen und kein Muster ergaben. Doch paßte bald ein Stein zu einem anderen. Etwas Sinnvolles begann sich abzuzeichnen. Sie begann zu verstehen. Der Anfang war gemacht...

7

In leichtem Galopp ritt Alice die schattige Allee hinauf, vorbei an den alten knorrigen Hickorybäumen, die einen schwachen, würzigen Duft ausströmten. Die Luft des frühen Sommertages war schwer und ließ schon jetzt die feuchte, drückende Hitze der Mittagsstunden ahnen.

Doch noch war es angenehm, und der warme Wind, der an ihren Wangen vorbeistrich, war wie eine vertraute, zärtliche Berührung. Dumpf trommelten die Hufe des Rotfuchses über die festgestampfte Erde der Auffahrt.
Die im Sonnenlicht leuchtenden Säulen von HICKORY HILL am Ende der Allee kamen schnell näher, die Farbenpracht der Sommerblumen, die den Vorgarten des Herrenhauses zierten, war überwältigend.
Ein Meer Margeriten bildete das Zentrum der großen gepflegten Rasenfläche, um die die Auffahrt herumführte. Begrenzt wurde der Rasen von beschnittenen Buchsbäumen. Links vom Haus lag der kleine Rosengarten im Sonnenlicht und zeigte eine Palette verschiedenster Rot- und Gelbtöne. Dahinter stand der Flox mit seinen weißen und rosaroten Sternen in Blumenbeeten und konkurrierte in der Farbpracht mit dem saftigen Gelb des Marigoldes.
Der Anblick dieser gepflegten Anlagen war Alice längst vertraut, und doch war sie immer wieder aufs neue wie verzaubert.
Alice lief die Stufen zur Veranda hinauf und kümmerte sich nicht um Jerrys mißbilligenden Blick. Sie wußte, daß eine Südstaaten-Mistress nicht wie ein junges Mädchen die Treppen hocheilte. Doch sie dachte nicht daran, sich völlig in dieses starre Korsett von Anstandsregeln zwängen zu lassen, auch wenn sie schon viele Kompromisse gemacht hatte.
Sie war zu glücklich, um auf die stumme Ermahnung des Butlers zu reagieren. Diese frühen Stunden waren, ebenso wie die blaue Stunde der Abenddämmerung, der schönste Teil des Tages.
Alice hatte es sich mittlerweile zur Gewohnheit gemacht, nach einem leichten Frühstück auszureiten. Allein und fern von allen Zwängen, ritt sie über ihr Land, schaute der Arbeit auf den Feldern zu, wo der Tabak inzwischen schon mannshoch stand, inspizierte die Sklavenquartiere, die nun bedeutend menschen-

würdiger aussahen, und hing ihren Gedanken nach, wenn sie dem Lauf des Duck Creek folgte und die Vögel beobachtete.

Alice begab sich in ihr Zimmer, um sich nach dem Ritt zu waschen und umzuziehen. Sie war überrascht, hier nicht die kleine schmächtige Rose anzutreffen, die ihr normalerweise zur Hand ging, sondern Sally.

»Wo ist Rose?«

»Ich habe sie weggeschickt«, sagte Sally mit einem Lächeln, das Alice mißtrauisch werden ließ.

»Und weshalb?«

»Heute werde ich Euch helfen, Mistress.«

Alice warf ihr einen Blick zu. Wenn Sally sich so ehrerbietig gab, hatte sie meist etwas auf dem Herzen. Und ihre demütige Art verbarg oft nur eine unverschämte Forderung.

»So«, sagte Alice und wollte Sally nicht direkt nach dem Grund ihres Hierseins fragen. Schweigend stieg sie aus ihren verschwitzten Kleidern, genoß die erfrischende Kühle der feuchten Tücher, die Rose schon in der großen Porzellanschale bereitgelegt hatte, zog frische, mit Spitzen besetzte Beinkleider an und schlüpfte in ein beigefarbenes Kleid aus indischer Seide. Angenehm kühl lag der Stoff auf ihrer Haut.

Als sie vor dem Frisierspiegel Platz nahm und Sally zu Bürste und Kamm griff, fiel ihr Blick auf die kleine Dogwoodblüte, die sie seit der Nacht ihrer Ankunft auf HICKORY HILL an einer goldenen Kette um ihren Hals trug.

Richard!

Ein wehmütiges Gefühl erfaßte sie. Vier Monate waren verstrichen, seit sie von Bord der FAIR WIND gegangen war und Abschied von Richard Campbell genommen hatte. Sie hatte den Zauber des Frühlings in Virginia erlebt und nun die schwüle Hitze des Hochsommers. Und all die Zeit über hatte sie nichts von Richard gehört.

Vier Monate waren keine lange Zeit, wenn man sich mit einer neuen Welt vertraut machen mußte. Es waren manchmal ein, zwei Wochen vergangen, ohne daß Alice an ihn gedacht hatte. Und dann wieder hatte es Augenblicke gegeben, in denen sie sich mit geradezu schmerzhafter Intensität nach seiner Gegenwart gesehnt hatte. Doch jetzt hatte sie das Gefühl, als gehörte Richard Campbell einem Lebensabschnitt an, der sein Ende mit ihrer beider Ankunft in Norfolk gefunden hatte. Es war, als würde er zu der Erinnerung an einen Traum verblassen, von dem sie nicht wußte, wieviel davon hätte Wirklichkeit werden können.
Alice zuckte zusammen und schreckte aus ihren Gedanken auf, als Sally mit der Bürste an einen kleinen Haarknoten geriet und nicht aufpaßte. Ein scharfer Schmerz fuhr durch ihre Kopfhaut.
»Oh, entschuldigt!«
»Schon gut«, murmelte Alice. »Aber gib nächstens mehr acht!«
»Es ist der Kamm. Ich könnte wirklich ein paar neue hübsche Kämme und Bürsten gebrauchen«, sagte Sally jetzt, als hätte sie eine Möglichkeit gefunden, wie sie das Gespräch unauffällig auf etwas bringen konnte, das ihr am Herzen lag. »Eure Cremes neigen sich dem Ende zu, und vom Rosenwasser ist auch nicht mehr viel da.«
»Ich werde bei der nächsten Bestellung, die Mister Moore wegschickt, daran denken«, erwiderte Alice.
»Aber das dauert zu lange. Außerdem könnte ich das für Euch besorgen. So würde ich auch endlich einmal etwas anderes als diese Plantage zu Gesicht bekommen. Versteht mich nicht falsch, aber ich bin in London aufgewachsen«, fügte sie schnell hinzu.
»So, du möchtest also nach Williamsburg«, stellte Alice fest. Sally lag ihr damit schon seit einigen Wochen in den Ohren. Sie hatte bisher immer abgelehnt.

»Ihr habt die Plantage und Eure Dienerschaft«, sagte Sally freundlich. »Und das ist auch recht so. Aber was habe ich? Ich verlange nicht viel, und ich kann auch geduldig auf das schöne Haus und die große Geldsumme, die meine Treue und mein Schweigen belohnen soll, warten... Aber vielleicht könntet Ihr mir dann und wann ein wenig Abwechslung gönnen«, fuhr sie schmeichelnd fort. »Und eine Fahrt nach Williamsburg wäre wirklich mal etwas anderes in diesem täglichen Einerlei.«

Alice hätte im Prinzip nichts dagegen gehabt. Sie wußte, daß sie Sally Lee nicht an die kurze Leine legen konnte, und es war auch nie ihre Absicht gewesen. Doch es ging hier um etwas völlig anderes. Und es war vor allem wieder ihr aufsässiger Ton, der Alice ärgerte, obwohl sie sich geschworen hatte, sich davon nicht noch einmal provozieren zu lassen. In diesem Moment konnte sie jedoch nicht an sich halten.

Schnell fuhr sie auf dem Hocker herum. »So, tägliches Einerlei nennst du das. Du scheinst dich wirklich zu langweilen, Sally. Das wundert mich eigentlich gar nicht. Vermutlich liegt das daran, daß du dir jetzt schon die Freiheiten einer Herrin herausnimmst!« Ihre Stimme war gedämpft, aber kühl. »Du bist die einzige Person in diesem Haus, die keine Aufgaben hat und sich dem Müßiggang hingibt! Und genau das scheint mir dein Problem zu sein.«

Sally ließ die Bürste sinken und starrte Alice verblüfft an. Dann schoß ihr das Blut ins Gesicht, und ihre Augen verengten sich. »Und Ihr spielt die Herrin!« entfuhr es ihr.

Blitzschnell stand Alice neben ihr, holte aus und versetzte ihr eine Ohrfeige. »Unterstehe dich, dir noch einmal so eine Frechheit herauszunehmen, Sally!« warnte sie die Kammerzofe. »Ich spiele nicht die Herrin, ich *bin* es. Nicht, daß ich mich um diese Rolle gerissen hätte, aber es ist nun mal so gekommen, und jetzt gedenke ich, nicht nur mein Versprechen zu halten, sondern das

Beste daraus zu machen – und zwar für alle. Das gilt sowohl für mich als auch für dich und für jeden anderen auf der Plantage! Und du solltest besser daran tun, nicht zu vergessen, wie die Abmachung lautet, auf die du dich eingelassen hast. Für den Fall, daß du dich nicht mehr erinnern solltest: Mindestens ein Jahr lang sollst du weiterhin als Kammerzofe in den Diensten der Erbin von HICKORY HILL bleiben. Dann erst wird eine unerwartete Erbschaft dich vermögend genug machen, um dir ein sorgenfreies Leben zu ermöglichen. Erinnerst du dich jetzt wieder?«
Sally rieb ihre brennende Wange. Sie hatte Augen und Mund weit aufgerissen. Der aufsässige Blick war verschwunden. »Ja... ja...« stammelte sie, gänzlich aus dem Konzept gebracht. Mit dieser Reaktion hatte sie nicht gerechnet.
»Und es war nicht die Rede davon gewesen, daß du hier faulenzen oder Vergnügungsreisen nach Williamsburg unternehmen sollst!« fuhr Alice scharf fort. Dann lenkte sie jedoch ein und gab ihrer Stimme einen versöhnlichen Klang. »Schlag dir diese Eskapaden aus dem Kopf. So etwas würde nur Mißtrauen und Gerede hervorrufen. Dein Tag wird noch früh genug kommen. Und du kannst versichert sein, daß ich unsere Abmachung bis ins kleinste einhalten werde. Soweit solltest du mich doch kennen!«
»Ja, Mistress«, murmelte Sally noch immer verstört.
»Gut, dann wollen wir das Vorgefallene vergessen, Sally. Du brauchst mich nicht jeden Tag daran zu erinnern, was dir zusteht. Du wirst es bekommen. Und nun laß mich bitte allein.«
»Wie Ihr wünscht, Mistress«, sagte Sally, machte hastig einen Knicks und verließ dann das Zimmer.
Alice hatte sie im Frisierspiegel beobachtet. Und als Sally sich umgewandt hatte, um die Tür zu schließen, war Alice das wutentbrannte Funkeln ihrer Augen nicht entgangen. Sie bereute, daß sie sich in ihrer Erregung zu dieser Ohrfeige hatte hinreißen lassen. Sally würde ihr das nicht verzeihen, das wußte sie.

»Mistress?«
Alice hatte gedankenversunken vor dem Spiegel gesessen. Sie schreckte auf, als sie das leise Klopfen an der Tür und die sanfte Stimme des Butlers vernahm.
»Ja, was ist, Jerry?« Sie erhob sich und strich ihr seidenes Kleid glatt.
Der Butler trat ein. »Ich möchte Euch die Ankunft von Missis O'Farrell melden, Mistress. Ihre Kutsche ist vorgefahren«, informierte Jerry sie.
»Amanda?« rief Alice unwillkürlich, und die freundlichen Züge, die der unerquickliche Zwischenfall mit Sally Lee von ihrem Gesicht vertrieben hatte, kehrten zurück. »Sag ihr, daß ich sofort bei ihr bin.«
»Sehr wohl, Mistress.« Jerry entfernte sich so lautlos, wie er gekommen war.
Alice musterte ihr Spiegelbild, schob hier und da eine Locke zurecht und hüllte sich in einen dezenten Duft von Jasmin, bevor sie das Zimmer verließ und die breite Treppe hinuntereilte.
Amanda O'Farrell hatte sich im kühlen Schatten der Veranda niedergelassen und mit ihrem kunstvoll bemalten Fächer gespielt. Als Alice zu ihr hinaus auf die Terrasse trat, erhob sich Amanda O'Farrell und kam ihr mit ausgestreckten Armen entgegen. »Ihr seht entzückend aus, meine Liebe!« rief sie überschwenglich. »Ich wünschte, ich wäre noch einmal in Eurem Alter und von so gertenschlanker Figur!«
Alice lachte und erwiderte die herzliche Begrüßung mit einer Umarmung. Dem Alter nach hätte Amanda O'Farrell ihre Mutter sein können. Und was ihre Figur betraf, so hatte ihre Vorliebe für gutes und reichhaltiges Essen sichtbare Spuren hinterlassen. Sie als mollig zu bezeichnen wäre schon ein Kompliment gewesen.
Amanda O'Farrell und ihr Mann Jasper waren die ersten Nach-

barn gewesen, die Alice willkommen geheißen hatten. Die Plantage der O'Farrells lag etwa drei Stunden mit der Kutsche oder zu Pferd südöstlich von HICKORY HILL. Während Jasper O'Farrell ein ruhiger, zurückhaltender Gentleman war, dessen Wortkargheit wegen seines freundlichen Mienenspiels jedoch nie unangenehm wirkte, sprühte Amanda geradezu über vor Redelust und Unternehmungsgeist.

Alice hatte Amanda schon nach der ersten halben Stunde in ihr Herz geschlossen, und umgekehrt war es ebenso gewesen. Wenn auch nicht vom Alter gleich, so hatten sich hier doch zwei verwandte Seelen gefunden. Alice genoß ihre Gegenwart. Amanda konnte ihr nicht nur in vielen Dingen des Haushalts gute Ratschläge geben, sie machte die Jüngere auch mit den wichtigsten Ereignissen und der Entwicklung der Kolonie vertraut. Alice war immer wieder erstaunt, was für eine geistreiche und intelligente Frau Amanda war. Jeder, der sie nur nach ihrem scheinbar einfältigen, rosigen Gesicht und ihrer fülligen Figur beurteilte, erlebte früher oder später eine Überraschung.

Einmal hatte Amanda die Sprache auf dieses Thema gebracht, und belustigt hatte sie Alice erklärt: »Zeigt niemals Eure Entschlossenheit und Eure Intelligenz, Alice, zumindest nicht in Gegenwart der Herren der Schöpfung. Bewahrt Euch den unschuldigen, naiven Gesichtsausdruck... wenn Ihr könnt. Sogar etwas Dümmlichkeit kann zu großem Vorteil gereichen, sofern man nur hübsch aussieht und es nicht an der erwarteten Bewunderung mangeln läßt. Männer mögen nämlich keine aufgeweckten jungen Frauen, die ihnen das Wasser reichen können und sich für Dinge interessieren, die angeblich nur Männersache sind. Später, wenn Ihr Eure kluge Wahl getroffen habt und den Ring am Finger tragt, ist es noch früh genug, von Euren Geistesgaben Gebrauch zu machen und Eurem Gatten zu zeigen, daß er nicht nur eine hübsche Larve geheiratet hat, sondern eine ebenbürtige Partnerin.«

»Ist es Eurem Mann so ergangen?« hatte Alice lachend gefragt.
»Nun, um ehrlich zu sein: Es hat mich Jahre gekostet, bis Jasper eingesehen hat, daß eine Ehefrau mehr sein kann als eine liebevolle Mutter und Zierde für den Mann«, hatte Amanda lächelnd geantwortet.
Sie hatten zusammen manch vergnüglichen Tag verbracht, denn Amanda hatte es sich zur Gewohnheit gemacht, mindestens einmal in der Woche HICKORY HILL einen Besuch abzustatten. Anfangs, weil Alice ihre Erfahrung in Dingen der Haushaltsführung und Verwaltung einer großen Plantage dringend benötigte, und später dann, weil beide die gemeinsamen Stunden genossen.
Oftmals spazierten sie durch den Park oder setzten sich in den Schatten des kleinen luftigen Pavillons im Rosengarten, und Alice lauschte aufmerksam Amandas lebhafter Schilderung der Geschichte der amerikanischen Kolonien und besonders der von Virginia. Amanda O'Farrells Wissen schien unerschöpflich, und das war gut so, denn Alice wollte alles über ihre neue Heimat erfahren.
Es war Kolumbus, der die Neue Welt auf die Landkarten der Alten Welt brachte, als er am 12. Oktober 1492 auf der Bahama-Insel, der er den Namen San Salvador gab, landete. Zeit seines Lebens wollte Kolumbus jedoch nichts davon wissen, daß er einen neuen Kontinent anstelle eines neuen Seeweges nach Indien gefunden hatte. Und da er den neuen Kontinent auch nie betreten hatte, ist es wohl keine Ungerechtigkeit der Geschichtsschreibung, daß die Neue Welt den Namen AMERIKA nach dem italienischen Seefahrer und Entdecker Amerigo Vespucci erhielt.
Die goldhungrigen Spanier gründeten die erste Siedlung in Nordamerika – das Fort St. Augustin an der Küste im Nordosten von Florida.
Die ersten englischen Siedler, die eine Niederlassung gründeten,

kamen in drei kleinen Schiffen namens DISCOVERY, GOODSPEED und SARAH CONSTANT. Es waren einhundertfünf Männer, die nach einer Überfahrt von vier Monaten am 14. Mai 1607 die Chesapeake Bay erreichten und am Ufer des James River in Virginia Jamestown gründeten.

Sie kamen im Auftrag der Virginia Company, die 1606 von acht wohlhabenden Kaufleuten und Standesherren ins Leben gerufen worden war. Der König hatte den Aktionären einen Freibrief erteilt, der ihnen die Kolonisierung, Missionierung und Ausbeutung der Kolonie Virginia erlaubte – und den fünften Teil des Gewinns dem König zusprach.

Die Hoffnung auf reiche Gold- und Silbervorkommen brachte diese Abenteurer und Glücksritter nach Virginia. Doch es gab kein Gold in Virginia, dafür aber fruchtbaren Boden – und das »stinkende Kraut«, das die Indianer rauchten. Tabak wurde bald zum Gold Virginias, als der Siedler John Rolfe 1612 Tabakpflanzen aus Trinidad nach Virginia bringen ließ, da ihm das »Kraut« der Indianer nicht gut genug war. Damit war der finanzielle Grundstein für die »Aristokraten« des Südens, die Tabakpflanzer, gelegt.

Die Virginia Company in London warb nun verstärkt Arbeitswillige an, die sich für sieben Jahre in eine freiwillige Sklaverei begaben. Freie Überfahrt, Kost und Logis waren der Gegenwert für sieben Jahre Fron. Heiratswillige Frauen, die im heimatlichen England »angefordert« und in Virginia regelrecht versteigert wurden, heirateten diese Kolonisten. So wuchs die Bevölkerung.

Doch das Leben in den Gründerjahren war hart und von schweren Rückschlägen geprägt. Jamestown, auf einer sumpfigen Halbinsel errichtet, erwies sich als Fieberherd, dem Hunderte von Siedlern zum Opfer fielen. Immer wieder kam es zu heftigen Auseinandersetzungen zwischen den Siedlern und den einhei-

mischen Wilden. Im Jahre 1623 forderte ein Indianerangriff über dreihundert Tote unter den Siedlern. Doch auf lange Sicht waren sie den Feuerwaffen der Siedler nicht gewachsen. Die Weißen rotteten die Indianer Virginias nahezu aus.
1624 wurde Virginia zur Kronkolonie erklärt und unterstand nun der königlichen Administration. An der Ostküste wurden immer mehr englische Kolonien gegründet. In Neuengland ließen sich die Puritaner nieder, angespornt von den »Pilgerväter«, die 1620 aus weltanschaulichen und religiösen Gründen aus England emigrierten und mit der MAYFLOWER nördlich von Virginia in Cape Cod landeten. Ihr Ziel war es, ein von freien Männern verwaltetes demokratisches Gemeinwesen zu schaffen.
Dreizehn Kolonien entstanden bis Anfang der dreißiger Jahre des 18. Jahrhunderts: Virginia, Massachusetts, New Hampshire, North Carolina, South Carolina, Maryland, Connecticut, Rhode Island, New York, New Jersey, Delaware, Pennsylvania und Georgia. Zwar hatten die Siedler dieser dreizehn Niederlassungen Sprache und Herkunft gemeinsam und fühlten sich noch immer als Engländer, doch war jede Kolonie auf ihre eigene Unabhängigkeit bedacht.
1651 erließ die Commonwealth-Regierung eine Navigationsakte, die für alle Kolonien galt und die Handelsfreiheit der Siedler erheblich einschränkte. Nur englische Schiffe durften noch den Handelsverkehr zwischen den Kolonien und England und den nichtenglischen Häfen tätigen. Damit sollte vor allem die unliebsame Konkurrenz der Niederlande ausgeschaltet werden. Für die Kolonisten bedeutete das, daß sie von nun an höhere Frachtraten zu zahlen hatten, weil die bedeutend billigere niederländische Konkurrenz ausfiel.
Eine zweite Handelsbeschränkung erfolgte 1660. Sie bestimmte, daß koloniale Produkte wie Zucker, Tabak, Baumwolle und In-

digo ausschließlich ins Mutterland transportiert werden durften, auch wenn sich besser zahlende Abnehmer im Ausland fanden. Das Resultat waren finanzielle Einbußen der Siedler.
Es folgten im Laufe der Jahre weitere Vorschriften, die nicht nur zu immer stärkeren Konflikten mit den Kolonien führten, sondern auch den Schmuggel zu einem äußerst lukrativen Geschäft machten. Doch zu wirklich ernsten Verstimmungen zwischen den Kolonien und dem Mutterland kam es, als den Siedlern 1756 verboten wurde, über die Appalachen weiter nach Westen vorzudringen und neue Gebiete zu besiedeln. England fürchtete kostspielige Indianerkriege, wie es sie in der Vergangenheit gegeben hatte, sowie die Gefahr, daß sich Kolonien noch weiter im Westen leicht der Kontrolle des Mutterlandes entziehen könnten. Die wirtschaftlich erstarkten amerikanischen Kolonien, in denen der Durchschnittsbürger wesentlich besser und sorgloser lebte als in der Alten Welt, zeigten ein schon zu starkes Selbstbewußtsein, als daß die Kolonialverwaltung in England eine weitere Expansion hätte befürworten können.
Für böses Blut sorgte das englische Parlament 1765, als es den *Stamp Act*, das Stempelsteuergesetz, für die Kolonien verabschiedete. Für alle in Amerika hergestellten Urkunden sowie alle Druckerzeugnisse wie Zeitungen, Bücher, Kalender, Formulare, Spielkarten usw. mußte von nun an eine Gebühr in Form einer Marke bezahlt werden.
Dieses Gesetz verursachte in den Kolonien großen Aufruhr. Die Abgeordnetenversammlungen aller Kolonien bestanden darauf, daß dieses Gesetz ohne ihre Unterstützung nicht legitim sei. Diese Forderung führte dazu, daß sich zum erstenmal Vertreter mehrerer Kolonien zusammentaten, um ihren Protest gegen die Kolonialpolitik des Mutterlandes gemeinsam zu formulieren und um dem Parlament das Recht der Besteuerung abzusprechen.

Dies war der Beginn der Unabhängigkeitsbewegung. Die führenden Kaufleute der Kolonien riefen zum Boykott britischer Waren bis zum Widerruf der *Stamp Act* auf. Der Boykott wurde vom überwiegenden Teil der Kolonisten so konsequent durchgeführt, daß dieses Gesetz im März 1766 vom Parlament wieder aufgehoben wurde.
Doch die Unruhe gärte in den Kolonien weiter, und das Mutterland versuchte immer wieder, die wachsende wirtschaftliche und politische Macht der amerikanischen Siedler zu beschneiden. Aber mit der Geduld und der Loyalität der Kolonisten hatte es bald ein Ende.
Am 5. März 1770 kam es in Boston wegen der ungerechtfertigten Beschlagnahme eines amerikanischen Schiffes durch die Zollbehörde zu Unruhen und blutigen Zusammenstößen zwischen der aufgebrachten Bostoner Bevölkerung und den britischen Soldaten, den verhaßten Rotröcken. Fünf Amerikaner kamen ums Leben. Als *Massaker von Boston* ging dieser Tag in die Geschichte ein. Die Widerstandsbewegung hatte ihre Märtyrer und die Zeitungsverleger ihre Schlagzeilen: »Friedliche amerikanische Bürger von britischen Soldaten massakriert!«
Später schrieb John Adams, der der zweite Präsident der Vereinigten Staaten werden sollte, über jenen Tag in Boston: »An diesem Abend wurde das Fundament der amerikanischen Unabhängigkeit gelegt.«
Die Saat trug erste, bittere Früchte...

An diesem Vormittag hatte Amanda O'Farrell jedoch die lange Fahrt nach HICKORY HILL nicht unternommen, um Alice über die neuesten politischen Ereignisse in Kenntnis zu setzen und sich über die anmaßende Politik von König George III. zu erregen, wie sie es sonst tat.
Amanda hatte ein Anliegen, das von gesellschaftlicher Bedeu-

tung für den ganzen Bezirk war. Sie hatte zwar nichts für König Georges Politik übrig, kopierte jedoch mit Begeisterung jeweils die neue Mode, die am Hof getragen wurde.

»Meine Liebe, wißt Ihr überhaupt, wie lange Ihr schon auf HICKORY HILL weilt?« fragte Amanda, nachdem sie ein paar Belanglosigkeiten über das Wetter, den Stand der Tabakernte und die Zubereitung der köstlichen Limonade, die Amily ihnen auf die Terrasse gebracht hatte, ausgetauscht hatten.

Alice schmunzelte. »In sechs Wochen wird es ein halbes Jahr sein!« Ein halbes Jahr! Wie lang das schien. Und wie schnell war die Zeit doch vergangen.

Amanda nickte. »Die ersten Wochen waren gewiß nicht leicht. Ich erinnere mich noch gut, Alice. Aber jetzt habt Ihr Euch eingelebt. Alles geht im Haus und auf den Feldern seinen Gang...«

»Da bin ich nicht so sicher«, fiel Alice ihr ins Wort, und ihr Gesicht nahm einen ernsten Ausdruck an. Mit Amanda konnte sie über alles offen reden.

Verwundert hob Amanda die gepuderten Augenbrauen. »Habt Ihr Sorgen, meine Liebe?« fragte sie sofort und beugte sich erwartungsvoll vor.

»Ein wenig.«

»Sprecht. Vielleicht vermag ich Euch zu helfen.«

»Es fällt mir von Tag zu Tag schwerer, mit Mister Moore auszukommen«, eröffnete Alice ihr mit gedämpfter Stimme. »Ich vertraue ihm einfach nicht.«

»Aber Beweise, daß er seine Arbeit nicht ehrlich und gewissenhaft erfüllt, habt Ihr nicht?«

»Nein«, gestand Alice. »Es ist nur so ein Gefühl, doch so leicht täusche ich mich nicht...«

»Macht nur keinen Fehler, meine Liebe! Ihr wißt doch, wie schwer es ist, einen einigermaßen verläßlichen und tüchtigen Verwalter zu bekommen.«

Alice zuckte mit den Achseln. »Das weiß ich sehr wohl. Doch ich kann mir nicht helfen, Amanda. Irgendwie habe ich das bedrükkende Gefühl, als sei HICKORY HILL bei ihm in den falschen Händen.«

»Ich vermag mir darüber kein Urteil zu bilden«, erwiderte Amanda O'Farrell. »Doch auf die Dauer werdet Ihr wohl nicht auf Mister Moore angewiesen sein... so hübsch, wie Ihr seid. Eine so zauberhafte Blume bleibt nicht lange ungepflückt.«

Alice errötete. »Was redet Ihr da!«

»Ich bin heute gekommen, um Euch zu fragen, wann Ihr gedenkt, Euren ersten Ball zu geben?« begann Amanda mit ihrem Anliegen. Sie lächelte Alice zu. »Eine Rose braucht Licht und Wärme, und eine junge Frau braucht die Aufmerksamkeit junger Gentlemen.«

»Ihr wollt mich doch hoffentlich nicht verkuppeln?« rief Alice halb ernsthaft, halb lachend.

Amanda lächelte. »Das hättet Ihr gar nicht nötig. Nein, ich meine es ganz ernst. Man erwartet so etwas von Euch. Eure Nachbarn haben sicher Verständnis dafür gehabt, daß Ihr Euch in den ersten Wochen mit wichtigeren Dingen habt beschäftigen müssen. Aber jetzt ist die Zeit gekommen, da Ihr Euer Haus Euren Nachbarn und den Freunden Eurer Familie öffnen müßt. Und vergeßt nicht, daß der Herbst vor der Tür steht. Viel Zeit bleibt also nicht mehr. Ein Spätsommerball wäre die Gelegenheit, Euch in den hiesigen gesellschaftlichen Reigen, so bescheiden er auch ist, einzureihen und zudem die Bekanntschaft von jungen Herren zu machen, die von Eurem Liebreiz entzückt sein werden.«

»Ist nicht auch ein bißchen Dümmlichkeit angebracht, Amanda?« fragte Alice spöttisch.

Sie lachte, denn sie erinnerte sich sehr wohl dieser Worte, die sie einst Alice ans Herz gelegt hatte. »Ich hege nicht den geringsten

Zweifel, daß Eure weibliche Intuition Euch schon sagen wird, wie Ihr Euch zu verhalten habt... und wann es klüger ist, ein liebliches Lächeln einer scharfsinnigen Bemerkung den Vorrang zu geben«, erwiderte Amanda diplomatisch.

Alice lächelte. Sie überlegte. Sie hatte selbst schon an eine Gesellschaft gedacht, war jedoch immer wieder von dem ungeheuren Aufwand, den so ein Fest verlangte, abgeschreckt worden. Insgeheim fürchtete sie zudem, der Rolle der Gastgeberin nicht gewachsen zu sein. Doch sie sah nun, da Amanda das Gespräch darauf gebracht hatte, ein, daß sie nicht länger ausweichen konnte. Auch wenn es nicht jedermann so offen aussprach wie Amanda O'Farrell, man erwartete eine Gesellschaft von ihr. Sie mußte einen Ball geben.

Sie seufzte. »Ich komme wohl nicht darum herum, nicht wahr?«

»Nein, und ich würde Euch auch keine Ruhe lassen, meine Liebe!« gestand Amanda O'Farrell fröhlich.

»Nun gut, dann soll es sein«, sagte Alice mit einem ergebenen Seufzer. »Doch wen soll ich einladen und wen nicht?«

Ein strahlendes Lächeln huschte über das rosige Gesicht von Amanda O'Farrell. »Darüber habe ich mir ausgiebig Gedanken gemacht, Alice. Wir waren häufig zu Gast bei Eurem Vater. Jasper und Henry verstanden sich sehr gut, und unser Freundes- und Bekanntenkreis wich kaum von dem Eures Vaters ab. Ich habe schon eine erste Liste erstellt. Sie enthält die Namen derjenigen, die Ihr auf keinen Fall vergessen dürft einzuladen.«

Alice wurde blaß, als sie die Liste sah. Amanda hatte vier Dutzend Gäste notiert, und dabei würde es wohl kaum bleiben.

Amanda gab ihr während der nächsten Stunden, in denen sie das Fest gewissenhaft planten, wertvolle Anregungen und Ratschläge. Und langsam fand Alice ihre innere Sicherheit wieder.

Am frühen Nachmittag ließ Amanda ihre Kutsche vorfahren und verabschiedete sich von Alice mit dem Versprechen, schon in wenigen Tagen wieder zu kommen, um weitere Einzelheiten mit ihr durchzugehen.

Die Kutsche fuhr noch die Allee hinunter, als Alice schon den Butler Jerry, die Köchin Amily und die nicht minder resolute Annabell, die den eigentlichen Haushalt unter sich hatte, in ihren Salon rief.

Erwartungsvoll blickten sie ihre Herrin an.

»Ich habe euch rufen lassen, weil es wichtige Dinge zu besprechen gibt«, begann Alice. »In drei Wochen wird es hier auf HICKORY HILL ein großes Sommerfest mit etwa fünfzig geladenen Gästen geben.«

Annabell stieß einen Schrei der Überraschung aus. »Ein Sommerfest! Nach so langer Zeit wieder ein Fest auf HICKORY HILL!« rief sie begeistert.

Amily wischte sich ihre sauberen Hände aufgeregt an ihrer schneeweißen Schürze ab, als könnte sie es nicht erwarten, sich in die Arbeit zu stürzen, die besonders auf sie wartete. »Ein Sommerfest mit mächtig vielen Gästen«, sagte sie aufgeregt. »Da werden die großen Feuer ja nicht zum Erlöschen kommen. Ha, da wird sich die faule Bande aber freuen. Habt Ihr schon eine Vorstellung vom Speiseplan, Mistress?«

Alice nickte. »Wir sprechen später darüber. Ich wollte euch aber jetzt schon von dem Ball in Kenntnis setzen, damit ihr euch schon mal darauf einstellen könnt.« Insgeheim war sie Amanda unsagbar dankbar, daß sie sie in jeder Hinsicht mit genügend Anregungen und Vorschlägen versorgt hatte. Sie würde jetzt also nicht von den Ratschlägen ihrer Dienerschaft abhängig sein, was ihrem Ansehen abträglich gewesen wäre. Von ihr als Mistress von HICKORY HILL erwartete man klare Anweisungen, und die würde sie auch erteilen. Das bedeutete nicht, daß sie für kleine Veränderungen und gute Vorschläge nicht dankbar gewesen wäre.

Jerry hatte die ganze Zeit über mit der ihm eigenen ausdruckslosen Miene zugehört. Doch als Amily ihm auftrug, die Koordination aller notwendigen Arbeiten zu übernehmen, blitzte es in seinen Augen auf.

»Ihr könnt versichert sein, daß Eure Gäste dieses Fest niemals vergessen werden, Mistress!« versprach er mit steifer Würde und zeigte damit, daß er im Grunde nicht weniger begeistert war als Amily oder Annabell.

Und auf einmal freute sich auch Alice auf dieses Sommerfest, das zu einem großen Ereignis werden sollte. Zum erstenmal würde sie Gastgeberin auf Hickory Hill sein. Sie würde einen richtigen Ball geben!

8

Hickory Hill summte vor Geschäftigkeit. Es gab tausend Dinge, die bedacht werden mußten. Einladungen wurden geschrieben und per Boten verschickt. Ein Dutzend Feldarbeiter wurde von den Tabakfeldern abgezogen und mit der Aufgabe betraut, die Büsche und Bäume um das Herrenhaus zu stutzen und zuzuschneiden. Und eine Armee von Haussklaven ging durch alle Räume von Hickory Hill, polierte, staubte ab und besserte aus. Mit scharfem Auge wachte Annabell darüber, daß auch nicht eine Zimmerecke und nicht ein Stück Tafelsilber übersehen wurde.

Jeden Morgen, wenn Alice erwachte, fielen ihr weitere Dinge ein, die sie bisher im fiebrigen Trubel der Vorbereitungen übersehen hatte. Es galt, sich Gedanken über die Blumenarrangements zu machen, die die Tische schmücken sollten. Und wer sollte am Abend aufspielen? Die Musik war wichtig.

War Amanda O'Farrell nicht mit ihrem Rat zur Stelle, brauchte sich Alice nur an Jerry zu wenden. Der Butler war schon bei zahlreichen glanzvollen Festen auf HICKORY HILL dabeigewesen und wußte auf jede Frage eine Antwort.
Jerry sollte nach altem Brauch die Gäste vor dem Herrenhaus empfangen, und für diese Aufgabe wollte Alice ihm noch zwei Sklaven zur Seite stellen. Doch Jerry machte sie diskret darauf aufmerksam, daß keine weiße Dame sich von einem schwarzen Bediensteten berühren lassen würde, und schlug deshalb vor, zwei junge Sklavinnen für diese Aufgabe auszuwählen. Alice war ihm dankbar, daß er sie vor einer äußerst peinlichen Situation bewahrt hatte, fühlte sich jedoch zugleich auch unbehaglich. Es fiel ihr noch immer schwer, sich an dieses starr geregelte Verhältnis zwischen Sklaven und weißen Herren zu gewöhnen.
Für die Hausbediensteten, die am Abend zur Bedienung der Gäste zur Verfügung stehen würden, wurden Uniformen herausgelegt und teilweise umgearbeitet.
Alice schwirrte der Kopf von all den Dingen, die bedacht werden mußten. Die Liste der Eingeladenen war natürlich immer länger geworden, so daß aus den rund fünfzig Gästen inzwischen vierundsiebzig geworden waren. Wie sollte sie diese Aufgabe nur bewältigen? Täglich lag Amily ihr mit Fragen und Klagen in den Ohren, weil sie angeblich von diesem oder jenem zu wenig hatte oder aber ihre Mädchen nicht schnell genug waren. Und wenn Jerry nicht gewesen wäre, hätte sich Alice wohl von Amilys Katastrophenstimmung anstecken lassen.
Nachdem sich Amily wieder einmal bitter beklagt hatte und mit erbostem Gemurmel ins Küchenhaus zurückgekehrt war, sagte Jerry, der bei dem Gespräch zugegen gewesen war, gelassen: »Ihr solltet nichts auf Amilys Gezeter geben, Mistress. Sie mag ein Tyrann sein, doch es ist Verlaß auf sie. Jammern gehört für

sie einfach zu den Vorbereitungen eines Festes. Je mehr sie jammert, desto mehr genießt sie ihre Arbeit.«

»Dann muß sie die Vorbereitungen zum Fest ja über Gebühr genießen«, sagte Alice sarkastisch.

Jerry erlaubte sich ein feines Lächeln. »Amily glaubt, daß Ihr die Köstlichkeiten, die aus ihrer Küche kommen, dann ganz besonders würdigt. Ich kenne keine Köchin im Umkreis von drei Tagesritten, die Amily das Wasser reicht... in keiner Hinsicht, Mistress.«

Alice lächelte gequält. »Ich hoffe, du irrst dich da auch nicht.«

Denn wenn sie das Küchenhaus betrat, was sich in Anbetracht eines so wichtigen Ereignisses trotz ihrer stillschweigenden Übereinkunft nicht vermeiden ließ, und die scheinbar chaotische Betriebsamkeit sah, fragte sie sich im stillen, wie Amily alles bewältigen wollte. Das Angebot der Speisen, die den Gästen gereicht werden sollten, war so üppig und reichhaltig, daß Alice nicht wußte, wie Amily alle die geplanten Köstlichkeiten in dieser nur noch kurzen verbleibenden Zeitspanne zubereiten wollte. Es erschien ihr einfach unmöglich.

Nach dem Speiseplan, den Alice nach Absprache mit Amanda zusammen mit Amily aufgestellt hatte, gab es alle nur denkbaren Gerichte, die auf einer reichen Plantage in Virginia aufgetischt werden konnten. Den Gästen sollte es an nichts fehlen. Außerdem war ein besonderes Essen für die Sklaven geplant, die in bescheidenem Rahmen auch am Glanz dieses Festes teilnehmen sollten.

Amanda O'Farrell besuchte Alice in der Zeit der Vorbereitungen mehrfach. Sie lachte nur, als Alice ihr gestand, daß sie eine Katastrophe befürchte und sich mit diesem Fest wohl zuviel vorgenommen habe.

»Aber meine Liebe, es wird perfekt werden. Überlaßt nur alles Jerry, Annabell und Amily. Ihr werdet sehen, es wird alles wunderbar werden. Euer Vater wußte schon, mit welchen Leuten er diese wichtigen Posten besetzte. Jerry, Annabell und Amily haben ihren Stolz. Sie würden eher sterben als zulassen, daß auch nur der geringste Schatten den Glanz Eures Festes trüben könnte. Nein, nein, es wird alles seinen rechten Gang gehen, Alice. Doch nun zu etwas anderem! Habt Ihr schon nach der Modistin in Williamsburg geschickt?«

Alice schüttelte den Kopf. »Ich habe mich entschlossen, mir kein neues Kleid schneidern zu lassen. Die Kosten für dieses Fest sind hoch genug. Außerdem besteht nicht die geringste Notwendigkeit für ein neues Ballkleid. Ich habe noch genügend Abendtoiletten, die ich bisher nicht ein einziges Mal getragen habe.«

»Habt Ihr Euch bereits für ein bestimmtes entschieden?«

»Nein«, gestand Alice mit gekrauster Stirn.

»Ihr werdet zauberhaft aussehen, das weiß ich schon jetzt.« Und in verschwörerischem Tonfall fuhr sie fort: »Wißt Ihr eigentlich, daß die jungen Herren kein anderes Gesprächsthema mehr kennen als Euer Sommerfest? Nicht ein unverheirateter Sohn der benachbarten Gutsbesitzer wird auf Eurem Ball fehlen.«

Alice errötete. »Amanda! Nun fangt Ihr schon wieder davon an!«

»Ich sage nur, was mir zu Ohren kommt«, erwiderte Amanda eifrig und mit einem lustigen Funkeln in den Augen. »Und ich muß gestehen, daß ich es keinem Mann verübeln kann, wenn er Euch mehr als nur einen flüchtigen Blick schenkt, meine Liebe. Ihr seid eine verlockende Partie... in jeder Beziehung.«

»Bitte vergeßt nicht, daß ich dieses Fest als Herrin von HICKORY HILL gebe und nicht als Debütantin, die möglichen Ehekandidaten vorgestellt werden soll«, wandte Alice ein. »Ich werde den jungen Männern also nicht meine ungeteilte Aufmerksamkeit schenken können, ohne dabei meine Pflichten als Gastgeberin meinen anderen Gästen gegenüber sträflichst zu vernachlässigen. Das wäre wohl nicht die richtige Art, mich nach so vielen Jahren der Abwesenheit wieder in diese Gesellschaft einzuführen, nicht wahr?«

Amanda O'Farrell lächelte. »Damit habt Ihr recht. Ihr werdet sicherlich nicht den ganzen Abend mit jungen Gentlemen auf dem Tanzparkett verbringen können, sondern auch höfliche Konversation mit dicken Matronen und halbsenilen Greisen führen müssen«, sagte sie mit leichtem Spott. »Doch gelegentlich kann man das eine mit dem anderen verbinden, meine Liebe...«

Alice hielt es für besser, das Gespräch nun auf unverfänglichere Themen zu lenken. Nicht daß sie Amanda die Anspielungen übelgenommen hätte. Sie verstand sehr wohl ihre Einstellung, daß eine junge Frau mit einer großen Plantage in erster Linie eine nicht nur glückliche, sondern auch vernünftige Verheiratung anstreben sollte. Doch wenn das Gespräch auf dieses Thema kam, drängte sich unwillkürlich Richard Campbell in ihre Gedanken und rief schmerzliche Wehmut in ihr hervor. Noch immer hatte sie nichts von ihm gehört. Und es verstärkte sich das Gefühl in ihr, daß er für immer aus ihrem Leben gegangen war. Er hatte doch versprochen, bald von sich hören zu lassen und ihr zumindest zu schreiben, wie es ihm ging und welche Fortschritte seine Geschäfte machten. Doch dieses Versprechen hatte er wohl längst vergessen oder, was noch schlimmer war, nie ernst gemeint.

Als Alice bewußt wurde, daß sie gedankenversunken am Tisch gesessen und geschwiegen hatte, rief sie sich zur Ordnung. Sie spürte Amanda O'Farrells stumme Frage nach dem Grund ihrer Nachdenklichkeit. Doch Alice stand nicht der Sinn danach, Amanda von Richard zu erzählen. Später vielleicht einmal, wenn die Enttäuschung und der Schmerz in ihr abgeklungen waren. Vielleicht.

Mit gezwungenem Lächeln setzte sie das Gespräch fort. Es gab noch viele wichtige Dinge zu bereden. Die Tage eilten dahin, und der Abend, an dem die vielen Kutschen die Hickoryallee hochrollen würden, war nicht mehr fern.

9

Morgennebel lag über den Feldern und Wiesen, trieb vom James River zum Herrenhaus herüber und ballte sich wie zarte Baumwollflocken am Waldrand. Frischer Morgentau glitzerte auf den Blättern der Blumen, deren Blüten sich langsam zu öffnen begannen. Doch mit dem warmen Licht der steigenden Sonne verdampfte der Nebel in kurzer Zeit, und vom Morgentau blieb nichts übrig als der flüchtige Eindruck belebender Morgenfrische.

Hickory Hill erwachte schon vor Sonnenaufgang zu hektischer Betriebsamkeit. Dies war der Tag des großen Festes. Das Küchenpersonal, das schon Stunden vor Anbruch des neuen Tages aus den Betten war, stöhnte unter Amilys Regime, das an diesem Tag vielen schlimmer erschien als das Los der Feldarbeiter, die die Peitsche der Aufseher zu spüren bekamen. Kein weißer Sklavenaufseher konnte strenger und unnachsichtiger sein als die dicke Köchin von Hickory Hill.

Auch Alice war schon früh auf den Beinen – und schlug damit Amandas Rat, sich an diesem Tag besonders gut auszuschlafen, um am Abend frisch und munter zu sein, in den Wind. Es hielt sie einfach nicht in ihrem Zimmer. Das ganze Haus hallte vom geschäftigen Treiben wider. Füße eilten Treppen hinauf und hinunter. Türen schlugen zu. Schranktüren klappten. Jemand sang leise bei der Arbeit. Annabell teilte kurze, knappe Befehle aus. Eine fröhliche geschäftige Symphonie der verschiedenartigsten Geräusche erfüllte das Haus. Und da sollte Alice schlafen können?

Die Musiker, die Alice aus Williamsburg hatte kommen lassen, trafen schon gegen Mittag auf HICKORY HILL ein. Sie begaben sich sofort in den großen hinteren Festsaal, machten sich mit dem kleinen Podium, das dort schon bereitstand, vertraut und stimmten ihre Instrumente.

Bevor Alice sich am frühen Nachmittag für einen kurzen Mittagsschlaf in ihr Zimmer begab, unternahm sie in Begleitung von Jerry – der schon seine weiße Livree trug, für den Fall, daß einige der von entfernt gelegenen Plantagen kommenden Gäste früher als erwartet eintreffen sollten – einen kritischen Rundgang. Das Ergebnis war so befriedigend, daß Alice sofort in einen tiefen, ruhigen Schlaf sank, nachdem sie sich im Bett ausgestreckt hatte.

Die schmächtige Rose weckte sie schließlich sanft. »Es wird Zeit, Mistress!«

Alice fühlte sich so ausgeruht, als hätte sie zwölf Stunden geschlafen. Sie sah, daß Rose inzwischen alles zurechtgelegt hatte. Das zierliche schwarze Mädchen zeigte nicht nur eine rührende Anhänglichkeit und Aufmerksamkeit, sondern auch ein großes Talent im Umgang mit Kleidern, Brennschere und Puderdose.

Es war eine langwierige Prozedur, die Alice nun bevorstand, und sie war froh, daß Rose Sallys Platz eingenommen hatte. Nicht daß Sally eine schlechte Kammerzofe gewesen wäre, doch es war ihr einfach nicht gegeben, die Stimmungen ihrer Herrin zu erspüren und sich darauf einzustellen. Ihr Redefluß war nur mit wiederholten Ermahnungen einzudämmen, was eine mißmutige Sally und eine gedrückte Atmosphäre zur Folge hatte. Rose dagegen wußte stets, wann ihrer Herrin nach Reden und wann nach Schweigen zumute war, und danach richtete sie sich.

Alice war wieder einmal freudig überrascht, wie geschickt Rose die Brennschere handhabte und wie kunstvoll sie ihr Haar in eine Flut wallender Locken verwandelte. Mit einem angerußten

Stück Kork betonte sie die geschwungene Linie der Brauen, und der Geruch von Veilchen erfüllte das Zimmer, als Rose ein wenig Puder aus zerstampften Veilchenwurzeln auf Alices Wangen stäubte.

Endlich war es soweit, das Abendkleid anzuziehen. Die Unterröcke raschelten, als Alice sich vom samtbezogenen Schemel vor dem Frisiertisch erhob. Die Abendtoilette bestand aus kostbarem Atlas-Stoff in zartem Weinrot, und das dezent geschnittene Dekolleté, das den Blick auf ihren Brustansatz zuließ, war mit Spitzen von zartgelber Tönung besetzt.

Dieses Kleid war elegant genug, um ihrer Rolle als Gastgeberin eines herrschaftlichen Besitzes gerecht zu werden, trug aber mit der Schlichtheit seines Schnittes und der Zurückhaltung der Farben auch ihrer Jugend und ihrer besonderen Schönheit Rechnung.

Rose zupfte noch hier und da an Alice herum, bevor sie endlich mit ihrem Werk zufrieden war. Ihre Wangen glühten, und das Strahlen ihrer Augen zeugte von neidloser Freude und Bewunderung.

»Ihr seht aus wie eine Prinzessin, Mistress!« rief sie begeistert.

Alice lächelte über die aufrichtige Bewunderung ihrer schwarzen Dienerin, und sie erinnerte sich plötzlich an jenen Tag in der Kabine der FAIR WIND, als sie zusammen mit Sally die Kleider der Verstorbenen durchgegangen war. Hatte Sally da nicht etwas Ähnliches gesagt? Und sofort war auch der Gedanke an Richard wieder da. Alice verdrängte ihn schnell.

Rose legte ihr den zarten Umhang aus echter Chantilly-Spitze um die Schultern. Alice sparte nicht mit begeistertem Lob und gab Rose für den Rest des Tages frei. Dann schritt sie hinunter in die Halle, wo sie auf Arthur Moore traf. Sie hatte auch ihn auf die Gästeliste setzen müssen, obwohl es ihr lieber gewesen wäre, wenn sie das hätte vermeiden können. Aber da er ihr Verwalter war und somit eine angesehene gesellschaftliche Stellung innerhalb der Pflanzeraristokratie einnahm, hatte es sich nicht vermeiden lassen.

Das Verhältnis zwischen ihnen war von unausgesprochener Antipathie bestimmt, zumal sich Alice von Monat zu Monat mehr Wissen aneignete und auch ihre Fragen zur Buchführung sich nicht mehr auf allgemeine Übersicht beschränkten, sondern Einzelposten hartnäckig zu ergründen suchten. Ganz ohne Zweifel erregte dies Arthur Moores Mißfallen. Seit jenem heftigen Zusammenstoß, als der Verwalter unverhohlen mit seiner Kündigung gedroht hatte, führten sie ihren erbitterten Machtkampf hinter einer Fassade höflicher Worte fort. Bis jetzt hatte noch keiner von ihnen einen entscheidenden Vorteil über den anderen erkämpfen können. Alice wich keine Handbreit von ihren Positionen ab, und ebenso hartnäckig verteidigte Arthur Moore seine.

»Mein Kompliment, Miß Shadwell«, sagte der Verwalter, als er sie die Treppe herunterschreiten sah. Die Abenddämmerung hatte eingesetzt, HICKORY HILL erstrahlte im weichen Licht unzähliger Kerzen in polierten Kandelabern. Im Glanz des Kerzenlichtes, das sich in ihrem blaßgoldenen Haar fing und den Atlas-Stoff schimmern ließ, sah sie so unwiderstehlich aus, daß er seine Abneigung vergaß. Für einen flüchtigen Moment flackerte wildes Begehren in seinen kalten Augen auf. Doch schnell hatte er sich wieder in der Gewalt. »Die Frauen werden Euch Eurer jugendlichen Schönheit wegen grollen, wenn sie Euch auch anlächeln! Und die Männer werden Euch in Gedanken zu Füßen sinken!«

Alice bedachte ihn mit einem leichten Lächeln. Sie konnte fast seine Gedanken lesen. Er hoffte, daß sie sich so schnell wie möglich verheiraten würde. Die Leitung von HICKORY HILL würde dann wieder ganz bei ihm liegen.

»Danke, Mister Moore. Ich bin sicher, daß mir nicht alle Männer zu Füßen sinken«, erwiderte sie mit einem spöttischen Unterton, dem jedoch die Schärfe ihrer sonstigen Wortgefechte fehlte. An diesem Abend war sie versöhnlich gestimmt. »Euch werde ich sicherlich nicht unter ihnen finden, nicht wahr?«
Er gab das Lächeln, das ihn zu nichts verpflichtete, zurück. »Der Kniefall ist etwas, das ich nie gelernt habe, Miß Shadwell. Und ich denke, daß ein Mann in meinem Alter seinen Prinzipien treu bleiben sollte«, antwortete er mit dem gleichen Spott. »Zudem hege ich berechtigte Zweifel, daß Ihr einem leicht errungenen Sieg Geschmack abgewinnen könntet.«
Alice hob die Augenbrauen. »Ihr überrascht mich, Mister Moore. Immerhin sprecht Ihr jetzt schon von Sieg. Ihr gebt mir neue Hoffnung.«
»Auf Hoffnung gründet sich die Welt«, sagte Arthur Moore schlagfertig. »Doch vielen ist es nicht gegeben, der Traumwelt ihrer Hoffnungen zu entwachsen und sich der Wirklichkeit zu stellen.«
Der Hieb saß, aber Alice zuckte nicht mit der Wimper. Sie bewahrte ihr Lächeln. »Kluge Worte, Mister Moore. Doch Ihr habt diejenigen vergessen, die für Wirklichkeit halten, was längst begrabene Hoffnungen sind!«
Sein Lächeln wurde eine Spur frostiger, wie Alice mit Befriedigung feststellte. Arthur Moore setzte zu einer Erwiderung an, doch Jerry machte ihrem Wortgefecht ein Ende. Sanft drang seine Stimme von der Veranda her zu ihnen.
»Mistress, die erste Kutsche!«

10

Die ersten Gäste waren Amanda und Jasper O'Farrell. Sie waren etwas früher gekommen, um Alice ein wenig zur Seite stehen zu können, wenn all die anderen, ihr meist noch fremden Gäste eintreffen würden. Und Alice war ihnen dankbar dafür, wie auch für das Lob, das sie ihrer Erscheinung zollten.

»Ihr werdet in der Tat Furore machen, meine Liebe«, sagte Jasper O'Farrell in der ihm eigenen zurückhaltenden Art, die seinem Kompliment besonderes Gewicht gab. »Erlaubt mir, daß ich Euch um die Ehre des ersten Tanzes bitte. Später werde ich gewiß keine Gelegenheit mehr finden, Euch Euren jüngeren Verehrern zu entführen.«

»Mit dem größten Vergnügen!« rief Alice errötend.

Jasper O'Farrell bedankte sich mit einer Verbeugung.

Alice war erleichtert, daß ihr damit die stille Sorge, mit welchem Tanzpartner sie den Ball eröffnen müsse, genommen war. Sie wußte schon jetzt, daß aller Augen auf ihr ruhen würden. Doch mit Jasper O'Farrell, einem gesetzten Gentleman von untadeligem Ruf und Ansehen an ihrer Seite, würde sie sich sicher fühlen.

Als die Sonne am westlichen Horizont versank und nur ein blasser Schimmer den scheidenden Tag von der Nacht trennte, drängten sich Kutschen und offene Landauer vor dem Herrenhaus. Von der Allee rollten die Wagen zum Portal, das von unzähligen Kerzen erleuchtet war. Musik und lebhaftes Stimmengewirr der Gäste, die schon die Gesellschaftsräume bevölkerten, drangen zu Alice hinaus auf die Veranda, wo sie mit Jerry an ihrer Seite die Neuankömmlinge begrüßte. Amanda O'Farrell hielt sich in ihrer Nähe und informierte sie über die Bedeutung der jeweiligen Gäste.

Alice schwirrte der Kopf von all den Namen, die sie zu hören bekam. Und wie Amanda es vorausgesagt hatte, befand sich unter den Gästen eine große Zahl junger Männer. Fast alle Söhne, sofern sie noch unverheiratet waren, der umliegenden Plantagenbesitzer und einiger vermögender Kaufleute aus Williamsburg und Richmond machten ihr die Aufwartung, und keiner von ihnen geizte mit Komplimenten. Es war wie ein bunter, verwirrender Reigen, der ihr fast den Atem nahm.

Eine der letzten Kutschen brachte die Colemans, denen die größte Plantage im Umkreis gehörte. Sie waren Nachbarn von Alice Shadwell, denn ihr Land grenzte am Duck Creek an das Gebiet von HICKORY HILL. Loreen und James Coleman hatten Alice schon einmal besucht. Es war ein sehr kurzer Höflichkeitsbesuch gewesen, der ihr keine Möglichkeit gegeben hatte, sich ein Urteil über sie zu bilden. James Coleman, ein zerfurchter, gebeugter Mann in den Fünfzigern, litt unter heftigem Rheumatismus. Er war sehr wortkarg gewesen, was wohl seiner schmerzhaften Krankheit zuzuschreiben war. Seine unscheinbare Frau, deren energische Gesichtszüge das Auffallendste an ihr waren, hatte schon bald zum Aufbruch gedrängt.

Alice war nun nicht überrascht, daß Loreen Coleman ohne ihren Mann gekommen war. Sie trug ein üppiges Kleid mit reicher Goldstickerei, das ihr farbloses Aussehen nur noch unterstrich.

Alice hörte kaum zu, als Loreen Coleman das Fernbleiben ihres Mannes entschuldigte und etwas von einem heftigen Rheumaanfall erzählte. Ihre Aufmerksamkeit galt fast ausschließlich der stattlichen Erscheinung an Loreens Seite.

»... bin jedoch froh, Euch unseren Sohn Charles vorstellen zu können«, hörte Alice sie sagen und blickte in dunkle, faszinierende Augen, die sich tief in ihre Seele zu senken schienen. »Er ist erst vor drei Wochen aus England zurückgekehrt. Charles wird jetzt die Führung der Plantage übernehmen, da das Rheuma meinen Mann immer mehr ans Bett fesselt.«

Charles Coleman trat auf Alice zu und ergriff ihre Hand. »Es wäre eine unverzeihliche Untertreibung, würde ich sagen, ich wäre erfreut, Eure Bekanntschaft zu machen, Miß Shadwell.« Er ließ eine dramatische Pause verstreichen. »Ich bin entzückt!«

»Ihr schmeichelt mir«, erwiderte Alice und bemühte sich, ihre Verwirrung nicht zu sehr zu zeigen.

»Wer dürfte es wagen, Euch mit Schmeicheleien zu langweilen, da Eure vollendete Anmut jede Schmeichelei zu einer faden Phrase werden läßt?« erwiderte Charles Coleman, ohne zu zögern, und blickte ihr ernst und bewundernd in die Augen. »Wollte man Eurer Erscheinung gerecht werden, müßte man als Dichter geboren sein.«

»Wahrlich, Ihr versteht Euch auf Worte«, sagte Alice und spürte ein Brennen in den Wangen.

»Ihr zollt mir unverdiente Ehre, Miß Shadwell. Ich bin allein bemüht, mein Entzücken zum Ausdruck zu bringen, und bin mir der Unzulänglichkeit meiner Worte nur allzusehr bewußt. Ich hoffe, Ihr werdet mir Gelegenheit geben, Euch näher kennenzulernen.«

Alice hielt seinem Blick nun nicht länger stand. Sie senkte den Kopf. »Das Fest hat gerade erst begonnen, Mister Coleman. Es wird sich gewiß die Gelegenheit zu einem Gespräch bieten.«

Charles Coleman lächelte sie entwaffnend an.

Alice sah Charles lächeln, sah den stolzen Ausdruck auf Loreen Colemans nichtssagendem Gesicht, registrierte Jerrys beherrschte Miene, die Kutschen, die Allee, den warmen Schein der Lampen in den Räumen und auf der Rasenfläche – und vergaß für einen Augenblick ihre Pflichten als Gastgeberin.

Sie sah Charles an. Er war groß und von schlanker Gestalt. Sein Gesicht war fein geschnitten und wies in den Zügen ein solches Ebenmaß auf, daß man es einfach als schön bezeichnen mußte. Die Linie seines sinnlichen Mundes, die Kinnpartie, der sanfte

Bogen seiner Brauen, die dunklen und von langen Wimpern umrahmten ausdrucksvollen Augen – alles fügte sich harmonisch ineinander.
Gekleidet war Charles Coleman, der etwa dreißig sein mochte, nach der neuesten Mode. Seine Perücke saß tadellos und war gepudert. Zu engen weißen Seidenhosen mit silbernen Schnallen als Beinabschluß trug er ein Rüschenhemd mit Spitzenmanschetten, darüber eine bestickte Seidenweste und einen modisch eleganten Rock.
Das Wiehern der Pferde brach den Bann über Alice. Eine weitere Kutsche war vorgefahren. Heiße Röte flog über ihr Gesicht.
»Ich bitte Euch, mich jetzt zu entschuldigen«, sagte sie zu Charles und Loreen Coleman.
»Entschuldigt mich, wenn ich Euch von Euren Pflichten als Gastgeberin abgehalten habe«, sagte Charles schnell. Er bot seiner Mutter den Arm und ging ins Haus.
»Mir scheint, Charles Colemans Herz habt Ihr im Sturm erobert, meine Liebe«, flüsterte Amanda ihr eifrig zu. »Ist er nicht eine eindrucksvolle Erscheinung? So schön dürfte ein Mann gar nicht sein!«
Alice lachte, aber ihrer Stimme haftete ein Klang von Unsicherheit und Verwirrung an. Es war nicht das erstemal, daß man ihr Komplimente machte. Die anderen Söhne der Plantagenbesitzer hatten gleichfalls nicht mit schönen Worten gespart. Doch bei Charles Coleman hatte Alice das Gefühl gehabt, daß seine Worte mit Bedacht und aufrichtiger Bewunderung gewählt waren. Aber sie mußte sich von dem starken Einfluß befreien, den Charles Coleman auf sie ausübte. Immer wieder drängte sich Richard Campbell in ihre Gedanken, und ihr war, als beginge sie ihm gegenüber Verrat, obgleich sie im selben Moment wußte, wie lächerlich das war.
Alice war dankbar, daß die Begrüßung der Gäste sie ganz in An-

spruch nahm und wenig Zeit für anderes ließ. Als die letzte Kutsche eingetroffen war und sie sich ins Haus begab, warteten andere Gastgeberpflichten auf sie, die sie in Atem hielten.
Mehrmals erblickte sie Charles aus der Ferne, sah ihn irgendwo mit anderen stehen. Doch jedesmal trafen sich ihre Blicke, als spürte er, daß der ihre, wie flüchtig er auch sein mochte, auf ihm ruhte.

Amily hatte sich selbst übertroffen. Die Gäste überboten sich gegenseitig in Lobpreisungen, und mehrere Damen vermögender Plantagenbesitzer gingen so weit, daß sie Alice unverhohlen eine große Summe Geld für Amily boten. Trotz all ihrer Kunstfertigkeiten – Amily war eben doch nur eine Sklavin, die man kaufen oder verkaufen konnte wie ein Stück Möbel oder Vieh.

Alice ließ sich ihre Betroffenheit und ihr Befremden ob dieser Angebote nicht anmerken. »Amily ist nicht bezahlbar ... und auch nicht mit Gold aufzuwiegen«, erklärte sie jedesmal.

Dann wurde der Tanzreigen eröffnet. Jasper gab dem ersten Tanz die nötige Würde und aristokratische Eleganz, die ihr als Herrin und Gastgeberin auf HICKORY HILL zustand. Und ehe Alice sich's versah, drängten sich die Paare auf der Tanzfläche – und die jungen Verehrer um sie. Sie wußte, daß es ihre Pflicht war, mit jedem der Pflanzersöhne zu tanzen. Zumindest einen Tanz. Und das war alles andere als ein Vergnügen.

Die einen waren schlechte Tänzer, sie schwitzten vor Aufregung und Verlegenheit und ließen die Minuten nicht nur qualvoll, sondern auch schmerzhaft lang werden. Die anderen verstanden sich zwar auf die Schrittfolge, bewegten sich jedoch hölzern und machten den Mund nicht auf, weil sie nicht wußten, was sie sagen sollten. Viele der jungen Männer dagegen konnten ihre Zunge kaum zügeln und waren von ihrer eigenen Unwiderstehlichkeit auf so penetrante Weise überzeugt, daß Alice alle Mühe hatte, sich ihrer auf höfliche Art zu entledigen.

Und dann stand plötzlich Charles Coleman vor ihr. »Würdet Ihr mir die Ehre des nächsten Tanzes erweisen?« fragte er mit seiner sanften, wohlklingenden Stimme.
Er bot ihr seinen Arm an, und als er sie zur Tanzfläche führte, sagte er: »Jedes Sonnensystem hat seinen Stern, der alle anderen Planeten zu bloßen Satelliten degradiert, Miß Shadwell. Und hier seid Ihr dieser Stern!«
»Ihr müßt großen Erfolg bei Frauen haben«, erwiderte Alice spöttisch, obgleich seine Worte sie berührten. »Wo habt Ihr diese höflichen, wohlklingenden Redensarten gelernt?«
Vorwurfsvoll blickte er sie an. »Wie könnt Ihr so etwas fragen? Das ist ungerecht.«
»So?« Sie lächelte, um ihm zu zeigen, daß ihr nichts ferner lag, als ihn zu verletzen.
»Gewiß. Ihr verwendet Eure Schönheit und Eure Anmut als Waffen gegen mich, indem Ihr die Aufrichtigkeit meiner Worte in Frage stellt, obschon Euch ein Blick in den Spiegel sagen müßte, daß ich mich allein um die Wahrheit bemühe.«
Alice verzichtete auf eine Erwiderung und lächelte. Sie ließ sich in seinen Armen davontragen, und sie genoß das Zusammensein mit ihm. Er war ein geborener Tänzer mit besonderem Feingefühl für Bewegung und Musik. Sie tanzten schweigend, und Alice ertappte sich dabei, wie sie sich unbewußt enger in seine Arme schmiegte. Sofort zwang sie sich dazu, den schicklichen Abstand wieder einzuhalten.
Sie war keine Debütantin, die sich nach den ersten Pflichttänzen dem Verehrer ihres Herzens ungeteilt widmen durfte. Sie war Gastgeberin, und da ihr kein angetrauter Mann zur Seite stand, der ihr einen Großteil der mit so einem aufwendigen Fest verbundenen Aufgaben hätte abnehmen können, blieben alle gesellschaftlichen Verpflichtungen an ihre Person gebunden.
Doch immer wieder fanden Alice und Charles an diesem Abend

zusammen. Alice fühlte sich unwiderstehlich von ihm angezogen.
»Ihr tanzt federleicht«, sagte Charles einmal.
»Das bewirkt Ihr«, erwiderte Alice und errötete.
»Das wäre mehr, als ich zu erhoffen gewagt hätte«, sagte er leise.
Es ging schon auf Mitternacht zu, als Alice das Verlangen nach frischer Luft verspürte und Charles bat, sie hinaus auf die Veranda zu begleiten, wo zierliche Bänke und Stühle standen und einige Fackeln ihren warmen Schein auf die weißen, aufragenden Säulen warfen.
Die vertrauten Geräusche der Nacht erfüllten die samtschwarze Dunkelheit, die jenseits der Rasenfläche, wo die letzten Lampen standen, begann und sich bis in die Unendlichkeit zu erstrecken schien. Ein funkelnder Sternenhimmel spannte sich über HICKORY HILL. Es war, als würden Myriaden von Diamantsplittern das samtene Tuch der Dunkelheit sprenkeln.
Geräusche tragen weit in klaren Nächten. Und so hörten sie, wie jenseits des Waldes ein Nachtvogel unten am James River aufflatterte. Einige Augenblicke war das Rauschen seiner Schwingen zu vernehmen; es mußte sich um einen großen Vogel handeln. Dann verlor sich das Geräusch in der Ferne und wurde übertönt vom Zirpen der Grillen.
Alice blickte hinüber zur Allee, wo sich die in den Bäumen hängenden Laternen wie die Perlen einer Halskette aneinanderreihten, und das letzte Licht weit unten war kaum mehr als ein schwacher Schimmer, den das Auge mehr erahnen als sehen konnte.
»Ich hätte nie geglaubt, daß ich Virginia einmal so lieben würde«, schwärmte Alice verträumt und wünschte schon im nächsten Augenblick, sie hätte das nicht gesagt. Wie hatte sie nur so gedankenlos sein können? Virginia war die geliebte Hei-

mat der wirklichen Alice Shadwell gewesen. Charles' Nähe schien die Mauern ihrer Selbstkontrolle und Disziplin durchbrochen zu haben. Alice fragte sich, ob Charles so stark auf sie wirkte, daß sie vergaß, was sie sagte.

»Die Zeit Eurer Abwesenheit war lang«, erwiderte Charles Coleman, der das erschrockene Aufflackern in ihren Augen nicht bemerkt hatte. »Ihr verließt HICKORY HILL als Kind, und als Frau seid Ihr zurückgekehrt. Viele Jahre liegen dazwischen. London hat Euch geprägt. Und dennoch, wer einmal der Verzauberung Virginias erlegen ist, kommt von diesem Land nicht mehr los.«

Alice seufzte zustimmend.

»Erlaubt mir, daß ich es offen ausspreche...«

Sie hob den Kopf und blickte in sein Gesicht, das im sanften Schein der Verandalichter zärtlich aufleuchtete.

»Ich bewundere Euch, Miß Shadwell«, sagte er mit eindringlicher Stimme. »Nicht nur Euren Mut und Eure Entschlossenheit. Ich weiß sehr wohl, wie schwer die Verantwortung für so einen weitläufigen Besitz wie HICKORY HILL auf Euren zarten Schultern lasten muß.«

»Ja, manchmal ist es nicht leicht«, gab Alice freimütig zu.

Er ergriff ihre Hand. »Ihr würdet mich glücklich machen, wenn ich Euch mit Rat und Tat zur Seite stehen dürfte!«

»Ihr seid zu großzügig«, murmelte sie, unternahm jedoch keinen Versuch, ihm ihre Hand wieder zu entziehen. Hitze floß wie ein mächtiger Strom durch ihren Körper – und die Quelle dieser Hitze war da, wo sich ihre Hände berührten.

»Nein, es ist reiner Egoismus, der mich diese Bitte aussprechen läßt«, erwiderte er lachend.

»Reden wir nicht den ganzen Abend von mir«, lenkte Alice das Gespräch in andere Bahnen, als seine unmißverständlichen Komplimente Verwirrung in ihr hervorriefen. »Erzählt mir von Euch und Eurem Leben. Sagte Eure Mutter nicht, daß Ihr erst vor kurzem von London zurückgekehrt seid? Was spricht man dort?«

Charles Coleman lacht etwas gezwungen. »Die amerikanischen Kolonien bestimmen sichtlich das Gespräch in den Kreisen der Politiker und Geschäftsleute. Es zeichnet sich eine gefährliche Situation ab. Es gibt hier in den Kolonien einige politische Hitzköpfe, die aufrührerisches Gedankengut in Umlauf bringen und offenbar dem König ihre Loyalität aufgekündigt haben. Diese gewissenlosen Gesellen schrecken vor nichts zurück. Und deshalb bin ich auch wieder hierhergekommen. Virginia braucht in dieser Zeit Männer, die wissen, wem sie zuallererst verpflichtet sind – nämlich dem König!«

Alice erinnerte sich an die beißende Kritik, die Amanda O'Farrell an der Kolonialpolitik des Hofes geübt hatte. »Ihr heißt diese Handelsbeschränkungen und Steuergesetze gut?« fragte sie.

Charles zeigte Erstaunen. »Es gibt Dinge, die meinen Unwillen als Plantagenbesitzer erregen, und darin unterscheide ich mich nicht von allen anderen. Doch letztlich bin ich Untertan Seiner Majestät und zur Loyalität verpflichtet. Wer zum Widerstand gegen unseren König aufruft, ist in meinen Augen ein Verräter!« sagte er mit erregter Stimme und ließ damit erkennen, welch glühender Monarchist er war.

Dann sind Amanda und Jasper O'Farrell für ihn also Verräter, dachte Alice im stillen verwundert und wußte nicht, was sie dazu sagen sollte.

»Aber was rede ich da. Eine so zauberhafte Frau wie Ihr sollte sich nicht den Kopf über diese Probleme zerbrechen«, sagte er lächelnd und brachte das Gespräch auf andere Dinge.

Der Strom seiner Worte trug sie davon, ließ sie für eine gewisse Zeit das Fest vergessen, das hinter ihnen im Haus seinen Fortgang nahm und doch am anderen Ende der Welt hätte sein können. Helles Gelächter brachte sie in die Wirklichkeit zurück.

»Ich glaube, es wird Zeit, daß ich zu meinen Gästen zurückgehe«, sagte Alice und erhob sich. Sie nahm seinen Arm, den er ihr anbot, und sie gingen hinein.

Es dämmerte schon am östlichen Himmel, als sich die letzten Gäste endlich zum Aufbruch entschlossen und sich von Alice verabschiedeten. Auch Charles Coleman gehörte zu ihnen. Seine Mutter hatte HICKORY HILL schon vor Stunden in der Kutsche eines anderen Nachbarn verlassen.

»HICKORY HILL hat keine bezauberndere Gastgeberin gesehen als Euch. Ich bedaure aufrichtig, daß Eure Pflichten uns so wenig Zeit ließen. Erlaubt mir deshalb, Euch bald wieder besuchen zu dürfen.«

»Ihr seid mir stets willkommen«, erwidert Alice und hörte sich zu ihrer eigenen Verwunderung hinzufügen: »Von Herzen.« Helle Röte zog über ihre Wangen.

Die letzte Kutsche rollte die Allee hinunter. Ein zarter rosa Schimmer kündigte im Osten den Sonnenaufgang an, als Alice erschöpft ins Bett ging. Doch sie lächelte, und ihr letzter Gedanke, bevor der Schlaf sie überwältigte, galt Charles Coleman.

11

Drei Tage ließ Charles Coleman aus Anstand vergehen, bevor er Alice seinen ersten Besuch nach dem Sommerfest abstattete.

Als sie an diesem kühlen Vormittag den trommelnden Hufschlag eines galoppierenden Pferdes vernahm, wußte sie sofort, daß er es war. Und bevor ihr selbst richtig bewußt wurde, was sie tat, eilte sie aus ihrem Zimmer und lief fast die Treppe hinunter.

Es kostete sie Überwindung, sich zu beherrschen und ihre Erregung und Freude hinter der schicklichen Maske der Distanz zu verbergen.

»Wie schön, Euch wiederzusehen«, begrüßte sie ihn mit freundlicher, erzwungener Zurückhaltung, während ihr Herz wie rasend klopfte.
»Ich bin überglücklich, euch endlich einmal allein zu sehen«, erwiderte er.
Von diesem Tag an verbrachten Alice und Charles Coleman viele Stunden miteinander. Seine Besuche auf HICKORY HILL wurden zu einem festen Bestandteil ihres Lebens. Es waren die letzten warmen Spätsommertage, der Herbst kündigte sich bereits an. Das Land begann sich zu färben. Die Tabakernte lagerte in den langen, flachen Tabakschuppen.
HICKORY HILL bereitete sich auf den Winter vor, während Alice einen Frühling aufblühender Gefühle erlebte. Charles beherrschte ihr Denken und Fühlen von Woche zu Woche stärker. Es gab bald keinen Zweifel mehr, daß ihr Herz ihm gehörte. Sie sehnte sich nach einer zärtlichen Berührung, nach seiner Gegenwart und seinen vollendeten Umgangsformen. Sie bewunderte seine stolze Lebensart und seine unerschütterliche Selbstsicherheit. In seiner Nähe fühlte sie sich frei von allen Sorgen und Konflikten, die die Leitung der Plantage mit sich brachte. Und immer heftiger wurde in ihr das Verlangen nach einer starken, liebenden Hand im rauhen Strom der täglichen Pflichten – und nach einem zärtlich hingebungsvollen Mann, der die Sehnsucht und Einsamkeit vieler Stunden mit ihr teilte. Charles Coleman war der Mann, der ihr all das geben konnte, davon war sie überzeugt.
Die Wälder verloren allmählich ihr farbenprächtiges Herbstkleid, das in satten Gelb- und Rottönen erstrahlte und mit unzähligen Braunschattierungen und violetten Tupfern durchsetzt war. Ein eisiger Nordwestwind, der einen strengen Winter ankündigte, riß das letzte Laub von den Hickorybäumen und fegte es die Allee hinunter. Die Nächte wurden kalt, und das Feuer in

den Kaminen des Herrenhauses brannte Tag und Nacht, während der Wind an den Fensterläden rüttelte und zwischen den Verandasäulen heulte.
Und eines Morgens, als Alice früh erwachte und ans Fenster trat, verzauberte unberührter Schnee, der in der Nacht gefallen war, die Landschaft. Ihr war, als würde der Schnee eine friedliche Stille bringen und allen Geräuschen die Schärfe nehmen. Als Charles sie Stunden später hinunter zum James River führte, dampfte ihr Atem, und ihre Gesichter glühten. Als sie dann am Ufer des Flusses standen, umgeben von winterlicher Stille, wünschte sie, er würde sie in seine Arme nehmen und küssen. Doch sie wußte, daß er das nicht tun würde. Niemals übertrat er die Regeln des schicklichen Verhaltens auch nur um Haaresbreite. Alles, was er sich und ihr in diesem Stadium des Werbens gestattete, war, daß er ihre Hand hielt. Manchmal hatte Alice das Gefühl, als habe er Scheu, ja fast Angst davor, zärtlicher zu ihr zu sein.
Der Dezember kam, und an den Ufern des Duck Creek bildete sich die erste milchigweiße Eisschicht, die nach wenigen sonnig warmen Tagen verschwand, dann jedoch aufs neue entstand und sich immer weiter ausdehnte, bis sich die Eisdecke über dem Duck Creek schloß und die aufragenden Ufergewächse zu Eisfiguren erstarrten.
Die Weihnachtstage verbrachte Alice auf Einladung der Colemans auf Rose Hall. Das Herrenhaus der Coleman-Plantage war größer, wuchtiger und eindrucksvoller als Hickory Hill und führte jedem Besucher sofort vor Augen, wie mächtig und einflußreich die Familie Coleman war.
Alice empfand die Pracht und den Aufwand als fast erdrückend. Auf Rose Hall kannte man keine Einschränkungen im Lebensstil. Und das erinnerte Alice schmerzlich daran, daß Hickory Hill hoch verschuldet war. Sie begriff nicht, wie das trotz der

guten Ernten möglich war. Doch Arthur Moore hatte ihr gereizt zu erklären versucht, daß die fallenden Tabakpreise zur Zeit wenig Profit zuließen, so daß die Schulden, die Henry Shadwell noch zu Lebzeiten gemacht hatte, einfach nicht schnell genug abgetragen werden konnten.

Am Abend vor dem Weihnachtsfest bat Charles sie in die prächtige Bibliothek von Rose Hall. Er war an diesem Abend besonders sorgfältig gekleidet und sehr ernst.

»Alice, ich glaube annehmen zu dürfen, daß Ihr Euch über die Gefühle, die ich Euch entgegenbringe, während der vergangenen Monate klargeworden seid«, sagte er nach einem Moment befangener Stille, als sie allein in dem Raum mit den zahllosen Folianten und Büchern standen. »Und ich glaube behaupten zu dürfen, daß auch ich Euch nicht gleichgültig bin.«

»Das seid Ihr ganz gewiß nicht«, murmelte Alice mit wachsender Erregung.

Er lächelte scheu. »Wie Ihr wißt, ist mein Vater nicht mehr in der Lage, die Leitung der Plantage, so wie es zu wünschen wäre, auszuüben. Ich werde daher Rose Hall übernehmen, Alice. Eine glückliche Vorsehung hat Euch und mich zusammengebracht. Wir sollten unseren Bund nun auch öffentlich besiegeln.«

Alice spürte eine plötzliche Schwäche in den Knien. Sie riß sich jedoch zusammen, zögernd, und ohne den Satz zu beenden, fragte sie: »Wie soll ich Eure Worte...?«

»Wollt Ihr meine Frau werden, Alice?« fragte er feierlich und fast etwas steif.

Alice schwieg. Es war nicht die Frage, die sie aus dem Gleichgewicht brachte. Es war die Antwort, die sie geben mußte. Mit jäher Klarheit kam ihr zu Bewußtsein, daß dies der entscheidende Moment war, der ihre Zukunft bestimmte. Sie stand an einem Scheideweg ihres Lebens. Sie mußte die Wahl zwischen zwei

Welten, die vor ihr lagen, treffen. Und das Beängstigende daran war, daß eine jede dieser Welten noch von einem Schleier verborgen vor ihr lag. Niemand konnte ihr sagen, was sie in der einen oder anderen Welt erwartete. Sie allein mußte die Wahl treffen, sie mußte der Kraft und der Tiefe ihrer Gefühle vertrauen.

Der Gedanke an Richard schoß ihr durch den Kopf. Ihre Hände verkrampften sich unwillkürlich. Richard! Eine wehmütige Erinnerung! Bilder der Vergangenheit stiegen in ihr auf, bedrängten sie mit erschreckender Deutlichkeit. Fast glaubte sie, seinen Atem spüren und sein warmes, verständiges Lachen hören zu können. Die Eindringlichkeit dieser Bilder war beängstigend.

Sie riß sich zusammen und schalt sich in Gedanken eine törichte Närrin. Charles hatte ihr einen Heiratsantrag gemacht, und sie erging sich in sentimentalen Erinnerungen an einen Mann, der sie beeindruckt und auf einer kurzen Wegstrecke des Lebens an ihrer Seite gestanden hatte. Ein Mann, der ihr möglicherweise mehr als nur großherzige Gefühle entgegengebracht hatte, doch jetzt längst in einer anderen Welt lebte, in der sie wohl auch nicht mehr als eine Erinnerung war.

Richard war wie ein Traum, der sie ihr Leben lang im stillen begleiten würde... wie die zarte Dogwoodblüte, die er ihr geschenkt hatte – vor langer, langer Zeit. Doch Charles war die Kraft und Zuversicht der Wirklichkeit.

»Solltet Ihr mehr Bedenkzeit brauchen, um Euch zu prüfen und Euch Klarheit über Eure Gefühle zu verschaffen, so werde ich mich in Geduld üben«, bot Charles ihr großzügig an, doch ein banger Unterton schwang dabei in seiner Stimme mit.

»Nein, ich brauche keine Bedenkzeit, und Ihr braucht Euch nicht in Geduld zu üben. Meine Antwort bekommt Ihr jetzt.« Ein warmes Lächeln verzauberte ihr Antlitz. »Ja«, sagte sie mit fester Stimme und sah ihm in die Augen. »Ich will Eure Frau werden, Charles!«

Die Anspannung wich aus seinem Gesicht. Freude und Erleichterung prägten seine Züge. »Ihr macht mich zum glücklichsten Mann der Welt!« rief er überschwenglich und ergriff ihre Hände. Abwartend stand er vor ihr.

Sie sahen einander schweigend an, als wäre noch nicht alles gesagt und getan.

»Sind wir jetzt hiermit verlobt?« fragte Alice, ohne den Blick von ihm zu nehmen.

»Ja, das sind wir.«

»Wollt Ihr mir dann nicht einen Kuß geben?« forderte Alice ihn schließlich schüchtern auf, und verlegene Röte überzog ihre Wangen.

Auch Charles errötete nun leicht. Dann neigte er den Kopf und küßte sie mit sanftem Druck. Es war ein scheuer, zaghafter Kuß, der Alice verwunderte. Fürchtete sich Charles vor seiner eigenen Leidenschaft? Oder vor ihr?

Sie lächelte im stillen. Es gab für alles seine Zeit. Auch ihre Zeit würde kommen, für Zärtlichkeit und Leidenschaft...

12

Ein funkelnder Brillantring, den Charles ihr am Weihnachtstag im Beisein seiner gerührten Eltern an den Finger steckte, besiegelte ihre Verlobung. Loreen Coleman hätte die Hochzeit am liebsten schon im Februar des kommenden Jahres ausgerichtet, doch Alice widersetzte sich diesem Wunsch höflich, aber energisch. Sie wollte den Bund fürs Leben zur Zeit der Dogwoodblüte schließen, wenn das Land nach der Starre der langen Wintermonate unter der Frühlingssonne zu neuem, blühendem Leben erwachte, wenn die Luft erfüllt war vom Gezwitscher der Vögel und dem Duft der Blumen.

Charles schloß sich ihrem Wunsch an, und so wurde schließlich Anfang Mai als Hochzeitstermin festgesetzt. Die Trauung sollte in der kleinen Kapelle von ROSE HALL stattfinden. Es war jetzt schon abzusehen, daß dies eine großartige und glanzvolle Hochzeit werden würde, wenn Loreen Coleman auch nur die Hälfte dessen, was ihr an Pracht vorschwebte, ausführte.

Das neue Jahr 1773 kam, und Alice kehrte mit ihrer Dienerschaft als Verlobte von Charles Coleman nach HICKORY HILL zurück. Die Nachricht von der bevorstehenden Verheiratung der Mistress löste bei der Dienerschaft zwiespältige Gefühle aus. Einerseits beglückwünschte man die Herrin zu dieser blendenden Partie, andererseits fragten sich viele, was wohl aus ihnen werden mochte. Würde Alice ihre Dienerschaft ohne Veränderungen mit in die Ehe nehmen? Würden einige verkauft werden? Was mochte ihr Schicksal sein?

Als Alice von diesen Ängsten erfuhr, beruhigte sie die Haussklaven sofort und versicherte, daß nicht einer von ihnen verkauft werden würde.

Jerry, Annabell und Amily waren die einzigen, die sich keine Sorgen machten. Sie waren sich ihrer besonderen Stellung bewußt und konnten mit großer Sicherheit davon ausgehen, daß sie in den neuen Haushalt übernommen wurden.

Allein Sally, die einzige weiße und freie Zofe, zeigte Mißgunst und Neid. Alice machte sich Sorgen, wußte jedoch nicht, wie sie Sally beikommen sollte. Sie empfand Sally Lee mehr und mehr wie ein Stück glühender Kohle in der Nähe von leicht entzündlichem Holz. Ein kräftiger Windzug, und die Flammen konnten auflodern – und sie beide vernichten.

Da Alice keine Familie hatte, übernahmen die O'Farrells wie selbstverständlich die Rolle der Brauteltern, kaum daß sie von ihrer Verlobung Nachricht erhielten. Und Alice war ihnen dankbar, ganz besonders Amanda. Es gab so vieles zu tun und zu be-

denken, und Amanda war ihr eine nie erschöpfende Quelle des Rates und der tatkräftigen Unterstützung.
Die Wochen zogen ins Land, das noch immer unter einer hohen Schneedecke schlief. Es war ein ungewöhnlich strenger Winter. Sogar der James River fror zu, und nachts konnte man das Ächzen und Stöhnen der Eisdecke hören, wenn sich der Wasserspiegel hob und senkte.
Ende Februar schmolzen Schnee und Eis, das erste Grün begann zaghaft zu sprießen. Der Frühling kündigte sich an. Doch im März bewies der Winter noch einmal, daß seine Herrschaft noch nicht gebrochen war. Er kehrte mit eisigen Winden und viel Schnee zurück, begrub das erste Grün und höhnte den Anstrengungen der Erde, die Last des Winters abzuschütteln.
Die Hochzeit kam näher, wachsende Erregung erfüllte Alice, und sie verbrachte Stunden mit Amanda, um mit ihr zu reden. Es gab Tage, in denen sie so voller glühender Erwartung lebte, daß ihr die Zeit nicht schnell genug verstrich. Und dann kamen wieder Stunden voll dumpfer Angst und quälender Fragen.
War ihre Liebe auch stark genug? Würde sich Charles als der Mann erweisen, den sie in ihm sah und liebte? Sie hatte so wenig Erfahrungen mit Männern, daß sie manchmal nicht zu sagen wußte, was sie wirklich empfand. Und Charles war oft so seltsam zurückhaltend. Oder bildete sie sich das nur ein?
Amanda O'Farrell kümmerte sich in dieser Zeit rührend um Alice und beruhigte sie, soweit es in ihrer Macht stand. »Ihr habt ein Recht auf Eure Freude – und auf Eure Trauer und Zweifel. Jedes Ding hat seine zwei Seiten, meine Liebe. Auch eine Eheschließung. Vor Euch liegen die Freuden und das Glück einer Ehefrau und zukünftigen Mutter, doch Ihr gebt auch das kostbare Gut der Freiheit und Selbstbestimmung auf. Aber so, wie ich Euch einschätze, werdet Ihr in der Ehe mit Charles Coleman eine neue Art der Freiheit und der Selbstbestimmung finden.«

Wie dankbar war Alice ihr für den Beistand. Und wie gern hätte sie sich ihrer Freundin auch in einer anderen Angelegenheit anvertraut. Je näher nämlich der Jahrestag der Ankunft der FAIR WIND in Norfolk kam, desto beharrlicher setzte Sally Lee ihr zu. Doch diese Sorgen und Ängste konnte Alice mit keinem teilen.

An einem späten Nachmittag im April trat Sally Lee zu ihr in den kleinen Salon, der ihr als Büro diente. Alice blickte von der Aufstellung der Dinge, die dringend bestellt werden mußten, auf. Sie wußte sofort, daß ihr eine Auseinandersetzung bevorstand, als sie bemerkte, mit welcher Entschlossenheit Sally Lee durch den Raum schritt und vor dem Schreibtisch stehenblieb.

»Du siehst ganz so aus, als hättest du etwas auf dem Herzen«, sagte Alice freundlich und wies auf einen Sessel. »Möchtest du dich setzen, damit wir uns in Ruhe unterhalten können?«

Sallys Miene veränderte sich nicht. »Ich bin nicht gekommen, um mit Euch zu schwatzen. Ich will von Euch eine klare Antwort!«

»Die will ich dir gern geben, wenn ich dazu in der Lage bin.«

»Wann gedenkt Ihr, Euer Versprechen einzulösen?« fragte Sally rundheraus. »Das eine Jahr ist bald verstrichen. Wo ist nun der Anteil, der mir damals fest versprochen worden ist?«

»Sally, du wirst zu deinem Recht kommen«, versicherte Alice. »Es stimmt, das eine Jahr, so wie wir es ausgemacht hatten, ist bald herum. Und ich sollte dir nun deinen wohlverdienten Anteil auszahlen. Doch das ist augenblicklich nicht möglich.«

Sallys Gesicht verfinsterte sich noch mehr. »Ihr wollt mir kein Geld geben?« fragte sie und beugte sich etwas vor.

»Nichts liegt mir ferner, als dich betrügen und um deinen Lohn bringen zu wollen. Aber als Alice Shadwell dir das Versprechen, das ich auszuführen habe, machte, ahnte sie noch nichts von den Schulden, die auf HICKORY HILL lasteten – und zum Teil noch immer lasten. Wir sind hoch verschuldet!«

»Das ist eine Lüge!«

»Sally!«

»Es stimmt doch! Hab ich nicht Augen im Kopf? Ihr lebt hier in Saus und Braus.«

»Ich lebe nicht einen Deut besser als du auch!« stellte Alice klar.

Sally überging ihre berechtigte Zurechtweisung. »Ihr habt alles, was Ihr Euch nur wünschen könnt. In den Schoß ist es Euch gefallen. Und wo Ihr bald Mister Coleman heiraten werdet, wird es Euch an gar nichts mehr mangeln. Prächtig habt Ihr es getroffen. Und mir wollt Ihr erzählen, daß kein Geld vorhanden sei, um mich auszuzahlen!« ereiferte sich die Zofe.

»So glaub mir doch!« rief Alice bittend. »Es ist kein Vermögen vorhanden, jedenfalls kein Barvermögen. Wenn du mir nicht traust, schau dir die Rechnungsbücher an! Da ist jeder Penny aufgeführt.«

»Ich traue den Büchern nicht. Wer sagt mir, daß stimmt, was da geschrieben steht?« begehrte Sally auf. »Nein, behaltet Eure Bücher und Papiere. Ich will mein Geld, und es steht mir zu!«

Alice zwang sich zu einem versöhnlichen Ton. »Wenn du mir nicht traust, kann ich es so einrichten, daß du ein Gespräch zwischen Mister Moore und mir unbemerkt mit anhören kannst. Dort hinter dem Wandschirm zum Beispiel. Ich werde das Gespräch auf die Finanzen der Plantage bringen, und dann wirst du aus seinem Mund hören, daß wir nicht auf Rosen gebettet sind. Du weißt, daß mich nichts mit Mister Moore verbindet, so daß du mir wohl nicht unterstellen kannst, daß ich mit ihm irgend etwas abgesprochen habe. Ihm wirst du doch Glauben schenken, wenn er meine Feststellungen bestätigt, oder?«

Sally blickte unsicher und nagte an der Unterlippe. »Mir ist gleich, wie es um HICKORY HILL steht, und das mit Mister Moore könnt Ihr Euch sparen. Das interessiert mich alles nicht. Ich bin es leid, noch länger hingehalten zu werden und zu warten. Ein Jahr habe ich Geduld gehabt. Das war abgesprochen gewesen. Doch das ist jetzt auch genug. Ich will weg von hier, und das kann ich nur, wenn ich das Geld bekomme. Ich will ja nur meinen Anteil. Und länger lasse ich mich nicht auf später vertrösten.«

»Aber versteh doch, daß ich überhaupt nicht daran denke, dich hinhalten zu wollen. Ich kann einfach nicht anders. Du bekommst dein Geld! Gib mir nur noch einige Monate!« rief Alice beschwörend. »Die nächste Ernte wird einen guten Gewinn bringen. Dann kann ich genug abzweigen, um dich auszuzahlen, wie wir es vereinbart haben. Aber wenn kein Geld da ist, kann ich es mir doch nicht aus den Rippen schneiden, das wirst du doch wohl einsehen.«

»Warum verkauft Ihr nicht zehn oder zwanzig Sklaven? Die Nigger bringen doch einen guten Preis. Ich habe mich erkundigt, was sie wert sind. Ihr könnt mich leicht auszahlen, wenn Ihr ein Dutzend versteigern laßt«, sagte Sally geringschätzig.

»Niemals!« stieß Alice heftig hervor. »Keiner der Sklaven wird verkauft. Hast du vergessen, daß auch sie Frauen und Kinder haben und Freunde... und daß HICKORY HILL ihr Zuhause ist?«

»Das soll mir egal sein, kümmert sich doch auch keiner darum, wie es mir geht und wie ich klarkomme. Nein, nein, kommt mir nicht immer wieder mit neuen Ausflüchten! Ich will meinen Anteil, also seht zu, daß Ihr das Geld bald zusammenkriegt... oder ich lasse alle Welt wissen, wer Ihr in Wirklichkeit seid!« drohte Sally mit schriller Stimme, und böse fügte sie hinzu: »Dann könnt Ihr Euch den feinen Herrn von ROSE HALL aus dem Kopf schlagen und im Gefängnis Eure Tage verbringen!«

»Ja, mit dir an meiner Seite, Sally«, erwiderte Alice mit großer Ruhe, obwohl es ihr immer schwerer fiel, Sally nicht mit einer schallenden Ohrfeige zur Räson zu bringen. »Und vergiß nicht all das Geld und die Geschenke, die du schon genommen hast. Niemand wird dir glauben, wenn du versuchst, dich als Opfer hinzustellen. Also unterlasse es, mir zu drohen. Erstens machst du dich damit nur lächerlich, weil du damit zeigst, wie wenig du deinen Kopf gebrauchst, und zweitens hast du gar keinen Grund dazu, denn ich habe nie vorgehabt, dich zu betrügen. Du wirst dich damit abfinden müssen, daß ich dich erst dann auszahlen kann, wenn ich das Geld dazu habe – und das habe ich erst nach der Ernte. Solange wirst du dich schon noch in Geduld üben müssen.«

Haß funkelte in den Augen der Kammerzofe. »Ihr habt mehr zu verlieren«, rief sie.

»Nicht mehr als mein Leben«, erwiderte Alice kühl. »Und das habe ich mit dir gemein, Sally. Deckst du das Geheimnis auf, verspielst du damit nicht nur deinen Anteil, sondern wirst mit mir auf der Anklagebank sitzen.«

Sally ballte in ohnmächtigem Zorn die Fäuste. »Also gut, ich gebe Euch noch einige Monate Zeit. Wenn ich aber dann mein Geld nicht bekomme, werde ich einen Weg finden, Euch zu zwingen... Mistress Shadwell!« Die letzten beiden Worte stieß sie mit besonderer Betonung hervor. »Und ich werde Mittel und Wege finden, daß es dann Euch allein an den hübschen Hals geht.«

»Ich verstehe nicht, daß du so mit Blindheit geschlagen sein kannst. Ich bin doch der letzte, der dir etwas Böses will!« beschwor Alice sie noch einmal, erhielt jedoch keine Antwort mehr.

Sally bemerkte in ihrer Aufregung den Schatten nicht, der schnell den Flur hinunterhuschte, als sie aus dem Büro der Mistress stürzte. Als sie um die Ecke des Ganges bog, wäre sie beinahe mit Arthur Moore zusammengeprallt.

»Oh, wer läuft mir denn da in die Arme!« rief der Verwalter

munter und schenkte Sally ein ungewöhnlich herzliches Lächeln.

»Entschuldigt...«

»Aber nicht doch«, wehrte er liebenswürdig ab und musterte sie mit unverhohlener Bewunderung. »Was macht Ihr für ein grimmiges Gesicht, Miß Lee? Ich hoffe, es gilt nicht mir. Und wenn Ihr mir die Bemerkung verzeiht, eine so hübsche junge Frau, wie Ihr es seid, sollte eigentlich dem Leben mit einem Lächeln begegnen«, schmeichelte er ihr und deutete eine Verbeugung an.

Verblüffung zeichnete sich auf Sally Lees Gesicht ab und machte dann einem zögernden Lächeln Platz.

Insgeheim bewunderte sie Arthur Moore seit dem ersten Tag ihrer Begegnung. Sie hatte eine Schwäche für diesen stattlichen, energischen Mann. Und die Tatsache, daß sich der Verwalter nicht mit Alice verstand, hatte ihn ihr noch sympathischer gemacht. Doch zu ihrem Bedauern hatte er ihr nie die Beachtung geschenkt, die sie sich im geheimen gewünscht hatte. Und nun machte er ihr Komplimente und behandelte sie wie eine richtige Dame.

»Wollt Ihr mir schmeicheln?« fragte sie unsicher.

»Wäre das so schlimm?« fragte er zurück.

Ihr Lächeln wurde sicherer. »Nein, ich glaube nicht, Mister Moore.«

Er blickte sie mit einer Offenheit an, daß ihr das Blut ins Gesicht schoß. »Fast ein ganzes Jahr seid Ihr nun schon auf HICKORY HILL, und Ihr habt mir nicht einmal die Gelegenheit gegeben, Euch wirklich kennenzulernen. Stets seid Ihr mir aus dem Weg gegangen.«

Sally sah ihn überrascht an. *Sie* war *ihm* aus dem Weg gegangen? War das sein Ernst? »Ihr... Ihr... überrascht mich«, murmelte Sally verlegen. »Es lag nie in meiner Absicht, Euch aus dem Weg zu gehen...«

»Euer Wort genügt mir nicht, Sally«, sagte Arthur Moore nun. »Ihr müßt es mir beweisen.«

Sallys Verwirrung wuchs. »Beweisen? Wie meint Ihr das?«

Er lächelte sie an. »Ich habe ein kleines privates Frühlingsfest geplant, zusammen mit den weißen Aufsehern und ihren Frauen. Würdet Ihr mir das Vergnügen bereiten, an meiner Seite an diesem Fest teilzunehmen?«

Eine solche Aufforderung war mehr, als Sally sich nach diesem Jahr auf HICKORY HILL erträumt hätte. Der Verwalter machte ihr den Hof und bemühte sich um die Zuneigung einer Kammerzofe! Das war wie ein Traum.

»Oh... danke. Das ist zu freundlich von Euch. Ich nehme Eure Einladung sehr gerne an«, antwortete sie schließlich mit stokkender Stimme, und eine leichte Röte färbte ihre Wangen. Sie wußte nicht, was sie mit ihren Händen anfangen sollte.

Er schenkte ihr ein gewinnendes Lächeln, das die Verheißung von mehr Verbundenheit in sich barg. »Wunderbar. Ihr bereitet mir damit eine große Freude. Ich kann es gar nicht erwarten, Euch zum Tanz zu führen. Doch nun entschuldigt mich bitte. Miß Shadwell hat nach mir verlangt.« Er verzog das Gesicht, und dieses Zeichen seines Mißfallens verstärkte die neue Vertrautheit zwischen ihnen. »Ich bin gespannt, was sie diesmal zu beanstanden hat.«

Sally bedeutete ihm, daß auch sie sehr wohl wisse, wie schwer es sei, mit ihr auszukommen, und entfernte sich dann rasch.

Als Arthur Moore allein auf dem Flur war, verlor sein Gesicht die charmante Herzlichkeit und nahm einen halb spöttischen, halb nachdenklichen Ausdruck an. Die Idee mit dem Frühlingsfest war in der Tat nicht schlecht gewesen. So etwas ließ sich leicht und schnell arrangieren. Und was Sally Lee betraf, so hatte er nicht den geringsten Zweifel, daß sie bald wie Wachs in seinen Händen sein würde. Und dann würde er mit Alice abrechnen...

13

Die Wochen eilten nur so dahin. Ein Rausch von Farben und Düften überzog das blühende Land, und die Wälder standen bald in der frischen Pracht ihres jungen, saftgrünen Blätterkleides. Der Mai kam und brachte die ersten heißen Tage.
Die Hochzeitsvorbereitungen näherten sich ihrem Höhepunkt. Doch da die Feierlichkeiten auf ROSE HALL stattfinden würden, merkte man von alldem wenig auf HICKORY HILL. Hier bestimmte allein die einsetzende Arbeit auf den Feldern und Weiden den Ablauf des Tages.
Mit wachsender Besorgnis bemerkte Alice zwischen Sally und Arthur Moore eine Form von Vertrautheit, die auf ein intimes Verhältnis schließen ließ. Doch es gab nichts, was sie dagegen hätte unternehmen können, auch wenn sie das Recht dazu gehabt hätte. Ihr blieb nichts weiter, als auf den gesunden Menschenverstand ihrer Kammerzofe zu vertrauen, was ihr jedoch immer schwerer fiel.
Je näher der Hochzeitstag kam, desto unruhiger und zerrissener fühlte sich Alice. War Charles bei ihr, verstummten diese bohrenden zweifelnden Stimmen in ihr, und alles schien gut und richtig zu sein. Doch sowie sie wieder allein war, überfielen sie Depressionen und eine merkwürdige Form der Melancholie, als trauerte sie um etwas, das sie noch nicht einmal mit Namen zu nennen vermochte. Und obgleich sie wußte, wie sinnlos und vergeblich es war, grübelte sie doch immer wieder über die Zukunft nach. Häufig überfielen sie unbegründete Ängste, und nachts lag sie oft stundenlang wach, von einer furchtbaren inneren Unruhe um den Schlaf gebracht.
Nur auf ihren täglichen Ausritten fand Alice ihre Ruhe und Ausgeglichenheit wieder – und Vertrauen in die Zukunft. Als sie an einem späten Nachmittag von einem dieser langen, einsamen

Ausritte zurückkehrte und in gemächlichem Trab die Allee hochritt, erblickte sie von weitem eine Gestalt im Schatten der weißen Säulen. Sie blinzelte gegen die Sonne und versuchte das Gesicht des Mannes zu erkennen. Ihr Gefühl sagte ihr, daß es nicht Charles war, der dort auf der Veranda auf sie wartete.
Unruhe überkam sie, als sie sich dem Herrenhaus näherte. Die Umrisse wurden deutlicher, und aus den schemenhaften Konturen wurden klare Linien.
Es war Richard.
Die Erkenntnis, daß es Richard Campbell war, der dort reglos zwischen den Säulen stand und den Blick nicht von ihr nahm, traf Alice wie ein Schlag. Wie erstarrt saß sie im Sattel, als Caesar vor die Veranda trottete und brav stehenblieb. Das Blut war aus ihrem Gesicht gewichen.
Ihre Hände verkrampften sich, tauchten ineinander und schienen sich nicht mehr lösen zu wollen. Stumm starrten sie sich an.
Endlich brach Richard das Schweigen. »Alice!« rief er mit leiser Stimme. »Mein Gott, wie lange ist es her! Norfolk...! Ein Jahr! Und doch könnte es auch gestern gewesen sein!« Er trat aus dem Schatten der Säulenhalle, kam die Stufen herunter und reichte ihr die Hand, um ihr vom Pferd zu helfen.
Zögernd ergriff Alice seine Hand. Sie zuckte bei der Berührung zusammen. Ein Schwindelgefühl erfaßte sie für einen Moment, als sie vom Pferd sprang und so nahe bei ihm stand. Ungläubig sah sie ihn an. Ihr Herz klopfte, nein, es hämmerte wie verrückt, als wollte es ihr die Brust sprengen. Wie konnte das geschehen!? Richard! Wie lange hatte sie auf ihn gewartet! Und nun, da sie es schon längst nicht mehr für möglich gehalten hatte, war er gekommen!
Erschrocken über den Sturm ihrer Gefühle, der in ihr tobte, entzog Alice ihm die Hand.

Richard furchte die Stirn über ihre abrupte Bewegung. Er sah sie forschend an. »Ist Euch nicht gut? Ihr seht auf einmal so blaß aus, Alice.«

»Entschuldigt, Ihr... Ihr habt mich mit Eurem unerwarteten Besuch... ein wenig aus der Fassung gebracht«, sagte sie stokkend, und in einem Wechselbad der Gefühle schoß ihr das Blut flammendheiß ins Gesicht. Die Hitze, die in ihr aufwallte, schien ihr den Atem rauben zu wollen.

Richard lächelte, als er sie erröten sah. »Nehmt es mir nicht übel, aber diese Art von Verstörtheit steht Euch zehnmal besser als die Blässe, mit der Ihr mich zuerst empfangen habt. Ich hatte Euch als reizende Frau in Erinnerung, doch nun...«

Alice fiel ihm schnell ins Wort. »Wie unhöflich von mir, Euch hier draußen stehen zu lassen! Ihr werdet einer Erfrischung und einem kleinen Imbiß nicht abgeneigt sein, nicht wahr? Bestimmt habt Ihr eine lange Reise hinter Euch!« sprudelte sie hervor, als könnte die Flut der Worte sie vor ihren Gedanken und Gefühlen schützen. Laut rief sie nach Jerry.

Sie gingen ins Haus, und als sie im kühlen Salon Platz genommen hatten, drängte Alice ihn, von sich zu erzählen, was er auch bereitwillig tat.

Richard hatte in Norfolk Kontakt mit einer Gruppe von Geschäftsleuten aufgenommen, die er schon von früher her gekannt hatte – wenn auch nicht von dieser Seite, wie er lachend einräumte. Dann, ehe er sich's versah, war er mit ihnen in gewinnbringende Schmuggelgeschäfte verwickelt. Er machte keinen Hehl daraus, daß er nicht erst lange hatte überredet werden müssen, sondern sein Kapital mit größtem Vergnügen in den Handel mit regierungsfeindlichen Kaufleuten investiert hatte.

»Ich fühle mich an erster Stelle als Amerikaner und meiner wirklichen Heimat Virginia verpflichtet«, erklärte er offenherzig. »Für König Georges Kolonialpolitik kann ich nicht das ge-

ringste Verständnis aufbringen. Ich halte es sogar für unsere patriotische Pflicht, die Handelsbeschränkungen, die uns amerikanischen Kolonisten zu Unrecht auferlegt worden sind, mit allen Mitteln zu umgehen. Und das habe ich auch getan. Daß ich dabei ein ansehnliches Vermögen gemacht habe, betrachte ich als ausgleichende Gerechtigkeit für all die Verluste, die wir in Amerika wegen dieser Politik hinnehmen müssen.«
Fasziniert und eine Zeitlang all ihre geheimen Ängste vergessend, lauschte Alice seinem Bericht über den blühenden Handel entlang der Ostküste.
»Das Leben als Kaufmann ist nicht ohne Reize«, kam Richard dann auf Persönliches zu sprechen. »Und ich kann nicht behaupten, daß diese Monate für mich eine Qual gewesen sind. Doch mit der Zeit habe ich erkannt, daß meine wahre Liebe dem Land gilt. Vermutlich habe ich das von meinem Großvater geerbt, der nicht weit von Yorktown eine kleine Plantage besaß. Wie auch immer, ich habe mich entschlossen, mein Vermögen in einer Plantage zu investieren und mich als Pflanzer niederzulassen.«
»Wie wunderbar!« rief Alice mit echter Freude.
Er lächelte. »Die Zeit ist für so eine Erwerbung günstig. Es stehen genug Plantagen zum Verkauf, wie ich herausgefunden habe. Sei es, weil ihre Besitzer der Schulden, die sie bei ihren Kommissionären in London haben, nicht mehr Herr werden, sei es, weil sie ihren Besitz verkaufen wollen, bevor hier in den Kolonien die offene Rebellion ausbricht.«
»Glaubt Ihr wirklich, daß es jemals dazu kommen wird?« fragte Alice besorgt.
Er zuckte mit den Achseln. »Es könnte leicht dazu kommen. Wenn König George weiterhin seine amerikanischen Kolonien mit der Peitsche zu regieren versucht, werden die Reaktionen darauf dementsprechend sein und die angestaute Wut wohl offen zum Ausbruch kommen. Es werden von Monat zu Monat

mehr Stimmen laut, die einer völligen Unabhängigkeit das Wort reden. Und ich muß gestehen, daß mich die Argumente dieser Männer mehr überzeugen als das, was wir aus London zu hören bekommen. Ich bin hier geboren, Alice. Dies ist mein Vaterland. Und hier ist mein Platz. Im Frieden... und im Krieg!«

Alice wurde blaß. »Sprecht nicht von Krieg! Allein die Vorstellung, daß es dazu kommen könnte, macht mir angst. Es ist auch kaum das rechte Thema für Euren ersten Besuch auf HICKORY HILL. Laßt uns von erfreulicheren Dingen reden. Berichtet mehr von Euren Plänen. Habt Ihr schon eine Vorstellung, wo Ihr Euch als Pflanzer niederlassen wollt?«

»Nun, mir kam zu Ohren, daß hier im Bezirk einige Plantagen zum Verkauf stehen«, erklärte er. »Und deshalb bin ich hier.« Er machte eine Pause, als Jerry eintrat und erfrischende Getränke reichte.

Als der Butler gegangen war, warf er ihr einen seltsamen Blick zu und sagte dann: »Nein, es entspräche nicht der Wahrheit, würde ich behaupten wollen, dies sei der einzige Grund meines Kommens.« Er räusperte sich. »Ich bin vor allem gekommen, um Euch zu sehen... und zu erfahren, weshalb Ihr es vorgezogen habt, auf meine Briefe mit Schweigen zu antworten.« Enttäuschung und Vorwurf schwangen in seiner Stimme mit.

»Briefe?« fragte Alice verblüfft.

»Ich hätte zumindest mit einer kurzen Antwort gerechnet, mit ein paar Zeilen, wie Ihr Euch auf HICKORY HILL zurechtgefunden habt...«

»Ich weiß nicht, wovon Ihr sprecht, Richard. Von welchen Briefen redet Ihr?«

Nun war es an ihm, Erstaunen zu zeigen. »Ich schrieb Euch zweimal! Den ersten Brief gab ich im Spätsommer an Euch auf und den zweiten zum Weihnachtsfest. Ich hoffte inständig auf ein Lebenszeichen von Euch.«

»Ich hätte Euch ganz sicher geantwortet, Richard, doch Eure Schreiben sind beide nicht angekommen«, murmelte Alice verstört. »Ich habe nie einen Brief von Euch zu Gesicht bekommen.«
»Aber das ist unmöglich!«
»Ihr habt mein Wort, Richard. Nicht eine Zeile hat mich erreicht. Ich war der Überzeugung, Ihr hättet unsere gemeinsame Überfahrt längst vergessen...«
»Vergessen?« stieß er hervor, und sein Blick erzeugte einen Schauer in ihr. »Es ist wohl kaum ein Tag vergangen, an dem ich nicht an unsere... gemeinsame Zeit gedacht habe. Deshalb schmerzte es mich ja auch so, auf meine Briefe keine Antworten erhalten zu haben.«
Alice wußte nicht, was sie erwidern sollte. Sie war zutiefst bestürzt. Zweimal hatte Richard ihr geschrieben. Es war also nicht so, wie sie angenommen hatte. Er hatte sie nicht vergessen. Doch wo waren die Briefe geblieben? Weshalb waren sie nicht auf HICKORY HILL eingetroffen?
»Sally...« sagte Alice mehr zu sich selbst.
Eine Furche bildete sich auf seiner Stirn. »Was ist mit ihr? Es scheint, als hättet Ihr ihretwegen Sorgen? Hat sie die Briefe unterschlagen?«
Alice zuckte mit den Achseln, und es war eine Geste der Resignation, der Mutlosigkeit. »Es ist nicht mehr von Bedeutung«, sagte sie leise, als sie sich der tragischen Konsequenzen bewußt wurde, die die Unterschlagung seiner Briefe nach sich gezogen hatte.
Richard sprang auf, stellte hastig sein Glas ab und trat zu ihr. »Alice, wie könnt Ihr so etwas sagen!«
»Weil es die Wahrheit ist, Richard.«
»Habt Ihr vergessen, was uns verbindet?«
»Ich werde nie vergessen, was Ihr für mich getan habt«, murmelte sie.

Unwillig verzog er das Gesicht. »Es ist nicht nur das Geheimnis, das wir miteinander teilen«, sagte er mit gedämpfter Stimme.
»Richard, bitte!« flüsterte sie eindringlich. »Sprecht nicht weiter!«
Doch er dachte nicht daran, seine Gefühle für sich zu behalten. Zu lange hatte er auf diesen Tag gewartet. »Es ist mehr, viel mehr... das ist mir im Laufe der letzten Monate immer stärker bewußt geworden.« Seine Stimme hatte einen zärtlichen Klang. »Ich habe täglich auf einen Brief, eine Nachricht von Euch gewartet. Vergeblich. Dennoch konnte ich einfach nicht glauben, daß Ihr mich so schnell vergessen habt, Alice!«
»Das habe ich auch nicht, Richard«, sagte sie mit zitternder Stimme und senkte den Blick, um den verräterischen Glanz in ihren Augen zu verbergen. Ihr war nach Weinen zumute. »Ich habe oft an Euch gedacht und daran, wie es Euch wohl ergehen mochte.«
Er lächelte glücklich und setzte zu einer Erwiderung an, doch Alice fügte schnell hinzu: »Und ich werde die Tage und Wochen, die wir miteinander auf der FAIR WIND verbracht haben, niemals vergessen. Ihnen gebührt ein ganz besonderer Platz in meiner Erinnerung... und in meinem Herzen.«
Bewegt von der Wehmut und dem Schmerz in ihrer Stimme, den er nicht zu deuten vermochte, ergriff er ihre Hand. »Daß Ihr so empfinden würdet, hatte ich gehofft, nicht jedoch, daß Ihr es gleich bei unserem ersten Wiedersehen so offen zum Ausdruck bringen würdet. Ihr macht mich damit sehr glücklich. Deshalb verstehe ich nicht, warum Ihr so niedergeschlagen seid? Liegt die Zukunft nicht erst vor uns, Alice?«
Sie schüttelte den Kopf. »Das war ein Traum.«
Er kniff die Augen zusammen und sah sie verständnislos an. Dann nahm er wieder ihre Hand. »Ein Traum? Ihr sprecht in Rätseln, Alice. Die zarte Hand, die zu halten mir endlich ver-

gönnt ist, ist kein Traum, und die wunderbaren Augen, in die ich blicken darf, sind schöner als alle Träume, die ich je geträumt habe. Sie sind Wirklichkeit, unsere Wirklichkeit, Alice...«

»Nein, Richard«, widersprach sie mit bebender Stimme. »Das Schicksal hat es anders mit uns gemeint. Es wird uns nur die Erinnerung bleiben... und ein Traum.«

»Alice! Was redet Ihr da?« rief er erschrocken über ihren entschiedenen Widerspruch und die Qual, die sich nun auf ihrem Gesicht abzeichnete. »Was ist mit Euch, daß Ihr so hoffnungslos erscheint?«

Langsam entzog sie ihm ihre Hand und streckte sie ihm mit der Handfläche nach oben hin. Der kostbare Verlobungsring funkelte im Licht der Sonne, das durch die hohen Fenster in den Salon fiel, und versprühte ein kaltes, höhnisches Feuer.

»Das hier ist die Wirklichkeit, Richard«, sagte sie leise.

Er starrte auf den Brillantring, die Augen vor Fassungslosigkeit geweitet. Das Blut wich aus seinem Gesicht, ein Muskel zuckte unkontrolliert, die Linie seines Mundes wurde schmal. Eine drückende Stille legte sich für einen schrecklich langen Augenblick über sie, bis er begriff.

»Richard...«

Er löste sich aus der Erstarrung und trat einen Schritt zurück.

»Ihr... Ihr seid einem anderen versprochen?« brachte er mit mühsam beherrschter Stimme hervor und versuchte die Fassung zurückzugewinnen. Doch seine Augen vermochten seine Gefühle nicht vor ihr zu verbergen. In ihnen spiegelte sich alles wider: die Ungläubigkeit und der Schock, dann die Bestürzung. Der innere Protest seiner Liebe, der allmählich einsetzende, wachsende Schmerz, die Betäubung eines vernichtenden Schlages.

Alice konnte kein Wort herausbringen. »Ja«, hauchte sie schließlich mit Mühe.

»Wer ist er?« Seine Stimme klang fremd.
»Charles Coleman... Wir heiraten nächste Woche... auf ROSE HALL. In der Kapelle«, erklärte Alice, als würde es noch etwas ausmachen, wo sie diesen anderen Mann heiratete.
Richard blickte sie stumm an.
Diesmal hielt sie seinem Blick stand. Und sie erschrak über den Aufruhr ihrer Gefühle und die Gedanken, die sie beherrschten. Es gab so vieles, was in ihr hervorquoll und was sie sagen wollte. So vieles, was sie all die Monate mit sich herumgetragen hatte. Nimm mich in deine Arme, Richard! schrie es in ihr mit der Stimme der verzweifelten Liebe. Nimm mich, halt mich ganz fest und küß mich! Hör nicht auf mein dummes Geplapper, und vergiß den Ring an meiner Hand. Du bist der Mann, von dem ich mir gewünscht habe, er möge mir einen Ring an den Finger stekken. Nimm mich mit, wohin auch immer du gehst. Mir ist alles recht, wenn ich nur bei dir bin, dich anschauen und spüren kann. Laß mich nicht hier zurück! Ich liebe dich... Ja, ich habe dich all die Zeit geliebt und war mir dessen doch nie so bewußt gewesen wie in diesem Augenblick. Ich liebe dich und brauche dich!
Doch nicht eines dieser Worte fand seinen Weg über ihre Lippen. Statt dessen hörte sie sich sagen: »Es ist zu spät für uns, Richard. Ich werde Charles schon nächste Woche heiraten. Und ich will ihm eine gute Frau sein. Er verdient es.«
Richard bemühte sich um ein höfliches Lächeln, doch es wurde zu einer verkrampften Grimasse. »Sicher werdet Ihr das sein, Miß Alice! Glücklich und beneidenswert der Mann, der Euch zur Frau bekommt.« Er baute einen Schutzwall um sich auf, indem er sich auf den sicheren Boden starrer Höflichkeitsfloskeln zurückzog. »Meinen herzlichsten Glückwunsch. Mögen Euch lange zufriedene Jahre beschieden sein.«
Seine Worte trafen Alice mehr als alles andere. Unbewußt machte sie einen Schritt auf ihn zu, als wollte sie etwas festhal-

ten, das ihr unwiderruflich zu entgleiten drohte. »Richard!... Bitte!« flüsterte sie. »Ihr müßt verstehen...«
Sein Gesicht war wie eine Maske, als er ihr ins Wort fiel. »Bitte entschuldigt, wenn ich Euch mit meinen Ungereimtheiten zur Last gefallen bin. Ein Irrtum, den ich wie nichts auf der Welt bedaure. Ich hätte nicht annehmen dürfen, daß...« Er brach ab und straffte sich. »Gestattet, daß ich mich jetzt entferne, Miß Alice. Ich habe Eure kostbare Zeit schon zu lange in Anspruch genommen.« Er verbeugte sich, wandte sich abrupt ab und eilte mit mühsam gezügelter Hast aus dem Salon, als könnte er ihre Nähe keinen Augenblick länger ertragen.
Alice stand am Fenster und folgte Richard Campbell mit ihren Augen, als er sich auf sein Pferd schwang und die Hickoryallee hinunterritt. Er trieb das Tier an als wäre der Teufel persönlich hinter ihm her. Die Hufe des galoppierenden Pferdes wirbelten eine Staubwolke auf. Weit über den Hals seines prächtigen Pferdes gebeugt, jagte er davon, ohne auch nur einen Blick zurückzuwerfen. Wenige Momente später schluckten ihn schon die tiefen Schatten der mächtigen Bäume.
Daß sie lautlos weinte und ihr die Tränen über das Gesicht rannen, spürte Alice erst, als sie Salz auf ihren Lippen schmeckte.

14

Alice Shadwell war eine strahlende, bezaubernde Braut, als Jasper O'Farrell sie auf Rose Hall voller Stolz, als wäre er ihr leiblicher Vater, in die festlich geschmückte Familienkapelle der Colemans führte. Die Bänke waren bis auf den letzten Platz besetzt, und man hatte noch zahlreiche Stühle aufstellen müssen, um die Gäste, die sich die Trauung unter keinen Umständen entgehen lassen wollten, unterbringen zu können.

Ein bewunderndes Raunen ging durch die Reihen, als Alice durch den Mittelgang auf den Altar zuschritt. Ein hauchzarter Schleier aus feinster Spitze bedeckte ihr Gesicht, und ihr Seidenkleid mit den aufgestickten Rosen war ein Traum. Doch die Schönheit ihres Brautkleides vermochte nicht von ihrer einzigartigen Ausstrahlung abzulenken. Es war ein sanftes Leuchten, das aus ihrem Innern kam und die Herzen auch derjenigen Gäste auf Anhieb für sich einnahm, die sie noch nicht kannten. Und ihre Stimme drang fest und klar bis in die hinterste Reihe der kleinen Kirche, als sie das Eheversprechen abgab. Jedes Wort sprach sie im Bewußtsein seiner tiefsten Bedeutung aus: Unverbrüchliche Liebe, Treue und Gehorsam, bis der Tod sie scheiden möge.

Richard Campbells Besuch auf HICKORY HILL hatte ihre Welt, in der sie sich gerade zurechtgefunden hatte, ins Wanken gebracht. Den ganzen Tag lang hatte sich Alice in ihrem Zimmer eingeschlossen, um mit sich ins reine zu kommen.

Sie liebte Richard. Das war eine Tatsache, vor der sie die Augen nicht verschließen konnte. Die Klarheit dieses Gefühls war über jeden Zweifel, jede Art von Skepsis erhaben. Doch genauso stand für sie als Tatsache fest, daß diese Liebe unerfüllt bleiben, daß Richard für sie immer unerreichbar sein und ein Traum bleiben würde, der er auch vor seinem Besuch gewesen war.

Und Charles?

Alice ging mit sich und den Gefühlen, die sie für ihren Verlobten hegte, offen ins Gericht. Sie gestattete sich keine Ausflüchte und Entschuldigungen. Sie horchte in sich hinein, auf der Suche nach ihren wirklichen Empfindungen für ihn.

Die Liebe, die sie für Charles fühlte, war stark und aufrichtig, wenn sie auch nicht in die tiefste Tiefe ihrer Seele reichte. Es war eigentlich mehr eine große Zuneigung als eine alles durchdringende, leidenschaftliche und vorbehaltlose Liebe.

Richard würde stets ein Teil ihres Lebens bleiben, eine unauslöschliche Erinnerung an eine kurze, glückliche Zeit. Sie wollte jedoch nicht zulassen, daß diese Erinnerung ihr weiteres Leben bestimmte und mit trauriger Wehmut überschattete. Der Gedanke an ihn würde sie niemals verlassen, so wie auch die Erinnerung an ihren Vater stets lebendig sein würde. Ja, so sollte es sein, beschloß sie bei sich. Sie mußte ihre Gefühle für Richard beherrschen.

Ihr Platz war an der Seite von Charles Coleman, und sie war entschlossen, diesen Platz mit all ihrer Liebe auszufüllen. Hier war ihre Zukunft, ihre gemeinsame Zukunft mit Charles.

Es war eine glanzvolle Hochzeit, von der man noch Jahre später erzählte, und die den Maßstab setzte für viele andere junge Paare aus der Pflanzeraristokratie, die nach ihnen den Bund der Ehe schlossen. Ein Maßstab, der selten erreicht und nie übertroffen wurde, dafür hatte Loreen Coleman schon gesorgt.

Die Colemans hatten keine Kosten gescheut, um diesen Tag zu einem unvergeßlichen Erlebnis zu machen. Nicht nur die Räume des Herrenhauses erstrahlten in festlichem Glanz, auch die weitläufigen Gartenanlagen um Rose Hall spiegelten mit ihrem Blumen- und Lichterschmuck, mit den riesigen Festzelten und den Attraktionen den Reichtum der Herren von Rose Hall wider. Sechs große Zelte gruppierten sich auf dem großen grünen Rasen vor dem Plantagenhaus um einen eigens für die Hochzeit errichteten Pavillon für die Musiker, die draußen aufspielten. Eine zweite Kapelle befand sich im Ballsaal von Rose Hall.

Eine wahre Armee livrierter Diener sorgte dafür, daß kein Wunsch der mehr als zweihundertfünfzig Gäste unerfüllt blieb. Fruchtpunsch, Limonaden und Liköre für die Damen, Madeira, Port, Brandy und schwere Weine für die Herren flossen in Strömen. Die Tische schienen sich förmlich unter dem nicht enden wollenden Strom der köstlichen Gerichte zu biegen.

Alice genoß jede Minute dieses großen Tages. Und nicht einmal dachte sie an Richard. Sie fühlte sich glücklich und berauscht von dem Gedanken, eine verheiratete Frau zu sein und von nun an ein völlig anderes Leben zu führen. Ein Leben, das von gegenseitigem Respekt, aber auch von Zärtlichkeit und Liebe und vom Lachen und Schreien kleiner Kinder erfüllt sein würde.
Es gab Reiterspiele und Pferderennen für die jungen Männer, bei denen den Siegern wertvolle Preise winkten. Lustige Spiele hielten die jüngsten Gäste in Atem. Musikanten, Gaukler und Komiker unterhielten die Hochzeitsgesellschaft.
Die Dunkelheit brach herein, und der Lichterglanz aus Hunderten von Fackeln und kerzenbestückten Kandelabern war atemberaubend.
Alice schwebte wie auf Wolken, tanzte unentwegt und spürte keine Müdigkeit. Mitternacht lag schon einige Stunden zurück, als Amanda sie beiseite nahm.
»Wie fühlt Ihr Euch, meine Liebe?«
Alice strahlte sie an. »So, daß ich die ganze Welt umarmen könnte«, sagte sie mit einem glücklichen Seufzer und wehte sich mit ihrem Fächer Luft zu, denn vom Tanzen war sie erhitzt. »Wenn es nach mir ginge, dürfte das Fest kein Ende nehmen.«
»Nun, so schnell wird das Fest auch nicht zu Ende sein«, meinte Amanda schmunzelnd und blickte sich um. »Wie ich die Herren kenne, werden ein paar Dutzend von ihnen noch fröhlicher Dinge sein und kein Bett zu Gesicht bekommen haben, wenn die Sonne schon aufgeht. Und für die zwanzig, dreißig Gäste, die länger auf Rose Hall bleiben, wird das Fest drei Tage dauern.«
»Ach, es ist wunderbar, Amanda!«
»Ja, aber ich glaube kaum, daß Euer Gemahl drei Tage zu warten bereit ist, um Euch in seine Arme zu schließen«, sagte sie mit einem wissenden Lächeln, das Alice das Blut ins Gesicht trieb. »Und wenn ich Euch als alte Frau einen Rat geben darf, dann

würde ich Euch nahelegen, das Fest jetzt den anderen zu überlassen und Euch in Euer Schlafgemach zu begeben... und Euren Mann zu erwarten.«
»Amanda, ich danke Euch«, sagte Alice mit belegter Stimme und vermochte sie nicht anzusehen, so verlegen war sie. Sie wünschte, sie hätte vorher mit ihr über das geredet, was sie nun erwartete. Doch das war nicht schicklich, und sie hatte nicht gewagt, es von sich aus anzusprechen. Jetzt war es dafür zu spät, und so zog sie sich nun in die Räume zurück, die für das junge Paar gerichtet worden waren.
Rose half ihr beim Entkleiden und kämmte ihr noch einmal das Haar, bevor Alice in das zauberhafte Nachtgewand schlüpfte, das sie zusammen mit Amanda für diese erste Nacht, die sie mit ihrem Mann verbringen würde, ausgesucht hatte. Schließlich entließ sie Rose.
Voll freudiger Erregung wartete sie unter dem seidenen Baldachin des Himmelbettes auf Charles. Das Zimmer lag im Halbdunkel. Eine einzige Kerze, deren Licht von einem Kupferschirm gedämpft wurde, brannte und verströmte einen warmen goldenen Schein, der jedoch nicht bis ans Bett reichte.
Erwartungsvoll lag Alice zwischen den kühlen Satinkissen und -laken, strich über den hauchzarten Stoff ihres Gewandes und verspürte ein erregendes Prickeln in ihrem Körper, das in eine ihr bisher unbekannte, jedoch irgendwie verheißungsvolle Richtung drängte. Sie wußte, daß etwas Neues vor ihr lag, ein unbekanntes Land, in das sie ihrer beider Körper tragen und das sie gemeinsam erforschen würden. Unsicherheit und banges Grübeln paarten sich in ihr mit freudiger Erregung und Zuversicht, daß Charles sie schon führen würde – im Bett. Doch die freudige Erwartung überwog das bange Gefühl bei weitem.
Wo aber blieb Charles nur? Sie wurde ungeduldig, spielte mit ihrem herrlichen Ring und lauschte auf Schritte auf dem Flur, die

ihr sein Kommen anzeigen würden. Doch für gut eine halbe Stunde drangen nur Musik und fröhliches Stimmengewirr an ihr Ohr. Amanda sollte recht behalten, viele Gäste würden noch bis weit über den Sonnenaufgang hinaus tanzen, trinken und plaudern.
Endlich kam Charles. Sein Gang war ein wenig unsicher. Er mußte in der knappen Stunde, die sie vor ihm aufs Zimmer gegangen war, noch beachtliche Mengen getrunken haben. Denn als sie ihn das letztemal gesehen hatte, hatte er geradezu nüchtern gewirkt.
Doch was machte das. Charles hatte alles Recht der Welt, an diesem Tag zu feiern und auch ein paar Gläser mehr als gewöhnlich zu trinken. Auch daß er sie hatte warten lassen, war eines Aufhebens nicht wert. Er war jetzt bei ihr, und nichts sonst zählte – nur noch sie beide und ihre Liebe.
»Es war ein wunderbarer Tag«, sagte Alice verträumt. »Noch viel, viel schöner, als ich ihn mir vorgestellt hatte. Nur habe ich so wenig von dir gehabt.«
Er lachte mit einer Spur von Unsicherheit, während er am Türrahmen zum Waschkabinett lehnte. »Wir werden noch genug Zeit miteinander verbringen«, erwiderte er, wankte durch den Raum und begann sich hastig zu entkleiden, während er ihr den Rücken zuwandte. Bevor er die letzten Kleidungsstücke ablegte, blies er die Kerze aus.
Dunkelheit erfüllte das Zimmer, als Charles zu ihr ins Bett stieg. Sie wollte irgend etwas Zärtliches zu ihm sagen, um die Verlegenheit und innere Anspannung zu überbrücken, die sie jetzt nicht nur bei sich selbst spürte. Doch sie wagte es nicht. Was wußte sie, wie sich eine Frau in ihrer Hochzeitsnacht im Bett zu benehmen hatte.
Schließlich aber, als er immer noch auf dem Rücken neben ihr lag und keine Anstalten machte, sie zu berühren, faßte sie sich

ein Herz und sagte in die Dunkelheit: »Es war das wunderbarste Fest der Welt, Charles. Aber dennoch bin ich glücklich, daß ich dich jetzt ganz allein für mich habe... und bei dir sein kann.«
Er drehte sich zu ihr um, sah sie an, erwiderte aber nichts. Dann jedoch kam er zu ihr in ihre Hälfte des Bettes.
Ihr Herz pochte wie verrückt, als er ihre Decke zurückschlug und sie ihres einzigen Schutzes beraubte. Das dünne Nachthemd verhüllte nichts. Sie war seinen Blicken so gut wie nackt ausgeliefert. Sie war ihm dankbar, daß er die Kerze ausgeblasen hatte. Doch der Widerschein der vielen Fackeln warf noch genug Licht ins Zimmer, daß sie sein angespanntes Gesicht erkennen konnte, nun, da sich ihre Augen an die Dunkelheit gewöhnt hatten.
Was wird geschehen? fragte sie sich. Erwartet er, daß ich etwas tue? Mein Gott, warum weiß ich nichts über das, was zwischen Mann und Frau geschieht und wie ich mich meinem angetrauten Mann gegenüber zu verhalten habe? Warum lehrt man uns so vieles, nur so etwas nicht? Oder wird uns die Natur den Weg weisen? Doch was ist der Weg der Natur? Sie hoffte, daß er es wußte.
Wortlos streckte er die Hand nach ihr aus, legte sie auf ihr rechtes Bein, verharrte dort einen Moment und schob ihr dann das Nachthemd hoch, über die Hüften und weiter, entblößte ihren schlanken straffen Leib.
Seine Hände bewegten sich nun über ihre nackte Haut, irrten scheinbar ziellos über ihre Oberschenkel, ohne sie jedoch zwischen den Beinen zu berühren, fuhren über ihren flachen Bauch und glitten dann hoch zu ihren vollen, straffen Brüsten. Mit fester Hand umschloß er sie, um sie dann zu drücken.
Unwillkürlich spürte sie das Verlangen, sich ihm entgegenzudrängen und seine tastenden Zärtlichkeiten zu erwidern, das Verlangen, ihm zu sagen, wo er ihrem empfindsamen Körper länger seine Aufmerksamkeit schenken sollte. Deutlich spürte

sie, wie sich ihre Brustwarzen unter seinen Händen verhärteten und steif wurden. Die Hitze in ihr nahm immer mehr zu. Dennoch hatte sie das merkwürdige Gefühl, als fehlte seinen Berührungen und Zärtlichkeiten irgend etwas.

»Du bist schön«, murmelte er mit schwerer Zunge, seine Stimme war belegt. Er schob ihr nun das dünne Gewand über die Brüste und ihren Kopf und schleuderte es dann hinter sich.

»Charles ...« flüsterte sie verlangend und berührte seine Brust. »Sag mir, was ich tun soll.«

»Nichts«, kam die Antwort, und sie hatte fast etwas von einem rauhen Befehl an sich.

»Ich möchte, daß du glücklich bist mit mir ... daß es so wird, wie du es dir wünschst.«

»Sei still!« keuchte er und klang dabei fast beschwörend. »Sag keinen Ton ... bitte!«

Fast zögernd nahm er sie in die Arme. Zum erstenmal in ihrem Leben spürte sie den nackten Körper eines Mannes. Etwas Heißes, Hartes streifte ihren Oberschenkel. Bereitwillig und von dem Verlangen erfüllt, seine Zärtlichkeiten zu erwidern, drängte sie sich an ihn.

»Öffne die Beine«, flüsterte er.

Sie spreizte ihre Schenkel, und er kniete sich zwischen sie. Alice wollte ihn küssen, doch Charles vergrub sein Gesicht an ihrer Schulter. Und dann spürte sie seinen schweren Körper – und seine Männlichkeit, die sich wie ein glühender Eisenpfahl in sie bohrte.

Oft hatte Alice sich vorzustellen versucht, wie die Liebe sein mochte. Ihre Phantasien waren von Küssen und sanften Zärtlichkeiten erfüllt gewesen, auch von behutsamen Berührungen an intimen Stellen. Doch das, was sie nun zu ertragen hatte, hatte mit Zärtlichkeit und Liebe nichts zu tun.

Sie wollte aufschreien, als er mit einem harten Stoß in sie eindrang. Ein feuriger Schmerz jagte durch ihren Körper, und sie preßte die Hand vor den Mund, weil sie ihn nicht hinausbrüllen wollte. Und der heiße Schmerz ebbte auch nicht ab, sondern blieb. Ihr war, als würde er sie aufreißen, und sein Körper lastete wie ein Zentnergewicht auf ihr, drohte sie zu ersticken.

In einem jagenden, gehetzten Rhythmus stieß er in sie hinein, während sich seine Hände in ihr Gesäß krallten. Und anstelle liebevoller Worte hörte sie nur seinen keuchenden Atem, der nach Alkohol roch. Dann stöhnte er plötzlich auf, krümmte sich auf ihr – und gab sie schließlich frei. Er rollte sich auf seine Seite des Bettes, und eine Weile war nur sein stoßhafter Atem zu hören.

Alice lag steif wie ein Brett da und fühlte sich zerschunden. Sie wagte nicht, die wunde Stelle zwischen ihren Beinen zu berühren. Warm und feucht floß es aus ihr heraus. Blut und Samen.

»Jetzt sind wir Mann und Frau«, murmelte er schließlich, streckte kurz seine Hand nach ihr aus, berührte sie am Arm und drehte sich dann auf die Seite. Augenblicke später verriet sein gleichmäßiger Atem, daß er eingeschlafen war.

Verstört starrte Alice in die Dunkelheit. Nichts war so, wie sie es sich erträumt hatte. Statt nach der Vereinigung ein Gefühl des Glückes und inniger Verbundenheit zu empfinden, fühlte sie sich vielmehr gedemütigt, ja sogar beschmutzt, und sie schämte sich sofort dafür, daß sie so etwas denken und fühlen konnte, da Charles doch ihr Mann war.

Wir sind jetzt Mann und Frau. Hatte er das nicht gesagt? Und vielleicht war es so, was eine Frau nachts erwartete, wenn ein Mann sie... *nahm* und sie ihren ehelichen Pflichten nachkam. Ja, er hatte sie genommen. Es war etwas sehr Einseitiges gewesen. Aber stand es nicht auch so in der Bibel? Er nahm sie und machte sie zu seiner Frau?

Alice lag noch lange wach, nachdem sie sich aus dem Bett ins angrenzende Waschkabinett geschlichen und sich gesäubert hatte.

Und wie angestrengt sie auch versuchte, dieser Seite ihrer Verbindung nicht zuviel Bedeutung zumessen zu wollen, sie vermochte nicht das bedrückende Gefühl loszuwerden, daß es so, wie es zwischen ihnen gewesen war, nicht richtig war. Zwei Menschen, die sich liebten, konnten sich so etwas einfach nicht antun!

Das bittere Gefühl der Enttäuschung wollte auch nicht weichen, als sie sich sagte, daß kaum ein Mann nach einem so anstrengenden Tag und soviel Alkohol, wie Charles ihn genossen hatte, ein einfühlsamer Liebhaber sein konnte. All das würde noch kommen. Ja, sie wollte fest daran glauben, hatte ihr gemeinsames Leben doch gerade erst begonnen. Aber die freudige Erwartung, die große unausgesprochene Hoffnung, das fremde Land der körperlichen Liebe möge sich als beglückend erweisen, war in dieser Nacht zunichte geworden.

DRITTES BUCH

1773–1776

1

Eine Woche blieb Alice auf ROSE HALL, dann kehrte sie zusammen mit Charles nach HICKORY HILL zurück. Ihre Schwiegermutter Loreen, die schon in dieser Woche begann, sie zu bevormunden, hielt nichts davon, daß das Paar nach HICKORY HILL zurückging. Und das gab sie ihnen auch deutlich zu verstehen.
»Du solltest es dir noch einmal gut überlegen, ob das die richtige Entscheidung ist. Charles wird hier gebraucht, Alice«, ließ Loreen sie vorwurfsvoll wissen. »Er ist der Erbe von ROSE HALL, und dein Platz ist hier an seiner Seite! Es schickt sich nicht für eine junge Ehefrau, höchst eigenen Interessen nachzugehen. Man wird sich darüber den Mund zerreden! Es ist mir ein Rätsel, daß Charles dein Ansinnen sogar noch zu unterstützen scheint.«
»Es ist ja nur für ein paar Wochen«, antwortete Alice beruhigend. Sie hielt es für ratsamer, unerwähnt zu lassen, daß sie Charles schon vor Monaten das Versprechen abgenommen hatte, bis zum Frühsommer auf HICKORY HILL zu leben. Und dafür hatte sie gute Gründe gehabt.
Einen Hausstand aufzulösen war keine Angelegenheit, die man in wenigen Tagen erledigen konnte. Vor der Hochzeit war das nicht möglich gewesen. Zudem erschien es Alice vernünftig, daß

sie zumindest die ersten Wochen ihrer Ehe mit Charles getrennt von seinen Eltern verbrachte. Diese Überlegung hatte sich als richtig erwiesen. In dieser einen Woche hatte sie schon einen guten Eindruck dessen erhalten, was sie auf ROSE HALL erwartete. Loreen geizte nicht mit guten oder weniger guten Ratschlägen. Und obgleich James Coleman wirklich ein kranker Mann war, der immer mehr auf den Rollstuhl und fremde Hilfe angewiesen war, so gefiel er sich doch auch in der Rolle des Leidenden, auf den jedermann Rücksicht zu nehmen hatte. Auch Krankheit konnte eine Waffe sein!

Charles hatte ihr dieses Versprechen ohne langes Zögern gegeben. Auch ihm schien der Gedanke zu gefallen, seinen Eltern für ein paar Wochen zu entfliehen. Und so stand ihrer Rückkehr nach HICKORY HILL nichts im Wege, wenn es auch nur für kurze Zeit sein sollte.

Alice war glücklich, weil ihre Ansprüche an das Glück bescheidener Natur waren. Charles behandelte sie mit liebevoller Aufmerksamkeit. Er war stets um ihr Wohlbefinden besorgt und gab ihr das Gefühl, die schönste Frau auf Erden zu sein.

Es waren die Nächte, die Bitterkeit in ihr Glück brachten. Charles war kein zärtlicher Liebhaber, bei Gott nicht! Während der ersten beiden Wochen kam er nur zweimal zu ihr. Und beide Male hatte er vorher übermäßig getrunken. Alice drängte sich der Gedanke auf, daß er ohne die Stärkung von Wein oder Brandy nicht den Mut fand, sich ihr zu nähern. Aber sie wollte es nicht richtig glauben. Und doch, seine Zärtlichkeiten hatten etwas verzweifelt Verkrampftes an sich, sosehr er sich auch bemühte, dies vor Alice zu verbergen.

Alice tröstete sich mit der Hoffnung, daß alles seine Zeit brauchte. Gern hätte sie mit Charles über die so erschreckend fremde Welt ihrer Nächte gesprochen, doch sie fand, zu stark von ihrer Erziehung geprägt, dazu nicht den Mut.

Kein Mensch kann erwarten, wunschlos glücklich zu sein, rief sich Alice selbst zur Ordnung, wenn sie über diesen dunklen Teil ihrer Ehe nachgrübelte. Das zu verlangen wäre undankbar und überheblich! Man tat besser, dem Schicksal dankbar und Charles die Frau zu sein, die er sich wünschte!

So beschwichtigte sie ihre Zweifel immer wieder. Und so wollte sie ihr Leben einrichten, denn das Versprechen, daß sie Charles in der Kapelle auf Rose Hall gegeben hatte, nahm sie ernst. Liebe, Treue und Gehorsam. Bis an ihr Lebensende.

2

Das Licht der Junisonne spiegelte sich in den hohen, nach Süden gehenden Fenstern des Arbeitszimmers. Die goldbraunen Brokatvorhänge nahmen der Sonne die blendende Grelle und verliehen den Möbeln in diesem Raum einen warmen, goldenen Glanz.

Sorgfältig prüfte Alice anhand der Listen, die Annabell und Amily ihr am frühen Morgen vorgelegt hatten, die Bestände. Amilys Listen enthielten die Aufstellung der Küchengeräte und Vorräte. Speckseiten, Käselaibe, Eingemachtes, Fässer mit Melasse, Mehl, Zucker, Salz und anderen Lebensmitteln. Annabell hatte die Anzahl der Leinentücher, der Tisch- und Bettwäsche, der Stoffballen, Vorhänge und Teppiche, der Kandelaber und das Silber aufgelistet.

Es war ermüdend, Posten für Posten durchzugehen und zu entscheiden, was einzupacken war und in welche Kisten es kommen sollte. Alice hatte diese Kisten in die Rubriken *Sofort* und *Später* eingeteilt. *Sofort* bedeutete, daß diese Dinge griffbereit im neuen Haushalt auf Rose Hall zu sein hatten, Dinge, die sie gleich brauchte. Der Inhalt der Kisten mit dem Vermerk *Später* würde vermutlich erst wieder ausgepackt werden, wenn sie beide, Alice und Charles, die wirkliche Herrschaft über Rose Hall übernehmen würden. Und das konnte noch viele, viele Jahre dauern, denn Loreen war bei bester Gesundheit, und solange sie lebte, würde sie das Haus mit fester Hand regieren und wohl kaum daran denken, der Frau ihres Sohnes diese Position einzuräumen. Aber damit mußte sie sich abfinden. Ihre Zeit würde auch noch kommen.

Rose hatte Alice soeben eine Erfrischung gebracht, als Arthur Moore schnellen Schrittes zu ihr ins Arbeitszimmer kam.

Alice blickte überrascht auf. »Was kann ich für Euch tun, Mister Moore?« erkundigte sie sich.

Er machte eine knappe, herrische Handbewegung, die der schwarzen Sklavin galt. »Verschwinde, Rose! Laß uns allein!« befahl er. »Verschließ die Türen, und wage ja nicht zu lauschen, sonst sind dir zwanzig Peitschenhiebe gewiß!«

Rose erbleichte bei seinen barschen Worten und huschte ängstlich aus dem Raum. Schnell zog sie die Flügeltüren hinter sich zu. Der Verwalter setzte sich indessen ungebeten in den Sessel vor dem Schreibtisch, öffnete die Rosenholzschatulle, die rechts auf einem kleinen runden Beistelltisch stand, und nahm sich eine Zigarre.

Sprachlos saß Alice hinter dem Schreibtisch. Sein Betragen war so ungewohnt, so ohne jeden Respekt, daß sie Moore fassungslos anstarrte und im ersten Moment keine passenden Worte fand.

Doch dann packte sie der Zorn. »Wer hat Euch aufgefordert, Platz zu nehmen?« fragte sie schließlich und sprang mit wütender Miene auf. »Ich verbitte mir Euer respektloses Benehmen! Verlaßt auf der Stelle mein Zimmer!« Sie wies zur Tür.

Ein höhnisches Lächeln trat auf sein Gesicht, und in aller Seelenruhe biß er das Ende der Zigarre ab und spuckte es achtlos hinter sich auf den kostbaren Teppich. Eine demonstrative Geste der Geringschätzung.

»Ihr spielt die Rolle der großen Dame der Gesellschaft gar nicht schlecht, Missis Coleman«, sagte er gedehnt und mit unerschütterlicher Selbstsicherheit.
»Ihr sollt gehen!« zischte sie. »Habt Ihr nicht gehört? Ihr seid entlassen!«
Er ging überhaupt nicht darauf ein, und sein höhnisches Lächeln veränderte sich nicht die Spur. Ihre Kündigung berührte ihn offensichtlich nicht im geringsten. Lässig riß er ein Zündholz an seiner Stiefelsohle an und sagte dann, an der Zigarre paffend und mit hochgezogenen Augenbrauen: »Oder sollte ich Euch besser mit Eurem wirklichen Namen anreden, Miß Mary Alice Bancroft?«
Alice tastete nach der Schreibtischkante. Sie schwankte einen Augenblick wie unter einem unverhofften wuchtigen Schlag, als würde sie im nächsten Moment ohnmächtig werden und stürzen. Nur unter größter Willensanstrengung nahm sie sich zusammen.
Langsam setzte sie sich wieder in ihren Sessel, kalkweiß im Gesicht. »Ich weiß nicht... wovon Ihr... sprecht«, murmelte sie, obgleich sie wußte, wie wenig ihr Leugnen in dieser Situation half. Arthur Moore war sich seiner Sache sicher, sein ganzes Auftreten bewies es. Ihr Geheimnis war ihm bekannt.
»Oh, Ihr wißt sehr wohl, wovon ich spreche, Mistress.« Er gab dem letzten Wort eine sarkastische Betonung.
»So?« krächzte sie. »Dann fahrt nur fort. Klärt mich auf, Mister Moore.«
»Ich spreche von Miß Shadwells schwerer Krankheit und von dem Rollentausch. Erinnert Ihr Euch jetzt?«
Alice blieb stumm. Die Gedanken rasten hinter ihrer bleichen Stirn.
Er lächelte überheblich. »Keine Antwort ist auch eine Antwort. Ihr solltet wirklich gar nicht erst versuchen, abstreiten zu wol-

len, daß Ihr nicht Alice Shadwell, sondern Mary Bancroft seid, die angeblich verstorbene Gesellschafterin. Ich habe Beweise in der Hand, die nicht den geringsten Zweifel lassen. Ich weiß, daß Miß Shadwell in London sehr zurückgezogen gelebt hat. Aber es gibt im Zweifelsfall doch immer noch zwei, drei glaubwürdige Leute, die Euch von der wirklichen Miß Shadwell unterscheiden könnten. Zum Beispiel der Londoner Arzt von Alice. Also erspart uns lange Wortgefechte!«

Nichts lag Alice ferner als Wortgefechte. Sie war kaum in der Lage, *ein* Wort herauszubringen. Maßlose Bestürzung und nackte Angst zeichneten sich auf ihrem Gesicht ab.

»Woher habt Ihr das erfahren?« fragte sie mit brüchiger Stimme. Und im nächsten Moment gab sie sich selbst die Antwort. »Es muß Sally Lee gewesen sein…«

Er machte eine fahrige, ungeduldige Handbewegung mit der Zigarre. »Sally ist ein dummes, einfältiges Mädchen, jedoch in manchen Dingen recht willig und nützlich. Aber ich bin nicht gekommen, um mit Euch über Sally zu reden.«

»Was wollt Ihr?« fragte Alice mit erstickter Stimme. Angst schnürte ihr die Kehle zu.

»Meinen Anteil!« kam Arthur Moores prompte Antwort.

»Und wie stellt Ihr Euch diesen Anteil vor?«

Der Verwalter lächelte kalt. »Bescheiden, wie es nun mal meine Art ist. Aber wer kann schon über seinen eigenen Schatten springen, nicht wahr?«

»Sagt endlich, was Ihr verlangt!«

»Gemach, gemach! Macht nicht die Pferde scheu. Wir wollen doch nichts übers Knie brechen, oder? Zumal da wir doch jetzt Partner sind, mhm?«

Alice biß sich auf die Lippen, um ihre ohnmächtige Wut unter Kontrolle zu bekommen und nicht ihre Beherrschung zu verlieren. Sie schwieg und wartete.

Er genoß seine Macht, stieß ein paar Rauchwolken aus, sah ihnen scheinbar fasziniert nach und bequemte sich dann schließlich, seine Forderung zu nennen: »Ich begnüge mich mit einem Viertel des Gesamtertrages aus der Plantage.«
»Ein Viertel? Ihr müßt den Verstand verloren haben!« stieß sie hervor.
»Das würde ich an Eurer Stelle nicht mal denken, geschweige denn aussprechen. Solche Ausfälle könnten mich reizen und dazu veranlassen, meine Bedingungen noch höher zu schrauben. Also bedenkt, was Ihr Eurer Zunge anvertraut!« erwiderte er scharf und fügte dann mit veränderter Stimme, die größte Gelassenheit ausdrückte, hinzu: »Ich verlange ein Viertel, und Ihr wißt, daß ich es auch bekommen werde. Ein Viertel des Ertrages wird Euch jetzt nicht allzusehr schmerzen. Ihr seid nicht mehr auf HICKORY HILL angewiesen, da es Euch doch gelungen ist, die beste Partie des Landes zu machen. Für Mister Coleman hat HICKORY HILL sicher keine so große Bedeutung.«
»Wie stellt Ihr Euch das vor? Es ist unmöglich, daß ich Euch ein Viertel auszahle. Wie sollte ich das vor Mister Coleman begründen?« stieß Alice erregt hervor und gab damit zu erkennen, daß sie gewillt war, Moores Forderungen zu akzeptieren, sofern sie sich in einem vernünftigen Rahmen bewegten und realisieren ließen.
»Ganz einfach, indem Ihr Eurem Gatten ein Schriftstück vorweist, dem zufolge Henry Shadwell mir ein Viertel des Ertrages als Gewinnanteil überschrieben hat.«
»Und wofür hätte er das tun sollen?« wollte sie wissen.
»Als Verdienst für meine langjährige Treue und aufopfernde Arbeit!« Er lächelte kalt. »Und wenn Ihr dieses Abkommen bestätigt, wird niemand auf den Gedanken kommen, irgend etwas anderes als eine großzügige Geste Eures werten Herrn Vaters darin zu sehen.«

Stumm starrte Alice ihn an. Ihr entging nicht die kalte Drohung, die hinter Moores Lächeln lauerte. Er war ein entschlossener Mann. Er würde seinen Vorteil nutzen und Schweigen bewahren, sofern seine Forderung erfüllt wurde. Dessen war sie sich sicher. Ihm ging es nicht darum, sie in der Öffentlichkeit zu entlarven und sie zu vernichten. Er wollte seinen eigenen Vorteil aus ihrer Verwundbarkeit ziehen.

Gelänge ihm dies jedoch nicht, würde er nicht zögern, sie ihrem Verderben auszuliefern. Er brauchte dies noch nicht einmal auszusprechen, denn er wußte, daß ihr das klar war.

»Ihr laßt mir keine Wahl, nicht wahr?« fragte Alice, obwohl sie die Antwort längst kannte.

»Nein! Entscheidet Euch also! Ich beabsichtige nicht, mich hinhalten zu lassen. Wenn ich aus diesem Zimmer gehe, ist die Entscheidung gefallen. Es liegt in Eurer Hand, wie Eure Zukunft aussehen soll! Wie lautet Eure Antwort?«

»Gut, ich werde es tun«, erklärte Alice nach langem Schweigen.

»Ich wußte, daß Ihr vernünftig sein würdet«, sagte er zufrieden und ließ den Aschekegel von der Zigarre auf den Boden fallen.

»Doch ich muß warten, bis mein Mann zurückgekehrt ist«, schränkte sie ein. »Ihr wißt, daß er HICKORY HILL heute morgen verlassen hat, um geschäftliche Dinge in Williamsburg zu klären. Ich erwarte ihn in zehn Tagen zurück. Bis dahin werdet Ihr Euch gedulden müssen. Ihr wißt, daß ich nicht länger Herr meiner Entscheidungen bin.«

Arthur Moore erhob sich, ein feines Lächeln auf dem wettergegerbten Gesicht. »Ich bin nicht ungeduldig, zumal ich weiß, daß mir nichts von dem, was mir zusteht, entgehen wird. Ihr sollt gern die gewünschten zehn Tage haben. Ich erwarte nur, daß die Angelegenheit geklärt ist, selbstverständlich in dem von mir gewünschten Sinne, bevor Ihr nach ROSE HALL übersiedelt.«

»Damit Ihr hier freie Hand habt und nach Gutdünken schalten

und walten könnt, nicht wahr?« Alice beherrschte nur mühsam ihren Zorn.

»Ihr verfügt über einen scharfen Verstand, und darauf baue ich, Missis Coleman. Vergeßt nicht, was Euch erwartet, falls ich die Wahrheit über die wirkliche Alice Shadwell-Coleman an den Tag bringe. Euer Gatte dürfte kaum davon entzückt sein, einer Hochstaplerin auf den Leim gegangen zu sein.«

»Sonst noch etwas?« fragte Alice kalt.

»Nein, das wäre es für heute. Ich wünsche noch einen angenehmen Tag!« Er deutete eine Verbeugung an und verließ fröhlich vor sich hin summend den Raum.

Alice schloß die Augen, die Hände um die Sessellehnen geklammert, und kämpfte gegen einen Weinkrampf an. Verzweiflung stieg in ihr auf, heiß liefen die Tränen über ihr Gesicht. Sie zitterte.

In den Händen eines Erpressers!

Ein Wort von Arthur Moore, und sie würde Charles ebenso verlieren wie ihr geliebtes HICKORY HILL, das Alice Shadwell ihr vererbt hatte. Doch das berührte sie nicht halb so schwer. Es war vielmehr ihre Ehe mit Charles, die zählte und um die sie bangen mußte.

Minuten vergingen.

Plötzlich hörte Alice ein Geräusch. Sie nahm die Hände vom Gesicht und blickte auf. Seelische Erschöpfung und ein Anflug von Resignation standen in ihren Augen.

Sally Lee lehnte am Türrahmen. Die Zofe mußte dort schon eine Weile gestanden haben. Eine Mischung aus Neugier, Schadenfreude und Schuldbewußtsein zeichnete sich auf ihrem Gesicht ab.

Alice sah sie einen Moment stumm an. Dann straffte sich ihre Gestalt, und sie zog ein Taschentuch hervor, um sich die tränenfeuchten Augen zu trocknen. »Komm nur herein, Sally«, sagte

sie mit erzwungener Ruhe. »Genieße, was du angerichtet hast.«
Zögernd trat Sally ins Zimmer und machte die Tür hinter sich zu. Unschlüssig stand sie da. Ihre selbstbewußte Haltung schmolz unter Alices Blick dahin wie Butter in der Sonne.
»Warum hast du das getan?« fragte Alice. »Warum hast du mich verraten?... *Warum hast du uns beide verraten?*«
»Ich hab' Euch nicht verraten!« verteidigte sich Sally, vermied es jedoch, sie anzublicken. »Arthur wußte schon etwas. Er hat unseren Streit damals hier in diesem Zimmer gehört. Er ist ein guter Mann. Wir werden heiraten!« Stolz erfüllte ihre Stimme, und sie reckte ihr Kinn. »Und vor meinem zukünftigen Mann habe ich keine Geheimnisse!«
Für einen Moment vergaß Alice ihre Ängste und ihren Zorn und hatte Mitleid mit Sally Lee. »Ach, Sally«, sagte sie fast sanft. »Wie konnte dir nur so etwas widerfahren. Wie konntest du dich nur so schrecklich täuschen lassen. Arthur Moore wird dich niemals heiraten. Er hat dir doch nur den Hof gemacht, um alles an Informationen aus dir herauszulocken. Weißt du das nicht?«
»Das ist eine gemeine Lüge! Ihr wollt ihn nur schlechtmachen!«
Alice sah sie traurig an. »Nein, das will ich nicht. Ich habe dir nie etwas Schlechtes gewünscht, ganz im Gegenteil. Ich gönne dir alles Glück auf Erden«, widersprach sie ihr eindringlich. »Bitte, sei vernünftig und gebrauche deinen Verstand.«
»Ich weiß, was ich weiß!« beharrte Sally störrisch, doch in ihren Augen flackerte auf einmal ein unsicherer Blick.
»Ein ganzes Jahr hat er dich nicht beachtet und dich kaum eines Blickes gewürdigt, obwohl er oft hier im Hause war und dir so manches Mal begegnet ist, das weißt du doch wohl noch, nicht wahr? Und ganz plötzlich und scheinbar rein zufällig, nachdem er unsere Auseinandersetzung mit angehört hat, beginnt er dir

schöne Augen zu machen und dir sogar die Ehe zu versprechen. Mein Gott, so naiv kannst du doch gar nicht sein, daß du sein berechnendes Verhalten nicht durchschaust!«

Sally biß sich auf die Unterlippe und schwieg. Was gab es darauf auch zu sagen?

»Weshalb sollte er dich jetzt noch heiraten?« fuhr Alice fort, und Erbitterung sprach aus ihrer Stimme. »Er hat auch dich in der Hand, denn immerhin hast du diesen... nun sagen wir mal Schwindel mitgemacht. Er kann dich zu allem, was ihm gefällt, zwingen... so wie er jetzt auch mich in der Hand hat. Falls du noch nicht seine Geliebte bist, so kann er dich auch dazu zwingen... wenn du nicht das Gefängnis vorziehst. Verstehst du jetzt? Er hat uns beide in der Hand. Wir sind ihm ausgeliefert. Du hast alles verspielt, was du hättest haben können, Sally. Nie wird er zulassen, daß ich dir die versprochene Belohnung auszahle.«

»Doch!« keuchte Sally. »Das muß er! Es ist mein Recht. Es steht mir zu!«

Alice schüttelte den Kopf. »Nein, es stand dir einmal zu. Doch du hast es verspielt. Indem du mich an ihn verraten hast, kann ich jetzt noch froh sein, wenn er mich nur finanziell ausplündert, sonst aber ungeschoren läßt. Und glaub mir eins: Arthur läßt dich nicht mit einem Vermögen, das er einstreichen kann, davonlaufen. Wir sitzen beide in der Falle«, murmelte sie. »Mein Gott, warum hast du das bloß getan? Warum hattest du kein Vertrauen zu mir...«

Sally war leichenblaß geworden, als sie begriff, wie logisch das war, was Alice da sagte. Und die leichten Zweifel, die Arthurs Versprechen ohnehin bei ihr hinterlassen hatte, von ihr aber verdrängt worden waren, wurden nun schreckliche Gewißheit.

»Das wollte ich nicht!« stieß sie aufschluchzend hervor. »Das wollte ich wirklich nicht! O Gott, was habe ich getan!« Sie schlug die Hände vor den Mund, fuhr herum und stürzte aus dem Raum.

Sally Lee verließ Hickory Hill unbemerkt in der Dunkelheit der Nacht mit dem offenen Landauer, den Alice ihr zusammen mit einem Braunen überlassen hatte.

Am folgenden Vormittag suchte eine aufgeregte Annabell die Mistress auf. Mehrere kostbare Kandelaber, eine vergoldete französische Tischuhr, vier Silberplatten, die bei großen Festen benutzt wurden, sowie ein silbernes Tafelbesteck waren nicht aufzufinden.

Alice wußte sofort, daß sich diese Dinge nicht wiederfinden würden, wie sehr man nach ihnen auch suchte. Sie hatte Sally am frühen Morgen sprechen wollen und ihr Zimmer verlassen vorgefunden, die Schränke leer.

»Diese Dinge habe ich selbst schon verpackt!« beruhigte sie Annabell, die ganz aufgelöst war. »Ich vergaß wohl, die entsprechende Eintragung zu machen.«

»Seid Ihr Euch sicher, Mistress?« fragte Annabell zweifelnd.

»Absolut.«

Mit sichtlicher Erleichterung kehrte Annabell zu ihrer Arbeit zurück.

Alice starrte aus dem Fenster, die Allee hinunter. Sallys kopflose Flucht erfüllte sie mit Trauer. Doch sie wünschte ihr alles Glück. Sally tat ihr leid. War sie, Alice, nicht mitschuldig an allem?

3

Die Schatten der Vergangenheit stiegen drohend auf und schienen Alice unter sich begraben zu wollen. Sie hatte das lähmende Gefühl, diese Schatten spüren zu können wie eine Hand, die sie

im Dunkeln leicht berührte. Und es gab nichts, was sie hätte unternehmen können.
Tagelang stand sie unter dem Bann einer lähmenden Verzweiflung. Sie zermarterte sich das Hirn. Sie spielte eine Zeitlang mit dem Gedanken, es Sally Lee gleichzutun, zu fliehen und irgendwo ein neues Leben zu beginnen. Doch es war nicht nur die Einsicht, daß eine solche Flucht sie für immer zu einer Gejagten machen würde, die sie zum Bleiben veranlaßte. Es war ihre aufrichtige Zuneigung zu Charles, die ihr solch ein Vorhaben unmöglich machte. Ihn verlassen? Nein, das konnte sie nicht! Und sie konnte ebensowenig HICKORY HILL ihrem eigenen Schicksal überlassen. Sie hatte auf der FAIR WIND einen heiligen Schwur abgelegt, und an den fühlte sie sich genauso gebunden wie an das Sakrament der Ehe. Die Plantage war ihre Heimat geworden. Zu tief hatte sie hier schon Wurzeln geschlagen. Sie liebte den schönen Besitz.
Schließlich kam sie zu dem Ergebnis, daß sie mit dieser Bedrohung, die Arthur Moore für sie darstellte, würde leben müssen. Seine Forderung bedeutete, daß sie ein Viertel von HICKORY HILL an ihn abtreten mußte. Doch das war noch besser, als alles zu verlieren. Alice gab sich allerdings keinen Illusionen hin: Arthur Moore konnte jederzeit neue Forderungen stellen und sie weiterhin erpressen. Ihr Leben lang. Sie konnte nur darauf hoffen, daß seine Forderungen niemals so unvernünftig sein würden, daß es für sie keinen Unterschied mehr machte, ob sie sich ihnen beugte oder ihre Entlarvung in Kauf nahm.
Eines Morgens, seit dem Gespräch mit dem Verwalter war eine Woche vergangen, lenkte Jerry die Aufmerksamkeit seiner Herrin auf ein halbes Dutzend Kisten, die in einem Raum aufgestapelt standen. »Habt Ihr schon entschieden, was hiermit geschehen soll?«
Alice betrachtete die Kisten mit einem Stirnrunzeln. »Ich weiß

überhaupt nicht, was darin ist, Jerry. Sie machen einen reichlich verstaubten Eindruck.«
Er war erstaunt. »Oh, das wißt Ihr nicht?«
»Nein.«
»Ich dachte, Annabell hätte Euch unterrichtet. Entschuldigt das Versäumnis, Mistress. Ich versichere...«
»Schon gut«, unterbrach Alice ihn ungeduldig. »Diese Kisten werden wohl kaum die Kronjuwelen des Königs enthalten. Also sagt mir schon, was in ihnen ist.«
»Ich befürchte, Juwelen sind es wahrhaftig nicht«, sagte der Butler. »Nach dem Tod von Master Shadwell hat Annabell die Kleidung und einige persönliche Besitztümer des Verstorbenen aus seinem Schlafzimmer hier in die Kisten gepackt. Es war übrigens der ausdrückliche Wunsch, den Master Shadwell noch zu Lebzeiten äußerte... aus welchem Grund auch immer.«
»Danke, Jerry. Ich werde mich darum kümmern und dann entscheiden, was damit zu geschehen hat«, sagte Alice und war froh, wieder etwas tun zu können, das sie von ihren düsteren Gedanken ablenkte. Und so machte sie sich gleich an die Arbeit.
Allen Erwartungen zum Trotz fand sie einige Dinge in den Kisten, die von großem Wert waren, was sie sehr erleichterte. Unter den gegebenen Umständen konnte es nicht falsch sein, auf ein paar kostbare Kleinigkeiten zurückgreifen zu können, ohne daß Charles davon erfuhr.
Beim Ausräumen der letzten Kiste stieß sie schließlich auf eine dicke lederne Mappe, die ihre Aufmerksamkeit erregte. Sie klappte sie auf und fand einen Stoß Unterlagen und Schriftstücke sowie ein Tagebuch, das Henry Shadwell geführt hatte. Sie blätterte es flüchtig durch, doch dann blieb ihr Blick auf den Eintragungen der letzten Tage vor seinem Tod haften.
Mit wachsender Erregung las Alice, was Henry Shadwell niedergeschrieben hatte. Sie las auch die dem Tagebuch beigefügten

Unterlagen. Ihre Hände zitterten. Sie erfaßte sofort den Wert dieser Papiere, und eine Welle grimmiger Genugtuung durchflutete sie. Sie legte alles wieder in die Mappe zurück, eilte in ihr Arbeitszimmer und ging alle Unterlagen gründlich durch. Stunden später schickte sie einen Sklaven nach Arthur Moore.
Eine halbe Stunde später trat der Verwalter selbstsicher in das Zimmer.
»Schließt die Tür!« forderte Alice ihn knapp und im Befehlston auf.
Moore zog die Augenbrauen hoch, folgte jedoch der Aufforderung und setzte sich dann langsam und umständlich. Er spürte, daß irgend etwas vorgefallen war, das ihr ihre Sicherheit zurückgegeben hatte. »Nun, was gibt es Dringendes?« fragte er.
»Aus Eurem Anteil wird nichts!« eröffnete Alice ihm ohne Umschweife.
Ein spöttisches Lächeln kräuselte seine Lippen, doch seine Augen hatten daran keinen Anteil. Sie blickten ernst und forschend. »Euer Gatte wird wenig Vergnügen an dem Skandal haben, wenn man Euch vor Gericht bringt!«
»Dazu wird es nicht kommen, Mister Moore.«
Er hob nur fragend die Augenbrauen.
»Es sei denn, auch Ihr wollt vor Gericht stehen... wegen langjähriger Unterschlagung als Verwalter von Hickory Hill!« sagte sie ihm auf den Kopf zu.
Arthur Moore zuckte zusammen und sprang auf. Seine Überheblichkeit und Gelassenheit waren wie fortgewischt, seine Augen flackerten. »Unterschlagung?« stieß er hervor. »Was redet Ihr da für ein dummes Gewäsch? Euch muß die Hitze nicht bekommen sein!«
»Wartet ab, wem gleich heiß zumute sein wird! Henry Shadwell hat ein Tagebuch geführt, in dem er seinen Verdacht niedergeschrieben hat und dann, als dieser Verdacht zur Gewißheit

wurde, auch die Beweisstücke für Euer Tun beigelegt. Es ist eine sehr umfangreiche Sammlung diverser Schriftstücke! Ich habe mir hier einige Notizen gemacht. Erlaubt, daß ich Euer Gedächtnis ein wenig auffrische, sollte Euch die eine oder andere Sache in der Zwischenzeit entfallen sein.«
Der Verwalter wurde blaß, als Alice einige Dokumente und Delikte vorbrachte. Ihr Wissen war so umfassend und die Beweise, die sie nannte, so unwiderlegbar, daß Moore nicht leugnen konnte.
»Henry Shadwell nahm seine letzte Eintragung am 5. Juli vor. Am selben Tag hat er Euch fristlos gekündigt. Er wollte keinen Skandal – und Euch straffrei ziehen lassen«, holte Alice dann zum vernichtenden Hieb aus. »Am nächsten Tag erlitt er einen tödlichen Reitunfall. Diese scheinbare Zufälligkeit dürfte bei manchem Richter den Gedanken an Mord aufkommen lassen!« spielte Alice ihren letzten Trumpf aus.
Haß flammte in Moores Augen auf. Einen Augenblick fürchtete sie entsetzt, er würde die Beherrschung verlieren und sich auf sie stürzen.
»Ihr werdet es nicht wagen, mich vor Gericht zu bringen!« stieß er schließlich hervor.
»Ich wünschte, ich könnte es.«
»Gut... dann sind wir quitt. Ihr vergeßt, was Ihr über mich in der Hand habt, und ich vergesse, wer Ihr in Wirklichkeit seid!«
Sie nickte knapp. »Mit Abschluß der Ernte werdet Ihr Eure Anstellung von Euch aus kündigen und Hickory Hill verlassen«, bestimmte Alice. »Und wenn Ihr mich in Ruhe laßt, werdet Ihr Euch vor mir und meinen Informationen, die ich bei einem Anwalt hinterlegen werde, nicht zu fürchten brauchen. Ihr könnt gehen.«
Arthur Moore starrte sie an. »Verdammt sollt Ihr sein!« sagte er und ging. Er begegnete Jerry in der Halle. Derb stieß er ihn zur

Seite. »Aus dem Weg, verdammter Nigger!« schrie er unbeherrscht.

Vor dem Haus schwang sich Moore auf sein Pferd und trieb dem Tier die Sporen in die Flanken. Das Pferd wieherte schrill und bäumte sich auf. Von ohnmächtiger Wut erfüllt, hetzte der Verwalter das Tier zu den Tabakfeldern.

Alice hatte all seine Pläne zunichte gemacht. Moore verfluchte auch den alten Henry Shadwell. Wie hätte er wissen können, daß dieser neben seinen Unterlagen im Arbeitszimmer noch weitere Papiere und sogar ein Tagebuch an einem anderen Ort aufbewahrt hatte?

Arthur Moore weigerte sich, die Situation als aussichtslos zu betrachten. Es mußte eine Möglichkeit geben, trotz dieser verhängnisvollen Unterlagen Kapital aus seinem Wissen zu schlagen, bevor er Hickory Hill verließ. Er zermarterte sich das Hirn auf der Suche nach einem Ausweg. Und nach Stunden fieberhaften Nachdenkens und Abwägens fiel ihm schließlich etwas ein. Er würde nicht mit leeren Händen von Hickory Hill gehen!

Als Charles Coleman am folgenden Tag die Brücke erreichte, die über den Duck Creek führte, war er überrascht, am anderen Ufer einen berittenen Mann warten zu sehen. Es war der Verwalter. Charles zügelte sein Pferd.

»Mister Moore, auf wen wartet Ihr?« fragte er erstaunt.

»Auf Euch.«

Charles furchte die Stirn. »Auf mich? Habt Ihr schlechte Nachrichten? Ist irgend etwas passiert?« fragte er besorgt.

Arthur Moore schüttelte den Kopf und lächelte selbstgefällig, während er sich auf das Sattelhorn stützte. »Alle, die Euch am Herzen liegen, sind wohlauf, wenn es das ist, was Ihr wissen wollt.«

Eine steile Falte bildete sich auf Charles' Stirn. Er war es nicht gewohnt, daß Bedienstete so mit ihm sprachen. Außerdem war er müde vom langen Ritt, und ihm stand nicht der Sinn nach einem Gespräch mit diesem grobschlächtigen Kerl. Sollte er doch endlich zur Sache kommen, wenn er etwas auf dem Herzen hatte. »Ich muß sagen, Euer Benehmen ist äußerst merkwürdig, um es gelinde auszudrücken, Mister Moore. Was wollt Ihr von mir?«

»Euch eine Information verkaufen«, antwortete der Verwalter.

»Ich kaufe keine Informationen!« wies Charles Coleman ihn ärgerlich zurecht.

»Auch nicht, wenn sie Eure Gattin betreffen... die angebliche Alice Shadwell?« fragte der Verwalter spöttisch, sich seiner Sache ganz sicher.

Charles beugte sich schnell vor und packte Arthur Moore am Rock. »Was soll dieses Gerede, Mann? Was meint Ihr mit ›angebliche Alice Shadwell‹?« stieß er hervor. »Und ich warne Euch! Sprecht die Wahrheit, oder ich sorge dafür, daß Ihr den Tag Eurer Geburt verflucht!«

»Das ist die Information, die ich Euch *verkaufen* will«, erwiderte Arthur Moore und streifte Charles' Hand ab. »Doch nicht hier und zu dieser Stunde. Man könnte uns sehen. Und ich denke, man erwartet Euch auf HICKORY HILL. Jemand könnte auf den Gedanken kommen, Euch entgegenzureiten. Ich treffe Euch heute nacht um elf an diesem Ort. Und wenn Ihr die Wahrheit über Alice erfahren wollt, rate ich Euch, die Verabredung einzuhalten. Bis heute nacht!«

Arthur Moore zerrte sein Pferd herum und galoppierte davon, ohne eine Antwort abzuwarten. Er wußte, daß Charles Coleman kommen würde.

4

Charles saß am Frühstückstisch und trank den Tee, den Jerry soeben serviert hatte. Als Alice zu ihm auf die schattige Veranda trat, begrüßte er sie herzlich, machte ihr Komplimente und schien so beschwingt und glücklich, daß Alice überrascht war. Im allgemeinen war er zurückhaltender. Lebhaft berichtete er jetzt über seinen Aufenthalt in Williamsburg, und er sprach über Männer wie Patrick Henry, Thomas Jefferson und George Washington, die in Reden und Schriften immer stärkere Kritik an der Kolonialpolitik des Mutterlandes übten. Verräter nannte Charles diese Männer, die nach seiner Meinung die Kolonien an den Rand der Rebellion brachten.

»Man sollte sie ohne Ausnahme am nächsten Baum aufhängen und dieser rebellischen Brut ein für allemal den Garaus machen«, erklärte er im Plauderton, während er sich ein noch warmes Biskuitröllchen bestrich.

Alice teilte insgeheim Amandas patriotische Einstellung und bedauerte, daß Charles in seiner blinden Königstreue das Gefühl für Recht und Unrecht verloren zu haben schien. Doch sie machte ihm keinen Vorwurf, weder in offener Rede noch in Gedanken. Sie hatte Verständnis dafür, daß er dem König auch im Unrecht loyal ergeben war.

»König George mag nicht immer die besten Berater an seiner Seite haben«, räumte er großzügig ein. »Aber das ändert doch nichts an der Tatsache, daß er unser König ist und wir ihm Gehorsam schuldig sind. Ich nehme an, du teilst meine Einstellung, Alice.«

Sie wollte zu einer vorsichtigen Erwiderung ansetzen, kam an diesem Morgen jedoch nicht mehr dazu, ihre Meinung zu diesem Thema zu äußern. Zwei Sklaven liefen die Auffahrt hinauf. Sie waren außer sich und riefen etwas, das Alice und Charles

nicht verstehen konnten. Atemlos blieben die beiden Schwarzen vor der Veranda stehen und nahmen die Strohhüte von den Köpfen. Schweiß glänzte auf ihren Gesichtern.
»Master... etwas Schreckliches... O Lord!« stammelte der ältere der beiden Männer.
»Faß dich!« herrschte Charles ihn an. »Hol Atem, und dann berichte, was geschehen ist!«
Der Schwarze atmete tief durch. »Es ist Mister Moore... er ist tot, Massa Charles. Ben und ich, wir haben ihn gefunden. Drüben an der Brücke vom Duck Creek, Massa. Wir haben sofort Massa Whittaker, den Aufseher, geholt. Doch es war nichts mehr zu machen, Master. Es ist kein Leben mehr in Massa Moore«, sprudelte er hervor. »Massa Whittaker meint, Massa Moore müsse getrunken haben und dann von der Brücke in den Creek gefallen sein. Wird sich den Schädel an einem der mächtigen Felsen eingeschlagen haben, meint Massa Whittaker.«
Charles beobachtete ihn scharf. »So, er ist tot, sagst du. Nun, dann kann ich nichts mehr für ihn tun. Möge der Herr seiner Seele gnädig sein«, sagte er ruhig. »Jerry soll alles für eine anständige Beerdigung vorbereiten. Verwandte hatte er ja keine, soviel ich weiß.« Er entließ die Sklaven mit einer ungeduldigen Handbewegung und wandte sich wieder seinem Frühstück zu. »Eine tragische Sache. Aber diese Leute finden einfach kein Maß und wissen nicht, was ihnen guttut und was ihnen schadet. Nun ja, kann nicht behaupten, diesen Moore jemals gemocht zu haben. Er hatte irgendwie etwas Unehrliches, Hintertriebenes an sich. Aber man soll über einen Toten ja nichts Schlechtes reden. Eigentlich eine dumme Sitte. Der Tod macht doch nicht aus einem charakterlosen Gesellen einen Ehrenmann.«
Alice saß wie versteinert da. Arthur Moore war tot. Sie fühlte Betroffenheit und Entsetzen, obwohl sie Erleichterung hätte verspüren sollen, daß der einzige neben Sally und Richard, der

ihr Geheimnis teilte, tödlich verunglückt war. Aber sie hatte den Verwalter nicht gehaßt, und sein unverhoffter Tod erschreckte sie. Doch noch mehr bestürzte sie die Reaktion ihres Mannes.

»Charles!«

Er hielt im Kauen inne und tupfte sich den Mund mit der Serviette ab. »Ja, meine Liebe?«

»Mein Gott, wie kannst du nur so unbeteiligt reagieren? Arthur Moore hat den größten Teil seines Lebens hier auf HICKORY HILL verbracht.«

»Und?« meinte Charles kühl. »Was erwartest du von mir? Daß ich in Tränen ausbreche, weil er getrunken hat und im Rausch in den Creek gestürzt ist? Er ist tot. Niemand kann mehr etwas für ihn tun. Er hat zudem auch bei den Schwarzen keine Sympathie genossen, noch nicht einmal Respekt. Ich wüßte also keinen, der um ihn trauern wird. Das ist nun mal die Wahrheit, so gefühllos sie auch klingen mag!«

Ein kalter Schauer durchlief Alice bei diesen Worten, die keine Spur von Mitgefühl erkennen ließen. »Er war ein Mensch!« murmelte sie.

Charles zuckte die Achseln. »Menschen werden geboren, und Menschen sterben... und manche sterben früher als andere. Das ist der Lauf der Welt. Und jetzt laß uns über etwas reden, das wirklich von Bedeutung ist«, fuhr er fort. »Ich habe beschlossen, daß es nun soweit ist, nach ROSE HALL zurückzukehren. Wir haben genug Zeit auf HICKORY HILL verbracht, meine Liebe.«

Es war das erstemal, daß Alice die Anrede »meine Liebe« als unangebracht, ja sogar als unangenehm empfand. »Aber ich bin mit den Vorbereitungen noch nicht fertig!« wandte sie ein.

»Jerry wird es ein Vergnügen sein, sich um die Dinge zu kümmern, die nach unserer Übersiedlung noch zu erledigen sind«, erwiderte Charles unbeeindruckt von ihrem Einwand. »Richte dich also bitte darauf ein, daß wir morgen heimkehren.« Seine

Stimme hatte nun einen Tonfall, der unmißverständlich zum Ausdruck brachte, daß das Thema damit abgeschlossen war.
Alice kämpfte mit den Tränen, als sie am nächsten Vormittag die Kutsche bestieg und Abschied von HICKORY HILL nahm. Charles schien ihre innere Bewegung nicht zu bemerken. Er summte eine Melodie, während die Kutsche die Allee hinunterrollte.
Auf ROSE HALL wurden sie überschwenglich von Loreen begrüßt, und Alice zwang sich zu einem Lächeln. Es tröstete sie zu wissen, daß Rose, Jerry, Amily, Annabell und einige andere von ihrer Dienerschaft bei ihr bleiben würden. Dennoch saß der Schmerz tief. Sie wußte, daß jetzt ein neuer Lebensabschnitt für sie begann.
Doch schon im Laufe der nächsten Wochen fehlte ihr HICKORY HILL immer mehr. ROSE HALL war für einen großen Familienclan erbaut worden und viel zu weitläufig und aufwendig für nur vier Bewohner und die Dienerschaft. Die vielen leeren gepflegten Räume wirkten auf Alice bedrückend. Und Loreens Vorliebe für Etikette empfand Alice wie ein unsichtbares Korsett, das ihr die Luft nahm und ihre Spontaneität erstickte. Zudem hatte Loreen ununterbrochen etwas an ihrem Aussehen, ihrem Verhalten oder ihren Ansichten auszusetzen. Sie verstand sich ausgezeichnet darauf, ihre Kritik hübsch zu verpacken und sie stets mit einem netten Lächeln zu äußern, als hätte sie wirklich nur das Beste für Alice im Sinn.
Meistens schluckte Alice ihren Widerspruch hinunter, um des Friedens willen – und wegen Charles, der immer seltener den Versuch machte, seiner Frau beizustehen.
Alice hatte sich fest vorgenommen, sich unterzuordnen und sowenig wie möglich das Mißfallen ihrer Schwiegermutter zu erregen. Doch mit den Wochen zehrte die ständige Kritik an ihren Nerven. Und so faßte sie sich eines Tages ein Herz. Sie gab Charles zu verstehen, daß sie unter der unablässigen Kritik sei-

ner Mutter litt und sich wünschte, daß Loreen sie mehr respektierte. Sie hoffte auf sein Verständnis und seinen Einfluß auf die Mutter.
Doch Charles gab sich erstaunt. »Ich verstehe dich nicht, Liebes. Du enttäuschst mich. Meine Mutter meint es doch nur gut mit dir.« Er sprach zu ihr wie zu einem Kind, das noch nicht begriffen hat, daß nicht alles nach seinem Kopf gehen kann. »Du solltest ihren Rat schätzen und befolgen. Es würde dir nicht schaden. Sie ist eine richtige Dame, und ich bin stolz auf sie. Du kannst viel von ihr lernen.«
»Und was ist, wenn ich das nicht will?« fragte Alice aufgebracht.
»So eine unbedachte Äußerung steht dir nicht an«, tadelte er sie sanft, und das war schlimmer, als wenn er sie unbeherrscht angefahren hätte.
»Ich dachte, du liebst mich so, wie ich bin!« begehrte sie auf. »Ich erinnere mich nicht, daß du vor unserer Hochzeit etwas an mir auszusetzen hattest!«
Charles überhörte das. »Ich halte dich nicht für so dumm oder unvernünftig, daß du nicht weißt, wo dein Platz ist!« Seine Stimme war gelassen, doch der Blick seiner Augen hatte etwas Eisiges an sich. »Du wirst dich schon einfügen, Alice. Und du tust das besser freiwillig.«
Ungläubig blickte sie ihn an. »Charles! Wie sprichst du mit mir?«
»Es wird Zeit, daß du Mutter wirst«, sagte er etwas versöhnlicher, aber auch mit einer Spur von Ungeduld. »Dann werden deine ungezügelten Energien in die richtigen Bahnen gelenkt.«
Damit ließ er sie allein.

5

Der August brachte glühendheiße Tage. Die Sklaven arbeiteten von Sonnenaufgang bis Sonnenuntergang auf den weiten Tabakfeldern, pflückten die großen Blätter, banden sie zusammen und hängten sie zum Trocknen in den langen Tabakschuppen auf. Es war eine anstrengende, mühselige Arbeit, unter der auch die ausdauerndsten Sklaven stöhnten.

Es war noch in der Erntezeit, daß sich die Wege von Richard Campbell und Alice erneut kreuzten. Für Alice kam die Begegnung völlig unerwartet. Sie kehrte gerade von einem Ausritt zurück, als Charles auf den Stufen der Veranda einen Besucher verabschiedete.

Beinahe hätte sie laut »Richard!« gerufen, als sie den Besucher erkannte, und ein freudiger Schock durchfuhr sie. Doch sie vermochte ihre Zunge gerade noch zu beherrschen. »Mister Campbell!« rief sie überrascht, und die beiden Männer drehten sich zu ihr um.

Alice sprang aus dem Sattel, warf die Zügel einem wartenden Stalljungen zu und zwang sich zu einem ruhigen Gang, der ihr als Ehefrau von Charles Coleman anstand. Sie mußte sich zusammennehmen, um sich ihre große Freude nicht anmerken zu lassen.

Ihre Blicke trafen sich.

»Missis Coleman.« Richard verbeugte sich formvollendet. Er sah blendender aus, als sie ihn in Erinnerung gehabt hatte.

»Mister Campbell hat mir von eurer gemeinsamen Überfahrt berichtet, die ja wohl von recht stürmischer Natur war«, sagte Charles mit einem seltsamen Lächeln, das Alice nicht deuten konnte.

»Ja, Mister Campbell war mir eine große Hilfe«, sagte Alice steif.

Charles nickte Richard freundlich zu und sagte dann zu Alice: »So wird es für dich kein fremder Nachbar sein.«
»Nachbar?« wiederholte Alice erstaunt.
»Wißt Ihr denn noch nicht davon?« fragte Richard und warf Charles einen überraschten Blick zu.
»Wovon?« Alice schaute von Richard zu Charles.
»Mister Campbell hat Hickory Hill erworben«, erklärte Charles betont gleichgültig.
Alice war sprachlos. Sie konnte es nicht glauben. Das war doch unmöglich! Sie sah den betroffenen, mitfühlenden Ausdruck auf Richards Gesicht. Offensichtlich hatte Charles den Eindruck erweckt, daß Alice vom Verkauf von Hickory Hill unterrichtet war und ihn billigte.
»Charles!« brachte sie schließlich heraus. »Du... hast... Hickory Hill einfach verkauft, ohne mich auch nur ein einziges Mal zu fragen?«
Charles bedachte sie mit einem kalten Blick, der Alice zum Schweigen bringen sollte. »Nach dem Gesetz ist es meine Pflicht, dein Vermögen zu verwalten, das weißt du sehr wohl.« Er gab ihr damit zu verstehen, daß er gesetzlich nicht verpflichtet war, ihre Zustimmung einzuholen. Er konnte nach Belieben über ihr Vermögen verfügen. »Und was ich getan habe, ist nur zu deinem Besten, das siehst du doch ein.«
Alice hielt seinem Blick stand. Sie war den Tränen nahe.
Richard räusperte sich. Ihm war die Situation äußerst unangenehm. »Falls Eure Gattin doch zu sehr an Hickory Hill hängt, bin ich selbstverständlich bereit, das Geschäft wieder rückgängig zu machen«, bot er an.
»Dazu besteht kein Grund«, erwiderte Charles ohne langes Zögern. »Meine Frau und ich schätzen uns glücklich, Hickory Hill in guten Händen zu wissen und Euch zum Nachbarn zu bekommen, nicht wahr, Alice?«

Alice riß sich zusammen. »Es fällt mir schwer, mich von HICKORY HILL zu trennen«, erklärte sie unumwunden. »Doch es ist mir ein Trost zu wissen, daß Ihr es seid, der diesen Besitz erworben hat. Ich bitte Euch, mich nun zu entschuldigen.«

Sie eilte an Richard und Charles vorbei ins Haus, weil sie sich nicht länger beherrschen konnte. In ihrem Zimmer warf sie sich schluchzend aufs Bett und ließ ihren Tränen freien Lauf.

HICKORY HILL war verkauft! Ohne sie zu fragen. Der zauberhafte Besitz, an dem ihr Herz so hing und den Alice Shadwell *ihr* vererbt hatte, damit sie ihn für spätere Generationen erhielt.

Da ging die Tür auf, und Charles stürzte herein. Hart packte er Alice am Arm und riß sie vom Bett hoch. Wut verzerrte sein Gesicht. »Du hast mich vor ihm bloßgestellt! Tu so etwas nie wieder! Ich warne dich! So ein ungehöriges Benehmen bin ich nicht gewöhnt, und ich bin nicht gewillt, so etwas hinzunehmen. Hast du mich verstanden?«

»Du tust mir weh!« protestierte Alice.

»Es soll weh tun, damit du es nie vergißt!«

»Warum hast du nicht mit mir darüber gesprochen? Warum hast du mich ausgeschlossen von diesen Dingen? HICKORY HILL ist mein Besitz!«

»Ich bin dir keine Rechenschaft schuldig!« fuhr er sie an und gab sie frei. »Aber dennoch sollst du meine Gründe hören. Erstens ist HICKORY HILL hoch verschuldet gewesen. Ich bin nicht bereit, die Schulden zu tilgen. Zweitens kann ich nicht zwei Plantagen bewirtschaften. ROSE HALL füllt mich ganz aus, und einen neuen Verwalter für HICKORY HILL zu bekommen wäre schwierig gewesen. Drittens hat dieser Mister Campbell ein erstaunlich gutes Angebot gemacht, das nur ein Dummkopf ausgeschlagen hätte. In diesen unruhigen Zeiten kann es nicht falsch sein, ein kleines Vermögen sicher in London liegen zu haben. So, jetzt kennst du die Gründe.« Er ging, blieb aber in der Tür noch einmal kurz stehen. »Ich habe übrigens für Frauen mit rotgeweinten Augen wenig übrig, Alice. Ich erwarte, daß du in untadeligem Zustand zum Dinner herunterkommst.«

6

Nach der drückenden, feuchten Hitze der Hochsommerwochen brachte der Herbst, der das Land mit sanften Farbtönen verzauberte, angenehm frische Tage. Der Geschäftigkeit der Erntezeit folgte nun eine Zeit der Ruhe.

Auch Alice durchlebte eine Zeit der Ruhe und Zurückgezogenheit. Charles hatte ihr zu verstehen gegeben, daß die Führung der großen Plantage allein ihm oblag und daß er weder ihre Unterstützung noch ihren Rat benötigte. Und da Loreen mit unnachgiebiger Strenge das Regiment im Herrenhaus führte und nicht daran dachte, ihrer Schwiegertochter einen Teil der Aufgaben zu übertragen, hatte Alice nur wenig zu tun. Ausritte, Spaziergänge, Handarbeiten, die Lektüre von Büchern und Zeitschriften – das war alles, womit sie sich beschäftigte.

Es gab Tage, ja sogar Wochen, wo Charles von bezauberndem Charme war und ihr das Gefühl gab, daß er sie doch liebte. Aber diese Gelegenheiten wurden immer seltener. Charles unternahm viele Reisen, die ihn nach Williamsburg, Philadelphia und sogar bis nach New York und Boston führten. Aber auch wenn er sich auf Rose Hall aufhielt, war es keine Seltenheit, daß Alice und er sich nur kurz am Morgen und am Abend sahen. Und was die Nächte betraf, da hatte sich Charles in seinem Verhalten nicht geändert. Stets hatte er getrunken, wenn er zu ihr kam und sie ohne Zärtlichkeit nahm. Es war keine Vereinigung, sondern ein hastiges, schmerzhaftes Bespringen, das er so schnell wie möglich hinter sich brachte und das sie mit wortlosem Leiden er-

trug. Glücklicherweise verspürte Charles jedoch nur höchst selten den Drang, zu ihr zu kommen.
Sie trauerte ihrer Zeit auf HICKORY HILL nach. ROSE HALL würde nie ihre Heimat werden, das wußte Alice. Manchmal, wenn sie nachts aus einem unruhigen Schlaf erwachte, hatte sie das Gefühl, hier nur als Gast zu weilen ... und nicht einmal als gern gesehener. Sie fühlte sich viel eher noch wie eine Fremde, die stillschweigend geduldet wurde. Ihre vertrauten Sklaven, Rose, Annabell, Amily und Jerry, waren ihre einzige Stütze. Zwar vermochte sie ihnen nicht ihr Herz auszuschütten, aber das war auch nicht nötig. Für jeden, der mit ihr von HICKORY HILL nach ROSE HALL übergesiedelt war, stand fest, daß die junge Mistress litt. Und auf stumme, mitfühlende Art litten die Schwarzen mit ihr. Alice brach in Tränen aus, als ihr eines Tages bewußt wurde, daß ihre persönlichen Diener ihr mehr Wärme und Zuneigung entgegenbrachten als Charles.
Ihre Vereinsamung wurde noch schlimmer, als Amanda und Jasper O'Farrell ihre Besuche auf ROSE HALL einstellten. Der Grund dafür waren die gegensätzlichen politischen Einstellungen von Charles und den O'Farrells. Während Alices warmherzige Freunde die Ansichten der Loyalisten zumindest gelten ließen und bemüht waren, bei ihren Besuchen diese explosiven Themen zu meiden, unternahm Charles alles, um die Nachbarn zu provozieren und liberale Männer wie Jefferson, Henry und Adams zu verteufeln.
Die O'Farrells ließen ihm viel durchgehen, wohl zweifellos aus Zuneigung zu Alice. Doch Charles reizte sie immer wieder und kümmerte sich nicht im geringsten um Alices Bitte, das heikle Thema zu meiden, wenn die O'Farrells sie besuchten. Er schien es geradezu darauf anzulegen, sie vor den Kopf zu stoßen und zu beleidigen.
Eines Tages kam es dann zum Zerwürfnis. »Wer sich diesen

Männern anschließt, und sei es auch nur gedanklich, und gegen den König opponiert, ist ein Verräter!« rief Charles leidenschaftlich.

Jasper O'Farrell empörte sich. »Ihr schießt in Eurer Erregung über das Ziel hinaus!« mahnte er.

»Ich sage, wie es ist!«

»Charles, bitte!« flüsterte Alice beschwörend.

Er beachtete sie gar nicht.

»Auch ein König muß sich Kritik gefallen lassen, wenn er falsche Politik betreibt«, fuhr Jasper O'Farrell fort. »Und was den Ausdruck Verräter betrifft, so habt Ihr Euch wohl in der Wahl Eurer Worte vergriffen.«

»Ganz und gar nicht.«

»Ich denke nicht, daß Ihr mich als Verräter bezeichnen wollt, nur weil ich für vieles eintrete, was diese Männer zu sagen haben!« sagte Jasper O'Farrell mit warnendem Unterton.

Charles blickte ihn feindselig an. »Ich denke nicht daran, auch nur ein Wort zurückzunehmen. Wer dem König die Loyalität verweigert, ist in meinen Augen ein Verräter – nicht mehr und nicht weniger!« erklärte er kühl.

Tiefe Stille erfüllte den Raum.

Alice war fassungslos und entsetzt über die Beleidigung, die Charles den O'Farrells zugefügt hatte.

Jasper O'Farrell erhob sich würdevoll. »Ich denke, es ist an der Zeit, daß wir fahren«, sagte er mit beherrschter Stimme zu seiner Frau. Er dachte nicht daran, auf Charles' Beleidigungen zu antworten. Doch in seinem Blick lag unverhohlene Verachtung. Ein Gentleman, der seine Zunge nicht im Zaum halten konnte, war zu bedauern. Doch ein Gentleman, der nicht den Mut und den Anstand besaß, sich für eine Entgleisung zu entschuldigen, hatte in O'Farrells Augen das Recht verloren, als solcher bezeichnet zu werden.

»Es tut mir so leid, mein liebes Kind«, murmelte Amanda mit Tränen in den Augen, als sie sich von Alice verabschiedete. »Wir werden auf weitere Besuche verzichten müssen. Bitte versteh das. Doch vergiß nie, daß du immer bei uns willkommen sein wirst!« Sie stieg schnell zu Jasper in die Kutsche, der Schlag fiel zu, und die Pferde legten sich ins Geschirr.
Alice sah der Kutsche benommen nach, bis sie vor ihren Augen verschwamm. Sie hatte das Gefühl, immer mehr zu vereinsamen. Welch eine Wende hatte ihr Leben bloß genommen? Wie hatte sie jemals glauben können, an Charles' Seite ein erfülltes Leben führen zu können?
Tage und Wochen vergingen in trüber Eintönigkeit. Immer häufiger verweilten Alices Gedanken bei Richard. Er war erst zweimal nach Rose Hall gekommen, und er war nie lange geblieben. Sie hatte den Eindruck, daß dies ihretwegen geschah. Er schien ihre Gegenwart zu meiden, wie sie mit Bitterkeit feststellte.
Der Dezember kam mit heftigen Regenschauern, denen unverhofft Schneefall folgte. Doch der Schnee war nicht von Dauer. Das unbeständige Wetter legte sich Alice aufs Gemüt, und sie zog sich noch mehr in ihre eigene Welt zurück. Charles und sie entfernten sich innerlich immer mehr voneinander.
Ein Ereignis, das für die Kolonien in Amerika weittragende Folgen haben sollte, riß sie im letzten Dezemberdrittel aus ihrer Apathie. Berittene Boten sorgten dafür, daß sich die Nachricht von dem, was am 16. Dezember in Boston in der Kolonie Massachusetts geschehen war, in Windeseile ausbreitete.
Das Parlament in London hatte ein besonderes Gesetz erlassen, das der East India Company, die sich in finanziellen Schwierigkeiten befand, Steuererleichterung und das Verkaufsmonopol von Tee in ganz Nordamerika verschaffte. Allein die East India Company war von jetzt an befugt, den bei den Kolonisten so beliebten Tee zu verkaufen. Eigentlich hätten sich die Kolonien

darüber freuen sollen, denn der Tee wurde bedeutend billiger, auch wenn noch immer drei Pence Teesteuer pro Pfund bezahlt werden mußten.

Doch dieser Erlaß riß alte Wunden, die kaum verheilt waren, wieder auf. Erneut wurde der Ruf: »Besteuerung ohne Repräsentation ist Tyrannei!« in den Kolonien laut. Zudem befürchtete man, daß diesem einen Monopol noch andere folgen könnten und der Handel so immer mehr in fremde Hände gelangen würde.

In vielen amerikanischen Häfen wurden daher die Teeschiffe der East India Company zurückgewiesen, nur Boston öffnete seinen Hafen, denn der dortige Gouverneur hatte persönliches Interesse daran, daß der Tee ausgeschifft wurde. Er hatte jedoch nicht mit dem Widerstand der Bostoner Herren gerechnet, an deren Spitze sich Samuel Adams gesetzt hatte. Er verlangte vom Gouverneur, daß die drei Teeschiffe, die im Hafen ankerten, unausgeladen nach England zurückkehrten. Der Gouverneur lehnte ab.

Darauf hatte Samuel Adams nur gewartet.

Es war ein kühler, regnerischer Tag, als eine Gruppe Radikaler, die sich nicht sehr überzeugend als Indianer verkleidet hatten, am 16. Dezember 1773 drei Schiffe enterten und unter dem Beifall der Zuschauer insgesamt dreihundertzweiundvierzig Kisten Tee über Bord in das Brackwasser des Hafens warfen. Vernichtet wurde ein Wert von 150000 Pfund Sterling.

Die Bostener *Tea Party* wurde überall in den Kolonien bejubelt, in England jedoch als Akt offener Rebellion gewertet. Und die Bestrafung folgte auf dem Fuß. Der Hafen, Lebensader der Stadt, wurde geschlossen und sollte erst wieder geöffnet werden, wenn der East India Company der zugefügte Schaden ersetzt worden war. Zudem übernahm ein Militärkommando die Gewalt in der Kolonie. Die Truppen wurden verstärkt.

Doch all diese Gesetze, die in den Kolonien als untragbar verurteilt wurden, hatten nur zur Folge, daß sich die amerikanischen Kolonisten noch enger zusammenschlossen und die Kluft tiefer wurde.

Alice hätte leidenschaftlich gern mit Amanda und Richard über all das gesprochen, doch blieb sie allein mit ihren Gedanken, Sorgen und Hoffnungen. Sie fühlte sich auf ROSE HALL gefangen.

Das Jahr 1774 war schon mehrere Wochen alt, als Alice von hoffnungsvoller Erregung gepackt wurde. Ein neues wunderbares Glücksgefühl durchströmte sie und ließ sie viel von dem, was sie bedrückte und ihrem Glück im Wege stand, vergessen. Sie wartete noch zwei Wochen, und dann, als kein Zweifel mehr bestehen konnte, eröffnete sie Charles: »Ich erwarte ein Kind!«

Ihre freudige Erregung ging auch auf ihn über. Sein Gesicht, das in letzter Zeit in Alices Gegenwart meist von einem mürrischen Zug geprägt gewesen war, strahlte und erinnerte sie an die schöne Zeit ihrer Verlobung.

»Bist du auch ganz sicher?« fragte er aufgeregt. »Hast du schon einen Arzt konsultiert?«

Sie lächelte. »Nein, das habe ich noch nicht, aber das ist auch nicht nötig. Eine Frau weiß, wann sie in Umständen ist. Und ich hätte es dir nicht gesagt, wäre ich mir nicht völlig sicher gewesen. Ja, wir werden ein Kind haben.«

»Es wird ein Sohn sein. Versprich mir, daß es ein Sohn wird!« Seine Stimme war eindringlich, und er ergriff ihre Hände und hielt sie fest. »Sag es!« Ihm schien an ihrem Versprechen viel zu liegen, als glaubte er daran, daß ein Wort von ihr den Lauf der Natur bestimmen konnte.

»Sicher wird es ein Sohn«, sagte sie nach kurzem Zögern, weil sie es einfach nicht übers Herz brachte, ihm zu erklären, daß niemand so etwas vorherzusagen vermochte. Mädchen oder Junge, ihr war beides recht, hoffte sie doch, daß sie mehr als nur einem

Kind das Leben schenken würde. Aber natürlich mußte es für ihn zuerst ein Junge sein, ein Stammhalter und Erbe.

Charles war wie verwandelt, und ein wenig vom Zauber vergangener Zeiten kehrte in ihre Ehe zurück. Er kümmerte sich wieder mehr um sie. Auch die Schwiegermutter schien sie nun mit anderen Augen zu betrachten, als wäre sie jetzt zum erstenmal wichtig genug, um ein klein wenig auf ihre Wünsche und Bedürfnisse einzugehen. Und Alice war dankbar für die kleinen Veränderungen im Verhalten der Colemans ihr gegenüber.

Sie sah in ihrer Schwangerschaft ein Zeichen, auf das sie die vergangenen Monate gewartet hatte. Hoffnung und Lebensfreude kehrten zurück. Sie würde Charles' Liebe und Achtung als Mutter seiner Kinder zurückgewinnen, weshalb immer sie diese Liebe auch verloren hatte.

7

Die warme Junisonne entlockte der Erde und den Wäldern Virginias den schweren Geruch des Sommers. Gemächlich ritt Alice auf Caesar über die Felder und Weiden von ROSE HALL und atmete diesen Duft, der das blühende Leben in sich trug und den sie so liebte, tief ein. In zwei, drei Stunden würde die Sonne hoch am Himmel stehen und mit sengender Kraft auf das Land niederbrennen. Dann war es ratsam, in die kühlen Räume des Plantagenhauses zurückzukehren. Doch bis dahin war noch viel Zeit.

Sowohl Charles als auch Loreen hatten versucht, ihr die täglichen Ausritte zu verbieten. Und Alice hatte sich dem in gewisser Weise auch gebeugt und fast gänzlich auf ihre große Leidenschaft verzichtet. Doch an diesem wunderbaren Morgen hatte sie der Versuchung einfach nicht widerstehen können. Das Verlangen, auf dem Rücken ihres geliebten Pferdes den schattigen

Wegen zu folgen und über sonnenüberflutete Wiesen zu tragen, war einfach zu übermächtig geworden. Und die Gelegenheit war günstig. Loreen hielt sich in Williamsburg auf, Charles hatte das Haus schon am frühen Morgen verlassen und wollte erst gegen Abend zurückkommen. Und da ihr Schwiegervater immer noch so krank war, daß er sein Zimmer nicht verließ, gab es niemanden, der Alice von ihrem Vorhaben hätte abbringen können. Sie hatte dabei auch keine Schuldgefühle. Ihre Schwangerschaft verlief äußerst problemlos, selten hatte sie Beschwerden, und sie hatte sich nie wohler gefühlt als in dieser Zeit. Was sollte sie denn schon riskieren? Zumal sie selbst so vernünftig war und darauf verzichtete, mit Caesar im Galopp zu reiten. Es sollte ein ganz sanfter, gemächlicher Ausritt werden. Und daran hielt sie sich auch.

An diesem Tag hatte sie sich weiter als sonst vom Herrenhaus entfernt und eine Richtung eingeschlagen, der sie noch nie gefolgt war. Eigentlich kannte sie diesen Teil der Plantage, wo die Felder in große Wälder übergingen, überhaupt nicht. Und so genoß sie das neue Bild der Landschaft.

Gedankenverloren ritt sie durch einen breiten Waldgürtel und lauschte dem Gesang der Vögel hoch über ihrem Kopf.

Plötzlich lag vor ihr eine große Lichtung, die von wilden Blumen übersät war. Der Anblick dieser blühenden Pracht war überwältigend. Alice zügelte Caesar, stieg aus dem Sattel und ließ ihn grasen. Sie wußte, daß er sich nicht allzuweit von ihr entfernen würde. Außerdem brauchte sie nur seinen Namen zu rufen, und er würde zu ihr kommen. Eine tiefe Freundschaft verband sie mit dem Pferd.

Alice schritt über die Wiese, und ihr war, als liefe sie über einen kostbaren weichen Teppich. Sie begann einen bunten Strauß Sommerblumen zu pflücken. Dabei bewegte sie sich in Richtung einer kleinen Waldzunge, die wie ein Keil in die Lichtung stieß.

Und dann sah sie auf einmal die kleine Blockhütte, die ihrem Blick bisher verborgen geblieben war. Zwei Pferde standen vor der Hütte angebunden. Und eines davon erkannte sie sofort: Der schwarze Wallach mit den weißen Flecken an den Flanken war Charles' Pferd. Niemand außer ihm durfte dieses reinrassige, feurige Pferd reiten.

Verwundert blickte Alice zur Hütte hinüber. Was hatte ihn hierhergeführt? Die Hütte mußte sich an der Grenze der Plantage befinden.

Was tat er hier? Und wem gehörte das andere Pferd?

Zu ihrer Neugierde gesellte sich eine unbestimmte dunkle Ahnung. Zögernd ging sie auf die Blockhütte zu, deren Vorderfront zwei Fenster aufwies. Sie waren mit Pappe verhängt.

Als sie näher kam, hörte sie Charles' Stimme. Abrupt blieb sie stehen und glaubte im ersten Moment, sich getäuscht zu haben. Doch ihre Sinne hatten ihr keinen Streich gespielt. Was da an ihr Ohr drang, war ohne jeden Zweifel die Stimme ihres Mannes.

Der zärtliche Ton versetzte ihr einen schmerzlichen Stich. Sie vermochte sich nicht zu erinnern, daß er jemals solche Koseworte zu ihr gesagt hätte. Sie empfand Scham und Wut zugleich, als sie da stand und seinen zärtlichen Worten lauschte.

Eine innere Stimme drängte Alice zur Umkehr. Sie hatte genug gehört, um zu wissen, warum Charles so häufig weg war und kein Verlangen verspürte, seine Liebe im Bett mit ihr zu teilen.

Kehr um! Du hast genug gehört! Laß es dabei bewenden! Wer immer es ist, mit dem Charles dort das Liebeslager teilt, versuch es nicht herauszufinden. Damit wird dein Leid nur noch schlimmer! sagte die Stimme in ihr.

Doch wie unter einem Zwang ging sie weiter. Ihr Herz klopfte wild. Mit wem er dort auch immer zusammen war, nie hatte er zu ihr so leidenschaftliche und zärtliche Worte gesagt, wie Alice sie jetzt immer deutlicher hören konnte. Die Pappe von einem

der beiden Fenster war eingerissen, und diese Öffnung zog Alice jetzt magisch an.
Sie preßte ihr Gesicht gegen das Papier und starrte in das Innere der Hütte, das in Dämmerlicht getaucht war. Das Dach mußte an einigen Stellen Ritzen aufweisen, denn Sonnenstrahlen fielen wie Lichtspeere in den Raum.
Sie erkannte zwei nackte Gestalten auf Decken, die auf dem Bohlenboden ausgebreitet waren. Alice sah Charles im Profil, das Gesicht von Leidenschaft geprägt. Er verdeckte mit seinem Körper die Frau, die er in den Armen hielt.
Wer ist es, mit der er mich betrügt? Und wie lange geht das schon? schoß es Alice durch den Kopf, und sie konnte den Blick nicht von ihrem Mann, den sie noch nie zuvor so erregt gesehen hatte, abwenden.
Plötzlich bewegten sich die beiden Körper zur Seite, und der Sonnenstrahl hob das Gesicht eines jungen *Mannes* aus dem Dunkel. Charles betrog sie nicht mit einer anderen Frau, sondern mit einem Mann!
Die Erkenntnis, daß Charles seinem eigenen Geschlecht verfallen war, fuhr durch ihr Hirn. Alice begriff plötzlich vieles. Er war gar nicht in der Lage, eine Frau zu lieben. Deshalb war er auch meist betrunken, wenn er zu ihr kam. Es kostete ihn Überwindung, den Akt mit einer Frau auszuüben.
Wie gelähmt starrte sie auf die beiden muskulösen Körper, auf die Hände, die sich gegenseitig erregten. Dann sank Charles auf die Decken, öffnete sich seinem jugendlichen Geliebten und nahm ihn auf, wie eine Frau das Glied eines Mannes in sich aufnahm, das Gesicht dabei von Lust und Verlangen gezeichnet.
Sie hörte sich selbst aufschreien und sah, wie sich Charles jäh aus der intimen Umarmung des jungen Mannes löste, zu Tode erschrocken herumfuhr und den Mund zu einem stummen Schrei aufriß.

Alice ließ den Blumenstrauß fallen und rannte über die Lichtung zu Caesar. Ihr Atem ging kurz und schnell, als sie das Pferd erreichte. Sie fror, und das Sonnenlicht war plötzlich von blendender Grelle. Mühsam stieg sie in den Sattel, krallte sich in die Mähne des Tieres und trieb es zum Galopp an.
Caesar jagte den Weg zurück.
Alice war keines klaren Gedankens fähig. Sie spürte keinen Schmerz, als der dünne, tiefhängende Ast eines Baumes durch ihr Gesicht peitschte und ein rotes Zeichen hinterließ.
In wildem Galopp flog das Pferd dahin. Seine trommelnden Hufe warfen Grasbündel hoch, hämmerten über steinigen Boden und rissen im Wald die weiche Erde auf.
Und dann geschah es.
Caesar stolperte, die Mähne entglitt ihren Händen. Die Sonne und das grüne Dach des Waldes schienen auf einmal unter ihr zu schweben. Sie schrie gellend auf und ruderte mit den Armen nach Halt suchend wild durch die Luft. Alles drehte sich um sie. Und dann schlug sie auf dem Boden auf.
Die Sonne schien vor ihren Augen zu explodieren und ein Meer tiefschwarzer Finsternis auszuströmen, das sie in die Tiefe zog. Ein messerscharfer feuriger Schmerz zuckte von ihrem Rücken aus durch ihren Körper und nahm ihr das Bewußtsein. Regungslos, die Arme weit von sich gestreckt, lag sie auf dem Waldboden.

8

Als Alice Coleman aus ihrer Bewußtlosigkeit erwachte, fiel ihr erster Blick auf Rose, die mit übernächtigtem Gesicht an ihrem Bett saß und nun einen freudigen Schrei ausstieß.
»Dem Herrn im Himmel sei Dank! Mistress... ich... ich... hatte schreckliche Angst um Euch!... Wir alle haben uns mäch-

tig viel Sorgen gemacht! ... Ich hole sofort Doktor Paddington!« rief Rose aufgeregt. »Welch eine Erlösung, daß Ihr endlich wieder zu Euch gekommen seid!«

»Nein ... warte!« sagte Alice mit schwacher Stimme und schüttelte den Kopf. »Noch nicht! ... Paddington kann später kommen. Bleib und erzähl mir, was geschehen ist.«

Rose zögerte, sie biß sich auf die Lippen und wich ihrem Blick aus. »Massa Charles brachte Euch bewußtlos ins Haus. Er hat Euch gefunden. Im Wald, wo Caesar Euch abgeworfen hat. Ihr ... ihr habt viel Blut verloren ...« Etwas, was sie nicht auszusprechen wagte, schwang in ihrer Stimme mit.

Alice erinnerte sich plötzlich wieder an alles. Und die Erinnerung würgte ihre Kehle. Ihre Hände fuhren über die Bettdecke. »Ich habe das Kind verloren, nicht wahr?«

Rose nickte. Tränen sammelten sich in ihren Augen, die so voller Güte waren. »Ja, es war schrecklich!« schluchzte sie auf.

Alices Hände öffneten sich. »Denk nicht mehr daran. Es ist gut so, glaub mir. Es ist gut so«, versicherte sie mit kraftloser Stimme und dachte an die beiden nackten Männerkörper, verschlungen im Liebesakt.

Rose brach nun in Tränen aus und schlug die Hände vors Gesicht.

»Es ist wirklich gut so. Glaube es mir, auch wenn du es nicht verstehst, Rose«, sagte Alice noch einmal, und ein Lächeln flog über ihr Gesicht, bevor sie in tiefen Schlaf versank.

Viele Stunden später erwachte Alice wieder. Halbdunkel umgab sie. Sie lauschte, vernahm schwache Geräusche und horchte in sich hinein. Das Bild von der Blockhütte bedrängte sie wieder. Es hatte sich in ihr Gedächtnis eingebrannt. Doch diesmal ertrug sie es leichter, und sie wußte instinktiv, daß sie das Schlimmste überstanden hatte. Zwar fühlte sie sich noch immer sehr erschöpft und hatte diesen dumpfen ziehenden Schmerz im Unter-

leib, doch damit konnte sie leben. In ein paar Tagen würde sie das Bett verlassen dürfen.
Später brachte Rose ihr eine leichte Suppe. Doch Alice war nicht nach Essen zumute. Sie mußte mit Charles sprechen, sosehr sie sich auch vor dieser Begegnung fürchtete. Und sie schickte die Zofe nach ihm.
Über eine Stunde wartete sie. Dann trat er zu ihr ins Zimmer. Draußen lag schon die Dunkelheit der Nacht über dem Land. Kerzenschein tauchte Alices Schlafzimmer in einen weichen Schein.
Sie sah ihm sofort an, daß er getrunken hatte, viel getrunken hatte. Sein Gesicht trug einen herausfordernden, fast feindseligen Zug. Doch tief in seinen Augen lag auch so etwas wie Furcht.
Schweigend sahen sie sich an.
Alice spürte eine merkwürdige Beklemmung. Charles war ihr Mann, und doch erschien er ihr nun fast wie ein Fremder. Sie wußte nicht, womit sie beginnen sollte. Alice brauchte nicht auszusprechen, was sie gesehen hatte.
»Du hast mich nur geheiratet, um einen Stammhalter und Erben zu bekommen, nicht wahr?« brachte sie schließlich heraus.
»Das ist deine Pflicht!« erwiderte er hart. »Du wirst mir einen Sohn schenken! Der Teufel soll mich holen, wenn ich dich nicht dazu bringe!«
»Nein, ich werde dir keinen Erben gebären!« erwiderte sie bitter. »Du hast mich von Anfang an betrogen und mich um mein Glück gebracht. Du wirst dir eine andere Frau suchen müssen, Charles. Eine Frau, die mit deiner... Veranlagung leben und die schrecklichen Nächte mit dir ertragen kann! Ich werde dich verlassen. Und ich verlange von dir...«
Mit einem Satz war Charles bei ihr. Feindselig starrte er sie an. »Du wirst keiner Menschenseele auch nur das geringste verra-

ten«, zischte er drohend und fügte dann, jedes Wort betonend, hinzu: »Mary... Alice... Bancroft!«

Der Schrei erstarb in ihrer Kehle. Entsetzt starrte sie Charles an.

Er lachte geringschätzig. »Versuch nicht, irgend etwas abzustreiten. Ich weiß alles. Rede du bloß nicht von betrügen! Du hast dich hier bei uns eingeschlichen. Eine Betrügerin, die auf HICKORY HILL die große Dame gespielt hat. Aber wie auch immer, du wirst meine Frau bleiben und mir einen Sohn schenken. Eher werde ich dich nicht ziehen lassen... vielleicht auch dann nicht einmal.«

»Nein... das kannst du nicht tun!« stieß Alice hervor und zitterte bei dem Gedanken, noch Jahre mit ihm leben zu müssen.

»O ja, und ob ich das kann!« sagte er kalt. »Und komm besser erst gar nicht auf den unsinnigen Gedanken, fliehen zu wollen. Du würdest nicht weit kommen, darauf hast du mein Wort. Man wird dich immer wieder zu mir zurückbringen. Und solltest du versuchen, dich gegen mich zu wenden und dein Wissen über meine... Veranlagung zu nutzen, werde ich dich vernichten. Niemand wird den Worten einer Betrügerin Glauben schenken.«

»Wer hat es dir gesagt?« brachte Alice nur mühsam hervor.

»Dein Verwalter!« sagte Charles verächtlich. »Dieser Dummkopf glaubte, mich in der Hand zu haben und ein Vermögen aus mir erpressen zu können.«

Alice erschauerte, als sie die Zusammenhänge begriff. Sally Lee hatte Arthur Moore das Geheimnis anvertraut. Und als sie glaubte, den Verwalter in der Hand zu haben, hatte sich Arthur Moore an ihren Mann gewandt und damit gerechnet, daß dieser sein Wissen für sich behalten und so auch niemals von den Unterschlagungen erfahren würde.

»Es war kein Unfall. Du hast ihn umgebracht, nicht wahr? Kaltblütig umgebracht!« Alice fror, als sie sich an den Morgen auf der Veranda von HICKORY HILL erinnerte. Jetzt verstand sie, warum sich Charles so wenig überrascht, ja unbeteiligt gezeigt hatte. »Du hast einen Mord begangen, um mich für immer in deiner Gewalt zu haben. Mein Gott, was bist du nur für ein Mensch!«

»Arthur Moore hat bekommen, was er verdiente!« erwiderte Charles ungerührt. »Vielleicht hätte ich wirklich einen Handel mit ihm gemacht. Doch er ging zu weit in seinen Forderungen. Er glaubte, mich in der Hand zu haben und schamlos erpressen zu können. Nun, unsere nächtliche Unterhaltung dort auf der Brücke nahm handfeste Formen an.« Er lachte kurz auf. »Sein Pech, daß er mir nicht gewachsen war. Doch von kaltblütigem Mord kann nicht die Rede sein. Er hat zuviel riskiert und letztlich alles verloren – auch sein Leben. Doch das war nicht viel wert gewesen. Dein Mitleid mit ihm ist also gänzlich unangebracht.«

»Ich hasse dich!« flüsterte Alice voller Abscheu. »Wie habe ich mich von dir nur so täuschen lassen können?«

Charles lächelte höhnisch. »Haß scheint mir eine ebenso gute Basis für eine dauerhafte Ehe zu sein wie Liebe«, sagte er zynisch. »Liebe ist ganz sicher etwas Wunderbares, die es bis zum letzten auszukosten gilt, wenn man ihr begegnet, doch sie hat die leidige Angewohnheit, sich so schnell zu verflüchtigen. Haß dagegen bleibt immer lebendig, meine Liebe.«

Alice bereute ihren Gefühlsausbruch. »Gib mich frei, Charles! Bitte, laß uns beide einen Schlußstrich ziehen und einander die Fesseln aufheben!« flehte sie ihn an.

Er blickte spöttisch auf sie hinunter. »Ich fühle mich ganz und gar nicht gefesselt.«

»Aber ich! Laß mich gehen, Charles! Ich verlange nichts von dir... nur meine Freiheit!«

Kalt ruhte sein Blick auf ihr. »Du bleibst so lange bei mir, wie ich es will. Ich habe nicht vor, mich zum Gespött der Leute zu machen. Du wirst mir einen Sohn schenken, denn das ist deine verdammte Aufgabe als meine Frau! Und schlag dir aus dem Kopf, fortlaufen zu wollen. Sally Lee ist auch geflohen, doch es hat ihr wenig genützt!«
»Was hast du ihr getan?« keuchte Alice.
»Oh, noch nichts«, antwortete er. »Doch ich weiß, wo sie ist und wie sie sich jetzt nennt. Falls du mich dazu zwingst, werde ich ihr Leben vernichten... und das von Mister Campbell.«
Alice sah ihn entsetzt an. »Nein!« keuchte sie.
»O doch! Er ist ja auch in dieses Komplott verwickelt, nicht wahr? Du wirst zwei Leben ruinieren, Alice, wenn du nicht tust, was ich von dir verlange, und mich zum Äußersten zwingst. Vergiß das nicht!« Er wandte sich zum Gehen, blieb dann noch einmal stehen und drehte sich zu ihr um. »Noch etwas. Du wirst wissen wollen, wie es Caesar geht... Ich habe ihn erschossen, weil er dich abgeworfen hat. Jeder soll wissen, daß ich vor nichts zurückschrecke, wenn meiner geliebten Frau auch nur ein Haar gekrümmt wird.«
»Du Scheusal!« rief Alice voller Abscheu und spuckte in seine Richtung. Wie konnte jemand nur so herzlos sein, ein unschuldiges Tier zu töten, um seine grenzenlose Macht zu demonstrieren. Was für ein kaltes Herz mußte Charles haben!?
»Moralische Entrüstung steht dir schlecht zu Gesicht, meine Liebe«, erwiderte er, bedachte sie mit einem sarkastischen Lächeln und zog die Tür ganz sanft hinter sich zu.
Bei Einbruch der Nacht bekam Alice hohes Fieber, das sich Doktor Paddington, der noch auf Rose Hall weilte, nicht erklären konnte. Die Patientin schien doch schon auf dem Weg der Besserung gewesen zu sein, und nun dieser Rückfall, der ihr Leben ernstlich in Gefahr brachte.

Vier Nächte und drei Tage versuchte das Fieber sie zu verzehren und auszulaugen, damit der Tod leichtes Spiel mit ihr hatte. Doch Alice war eine starke Natur. Ihr Körper bäumte sich immer wieder gegen die dunklen Schatten der Ewigkeit auf. Am Morgen des vierten Tages war die Krise dann überwunden.
Alice würde leben. Doch was war das für ein Leben, das sie erwartete?

9

Ein eisiger Januarwind brachte klirrende Kälte nach Virginia. Bäume und Büsche erstarrten zu Eisgewächsen, die im Licht der blassen Sonne in lebloser Schönheit funkelten. Dichter Rauch stieg aus den Schornsteinen von ROSE HALL.
Mehr als ein halbes Jahr war seit jenem schrecklichen Tag vergangen, und Alice hatte den Schock mittlerweile überwunden. Sie war dankbar, daß sie ihre Lebensfreude wiedergefunden hatte und den Tod nicht mehr als die Erlösung von ihrer Verzweiflung und Hoffnungslosigkeit betrachtete.
Lange, einsame Spaziergänge trugen zu Alices Genesung bei. Die dumpfe Verzweiflung und das Gefühl, gefangen zu sein, blieben zwar, doch Alice schickte sich an, ihr Leben innerhalb dieser unsichtbar um sie errichteten Gefängnismauern neu zu ordnen und zu gestalten.
Zwischen ihr und Charles gab es nun nichts Unausgesprochenes mehr. Ein jeder wußte das intimste Geheimnis des anderen, und dieses Wissen verband sie auf seltsame Weise. Es war, als hätten zwei Todfeinde einen Pakt miteinander geschlossen, weil sie nicht nur aufeinander angewiesen, sondern einander auch ausgeliefert waren. Charles hatte recht gehabt. Ihr Haß erwies sich als erschreckend festes Band.
Ohne daß sie darüber gesprochen hätten, ließ Charles es zu, daß

Alice jetzt ihre Stellung gegenüber seiner Mutter behauptete und sich entschlossener als früher durchsetzte. Wenn Charles sie schon an Rose Hall kettete und ihr die Freiheit nahm, wollte Alice wenigstens die Stellung ausfüllen, die ihr zustand. Charles spürte, was in ihr vorging, und ihm war es recht.
In diesen Bahnen lief ihr tägliches Leben ab. Es war wie ein spannungsgeladener Waffenstillstand, während das Jahr 1774 sich seinem Ende zuneigte, ohne daß Alice wieder schwanger wurde. Und sie fühlte sich zwischen Verzweiflung und Erleichterung hin und her gerissen. Sie betete inständig, nicht schwanger zu werden, denn nur so konnte sie ihn strafen – auch wenn sie sich gleichzeitig selbst damit strafte. Denn die Nächte, in denen er angetrunken in ihr Bett kam und sich mit spürbarem Widerwillen mit ihr paarte, bis er seinen Samen in sie verströmt hatte, hatten nichts von ihrem entwürdigenden Charakter verloren, sondern waren noch qualvoller geworden, weil Alice dann stets daran denken mußte, was sie an jenem sonnigen Morgen in der Blockhütte gesehen hatte.

10

Der Frühling ließ die kalten Wintermonate vergessen, und Alice kehrte zu ihrer geliebten Gewohnheit, am frühen Morgen auszureiten, zurück. Häufig ritt sie bis an die Grenze der Plantage, wo der Duck Creek die beiden Ländereien von Rose Hall und Hickory Hill trennte.
Und es geschah bei einem dieser Ausritte, daß sie Richard traf. Sie hatte ihr Pferd an einer jungen Pappel angebunden und saß im frischen Gras, als Richard am anderen Ufer auftauchte.
Alice sprang auf und blickte zu ihm hinüber. Und in diesem Moment begriff sie, weshalb ihr Weg sie so häufig hierhergeführt

hatte. Es war nicht nur ihr Wunsch gewesen, hinüber nach HICKORY HILL zu blicken, sondern die unausgesprochene Hoffnung, eines Tages Richard zu treffen.
Während der vergangenen Monate hatte sie Richard Campbell zweimal gesehen, und zwar bei Festen auf ROSE HALL. Doch in Gegenwart ihres Mannes war er wie ein Fremder zu ihr gewesen, höflich und aufmerksam, aber distanziert. Und auch Alice hatte ein Gefühl der Befangenheit während dieser Begegnungen nicht überwinden können.
Nach einem kurzen Moment des Zögerns trieb Richard sein Pferd durch den Creek. Wasser spritzte auf. Am Ufer stieg er mit einer schnellen Bewegung aus dem Sattel und ging auf sie zu.
»Alice!«
»Richard!«
Er blieb vor ihr stehen, blickte forschend in ihr Gesicht und nahm schließlich ihre Hand. Alices Herz klopfte. Wie hatte sie sich nach diesem Moment gesehnt!
»Es ist schön, dich wiederzusehen... allein«, sagte er leise.
»Ja, Richard.« Ihre Stimme zitterte. »Bis zu diesem Moment habe ich nicht wirklich gewußt, wie sehr ich mich danach gesehnt habe...«
Ein schmerzliches Lächeln flog über sein Gesicht. »Du machst mich glücklich und traurig zugleich.« Noch immer hielt er ihre Hand, und diese Berührung empfand sie schon wie eine wunderbare Zärtlichkeit, die Wärme durch ihren Körper schickte und ihr Herz weit öffnete.
»Warum bist du nicht mehr nach ROSE HALL gekommen?« fragte sie mit belegter Stimme und konnte den Blick nicht von seinem Gesicht wenden.
»Ich konnte es nicht ertragen, dich an der Seite deines Mannes zu sehen«, gestand er. »Es ist nicht recht, daß ich dich damit belaste, Alice...«

»Nichts, was du tust und sagst, könnte mich jemals belasten«, flüsterte sie. »Sprich nur weiter.«

»Ich habe geglaubt, dich vergessen zu können, wenn ich dir fernblieb«, sagte er niedergeschlagen. »Doch es war ein Irrtum. Ich kann einfach nicht vergessen, was hätte sein können... wie das Leben mit dir hätte sein können. Doch das Schicksal hat es nicht gewollt. Und das einzige, was mir zu hoffen bleibt, ist, daß du an der Seite deines Mannes das Glück findest, das ich mir für dich wünsche.«

»Glück an der Seite von Charles?« wiederholte sie leise, und Qual breitete sich in ihren Augen aus. »Mein Gott, wenn ich nicht wüßte, daß du es aufrichtig meintest, ich würde es als Hohn empfinden!«

Der Ausdruck seines Gesichtes zeigte Bestürzung. »Aber ich dachte, du liebst ihn... ich meine, genug, um...« Verwirrt brach er ab.

»Ich hasse ihn«, murmelte Alice. »Ich habe ihn nie geliebt, nicht aus tiefstem Herzen. Ich habe mal geglaubt, ihn sehr gern zu haben und ihm eine gute Ehefrau sein zu können. Doch das war ein schrecklicher Irrtum. Er hat meine Zuneigung mit Füßen getreten. Er hat nie auch nur etwas für mich empfunden. Nicht Liebe ist es, was uns verbindet, sondern Haß!«

»O mein Gott, Alice!... Das habe ich nicht gewußt«, sagte Richard fassungslos. »Nie ahnte ich, daß du so leidest. Was ist geschehen?«

Sie schüttelte den Kopf. »Ich... ich kann nicht darüber reden, Richard. Nicht jetzt. Später vielleicht einmal. Bitte, frag nicht mehr. Es wäre zudem unrecht, Charles die alleinige Verantwortung für mein Unglück zuzuschreiben. Auch ich trage meine Schuld an dem, was geschehen ist. Ich hätte ihn niemals heiraten dürfen, weil ich doch wußte, daß ich ihn nicht so liebte, wie es hätte sein sollen. Doch ich redete mir ein, ich könnte es lernen,

ihn so zu lieben, um ihm eine gute Ehefrau zu sein und Kinder...« Ein Schluchzen erstickte ihre Stimme, sie schlug die Hände vors Gesicht.
Sanft zog Richard sie in seine Arme, drückte ihren Kopf an seine Brust und ließ sie weinen. Zärtlich strich er über ihr Haar. »Weine nur, geliebte Alice. Laß deinen Tränen freien Lauf. Du bist bei mir. Und was immer geschieht, ich werde für dich dasein«, flüsterte er ihr zu.
»O Richard! Warum... warum ist alles so gekommen?« rief sie mit tränenerstickter Stimme.
»Ich war ein Narr«, flüsterte er heiser. »Ich hatte Angst, dir meine Liebe zu gestehen, weil ich mir nicht sicher war, was du für mich empfandest.«
»Ich habe auf dich gewartet«, schluchzte Alice. »Ich hoffte so sehr, du würdest kommen oder mir zumindest schreiben. Wie sehnsuchtsvoll wartete ich auf eine Nachricht von dir. Doch dann war es zu spät. Ich liebte dich... und ich habe nie aufgehört, dich zu lieben. Doch das ist mir zu spät klargeworden!«
»Alice! Sag so etwas nicht!« beschwor er sie eindringlich. »Wie kann es für zwei Menschen, die sich lieben, zu spät sein? Wir werden einen Weg finden, der zu unserem Glück führt. Du darfst nur nicht die Hoffnung aufgeben. Du mußt an uns und unsere Liebe glauben.«
»Nein, es ist hoffnungslos, Richard.«
»Sag so etwas nicht!« wiederholte er. »Ich bin nicht bereit, mich damit abzufinden. Warum hast du so wenig Vertrauen in unsere Liebe?«
»Mit unserer Liebe hat es nichts zu tun.«
»Sondern?«
»Das kannst du nicht verstehen, und ich fühle mich nicht in der Lage, es dir zu erklären. Bitte dring nicht weiter in mich«, murmelte Alice erschöpft. Sie wischte sich die Tränen ab. »Ich werde

es dir eines Tages erklären. Irgendwann. Du mußt mir Zeit lassen.«
»Ich werde dich nie zu etwas drängen«, versprach er. »Vielleicht gibt uns das Schicksal noch einmal eine Chance. Ich werde die Hoffnung nicht aufgeben... denn das hieße mich selbst aufgeben.«
Sie glaubte nicht daran, sprach es jedoch nicht aus. Sie löste sich aus seiner Umarmung. »Ich... muß... jetzt gehen, Richard.«
Sie standen sich gegenüber.
»Du wirst wieder kommen, nicht wahr?«
»Was für einen Sinn hätte es?«
»Du wirst wieder kommen, weil du mich liebst, so wie ich dich liebe, und weil wir einander brauchen!« erwiderte er überzeugt.
Sie liebten sich und waren füreinander bestimmt. Das wußte er, als er in ihre Augen schaute. »Wir gehören zusammen, und nichts auf der Welt wird daran jemals etwas ändern können.«
Er nahm ihr Gesicht zärtlich in seine Hände und beugte sich zu ihr hinunter. Für einen Augenblick fanden sie Trost, als sich ihre Lippen erst zögernd und dann mit verzweifelter Sehnsucht trafen.

11

Richard sollte recht behalten. Alice kam wieder zum Duck Creek, der von nun an zu ihrem geheimen Treffpunkt werden sollte. Es waren stets nur wenige Stunden, die ihnen in der friedlichen Abgeschiedenheit des Flusses vergönnt waren. Doch aus dem Zusammensein mit Richard, wie schmerzlich kurz ihr die gemeinsamen Stunden auch erschienen, schöpfte Alice die Kraft, die sie brauchte, um ihre Rolle auf ROSE HALL zu spielen, ohne daran zu zerbrechen.
Inzwischen vollzogen sich auf der politischen Bühne des Weltge-

schehens dramatische Dinge. Die Unstimmigkeiten zwischen dem Mutterland und seinen amerikanischen Kolonien verschärften sich, jahrhundertealte und für unantastbar gehaltene Bindungen wurden gelöst und neue Wege, die in die Gewalt führten, beschritten.

Nach der Schließung des Hafens von Boston und der Verkündigung der neuen Gesetze fanden sich Vertreter aller Kolonien mit Ausnahme von Georgia im September 1774 in Philadelphia zum Ersten Kontinental-Kongreß ein. Diese Versammlung hatte sich zum Ziel gesetzt, sich auf eine gemeinsame Verteidigung gegen die Repressalien der britischen Regierung zu einigen. Die liberalen Vertreter, die für ein gemäßigtes Vorgehen plädierten, wurden jedoch bald schon von den unnachgiebigen und radikalen Delegierten in den Hintergrund gedrängt. Der Kongreß beschloß den Abbruch der Handelsbeziehungen mit dem Mutterland, mit Irland und Westindien. Aber von einer Trennung von England war noch keine Rede.

Im Oktober desselben Jahres ignorierten die Volksvertreter von Massachusetts britische Gesetze, die die Selbstverwaltungsorgane außer Kraft gesetzt hatten, und versammelten sich illegal zu einem Provinzialkongreß. Dies war eindeutig ein revolutionärer Akt. Die kriegerische Auseinandersetzung war nicht mehr aufzuhalten. Längst schon hatten Patrioten damit begonnen, in der Umgebung von Boston Waffenlager anzulegen und Milizen aufzustellen und auszubilden.

Das britische Parlament zeigte sich blind gegenüber den berechtigten Beschwerden der Kolonisten und beschloß, mit Waffengewalt für die Durchführung der Gesetze in Amerika zu sorgen. Im Februar 1775 erklärte es Massachusetts als im Zustand der Rebellion befindlich und erteilte General Thomas Gage, Militärstatthalter von Boston, den ausdrücklichen Befehl, gegen die Aufständischen vorzugehen.

Am 19. April 1775 beorderte General Gage siebenhundert Grenadiere und Infanteristen nach Concord. Dort, achtzehn Meilen von Boston entfernt, befand sich eines der wichtigsten Arsenale der Rebellen. Die Soldaten unter dem Kommando von Oberstleutnant Francis Smith sollten dieses Waffenlager ausräumen. Doch die Rebellen waren schon frühzeitig über dieses Unternehmen unterrichtet und die *Minute Men*, wie sich die Miliz von Massachusetts nicht zu Unrecht nannte, in Minutenschnelle alarmiert und einsatzbereit.

Auf halbem Weg nach Concord trafen die britischen Rotröcke auf eine Abteilung Rebellen. Es kam zu einem blutigen Gefecht. Die britischen Soldaten kämpften sich ihren Weg frei, erlitten in Concord jedoch eine vernichtende Niederlage.

Damit begann der amerikanische Unabhängigkeitskrieg.

Nur wenige Wochen nach den Schüssen von Lexington und Concord fand der Zweite Kontinental-Kongreß statt. Zu den Deligierten zählten auch Thomas Jefferson, Benjamin Franklin und George Washington, die zur ersten Sitzung in der Uniform der virginischen Miliz erschienen.

Der Kongreß beschloß, die Milizen zu einer Kontinentalarmee zusammenzuschließen und zu verstärken. George Washington, Tabakpflanzer aus Virginia und verdienter militärischer Führer, wurde zum Oberbefehlshaber ernannt. Damit unterstrich der Kongreß seine Bereitschaft zum Widerstand, schickte aber dennoch eine Bittschrift, die *Olive Branch Petition*, an König George III., deren Ton versöhnlich war. Noch hofften die Führer der Kolonien auf ein Einlenken und eine Autonomie unter der Britischen Krone.

Doch die Hoffnung war vergebens. Im August 1775 erklärte der König die gesamten amerikanischen Kolonien als im Zustand der Rebellion befindlich. Der Waffengang war nicht mehr abzuwenden.

George Washingtons Armee existierte bestenfalls auf dem Papier. Was er vorfand, waren Milizen, von denen nur wenige diszipliniert und gut ausgerüstet waren. Und doch, am 17. März 1776, sahen sich die in Boston eingeschlossenen britischen Truppen gezwungen, die Stadt zu räumen und auf dem Seeweg zu verlassen. Dies war der erste große Erfolg für Washington, der es verstand, seine Männer zu motivieren und sie effektiv einzusetzen.
Was als Kampf um die Wahrung *kolonialer* Interessen begonnen hatte, war nun unwiderruflich zum Kampf um die Unabhängigkeit geworden. Am 4. Juli 1776 erfolgte im Kongreß die Annahme der Unabhängigkeitserklärung. Doch es war ein langer, blutiger Weg bis zur tatsächlichen Unabhängigkeit.

12

Mit gleichmäßigen, kräftigen Schlägen trieb Richard den flachen Kahn den Duck Creek hinauf. Wasser perlte von den Riemen, und die Tropfen zogen Kreise auf der glatten Oberfläche des Flusses.
Alice saß im Bug des Bootes, bekleidet mit einem leichten, luftigen Musselinkleid, das der zu erwartenden Hitze dieses Spätsommertages entsprach. Ein kleiner Sonnenschirm mit Blumenstickereien schützte ihr Gesicht vor der Sonne. Zu ihren Füßen stand ein Picknickkorb aus geflochtenen Weidenruten, bedeckt von feuchten Leinentüchern, die die Hitze des Tages fernhalten sollten.
Mit einem glücklichen Lächeln auf den Lippen blickte sie Richard an, der ihr gegenübersaß, und beobachtete das vertraute Spiel seiner Muskeln, während er die Ruderblätter durch das klare Wasser zog. Er hatte sich seines Rockes entledigt und die Ärmel

seines weißen Hemdes hochgeschoben. Wie Bronze schimmerte sein gebräuntes Gesicht im Licht der Sonne.

Richard fing ihren Blick auf und erwiderte das zärtliche Lächeln.

»Wohin entführst du mich?« So weit flußaufwärts war sie weder allein noch zusammen mit ihm jemals gekommen. Ihr war, als befände sie sich in einem fremden Land auf Entdeckungsreise.

»Vertraue ganz auf deinen Steuermann.«

»Das tue ich blindlings, und ohne Zögern würde ich dir mein Leben anvertrauen. Nun, es liegt sowieso schon in deinen Händen«, sagte Alice. »Aber dennoch könntest du mir verraten, wohin diese Flußfahrt führt.«

»Laß dich überraschen, meine Liebste. Ich bin sicher, es wird dir gefallen, wohin ich dich führe.«

»Ich bin überall glücklich, wenn ich nur mit dir zusammen bin.«

»Ach, geliebte Alice...« Er sah sie mit schmerzlicher Sehnsucht an.

Ihr Blick fiel auf den Korb zu ihren Füßen, und ihr eben noch fröhliches Gesicht nahm einen ernsten Ausdruck an. »Wird man sich auf Hickory Hill nicht Gedanken machen, wer außer dir noch in den Genuß dieser Köstlichkeiten hier kommt?« fragte sie mit einem Anflug echter Besorgnis in der Stimme. »Die Sklaven sprechen doch darüber!«

Mehr als ein Jahr war vergangen, seit sie das Schicksal an den Ufern des Duck Creek wieder zusammengeführt hatte. Ihre Liebe war in diesen Monaten gewachsen, doch gleichzeitig auch die Angst vor Entdeckung. Äußerste Vorsicht bestimmte daher ihre Treffen.

»Sei beruhigt«, antwortete Richard. »Niemand wird sich Gedanken machen oder Klatsch verbreiten.«

»Die Schwarzen reden gern.«

»Niemand weiß von diesem Picknickkorb. Wie ein Dieb bin ich heute nacht ins Küchenhaus geschlichen und habe alles eingepackt.« Er schüttelte lachend den Kopf. »Und dabei dachte ich, der Herr auf Hickory Hill wäre ich!«

Alice beugte sich vor und nahm seine Hand. »Riskiere nichts meinetwegen!«

»Alles würde ich für dich aufs Spiel setzen«, erklärte er ernst. »Findest du nicht, daß es allmählich an der Zeit ist, daß du mir sagst, was dich an Charles bindet, obwohl du ihn haßt?« fragte er dann überraschend.

Alice wich seinem Blick aus. »Nein«, sagte sie leise. Sie hatte oft vorgehabt, Richard mit ihrer kalten Welt von Rose Hall vertraut zu machen. Doch sie brachte dann, wenn sie mit ihm zusammen war, die Worte einfach nicht über die Lippen. Und sie glaubte nicht, daß sie imstande war, ihre Verzweiflung in die richtigen Worte zu fassen. Also schwieg sie weiter.

Für eine Weile hingen sie ihren Gedanken nach. Nur das Plätschern des Wassers und helles Vogelgezwitscher waren zu hören. Vom näher kommenden Kahn aufgeschreckt, huschte ein Waschbär am Ufer entlang und verschwand zwischen den Büschen.

Der Duck Creek machte jetzt eine Biegung.

»Hierhin wollte ich dich entführen«, sagte Richard.

Alice drehte sich um und blickte in Bugrichtung. Die Ufer des Flusses traten an dieser Stelle weit zurück. In der Mitte dieser Ausbuchtung erhob sich eine von Schilf umsäumte, grasbewachsene Insel, die nicht mehr als einen knappen Meter aus dem Duck Creek herausschaute. Erdbuckel mochte eine treffendere Bezeichnung für diese Laune der Natur sein, denn diese Insel maß nicht mehr als vier Meter in der Länge und drei in der Breite.

Alice war von dem Anblick dieser grün schimmernden Insel so überrascht, daß sie einen Laut des Entzückens ausstieß. »Eine

Insel!... Eine richtige kleine Insel im Duck Creek!« rief sie begeistert. »Was für ein wunderschönes Fleckchen Erde!«
»Nun, um sich dort für immer niederzulassen, ist sie ein wenig zu klein, doch ich dachte mir, daß sie für ein Picknick gerade die richtige Größe hat«, sagte er vergnügt und zog die Riemen ein.
»Wie hast du bloß diese abgelegene Stelle gefunden?« wollte Alice wissen, als das Boot mit dem Bug das Schilf zur Seite drückte.
Richard zuckte mit den Achseln und lächelte. »Durch Zufall, könnte man meinen. Doch die Vorstellung, daß mich das Schicksal vor ein paar Tagen zu Pferd an diesen Ort geführt hat, schmeichelt meiner romantischen Seele mehr als der Gedanke an einen Zufall. Nennen wir es also eine Fügung des Schicksals.«
»Gern will ich daran glauben.«
»Wir werden dieses kleine Paradies Alice-Insel taufen. Komm, nimm von deiner Insel Besitz!« Er half ihr aus dem Kahn, und Alice hatte das Gefühl, noch niemals so weiches Gras unter den Füßen gespürt zu haben.
Richard holte den Picknickkorb aus dem Boot und breitete seinen Rock auf dem warmen, saftigen Grün aus, damit Alice sich setzen konnte. Er setzte sich neben sie ins warme Gras.
Ihre Hände berührten sich, ihre Blicke sanken ineinander. Vergessen waren die Köstlichkeiten, die unter den kühlenden Tüchern im Picknickkorb warteten.
Alice stieß einen Seufzer aus, als Richard sie in die Arme nahm und seinen Mund auf ihre Lippen preßte. Wie sehnte sie sich nach seinen Küssen und der zärtlichen Liebkosung seiner Hände. Doch bisher hatten sie beide trotz der Stärke ihrer Liebe und ihrer Sehnsucht, einander ganz zu gehören, dem Verlangen nicht nachgegeben. Es schien, als hätte Richard all die Monate ihre unbewußte Abneigung gegen körperliche Liebe gespürt. Doch an diesem Tag zeigte er sich verändert. Seine Küsse waren

zärtlich und von zugleich verzehrender Leidenschaftlichkeit. Sie schienen eine neue Bedeutung zu haben. Seine Hände glitten sanft über ihren Körper, der unter seinen Liebkosungen erbebte. Seine Fingerspitzen folgten der vollendeten Linie ihres Nackens, streichelten ihre halb entblößten Schultern und umfaßten mit liebevollem Druck ihre vollen Brüste.

»Ich liebe dich«, flüsterte er. »Ich liebe dich, und ich brauche dich.«

Alice spürte für einen Augenblick, wie Panik in ihr aufstieg, und der Gedanke an Charles ließ sie erschaudern. Sie wollte Richard Einhalt gebieten, doch diesmal waren ihre Gefühle stärker, und sie ließ sich mitreißen vom Strom der Leidenschaft. Sie ließ es geschehen, daß er sie entkleidete, und sie fühlte weder Scham noch Angst, als auch das dünne Mieder und die spitzenbesetzten Beinkleider ins Gras fielen und sie so vor ihm lag, wie Gott sie geschaffen hatte. Es war wunderbar, ganz nahe bei Richard zu sein und die Sonne auf der Haut zu spüren.

Seine Hände und seine Lippen liebkosten ihren in der Liebe noch unerfahrenen Körper, erkundeten ihn ohne Hast und bedeckten ihn mit Küssen und Zärtlichkeiten, von denen sie nicht zu träumen gewagt hätte. Höher und höher stieg ihre Erregung, und sie bäumte sich lustvoll auf, als seine Zunge über ihre Haut tänzelte, sein Mund ihre Brustspitzen umschloß und das Feuer zwischen ihren Schenkeln immer stärker wurde.

Als er endlich in sie eindrang, sah sie ihn mit großen feuchten Augen an. Ungläubige Freude und Lust stand in ihnen, und fast ungeduldig drängte sie sich ihm entgegen, nahm ihn ganz tief in sich auf und vergaß die Qual des körperlichen Zusammenseins mit Charles. Wie ausgelöscht waren ihre Hemmungen, und sie ließ sich hinauftragen in die Höhen der Erfüllung, während ihre Körper sich in einem immer schneller werdenden Rhythmus stürmischer Leidenschaft bewegten.

Stöhnend wand sie sich unter ihm. Seine heiße und doch so zärtliche Männlichkeit schien sie von Kopf bis Fuß zu erfüllen, und sie drängte sich ihm entgegen und öffnete sich ihm mit grenzenloser Bereitschaft. Das Feuer der Lust wurde zu einem lodernden, alles verzehrenden Flammenmeer, das ihr den Atem zu rauben schien. Und dann barst in ihr etwas. Eine Welle der Glückseligkeit schien sie mit sich fortzureißen und endlos weit in den blauen Himmel der Lust zu schleudern. Denken und Fühlen wurden eins. Sie flüsterte ihm mit atemloser Stimme scheinbar sinnlose Worte zu und klammerte sich mit verklärtem Blick an ihn, als er seinen heißen Samen in ihren Schoß verströmte. Nie hätte sie geglaubt, daß sie ein solches Glück würde erfahren können und daß die körperliche Liebe solch ein Wunder sein konnte.

Ermattet sanken sie auf ihr Lager im Gras, hielten sich umschlungen und versuchten erst gar nicht, ihre Empfindungen mit Worten auszudrücken. Ihre Augen, Hände und Lippen sagten mehr als tausend Worte. Zärtlich liebkosten sie sich im warmen Sonnenschein, bis das Verlangen erneut in ihnen aufflammte und sie sich ein zweitesmal liebten.

Als sie dann später in seinen Armen lag, erschöpft und unbeschreiblich glücklich, verstand sie plötzlich alles. Diese Bootsfahrt, die kleine, von aller Welt abgeschiedene Insel, sein heftiges Verlangen, das wie eine Sturzflut alle Dämme der Angst und der Verkrampfung in ihr niedergerissen hatte, und ihre eigene Unersättlichkeit nach seiner Liebe.

»Du hast dich entschlossen, in den Krieg zu gehen, nicht wahr?« fragte sie, und ihre Stimme, die ohne jeden Vorwurf war, verriet, daß ihre Frage eigentlich einer Antwort nicht bedurfte.

»Ja, ich hatte es dir später sagen wollen«, antwortete Richard nach einer Weile. »Nichts sollte diese Stunde trüben.«

Alice richtete sich auf.

»Das hat es auch nicht«, sagte sie lächelnd. »Es war unaussprechlich schön. Ich kann nicht glauben, daß es auf der Welt jemanden geben kann, der jemals etwas Wunderbareres erlebt hat als ich in deinen Armen. Jetzt weiß ich, was Liebe ist... und wunschlose Erfüllung.«

Er küßte sie. »Du bist meine Erfüllung.«

»Wann wirst du gehen?« fragte Alice und blickte ihn an, als wollte sie jede Linie seines Gesichts erforschen und in sich aufnehmen, um sich später an jede Einzelheit erinnern zu können.

»Noch heute«, erklärte er nach kurzem Zögern. »Ich habe schon gepackt und dafür gesorgt, daß auf HICKORY HILL alles wie gewohnt weitergehen wird.«

Sie nickte und schwieg.

»Ich hasse den Krieg!« brach es plötzlich aus Richard hervor. »Und noch mehr hasse ich es, dich zu verlassen. Aber sosehr ich Blutvergießen verabscheue, ich kann in dieser Zeit nicht abseits stehen. Unsere Kontinentalarmee unter George Washington ist in Bedrängnis und kann jeden Mann brauchen. Du weißt, die Briten halten noch immer New York besetzt.«

Alice hatte insgeheim schon damit gerechnet, daß Richard eines Tages HICKORY HILL verlassen würde, um für die Unabhängigkeit seines Landes zu kämpfen. Das war nie eine Frage gewesen. Doch nun, da sie Gewißheit hatte, fiel es ihr schwer zu glauben, daß Richard morgen nicht mehr am Ufer des Flusses auf sie warten würde – und auch nicht übermorgen und nächste Woche. Vielleicht nie mehr.

»Ich weiß, daß du es tun mußt«, sagte sie leise und bemühte sich, ihre Tränen zu unterdrücken. Sie wollte tapfer sein. Doch wie konnte sie Abschied nehmen, da ihr die Trennung von Richard das Herz zerriß?

»Vermutlich wird man mich irgendwo hinter den Linien im Nachschub einsetzen...« versuchte er sie zu beruhigen und be-

gann sich anzukleiden. »Laß uns nicht mehr davon reden. Vertrauen wir dem Schicksal. Ich glaube an uns beide... und an eine gemeinsame Zukunft, Alice. Und darauf werden wir jetzt trinken! Nichts kann uns trennen, glaube mir!«
Später glitt der flache Kahn den Duck Creek wieder flußabwärts. Eine Meile vor der Brücke legten sie am Ufer von HICKORY HILL an. Im Schutz der Bäume warteten dort die angepflockten Pferde auf sie.
Sie umarmten sich ein letztes Mal. Es gab so vieles, was Alice ihm noch sagen wollte. Doch sie blieb stumm, befangen im Aufruhr ihrer Gefühle. Richard erging es ebenso. Ein letzter Kuß, ein langer Blick, und Richard schwang sich mit einer schnellen Bewegung in den Sattel und galoppierte davon. Bald verschwand seine Gestalt im Dämmer des Waldes.

VIERTES BUCH

1776–1777

1

Als Alice an jenem Spätsommertag ihr Pferd durch die Furt im Duck Creek lenkte und das zu Rose Hall gehörende Ufer erklomm, wußte sie plötzlich: Ich werde ein Kind von Richard bekommen.

Beim Anblick des großen Plantagenhauses von Rose Hall verschwand ihr Glücksgefühl, das den Schmerz über Richards Fortgehen bisher gemildert hatte. Schrecken und Unbehagen ergriffen sie, als sie daran dachte, daß Charles sich für den Vater dieses Kindes halten würde. Und sollte sie einen Jungen zur Welt bringen, würde er von »seinem« Sohn Besitz ergreifen. Nie würde er ihr glauben, daß nicht er der Vater des Kindes war. Sein Stolz würde es niemals zulassen. Und nie würde er das Kind, würde es ein Junge und damit sein Stammhalter werden, aufgeben. Und das bedeutete, daß sie von nun an ganz an Charles gekettet sein würde, wollte sie nicht ihr Kind, Richards Kind, verlieren.

Als Alice das Herrenhaus betrat und die weite Halle durchquerte, hörte sie Loreens erregte Stimme aus dem Salon. »Rede mir nicht von Königstreue, mein Sohn! Die Rebellen sind mir aus tiefster Seele verhaßt. Es sind Volksaufwiegler. Aber der König ist weit, und seine Truppen haben sich wahrlich nicht mit Ruhm bedeckt!«

»Bitte, überleg es dir noch einmal gründlich!« hörte Alice Charles' Stimme.
»Dazu besteht keine Veranlassung, Charles. Ich habe meine Entscheidung getroffen, und du weißt, ich bin nicht wankelmütig. Als ich im letzten Monat in Williamsburg war, hat man sich geweigert, mich zu bedienen. Nicht in allen Geschäften, gut. Aber man hat mich als Tyrannenfreund beschimpft und sogar angespuckt! Und niemand schritt dagegen ein!« Zorn und Empörung sprachen aus Loreens Stimme. »Nein, solange diese Leute die Gewalt haben, ist mir das Leben hier unerträglich. Dein Vater und ich reisen nach England. Und du solltest dich uns anschließen, Charles.«
»Ich denke gar nicht daran! Dieser lächerliche Unabhängigkeitskrieg wird sich als Strohfeuer erweisen. In Boston hat dieser George Washington einfach Glück gehabt. Du wirst sehen, bald werden wieder normale Verhältnisse einkehren.«
»Ich weiß nicht, ob du gut beraten bist, wenn du bleibst. Mit deinen streitbaren Reden für die Sache der Loyalisten hast du dich hier sehr unbeliebt gemacht. Und das könnte eines Tages gefährlich werden. Aber was du tust, liegt ganz bei dir. Auf jeden Fall hält es uns hier nicht länger.«
»Wann werdet ihr zur Küste reisen?« wollte Charles wissen.
»Schon morgen. Wir werden nur leichtes Gepäck mitnehmen.«
»Ich werde euch begleiten.«
»Danke, Charles. Ich hatte nichts anderes erwartet.«
Alice hatte genug gehört. Leise ging sie die Treppe hinauf und begab sich in ihr Zimmer. Mit einem Gefühl unendlicher Erleichterung sank sie auf ihr Bett. Loreen und James Coleman verließen Rose Hall und reisten nach England, um den Wirren des Krieges zu entfliehen! Und Charles würde seine Eltern auf ihrem Weg zur Küste begleiten. Das bedeutete, daß er etwa zwei, drei Wochen von der Plantage fort sein würde. Vielleicht sogar

noch länger. Es würde nicht so einfach sein, eine Schiffspassage nach England zu bekommen. Durch den Krieg waren die direkten Verbindungen unterbrochen. Vermutlich würde die Reise Loreen und James zuerst zu den Westindischen Inseln führen. Wie auch immer, ihre Schwiegereltern würden nicht die einzigen sein, die das Land verlassen wollten. Nein, Charles würde kaum vor einem Monat zurück sein.
Und in einem Monat würden auch die letzten Zweifel beseitigt sein, ob sie ein Kind erwartete oder nicht.

2

Es war ein sonniger, frischer Tag, der schon den kommenden Herbst ahnen ließ, als James und Loreen Coleman am nächsten Morgen in Begleitung ihres Sohnes und einer fünfköpfigen Dienerschaft Rose Hall verließen.
Alice wollte ganz bewußt keinen Abschiedsschmerz heucheln. Jeder wußte vom anderen, daß zwischen ihnen keine Liebe verloren war. Widerwilliger Respekt war das einzige, was sie einander an positiven Gefühlen entgegenbrachten.
Auch Loreen blieb noch im letzten Augenblick ihren Prinzipien treu. »Die Last des Haushalts liegt nun auf deinen Schultern, meine Liebe«, verabschiedete sie sich von ihrer Schwiegertochter. »Nun, du wirst jetzt Gelegenheit haben, eine Menge zu lernen. Vielleicht wächst du mit diesen neuen Aufgaben. Es könnte dir nicht schaden.«
Der Hieb saß tief, doch Alice zuckte nicht mit der Wimper und ging auf ihre verletzenden Worte nicht ein, sondern erwiderte schlagfertig: »Macht euch keine Sorgen um Rose Hall und laßt euch Zeit mit eurer Rückkehr. Sicher werdet ihr in England mehr gebraucht als hier.«

Wortlos wandte sich Loreen ab und stieg zu ihrem Mann in die Kutsche. Alice kehrte ins Haus zurück, noch bevor die beiden Kutschen angefahren waren.
Sie genoß das Gefühl, allein im Haus zu sein.
Ihre Hoffnung, Charles möge länger fortbleiben, erwies sich als berechtigt. Woche um Woche verstrich. Ein Monat ging ins Land, die Bäume legten ihr Herbstkleid an, und Charles war noch immer nicht zurück. Alice kostete diese Wochen, die frei von beklemmenden Szenen und verletzenden Wortgefechten waren, voll aus. Es hätte eine wunderbare Zeit sein können, wäre Richard dagewesen, um diese Freiheit mit ihr zu teilen. Die Sorge um ihn bedrückte Alice und warf einen Schatten auf ihr stilles Glück.
Doch sie blieb nicht untätig auf ROSE HALL. So nutzte sie Charles' lange Abwesenheit, um wieder Kontakt mit den O'Farrells aufzunehmen. Ihr erstes Wiedersehen nach so langer Zeit wurde zu einem bewegten Treffen, und keiner schämte sich seiner Tränen.
Amanda und Alice sahen sich in diesen Wochen oft. Und mehr als einmal war Alice kurz davor, ihrer besten Freundin ihr Herz auszuschütten und ihr von ihrem Glück und von ihrer Sorge zu berichten. Doch allein die Tatsache, daß sie dann gezwungen wäre, auch von dem verhängnisvollen Rollentausch zu erzählen, hielt sie davon ab. Wie sollte sie Amanda erklären, daß sie Charles nicht verlassen konnte, sondern ihm rettungslos ausgeliefert war?
Fast zwei Monate vergingen. Die Sonne hatte an Kraft verloren, und die Farbenpracht der Wälder fiel kalten Winden zum Opfer. Der Herbst war längst dem ersten Frost gewichen, und das welke Laub verrottete am Boden. Mit kahlen Ästen ragten die Bäume in den grauen Novemberhimmel, als Charles auf ROSE HALL eintraf.

»Ich erwarte wieder ein Kind«, sagte Alice ihm am Abend nach seiner Rückkehr.
Freudig überrascht sah Charles sie an. »Das ist endlich mal eine gute Nachricht!« sagte er zufrieden. »Du weißt, daß ich auf einen Erben warte!«
Später vergrub Alice ihr Gesicht im Kissen, damit es ihr Schluchzen erstickte. Es war ihr und Richards Kind! Charles hatte kein Recht darauf. Und doch würde er es ihr nehmen und einen Weg finden, um sich ihrer später zu entledigen, wenn er hatte, was er wollte. Und sie haßte den Tag, an dem das Schicksal sie in das Haus der Colemans geführt hatte. Und auch den Tag auf See, als sie dem Rollentausch mit Alice Shadwell zugestimmt hatte. Sie wünschte, sie hätte der Sterbenden niemals das Versprechen am Totenbett gegeben. Zu hoch war der Preis, den sie nun dafür zahlen mußte.

3

Naßkaltes Wetter überzog das Land mit einem tristen grauen Schleier, und die heftigen Regenfälle, die den James River und zahlreiche andere Flüsse über die Ufer treten ließen, verwandelten Wege und Straßen in schlammigen Morast.
Niedergeschlagen stand Alice am Fenster und starrte hinaus in den bleichen Februarmorgen. Ihre Gedanken waren bei Richard. Mehr als vier Monate lag die Bootsfahrt den Duck Creek flußaufwärts zurück, und wenn nicht die deutlichen Anzeichen ihrer Schwangerschaft gewesen wären, hätte sie jenen Tag für einen Traum gehalten.
Nicht eine Nachricht hatte sie bisher von Richard bekommen. Er war in den Krieg gezogen, ohne zu wissen, daß er ein Kind gezeugt hatte. Und der Gedanke, daß er es vielleicht niemals erfahren würde, quälte und bedrückte Alice mehr als alles andere.

Dumpfer Hufschlag, der schnell lauter wurde und sich dem Plantagenhaus näherte, riß sie aus ihren düsteren Gedanken. Ein Reiter kam die Allee heraufgaloppiert. Die Hufe des dahinjagenden Pferdes ließen den Schlamm hochspritzen. Der strömende Regen mußte den Reiter, der es offenbar sehr eilig hatte, zum Herrenhaus zu kommen, völlig durchnäßt haben.

Jähe Hoffnung stieg in Alice auf.

Ein Bote, der Nachricht von Richard brachte?

Nein, das war zu unwahrscheinlich. Niemals würde Richard einen so direkten und sie beide kompromittierenden Weg wählen, um ihr eine Botschaft zukommen zu lassen.

Der Reiter hatte sein erschöpftes Pferd vor dem Haus soeben zum Stehen gebracht, als er auch schon aus dem Sattel sprang und die Stufen zur Säulenhalle emporlief. Sein Atem dampfte in der kalten Luft, das Haar hing ihm in nassen Strähnen ins Gesicht.

Alice erkannte den Reiter jetzt. Es war Andrew Harris, der jüngste Sohn der Familie Harris, die im Nordosten von ROSE HALL eine große Plantage besaß. Die Harris' zählten wie Charles Coleman zu den überzeugten Anhängern des Königs.

Alice ahnte, daß Andrew Harris, ein hagerer, sehniger Mann Anfang Dreißig, keine guten Nachrichten brachte. Sie eilte aus dem Salon hinaus in die Halle. Im selben Augenblick kam Charles die Treppe herunter.

»Mein Gott, Andrew! Du bist ja naß bis auf die Knochen!« rief Charles bestürzt aus, als er ihn erblickte.

»Es gibt Schlimmeres als nasse Kleidung«, keuchte Andrew Harris.

»Was ist passiert, daß du dich an so einem Tag aufs Pferd setzt und hierhergeritten kommst? Ich lasse trockene Kleidung und etwas Warmes zu trinken für dich holen.« Charles wandte sich zu einem der Bediensteten um, der abwartend in der Halle neben der Treppe stand.

»Keine Zeit«, stieß Andrew atemlos hervor. »Schlechte Nachrichten, Charles. Die verdammten Rebellen machen jetzt Ernst mit ihren Drohungen. Sie konfiszieren die Besitztümer unserer Freunde, der Loyalisten!«

»Himmel, das sollen sie nur versuchen!« rief Charles grimmig. »Sie werden sich bei mir blutige Köpfe holen, da hast du mein Wort drauf!«

Andrew schüttelte den Kopf. »Es sind keine leeren Drohungen mehr. Unten in Cartersville ist es zu Ausschreitungen gekommen. Die Menge hat sich zusammengerottet und die Sache selbst in die Hand genommen. Zwei Plantagenhäuser stehen schon in Flammen.«

Charles ballte die Fäuste. »Weißt du auch, wen diese Banditen überfallen haben?« stieß er hervor.

Andrew Harris nickte. »Die Jacksons und die Clantons. Sie haben alles verloren. Aber es kommt noch schlimmer. Sie haben sich nicht allein aufs Brandlegen beschränkt, sondern einige unserer Freunde gefedert und geteert.«

»Diese Hunde!« rief Charles. Er war blaß geworden vor wildem Haß.

»Es heißt, sie hätten Dan Williams vor seinem Haus aufgehängt«, stieß Andrew Harris atemlos hervor. »Und jetzt ist die Bande auf dem Weg hierher nach Rose Hall. Es kann nicht lange dauern, bis sie hier sind.«

»Sie sollen nur kommen!« rief Charles wutentbrannt. »Ich werde ihnen einen passenden Empfang bereiten, darauf kannst du dich verlassen!«

Andrew schüttelte den Kopf. »Laß dich nicht darauf ein, Charles! Die Menge ist zu groß, und dieses Pack ist zu allem entschlossen. Widerstand reizt sie nur bis aufs Blut. Hierzubleiben und sich verteidigen zu wollen wäre reiner Selbstmord!« beschwor er seinen Freund. »Sie sind bewaffnet, und jeder dieser

Aufständischen haßt dich. Du hast ja keine Gelegenheit versäumt, um ihnen zu zeigen, was du von ihnen hältst. Mein Gott, sie werden dich hängen! Ihr müßt auf der Stelle fliehen.«

»ROSE HALL aufgeben? Niemals!« schrie Charles empört.

»Denk an deine Frau! Du hast keine Chance gegen diese Bande! Wir haben auch schon in aller Eile das Notwendigste zusammengepackt. Meine Familie ist bereits unterwegs zur Küste. Zwanzig Meilen südlich von Norfolk ankert eine Brigg, die FORTUNE. Der Captain, Roger Hendes, ist einer von uns. Das ist unsere letzte Chance, mit heiler Haut davonzukommen.«

Charles starrte ihn bedrückt an und schwieg. »Ist es wirklich so ernst?« fragte er schließlich.

»Wäre ich sonst gekommen?« meinte Andrew. »Verlaßt ROSE HALL. Wenn man euch hier nicht findet, werden diese Schurken weiterziehen. Glaube mir, Widerstand ist sinnlos. Damit beschwörst du nicht nur deinen Tod herauf, sondern auch den deiner Frau. Wenn unsere Armee den Aufstand niedergeschlagen hat, kehren wir zurück. Um Gottes willen, versuch nicht den Helden zu spielen. Damit machst du es nur noch schlimmer!«

»Ich kann es einfach nicht glauben«, murmelte Charles.

»Ich muß weiter und die anderen warnen. Wir sehen uns auf der FORTUNE!« rief Andrew und fügte noch hinzu: »Denk an deine Frau ... und deinen ungeborenen Sohn!« Er wischte sich mit einer nervösen Handbewegung eine Strähne aus der Stirn und lief wieder hinaus in den strömenden Regen. Augenblicke später hatte der aufgeweichte Boden das Trommeln der galoppierenden Hufe verschluckt.

»Sam ...! Josh ...! Clay!« brüllte Charles, und die drei schwarzen Diener stürzten verstört in die Halle. Mit rauher Stimme gab Charles Anweisung, die vierspännige Kutsche reisefertig zu machen und zu packen. Dann wandte er sich an Alice. »Du kümmerst dich um die Sachen, die du mitnehmen willst. Aber beeil

dich. In spätestens einer Stunde brechen wir auf! Zur Hölle mit den Rebellen! Hängen sollte man sie. Alle!«
»Ich... ich kann nicht!«
»Was kannst du nicht?« fragte er verblüfft.
»Ich kann nicht von hier fort. Bitte, laß mich hier zurück.«
»Red keinen Unsinn! Du kommst mit mir. Du wirst die Fahrt gut überstehen. Wenn du glaubst, ich lasse dich mit dem Kind zurück, irrst du dich!« sagte er scharf.
Verzweiflung erfaßte Alice. Virginia war ihre Heimat. Für sie bestand kein Anlaß, vor den Rebellen zu flüchten, fühlte sie sich ihnen im Grunde ihres Herzens doch zugehörig. Und niemand würde ihr etwas antun. Außerdem würde Richard irgendwann zurückkehren. Bestimmt würde er kommen. Und dann konnte sie nicht Tausende von Meilen von ihm getrennt sein! Sie beide gehörten zusammen. Die Vorstellung, mit Charles nach England zurückgehen zu müssen, war unerträglich. Und in ihrer Qual rief sie: »Es ist nicht dein Kind...! Du bist nicht der Vater! Du brauchst mich nicht mitzunehmen!«
Charles zuckte zusammen.
»Sag es nie wieder!« schrie er Alice außer sich vor Wut an. »Sag so etwas nie wieder, hörst du mich?« Er packte sie, daß sie vor Schmerz aufschrie.
»*Es ist die Wahrheit!*« All ihre Angst zählte in diesem Augenblick nicht. Sie kämpfte verzweifelt um ihr Leben und um ihr Kind. »Ich... habe dich betrogen... so wie du es all die Zeit auch getan hast! Von Anfang an hast du mich hintergangen und mich in meiner Ahnungslosigkeit in eine Ehe gelockt, die keine ist... niemals eine war!«
In seinem Gesicht zuckte es.
»So, betrogen hast du mich«, stellte er mit veränderter Stimme fest. »Wer sollte denn dein heimlicher Geliebter sein? Wer ist es? Rede!«

»Niemals wirst du seinen Namen von mir hören!« rief Alice. »Tu mit mir, was du willst, doch verraten werde ich ihn nie!«
»Sicher werde ich den Namen deines Geliebten nie von dir zu hören bekommen«, entgegnete Charles höhnisch. »Weil es ihn nicht gibt. Ich muß gestehen, daß du mich eben ein wenig aus dem Gleichgewicht gebracht hast. Ein effektvoller Schachzug, Alice. Du willst, daß ich dich freigebe und hier zurücklasse. Und mit dieser Lüge hast du versucht, mich zu dieser Trennung zu veranlassen. Aber du hast mich doch sehr unterschätzt. Du kannst machen, was du willst, ich weiß mit unerschütterlicher Sicherheit, daß ich der Vater dieses Kindes bin. Und du wirst es als meine Frau zur Welt bringen!«
»Charles...! Es ist die Wahrheit! Du kannst mich nicht mitnehmen, du darfst es nicht! Bitte, laß uns dieser Qual ein Ende machen!« flehte sie ihn an.
»Eher würde ich dich töten, als auf dich und das Kind zu verzichten!« schnitt er ihr das Wort ab. »Geh jetzt und pack! Du gehörst zu mir. Und ich will, daß du mitkommst!«
Alice zitterte bei seinen Worten. Durch das noch immer offenstehende Portal fegte der naßkalte Wind in die Halle von Rose Hall.

4

Tief gruben sich die Räder der Kutsche in den aufgeweichten Boden. Schlamm spritzte zu beiden Seiten hoch. Der Regen hüllte den Vierspänner in einen grauen Schleier. Die Feuchtigkeit drang auch ins Wageninnere, so daß Alice die Decken enger um die Schultern zog.
Sie hatte jedes Gefühl für Zeit verloren. Stunden mußten seit ihrem überstürzten Aufbruch von Rose Hall vergangen sein. Charles hatte Sam, der das Gespann lenkte, die Anweisung gege-

ben, so schnell wie möglich zu fahren. Und so schlingerte, rutschte und schwankte die Kutsche über die kurvige Straße, die durch den heftigen Regen voll tiefer Schlaglöcher war.
Alice empfand Mitleid mit den drei Schwarzen, die sich oben auf dem Kutschbock drängten und dem Wetter ausgesetzt waren. Trotz der Regenumhänge mußte ihnen kalt und ihre Kleidung klamm vor Nässe sein.
Charles saß ihr gegenüber. Seit Beginn der Fahrt hatte er kein einziges Wort an sie gerichtet und sich in düsteres Schweigen gehüllt. Er starrte mit verkniffenem Gesicht vor sich hin und trank Brandy, den er in zwei silberne flache Taschenflaschen gefüllt hatte. Stunde um Stunde war so verstrichen. Das Trommeln des Regens auf dem Dach der Kutsche, dumpfer Hufschlag, aufspritzendes Wasser und die heiseren Rufe des Kutschers waren die einzigen Geräusche, die sie auf dieser trostlosen Fahrt begleiteten.
Endlich sagte Charles: »Die FORTUNE wird Kurs auf die Bahamas nehmen, eine kleine Inselkette bei Florida. Vielleicht bleiben wir auch in der Karibik. Jamaica soll schön sein und viel bieten. Dort können wir abwarten, bis die Armeen des Königs dieses aufständische Pack geschlagen und die Rebellion erstickt haben. Lange kann es nicht dauern. Es soll sehr sonnig da unten sein. Nehmen wir diese Reise als Erholung.« Es war, als wollte er sich damit selber Zuversicht zusprechen.
Alice nickte nur, weil sie nichts darauf zu erwidern wußte, und das Schweigen senkte sich erneut über sie. Und im Laufe der nächsten Stunden nahm ein Plan in ihrem Kopf Gestalt an. Sie mußte den Versuch wagen und fliehen, kurz bevor sie an Bord der FORTUNE gingen. Charles würde es nicht riskieren, sie zu verfolgen und dabei sein Leben aufs Spiel zu setzen. Er war als Königstreuer bekannt, und darin lag ihre Chance. Er mußte das Land verlassen. Und gewannen die Rebellen den Unabhängig-

keitskrieg, wer würde dann den Anschuldigungen eines Loyalisten Glauben schenken? Man würde alles für den versuchten Racheakt eines Mannes halten, dessen Frau ihn verlassen und sich zu den Freiheitskämpfern gesellt hatte.
Doch was geschah, wenn die britischen Truppen diesen Krieg gewannen?
Alice beschloß, das Wagnis einzugehen und zu hoffen. Ohne Hoffnung hätte das Leben seinen Sinn verloren. Sie wollte nicht aufgeben, sie wollte kämpfen und leben und sehen, wie ihr Kind heranwuchs und in den Armen seines Vaters lachte. Diese Hoffnung war jedes Wagnis wert.

5

Früh brach die Dunkelheit herein. Im fahlen Licht des Tages lenkte Sam die Kutsche in den Hof der Taverne, die sich BULL'S HEAD nannte. Stallknechte eilten zu ihnen hinaus, und die stämmige, rotwangige Wirtin öffnete ihnen selbst den Wagenschlag.
»Herzlich willkommen, die Herrschaften!« grüßte sie ehrerbietig, erkannte sie doch an der Ausstattung und an den edlen Pferden, daß zahlungskräftige Gäste ins Haus gekommen waren.
»Euer bestes Zimmer, ein heißes Bad für mich und meine Gattin und danach ein gutes Essen, könnt Ihr dafür sorgen?« fragte Charles knapp.
»Ihr werdet keinen Grund zur Klage finden. Das Zimmer ist in ein paar Minuten gerichtet. Wollt Ihr Euch derweil in der Schankstube aufwärmen?« schlug die Wirtin vor und hielt ihnen die Tür auf.
Charles nickte und trat mit Alice durch die Tür. Der Schankraum war klein und bot nicht mehr als fünf schweren Eichentischen

Platz. Die Decke war niedrig und rußgeschwärzt. An den Wänden hingen holzgeschnitzte Leuchter, deren Kerzen im Windzug flackerten.
Ausgelassenes Gelächter drang ihnen entgegen. Eine Gruppe junger Männer saß um einen runden Tisch, der am anderen Ende des Raumes in einer Ecke stand. Flinten lehnten hinter ihnen an der Wand. Große Krüge Wein standen auf dem Tisch.
Charles warf der Gruppe einen abschätzenden und verächtlichen Blick zu und setzte sich mit Alice an einen der freien Tische.
»Womit kann ich Euch dienen?« erkundigte sich die Wirtin.
»Bringt uns einen Krug Wein«, sagte Charles. »Aber nicht gepanscht, sondern das Beste, das Ihr zu bieten habt. Es soll Euer Schaden nicht sein.«
»Sehr wohl, der Herr.« Die Wirtin eilte davon und kam Augenblicke später mit einem steinernen Krug und zwei Zinnbechern wieder. Sie goß ein. »Zum Wohle, die Herrschaften.«
Aus der Ecke stieg erneut Gelächter auf und hallte durch den Raum. Einer der jungen Männer, ein gutaussehender, kräftiger Bursche mit rötlichem Haar und einer markanten Nase, hob seinen Becher.
»Auf General Washington!« rief er.
»Auf General Washington!« fielen seine Freunde ein und leerten ihre Becher.
Charles' Gesicht verdüsterte sich. Grimmig trank er seinen Wein.
»Auf Patrick Lee!« rief ein anderer Mann, und ein weiterer Toast folgte.
»Auf die Patrioten Virginias!«
Alice sah, wie Charles zusammenzuckte. Seine Augen verengten sich, und seine Hand krampfte sich um den Becher.
»Charles, bitte...« flüsterte Alice und wollte ihn zurückhalten, etwas Unbedachtes zu tun. Doch es war schon zu spät.

Charles hob den Becher, und seine Stimme drang schneidend durch den Raum, als er rief: »Auf unseren König!«
Es wurde still im Schankraum.
Alle Augen richteten sich auf Charles, während er den Wein in einem Zug austrank. Das fröhliche Lachen der Männer verstummte.
Der Rothaarige erhob sich langsam, trat zu Charles und Alice an den Tisch und musterte sie. »Ich muß Euch soeben falsch verstanden haben, mein Herr. Das mag am Wein liegen. Erlaubt, daß ich...«
»Gar nichts erlaube ich!« fuhr Charles ihn an. »Und Ihr habt Euch nicht verhört. Ich trinke auf das Wohl unseres Königs und aller aufrechten Männer, denen Treue kein leeres Wort ist!«
»Wollt Ihr damit sagen, ich wäre kein aufrechter Mann?« erkundigte sich der Rothaarige.
Charles musterte ihn mit unverhohlener Verachtung. »Nehmt es, wie Ihr wollt!«
»Jack, läßt du dir eine Beleidigung von diesem Tyrannenfreund gefallen?« rief einer der Männer zu dem Rothaarigen hinüber.
Jack beugte sich zu Charles vor. »Ich will Euch sagen, was ich von Eurem König halte. Ein ehrlicher Mann ist mehr wert als all die gekrönten Schurken, die je gelebt haben. Das hat Thomas Paine über Könige im allgemeinen und über Euren George im besonderen geschrieben. Und ich stimme mit ihm überein, wenn er diesen Unterdrücker ein königliches Scheusal nennt!«
Mit einer abrupten Bewegung ergriff Charles Alices Becher und schüttete dem Mann den Wein ins Gesicht. »Das halte ich von Euch Verrätern!« rief er.
Jack zuckte zurück, er wischte sich den Wein aus dem Gesicht. Seine Freunde waren aufgesprungen und kamen näher. Messer blitzten, eine Klinge setzte sich an Charles' Kehle.
»Aufhängen!« brüllte einer.

Charles zuckte nicht mit der Wimper. »Ich wußte, daß ihr ehrlose Schurken seid, Gesindel!« sagte er.
»Laßt ihn los!« befahl Jack und sah Charles kalt an. »Dafür werdet Ihr mir mit der Waffe Genugtuung verschaffen! Wenn Ihr wirklich die Ehre im Leib habt, die Ihr mir absprecht!«
»Nichts lieber als das!« erwiderte Charles verächtlich.
»Ted, hol zwei Pistolen!« befahl Jack, der offensichtlich der Wortführer war.
»Bemüht Euch nicht«, sagte Charles und erhob sich mit Würde. »Ich stehe Euch mit meiner eigenen Waffe zur Verfügung. Sofort, wenn Euch das recht ist.«
»Ich erwarte Euch draußen im Hof!« erklärte Jack und verließ den Raum.
»Tu es nicht!« beschwor Alice Charles, als er Sam nach seiner Waffe schickte. »Er wird dich töten! Tu es nicht, Charles! Das ist es doch nicht wert!«
Mit einem leichten Lächeln sah er sie an. »Du erstaunst mich mit deiner Besorgnis um mein Leben. Ich glaubte, du würdest dir nichts sehnlicher wünschen als meinen Tod? Würde er dich doch von mir befreien.«
»Was immer du mir angetan hast, ich habe dir nie den Tod gewünscht. Das hieße Unrecht mit einem noch größeren vergelten. Ich habe nichts für König George übrig und ebensowenig für Duelle!« sagte Alice eindringlich.
»Keine Sorge, ich habe eine sichere Hand«, beruhigte er sie. Dann wandte er sich Sam zu, der die Pistole aus der Kutsche geholt hatte.
»Schußbereit?« fragte er knapp.
Sam nickte. »Ich habe Pulver und Feuerstein sorgfältig geprüft, Master!« In seinen dunklen Augen stand die Angst.
Charles überprüfte die Waffe selbst noch einmal und schritt dann hinaus in den Hof.

Am liebsten wäre Alice allein im Schankraum geblieben, doch sie ging mit bis zur Tür.
Jacks Freunde hatten Laternen im Hof aufgehängt.
Zehn Schritte voneinander entfernt, nahmen die beiden Duellanten Aufstellung. Einer von Jacks Freunden führte das Kommando. Jack und Charles maßen sich mit kalten, abschätzenden Blicken.
Dann zählte der junge Mann laut und deutlich von eins bis drei. Bei drei durften die Duellanten schießen.
Alice starrte zu Charles hinüber, angsterfüllt. Und sie hatte nicht gelogen. Was immer auch zwischen ihnen lag, niemals würde sie ihm den Tod wünschen. Im Grunde hatte er ihr oft leid getan.
»Drei!« schallte es über den Hof.
Sie erhoben ihre Pistolen gleichzeitig. Doch Charles machte keine Anstalten, den Abzug zu ziehen. Verächtlich und hocherhobenen Hauptes blickte er seinen Kontrahenten an.
Jack runzelte die Stirn, zögerte einen kurzen Augenblick und drückte ab... Knallend löste sich der Schuß. Mündungsfeuer schoß aus dem Lauf, Rauch trieb über den Hof.
Die Kugel schien Charles verfehlt zu haben. Doch plötzlich taumelte er. Die Hand mit der Waffe sank herab. Verblüffung zeigte sich auf seinem Gesicht. Und ein dunkler, feuchter Fleck breitete sich auf seinem weißen Hemd aus. Er tastete nach der Wunde und blickte auf das Blut an seiner Hand. Dann schwankte er und stürzte zu Boden.
»Charles!« schrie Alice auf. Sie rannte zu ihm hinüber und kniete auf dem schlammigen Boden nieder.
»Warum hat der Kerl nicht geschossen?« fragte jemand verwundert.
»Er hat bekommen, was er verdient hat«, erwiderte Jack hart. »Laßt uns gehen.«

Alice sah, daß Charles tödlich getroffen war. Das Blut strömte nur so aus der Wunde. »Warum hast du so lange gewartet?« rief Alice fassungslos.

»Irgendwann... verliert... jeder... einmal«, stieß Charles hervor. »Es ist... vielleicht... auch besser so... Es ist... gut... auch für dich... jetzt bist du frei...«

»Du Narr! Warum mußtest du alles zerstören... jetzt auch dich selbst!« Ohnmächtiger Zorn und echter Schmerz klangen aus Alices Worten. Es hatte einmal eine Zeit gegeben, da hatte sie Charles geliebt; wenn auch nicht so stark, wie sie Richard liebte, doch geliebt hatte sie ihn. Und sie erkannte, daß trotz der Demütigungen und Qualen der vergangenen Jahre noch ein Gefühl für Charles in ihr lebendig war.

Charles griff nach ihrem Arm. »Alice, es geht bald... mit... mir... zu Ende. Ich will noch eine Schuld... begleichen«, sagte er angestrengt. »Das Testament für dich ist in meiner Reisetasche... in... der... großen Tabaksdose.«

»Testament?«

»Alice... Shadwells... Testament!« flüsterte Charles beschwörend. »Arthur Moore wollte es mir verkaufen... Er hat es wohl... Sally Lee abgenommen. Sally hat dich hintergangen... von Anfang an... Sie fand das Testament zu deinen Gunsten kurz vor Alice Shadwells Tod. Sie behielt es. Du warst so leichter zu erpressen! Ich bin mit Sally einer Meinung gewesen. Du hättest mich verlassen, hättest du das Testament besessen... Ich brauche es jetzt nicht mehr!«

Charles' kaum noch verständliche Worte beschworen in Alice die Bilder und Schatten der Vergangenheit wieder herauf. Die FAIR WIND, die feuchten Kabinen, Alice Shadwell dem Tode nahe, das fehlende Testament, Sallys seltsames Verhalten. Bitterkeit erfaßte Alice, als ihr klar wurde, was wirklich geschehen war.

»Warum das alles?« flüsterte Alice verzweifelt. »Warum dieses gegenseitige Quälen und Erpressen, Morden und Betrügen?«
»Gib acht auf mein Kind!« bat Charles und versuchte vergeblich sich aufzurichten. »Es ist doch mein Kind, nicht wahr?« fragte er unsicher.
Alice bettete seinen Kopf in ihre Arme.
Tiefe Trauer erfaßte sie, als sie in seinen Augen las, wie verzweifelt er sich einen Sohn wünschte und wieviel für ihn im Angesicht des Todes von ihrer Antwort abhing.
»Ja, es ist unser beider Kind... dein Kind«, log sie. »Du hattest recht, es war eine Lüge. Ich wollte dir weh tun, dich verletzen, damit du mich freigibst. Deshalb tat ich es. Es ist dein Kind, Charles, und es wird dein Sohn sein.«
Sein Gesicht entspannte sich. »Gut«, flüsterte er, »ein Sohn... Dann war doch nicht alles umsonst. Alles in meinem Leben war so ohne Sinn...« Seine Stimme brach ab. Langsam sank er zurück. Charles Coleman war tot.
Sanft schloß Alice ihm die Augen. Dann weinte sie.
Sie weinte um Charles und um ihrer beider Unglück. Aber sie weinte auch aus Trauer und um einer Hoffnung willen.

6

Rose Hall war nicht niedergebrannt oder von der aufgebrachten Menge, von der Andrew Harris gesprochen hatte, geplündert worden. Wie der Butler Jerry seiner Herrin berichtete, waren die zwei Dutzend Reiter unverrichteter Dinge wieder abgezogen, als an der Abwesenheit des verhaßten königstreuen Charles Coleman keinerlei Zweifel mehr bestanden hatte.
Alice sorgte für eine standesgemäße Bestattung ihres Mannes auf dem kleinen Familienfriedhof hinter der Kapelle. Dann

packte sie einige Sachen zusammen und nahm das Angebot der O'Farrells, vorerst bei ihnen zu leben, mit großer Dankbarkeit und Erleichterung an. Rose Hall wirkte nach dem gewaltsamen Tod von Charles noch kälter, abweisender und erdrückender auf sie als schon zuvor.
Auf dem schönen Besitz der O'Farrells, der viele Erinnerungen an Hickory Hill in Alice weckte, fand sie Ruhe und Geborgenheit nach den schrecklichen Ereignissen der letzten Monate. Alice lebte unter Amandas Fürsorge auf. Und sie fand neuen Lebensmut und Zuversicht in den langen Gesprächen, die sie mit diesen guten Freunden über vieles führen konnte.
Doch noch immer hatte sie keine Nachricht von Richard erhalten, und die Sorge um ihn quälte sie. Nachts lag sie oft bis in die frühen Morgenstunden wach. Sie dachte angestrengt an ihn, als hoffte sie, ihn mit der Kraft ihrer von Liebe und Sehnsucht erfüllten Gedanken vor den Gefahren des Krieges schützen zu können. Und mit all ihrer Stärke mußte sie sich gegen die Angst wehren, die der Gedanke, daß Richard vielleicht nicht mehr lebte, in ihr hervorrief.
Er wird zu mir zurückkommen! Er wird zu uns zurückkommen! sagte sie sich dann immer wieder voller Hoffnung und strich über ihren gewölbten Leib, der die Frucht ihrer Liebe trug.
Wenn Amanda auch keine Fragen stellte, so blieb ihr doch nicht verborgen, daß Alice nicht um Charles trauerte, sondern von Angst und Hoffnung erfüllt war. Amanda war nicht blind, Alice hatte ihr schon im letzten Jahr zu verstehen gegeben, daß sie in der Ehe mit Charles litt. Amanda ahnte, daß es einen anderen Mann in Alices Leben gab; und es fiel ihr nicht schwer zu erraten, wer dieser Mann war.
Der März brachte sonniges Wetter und die gelbe Farbenpracht der Forsythien. Eines Nachmittags saß Alice mit Amanda im vorderen Salon des Hauses und beschäftigte sich mit einer Hand-

arbeit, als Jasper einen Mann von untersetzter Statur zu ihnen ins Zimmer führte. Es war Dan Potter, der für die Dauer von Richards Abwesenheit die Verwaltung von HICKORY HILL übernommen hatte.
Alice mußte sich zusammennehmen, um ihre angespannte Erwartung und Freude nicht allzu offen zu zeigen. Denn Potter berichtete ihnen, daß er am gestrigen Tag ein Schreiben von Richard Campbell erhalten habe.
»Erzählt! Wie ergeht es ihm unter General Washington? Ich hoffe doch, er ist bei bester Gesundheit«, sagte Alice atemlos. Ihr Herz klopfte heftig.
»Es geht ihm gut, soweit ich es seinem Schreiben entnehmen kann«, beantwortete Dan Potter ihre Frage mit einem Lächeln. »Mister Campbell nahm an der Schlacht bei Princeton teil, wo Washington den Rotröcken eine schwere Niederlage zufügte. Das neue Jahr läßt sich gut an, wie er schreibt. Unsere Truppen kämpfen tapfer. Wir dürfen hoffen, daß der Krieg nicht mehr lange dauert.«
Alice strahlte, sie wäre Potter am liebsten um den Hals gefallen. Richard lebte! Er war bei bester Gesundheit! Und das Ende des Krieges schien nahe zu sein!
»Mister Campbell bat mich in seinem Brief, Euch dieses Buch mit den besten Empfehlungen zurückzugeben. Er läßt ausrichten, daß er es bedaure, es nicht persönlich tun zu können, zumal ihm dieses Buch die glücklichsten Stunden seines Lebens beschert habe«, sagte Dan Potter weiter und reichte Alice, die seinen Worten erstaunt gelauscht hatte, ein kleines in Leder gebundenes Buch. Sie vermochte sich nicht daran zu erinnern, Richard jemals ein Buch geliehen zu haben.
»Ich verstehe nicht...« begann sie, als sie es entgegennahm. Doch dann fiel ihr Blick auf den Titel. *Die Insel* lautete er, und da begriff sie. Eine Welle des Glücks durchströmte sie.

Richard sandte ihr mit diesem Buchtitel eine Botschaft, die nur sie verstand. Er wollte ihr damit sagen, daß er sie liebte und die Stunde ihrer größten Liebe auf der kleinen Insel im Duck Creek nicht vergessen hatte.

»Oh, das ... ist ... äußerst reizend von Mister Campbell«, brachte Alice mühsam hervor, als sie alle Blicke auf sich gerichtet sah.

»Das muß ja ein außergewöhnliches Buch sein«, meinte Amanda und lächelte leicht. »Ich würde es gern mal lesen, wenn du erlaubst.«

Der Verwalter erhob sich. »Entschuldigt, aber es ist mir leider nicht vergönnt, Eure Gesellschaft länger zu genießen. Es warten dringende Arbeiten auf mich.« Er verabschiedete sich höflich.

Alice begleitete ihn zum Tor. »Falls es Euch keine allzu großen Umstände macht, wäre ich Euch sehr dankbar, wenn Ihr mich weiterhin über Mister Campbells Befinden unterrichtet halten würdet«, bat sie ihn und fügte hastig hinzu, als müßte sie sich bei Potter für ihr Interesse an Richard rechtfertigen: »Wir reisten auf demselben Schiff von England nach Virginia, und HICKORY HILL war einst meine Heimat. Uns verbindet eine große Freundschaft.«

»Es wird mir eine Ehre und ein Vergnügen sein«, versprach Dan Potter.

Mehrere Monate vergingen, bevor der Verwalter von HICKORY HILL neue Nachrichten von Richard brachte. Er hatte sich im Kampf ausgezeichnet und diente mittlerweile unter General Horatio Gates, dem ehemaligen britischen Offizier, der auf der Seite der Amerikaner im blauen Rock der Rebellen die Nordarmee befehligte.

Spärlich nur drangen die Nachrichten aus dem Norden zu ihnen. Da Alice nun wußte, daß Richard aktiv an den Kämpfen teilnahm, schlichen die Monate des Wartens mit quälender Langsamkeit dahin. Kaum eine Nacht verging, in der Alice nicht mit klopfendem Herzen aus einem Alptraum erwachte, in dem Richard Campbell in Todesgefahr schwebte.

An einem heißen Tag im Juni des Jahres 1777 setzten die Wehen ein. Und als die Sonne den Abendhimmel mit roter Glut überzog, brachte Alice einen Sohn zur Welt, der seinen Eintritt ins Leben mit kräftigem Geschrei bekanntgab.

»Richard, du hast einen wundervollen Sohn!« murmelte Alice in jener Nacht, als sie nicht einschlafen konnte. »Hörst du mich? Du mußt leben... für mich und unseren Sohn!«

Es vergingen fünf lange Monate, ohne daß Dan Potter einen Brief von Richard erhielt. Es war im Oktober, als der Verwalter von HICKORY HILL zögernd äußerte, Mister Campbell müsse wohl etwas Ernstes zugestoßen sein, denn dieses lange Schweigen sei äußerst bedenklich und lasse die schlimmsten Folgerungen zu.

Richard im Kampf gefallen!

Dieser Gedanke verfolgte Alice, er nahm ihr jede Lebensfreude. Ihre Augen füllten sich mit Tränen, wenn sie Henry, so hatte sie ihren Sohn genannt, in den Armen hielt und daran dachte, daß ihr Kind vielleicht niemals seinen Vater sehen würde.

Als Anfang Dezember noch immer kein Lebenszeichen von Richard eingetroffen war, ertrug Alice das untätige Warten nicht länger. Sie ritt nach HICKORY HILL hinüber. Sie war entschlossen, Dan Potter, den sie im Lauf der vergangenen Monate als vertrauenswürdigen und verständnisvollen Mann kennengelernt hatte, über ihre Beziehung zu Richard aufzuklären und ihn zu bitten, in ihrem Auftrag Nachforschungen über Richards Aufenthalt und Befinden anzustellen. Sie mußte einfach etwas unternehmen, die Ungewißheit war unerträglich.

Alice war mehr als zwei Stunden geritten, als sie eine Anhöhe erreichte. Kalter Wind blies ihr ins Gesicht und rötete ihre Wangen.

Plötzlich bemerkte sie den Reiter, der ihr auf dem Weg nach HICKORY HILL entgegenkam. Er ritt langsam und hielt die Zügel nur mit einer Hand. Der linke Arm steckte in einem Verband.
Alice sah den Reiter an. Dann erstarrte sie. Sie glaubte es erst nicht.
Doch es war Richard!
Sorge und Hoffnung, die ihr Leben über ein Jahr lang beherrscht hatten, lösten sich in einem Schrei. Sie trieb ihr Pferd an, galoppierte Richard entgegen und rief immer wieder seinen Namen. Tränen rannen über ihr Gesicht.
Ihr war, als flöge sie über den Boden. Später konnte sie sich nicht mehr daran erinnern, ihr Pferd gezügelt zu haben und aus dem Sattel gesprungen zu sein. Richard! Er lebte, und er war zurückgekommen.
Sie standen am Rande des kahlen Feldes im schneidenden Wind, lachend und weinend, überwältigt von ihren Empfindungen, die Worte überflüssig machten.
Ihre Zukunft hatte begonnen.

Knaur

Jessica oder In der Ferne lockt das Glück
In der lebensfeindlichen Sträflingskolonie Australien kämpft Jessica um die Existenz ihrer Farm – und um ihr Glück, das den Namen Mitchel Hamilton trägt. Doch die Schatten der Vergangenheit lassen sie auch in der Verbannung nicht in Ruhe. 320 S. [1537]

Jessica oder Die Irrwege der Liebe
Weder das Elend an Bord des Sträflingsschiffes noch das harte, entbehrungsreiche Leben in Australien können Jessicas Lebensmut brechen. Sie weiß, sie ist unschuldig und sie weiß, daß es einen Mann gibt, der sie liebt. 384 S. [1184]

Jessica oder Das Ziel aller Sehnsucht
Nach dem Tod ihres Mannes hat die schöne, junge Jessica, die nun alleine für ihre zwei Kinder sorgen muß, die Farm im fernen New South Wales zu einem Juwel gemacht. Doch ihr Lebenswerk ist in Gefahr... 320 S. [1388]

Ashley Carrington